艺术院校公共课"十二五"规划教材

中国当代文学

CONTEMPORARY CHINESE LITERATURE

朱慰琳 | 编著

重庆大学出版社

图书在版编目（CIP）数据

中国当代文学 / 朱慰琳编著 . —重庆：重庆大学出版社，2014.10
艺术院校公共课"十二五"规划教材
ISBN 978-7-5624-8602-2

Ⅰ . ①中…　Ⅱ . ①朱…　Ⅲ . ①中国当代文学—文学史—高等学校—教材　Ⅳ . ① I209.7

中国版本图书馆 CIP 数据核字（2014）第 220164 号

艺术院校公共课"十二五"规划教材

中国当代文学

ZHONGGUO DANGDAI WENXUE

朱慰琳　编著

策划编辑：张菱芷

责任编辑：杨　敬　李海淑　　书籍设计：刘　睿
责任校对：秦巴达　　　　　　　责任印制：赵　晟

*

重庆大学出版社出版发行
出版人：邓晓益
社址：重庆市沙坪坝区大学城西路 21 号
邮编：401331
电话：（023）88617190　88617185（中小学）
传真：（023）88617186　88617166
网址：http://www.cqup.com.cn
邮箱：fxk@cqup.com.cn（营销中心）
全国新华书店经销
重庆紫石东南印务有限公司印刷

*

开本：787×1092　1/16　印张：18　字数：357 千
2014 年 10 月第 1 版　　2014 年 10 月第 1 次印刷
ISBN 978-7-5624-8602-2　定价：39.00 元

　　中国当代文学这个概念，一般是指1949年以后的中国文学，是"五四"以来的新文学运动进入社会主义时期后产生的文学现象。由于这一时期尚处于发展过程之中，故中国当代文学在时间上没有明确的下限。这一时期的文学现象及文学作品具有与社会生活同步的探索性质。一个必须面对的问题是，中国当代文学要筛选出经典作品还有待时日。但当代文学与任何一个时代的文学相比，显然更具有现实性和针对性，更贴近今人的生活，也更具有启发作用。其中的优秀之作乃是当代文化艺术的宝贵财富。

　　因此，这本专门为专业艺术院校编著的文学教材，以历史为线索，以作品为主体，旨在通过阅读、理解、欣赏作品的过程，引导学生了解一部作品中包括的社会政治背景、作家创作经历及丰富的人文内涵，让学生懂得一部优秀的文学作品是由语言艺术写作技巧在内的诸多因素所成就的。为此，本教材从以下几个方面进行选编：

　　首先，作品要能够反映出当时意识形态状况下社会人群的真实生活，能够揭示这种生活中的人性问题。不管哪一段历史，即使是为后世所否定的历史，它也是中国人经历的一部分，必定有可以作为后人反省的价值。人性是复杂的，只有在不同社会生活状况中，才会充分显露出来而被发现和认识。其实所有的社会问题都是由人造成的，揭示人性的美丑善恶，就是人类认识自己的过程。在当时的背景远去之后，再看那段历史时期的文学作品，仍然可以发现其亦有独特的魅力，原因就在于通过作品形象能够透视出当时人们特有的生活真实。

　　其次是在创作手法方面，注重选择写作技巧成熟和富有创新性的作品。创作手法是使作品内涵得以充分表达的重要条件，与作品内容相得益彰的创作手法的运用，既体现了语言艺术的驾驭能力，又是对作品内涵的深入发掘。进入20世纪80年代后，刘索拉的小说、于坚的诗歌等，在文学领域掀起了现代主义和后现代主义创作的强劲风潮。尽管这些作品的产生得益于西方文学艺术创作，但对中国文坛的推动作用巨大。诺贝尔文学奖获得者莫言也曾是先锋创作队伍中的一员，他呈现给我们的作品，无论是内涵的丰满还是技法的圆熟，都已达到炉火纯青的境界。

　　自然，作为当代文学作品，必须体现文化意识上的当代性，故作品的开放性和新锐性亦是遴选考量指标。老一辈智慧型作家如丰子恺，新一代思想型作家如王小波等众多优秀的文学家，他们的创作成果对于艺术学子们自会有深刻的启发。另外，本教材还选取了传统文学教材很少涉及的歌词创作，如台湾校园歌曲、大陆的摇滚歌曲。主要是为了鼓励使用本教材的大学生们对艺术创作的热情。而且从文学史上看，《诗经》以降，中国古代诗歌其实都是可以吟唱的歌词，歌词进入教材乃是对文学传统的重拾。

本教材题为"中国当代文学"，这一概念理应包括香港特别行政区、澳门特别行政区和台湾地区的文学在内。这三个地区的文化艺术都是中华民族的宝贵财富，是中华文化难以分割的一部分。所以本教材选取了1949 年以后港、澳、台三地的部分优秀文学作品。

中国当代文学仍在发展中，对其作家作品的选择、介绍和评价有较多的不确定性，因而也就有更多的研究空间和探讨可能。截稿付梓之时，切望本教材能够得到同行和读者的批评指正。

2014 年 5 月 11 日

第一章

十七年文学（1949—1966）

概述

　　中国当代文学同共和国的历史一起，已经走过了 60 多年历程。从 1949 年中华人民共和国成立，到 1966 年，历时十七年，这一阶段的文学历程，属于中国当代文学的第一个时期。

　　"十七年"之所以被归为一个文学时期，是因为这期间的文学具有一个共同特征，那就是当我们面对那时的作品时，我们能真切感受到那个时代浓郁的政治气息和那时人们的精神特征，作品中高昂的革命热情与文学的现实创造以及诗意境界融为一体。

　　新中国成立之初，全国人民对新执政的中国共产党和党的领袖非常崇拜，精神积极向上，笃信共产主义，这一特点不同程度地反映在文学作品之中。所以，这一阶段的作品题材主要有三个：歌颂、回忆、斗争。歌颂党、领袖、社会主义、人民；回忆战争岁月、苦难年代、过去生活；和帝国主义、资本主义、旧思想、旧观念作斗争。也因为如此，这一时期的文学创作呈现出程式化倾向，作品风格往往失之于简单。

　　就以小说创作来说，通常小说的突出点体现在人物形象的塑造和刻画上。小说向来以在特定的环境中发生的完整故事情节来塑造典型的人物形象为己任，刻画出来的人物是现实矛盾的综合体，因而具有艺术表现的意义。综观"十七年文学"中的小说创作，人物的典型性集中表现为革命战争小说中反复出现的一个形象：英雄。在当时，题材决定作品的价值大小，这一创作判断标准要求作家只能选择"重要题材"，即只能表现光明的内容。其中，只有那些临危不惧、视死如归、坚强勇敢的英雄形象，才能成为作者和读者共同关心、共同感兴趣的焦点，如和平战斗英雄、阶级斗争英雄、政治道德英雄、生产劳动英雄等。谈到英雄，在这里就不得不谈到英雄崇拜。学过西方历史的人都应该知道，英雄观念大多是来自古希腊、古罗马的神话传说。这说明英雄崇拜并不是"十七年"特有的产物，而是有其历史渊源。值得注意的是，古希腊、古罗马神话的英雄和中国"十七年文学"塑造的英雄有很大的不同。

　　前者既是人类完美的化身，但也或多或少拥有人性中丑陋的一面，后者是在政治突出化和理想盲目化的社会条件下抽取而成一个代表先进阶级属性、拥有高尚政治品质的榜样。前者有血有肉，和凡人一样有七情六欲，并且各人都有自己与众不同的特点，如《荷马史诗》中的阿喀琉斯既是不折不扣的战争英雄，又是一个易怒冲动的统帅。然中国当时小说《尹青春》里的尹青春和《永生的战士》里的小武，他们除了"无我"

地为集体而存在之外，很难在其身上找到与众不同的特点。只要是英雄一定是顶天立地的，即使成为阶下囚，仍然气贯长虹。即使面对千难万险，仍是由崇高的信仰所激励，不可能有丝毫退缩之意。

十七年的中国文坛，还有另一特别现象，作家群体中原解放区作家占有着主导地位，由于他们熟悉农村生活，这就决定了他们更擅长对农村生活题材的表现，而对他们身处的城市缺少必要的反映。"十七年文学"中城市生活题材的隐匿，除了众多作家本身就是乡土作家以外还有一个很重要的原因是，近代城市被认为是"罪恶的渊土"，是资产阶级道德和社会腐败产生的地方；而都市文学本身就具有消费、娱乐特征，在那个年代被认为是必须予以清除的。即使有一些反映城市生活的作品，城市空间也被简约为工厂这一批判资本家的场所，且这些作品的抒情方式、道德体系、价值取向、文学想象等都被置入乡村文化范畴中，这实际上反映的是作家们的乡村情结。城市题材的削弱，使得"十七年文学"中的现代化诉求也相应淡薄。也因此"十七年文学"缺失了城市生活礼俗的审美意义，而礼俗作为一种文化复合体，正体现出城乡生活的差异性。城市生活有着较乡村生活远为复杂的人际关系、生活形式，与乡村生活不同的是城里人对自己心智的考验。城里人常常在人际间巧妙的应对中体会着生活，日常生活好似波澜不惊的小溪缓缓覆盖人的生命。小市民的世故、圆滑保护了他们，养成了他们生命力的内敛。在日常礼俗场景中，广大市民人性的内容徐徐展现，其背后的文化结构得以呈现出来。正如老舍的作品"是以对于北京的文化批判为思考起点的"，即使是对它的批判也得建立在对它呈现的基础之上。

总之，1949年以后的"十七年文学"通过以上方面阐释了新中国的"新"之所在。世俗的日常生活场景因其乏新而乏善可陈，就连老舍也是最终放弃了反映旗人生活的小说《正红旗下》的写作。对日常生活的疏离在当时被推到了极端，连日常生活中人所依赖的最基本生存关系——爱情和亲情几乎被屏蔽。爱情和亲情本是世界各民族文学创作的母题，但在1949年以后很长的一段时间里都是中国内地作家们创作的荒漠。

然而"十七年文学"时期也产生了艺术成就较高的文品，如《保卫延安》《红日》《林海雪原》《红旗谱》《青春之歌》《上海的早晨》《创业史》《红岩》《暴风骤雨》等。还涌现出如杜鹏程、曲波、柳青、周立波、周而复、魏巍、姚雪垠等优秀作家，在这一时期，老舍、田汉等老作家也奉献了不少好的作品。

青春之歌（节选）

杨 沫

第四十五章

"一二·九"之后的一星期内，党紧密地团结了各个学校涌现出来的大批积极分子，广大爱国青年也纷纷奔到民族解放的战场上来。于是党的力量，人民的力量突然扩大了，迅速发展了。为了继续扩大"一二·九"的成果，为了发动更多的群众涌向正义的爱国之路，为了反对出卖华北的"冀察政委会"的成立，十二月十五日的夜晚，党领导学联的负责人在长安饭店开了一间房间，一桌麻将牌打了一阵，于是一切计划筹划定了。决定在第二天——十二月十六日伪"冀察政务委员会"正式成立的日子，再一次号召全市的大中学校来一次规模更大的示威游行。

道静在深夜里被徐辉唤醒来。徐辉告诉她关于第二天的行动计划，北大的工作她全部交给道静来负责，她便急忙赶到别的学校去了。

道静整整奔忙了一夜。她、侯瑞，和其他党员以及积极分子们，分头分工负责，终于在三四个钟头内秘密动员了一批北大同学去参加第二天——也可以说当天清晨的游行示威；同时也把宣传队、纠察队、交通队等等组织布置妥当。

天快亮了，一切复杂的紧迫的工作大体就绪了，道静倒在女生宿舍张莲瑞的床铺上刚想休息一下，忽然剧烈地咳嗽起来，而且心跳眩晕。歇过一阵，刚好一些，街上已经有了歌声、口号声。她就从床上一跃而起，忙忙地喝了两口冷水，抬起脚就走了。

工作是繁重、艰巨的，虽然大体上已经就绪，但道静心里依然不放心。她迅速跑到东斋找到侯瑞，又最后了解了整个布置的情况后，这才稍稍轻松一些，开始作为一个游行群众奔向西斋去集合。

"一二一六"这一天，全北平市的大中学生共组织了四个游行大队。城里三个，城外一个。第一队由东北大学领导；第二队由中国大学领导；第三队由北京大学领导；城外的一队由清华大学领导。计划和路线是：各校一律在上午七时出发，分别向天桥集合。然后由天桥进正阳门，经天安门向东，经东单到外交部街，队伍最后向外交大楼——"冀察政务委员会"成立的地方举行抗议示威。

天气还早，朝霞还懒懒地没有出头，但是街上已经有了三三两两的人群在匆忙地跑来跑去。一阵阵响亮的歌声，也在这时候飘向寒冷的上空，呼唤着战斗的人群。

道静正走着，在马神庙的转角处碰见了李槐英。今天她穿得朴素了，高跟皮鞋和皮大衣都不见了，一件蓝布棉袍衬着她雪白红润的脸，越发显得苗条俊秀。一见面她忙拉住道静的手，在她耳边兴奋地说道："林道静！今天我可要做一个普通的战士啦，再不叫他们光拿鞭子打别人啦！嘿，王晓燕怎么没见，你见着她了吗？怎么，你的脸色白得这么难看？"

"要做一个普通的战士？对！"道静没理会她最后的问话，笑着点头回答她，"晓燕到东斋去了。你也去西斋？咱们一块儿走。"说完，她们一起跑向西斋去。

枪口对外，齐步前进！

……

我们是铁的队伍，我们是铁的心。

维护中华民族，永做自由人！

……

歌声荡漾在寒风刺面的清晨。

各处涌过来的北大学生奔向了马神庙的北大西斋。歌声也随着人群豪迈地然而又微带凄凉地到处震荡。

歌声唤醒了还在沉睡的市民们，街上渐渐涌出了睡眼惺忪的人群。"什么事？学生们又爱国游行啦？好样的！"

七点钟，北大的一部分学生在西斋集合好了，正举着大旗走出大门准备出发的时候，突然，事先埋伏好了的武装军警——灰人和黑人一声呼啸，狂风似的围了上来。"回去！都回去！——要暴动吗？……"在威吓声和闪亮的刺刀下，学生们被团团围在军警的包围中，接着北大的两面鲜明的大旗也被撕毁了。

"冲呵！冲呵！……"一声愤慨的呼喊在严冬冷漠的天空爆发了。林道静在人群中带头喊起来。

"冲呵！勇敢地冲呵！"上百学生拧成了一座人的铁壁开始愤怒地猛烈地向包围他们的军警冲击过去。

端着枪把、拿着皮鞭的警察鞭打着同学们，拦阻着他们。

寡不敌众，学生们左突右突却怎么也突不出重围去。怎么办？时间到了，怎么到天桥去集合呢？……

正在这危急的时候，援军开到了——东斋集合的一部分同学赶到了。外面的大队配合着里面被包围的同学，两股力量同时用力猛冲，被包围的同学终于一拥而出。立时，欢腾声和口号声把一撮握着亮晶晶刺刀、明晃晃大枪的军警吓得目瞪口呆，毫无办法。接着胜利汇合的北大学生四个一排，列成整齐的队伍出发了。

"一二一六"北大参加游行的学生和各个学校一样，比"一二·九"时多得多了。尽管"一二·九"后，宋哲元不许北平报纸登载学生游行

《青春之歌》电影剧照

示威的消息；尽管他们派了大批军警残暴地包围着各个学校；并且严密封锁了整整六七天；但是经过"一二·九"血的感染，经过党及时、有力的宣传、教育工作，人们反而认识了统治者的丑恶嘴脸，于是青年们迅速地行动起来，北大学生仅仅经过几小时的布置与动员，就几乎达到了全体总动员。

东斋和西斋的学生汇合之后，道静在人群中首先看见了国文系四年级的学生邓云宣。全班数他年岁最大，也数他最埋头用功。"一二·九"他没参加，但是今天他也参加来了。他穿着灰棉长袍，戴着一顶黑色的猴帽，一手扶着深度的近视眼镜，一手生怕跌倒似的紧拉住他身旁一个同学的胳膊。他正迈着慌促的步子走着，一回头发现了身后的林道静，立时他又惊又喜地连连点头招呼道："你也来了？好！好！好！……请多指教吧！"

"怎么样，不太紧张吧？"道静探着头笑着问他。

邓云宣严肃地招手喊道："不，不，不，我已经料到了！早已料到了！"说着话，他发觉自己落后了两步，赶快向道静摆着手，拙笨地探着脑袋紧赶上去。

北大的游行队伍刚走到景山东街，又突然停住了。马路旁边一小群军警正摆弄着一架水龙，准备接水喷射前进的人群。

"夺过水龙呀！"道静又领头高喊一声，接着奋勇地冲向了水龙。

"夺过来不叫它逞凶呀！"侯瑞也跟着边冲边喊起来。

侯瑞、韩林福、刘丽、吴禹平、道静几个同志杂在人群中高喊着向军警冲去——夺水龙。

党员同志们分头带领着积极分子，奋勇地向水龙冲过去。

被激怒了的同学接着也像一团大火似的向一群黑色的乌鸦扑上去。那些拿着水龙的家伙们一见势头不好，二话没说，吓得扔下水龙扭头就跑。水龙顺利地被抢在同学们的手中。这时王晓燕和李绍桐、张莲瑞捧着刚刚做好的两面崭新的北京大学的旗帜也赶到了。一阵狂热的欢呼，代替了悲愤的口号声。

"北大同学们！胜利是我们的呀！"

这时道静的心里感到了从未有过的欢快。她站在人群中，苍白消瘦的脸上浮现着幸福的红晕。党交给她去完成的任务，一件件都按照计划完成了。对一个党员来说，还有比这个更为幸福的事吗？……

但是，情况并不都是这么顺利的。从景山东街到天桥总集合处，路途并不算遥远，可是今天走起来却一步比一步艰难。监视、阻拦学生们前进的军警越来越多，反动统治者到处布满了荷枪实弹的警士。虽然哪儿也没有失火，可是路旁到处摆列着水龙和各种消防器材。道静、侯瑞、刘丽、韩林福、吴禹平掺杂在许多男女同学中间，接二连三地抢夺水龙，打碎消防器，向拦阻他们、毒打他们的军警肉搏。道静、晓燕、李槐英她们都几次三番地被打倒在地上，头发蓬乱了，脸青肿了，鼻孔淌着鲜血，但是她们和许多被打倒的同学一样，立刻又昂然地立起来，不顾一切地继续向前冲去。……

王教授开始是拉着他的妻子一起在队伍中行进的，可是后来，他的喉咙嘶哑了，过度兴奋使得身体颤巍巍的没有力气了，渐渐落后下来。王夫人反而搀着他。每当冲突紧张时，他总像个青年小伙子性急地闯向前去，可是他的学生们拦阻他，把他放在安全的中心。人们的心中对这个老教授充满了崇高的敬意，像众星捧月般拥戴着他在寒冷的冬日一步步艰难地走向前去。

王鸿宾教授正走着，忽然听见有人在喊他："老王！王鸿宾教授！"

这声音可熟，是谁呢？他摇晃着脑袋向各处望去，却没有发现喊他的人。最后还是他身边的王夫人指给他说："你看，那不是老吴！"

王教授踮起脚在骚乱的人群中极目搜寻——终于在从他旁边走过的队伍中发现了吴范举教授。他那个西瓜样的亮头，耀人眼目地显现在年轻人的黑发中。王教授同时看见在他旁边还有几个白发苍苍的头。没有问题，这也是些教授们。因为帽子被打掉了，他们一个个全在凛冽的寒风中光着头。

这个意外的相遇，使得老教授的心中突然激动起来。他扭过头，用炙热的眼睛看着夫人说："秀！你看！……"他指指那些白发苍苍的头想要说什么，可是，还没顾得说出来，忽然又指着不远处一堆正和军警搏斗的人，惊异地喊道，"秀！你看！那是工人们呀。看，他们——工人也参加这个游行行列了！"他正挥舞着手臂，欣喜地探着头喊着，猛不防一根长长的皮鞭，穿过拥戴着他的人群，凶狠地照着他的头部抽了过来。教授这时勃然大怒。他头也不回，对那皮鞭的来处轻蔑地连看也不看一眼，依然挥着拳，探着受了伤的庄严的头，向工人群众高声喊道："工人兄弟们！欢迎你们呵！全中国人民一致团结起来呵！"

"工人兄弟们团结起来呵！"随着王教授嘶哑的喊声，无数的年轻人也喊起来了……就在这时，王教授的面孔由刚才的愤怒、激昂，变成了孩子般的明朗、柔和了。看！他看见了什么呀？他看见那些被打了的工人群众正和被打的学生们，冲破了敌人的大刀和皮鞭，紧紧地握着手，并且拥抱在一起了。他的眼睛潮湿了。他握住王夫人的手紧走了两步，喘喘地说："联合起来了！全中国就要这样团结对敌了。"

游行队伍中，开始几乎是清一色的知识分子——几万游行者当中，大中学生占了百分之九十几，其余是少数的教职员们。但是随着人群激昂的呼喊，随着雪片似的漫天飞舞的传单，随着刽子手们的大刀皮鞭的肆凶，这清一色的队伍逐渐变了。工人、小贩、公务员、洋车夫、新闻记者、年轻的家庭主妇、甚至退伍的士兵，不知在什么时候，也都陆续涌到游行的队伍里面来了。他们接过了学生递给他们的旗子，仿佛开赴前线的士兵，忘掉了个人的安危，毅然和学生们挽起手来。

在北大的队伍中，道静支撑着虚弱的身体一晃一晃地走着。

这时在不断被冲散的北大队伍中，有一部分人已经失掉了联系，王晓燕、李槐英全不见了。交通队忙着联系，纠察队忙着整理队伍。于是时间不大，零乱的队伍又列成了整齐的行列。虽然人们行进得很慢，但还是在前进、前进。

北大大队走到前门里邮政总局的门前时，正在人群当中走着的林道静，突然面色涨红、咬紧嘴唇，怒冲冲地似乎要向旁边什么地方奔去……

"怎么啦？你？……"那个同学拉住她，惊疑地问。

"不，没有什么。快走！"道静镇静了一下，嘴角隐现了一丝微笑，重又举步行进了。

原来是这么回事：道静是靠左边的马路走着的。当她们的队伍经过邮政总局的门前向前门行进时，站在邮政局高高的台阶上的一个男子，使她的神经猛然震动了一下。她清楚地看出，那是余永泽！他正悠然地站在台阶上和旁边的一个西装革履的阔绰男子指指点点地谈论着什么。当道静凛然的眼睛和那双亮亮的小眼睛碰在一起时，她看出了他是在欣赏着这游行的行列，在欣赏着她青肿的嘴脸和鼻孔流出的鲜血。于是她被激怒了！她气得几乎想跳过去骂他一顿，但是，她很快就平静下来，用鄙夷和憎恶代替了一切。

大队过了前门大栅栏后，就遇见了东北大学、北平大学、师范大学和弘达中学等十几个学校的游行大队。当他们欢呼着汇合一起向南走了不太远之后，又遇见了从西城各城门外，爬着城墙跑进城里的清华、燕京的游行队伍。同学们这一阵狂热的欢呼，连站在一旁监视着他们的军警，都有的被感动得放下了手中的刀枪。一个年轻的士兵，悄悄地走到王教授的身边，突然举手向他敬了一个礼，并且低声说道："俺们也是中国人……上级命令，没有办法啊……"说到这里，他用袖子擦去眼角的泪水，恋恋不舍地扭头走开了。

在天桥总汇合点，足有一两万名各个学校的同学，列成整齐的大队向路旁拥塞着的广大群众开了第一次市民大会，接着这汇合了学生和市民的游行队伍便开始向城里进发。

但是，这巨大的人群，走到前门五牌楼时，前门的铁门已经紧紧关闭，而且一阵刺耳的枪声，划破寒冷的上空，开始向游行群众的头顶上锐声地呼啸而过。

"不要怕！不要动！"侯瑞和道静迅速得到交通队传来的指挥部的命令。命令像电一样快地传到了各个核心、各个游行群众当中去。于是几万人的队伍就在枪声中，像巨大的山峰般屹立在冬日的斜阳下。没有人动，没有人跑。人们只是握紧拳头怒视着从头顶上飞过的枪弹。激荡在每个人心头的不是恐惧，而是更大的愤怒……

除了枪声，再没有其他声响。在这异常安静的一霎间，像奇迹般，一个惊人的景象在道静的眼前出现了：一个高大的面色像铁石般的青年人，突然出现在前门外停止开行的电车顶上。这个人就是江华。好几天没有听到他的消息，这个受了伤的人，怎么一下子竟在这个地方出现了？道静看到他，心脏惊喜得狂跳起来。就在这时，只见他在全体被阻拦的青年学生面前，在万千个在枪声中并不惊慌逃窜的市民面前，把头扬起来，忘掉了还在耳旁呼啸着的子弹，站在高高的电车顶上，豪壮地向围在四周的市民和各校学生高声讲演起来："亲爱的同学们！一切不愿当亡国奴的同胞们！……"江华铜钟般的声音，嗡嗡震响在这寒冷的前门广场上。一天滴水未进的游行者，这时，忘了饥饿，忘了寒冷，忘了密布四周、杀气腾腾的军警，都不约而同地踮起脚尖、侧着耳朵，来听这个学联负责人的讲话。

"我们的示威游行集会没有别的目的，我们只是要表示我们真正的民意！现在有人说华北自治运动是出自所谓人民的心愿，这完全是日本人和汉奸卖国贼假借民意的造谣！是欺骗！是别有用心的鬼把戏！……"

一阵狂烈的掌声和欢呼声，完全掩盖了断断续续的枪声。

数倍于游行学生的广大市民群众，这时，简直像开了锅的沸水，也突然爆发了移山倒海的狂呼："打倒日本帝国主义！……"

"打倒汉奸卖国贼！……"

呼声喊过，枪声又猛烈地响起来。这时电车上的江华不见了。一阵忧虑，一霎间突然压上道静的心头，"他怎么样了？被捕了？还是又受伤了？……"但是，在激烈的紧张的斗争中，个人的一切却显得那么渺小和微不足道，道静对于江华的担心不过在心头一闪就过去了，接着就和千千万万的人群一起，更加激昂地喊出整个中华民族的声音："打倒日本帝国主义！"

"中国人起来救中国！"

"反对分割领土的自治运动！"

"反对危害民族生存的内战！"

"不愿当奴隶的人们起来斗争呵！"

……

道静的喉咙嘶哑了，千万个青年的喉咙都嘶哑了。尘土、眼泪和鲜血混凝在他们的脸上。在不远的前面，道静又瞥见了王鸿宾教授和他的夫人。老教授的眼镜已经被打碎，他肥大的棉袍也已被扯烂，满是尘土的脸上凝结着血迹。但他仍和夫人互相紧紧地搀扶着，而且昂然地站在人群的前面。

"一边是神圣的工作，一边是荒淫与无耻。"道静的心里忽然响起了这句话，这时，在她眼前——在千万骚动的人群里面——卢嘉川、林红、刘大姐、"姑母"、赵毓青，还有她那受了伤的、刚才又像彗星一样一闪而过的江华的面庞全一个个地闪了过来；接着不知怎的，胡梦安那个狼脸、戴愉那浮肿的黄脸，还有余永泽那亮晶晶的小眼睛也在她眼前闪过来了。排山倒海的人群，远远的枪声，涌流着的鲜血，激昂的高歌……一齐出现在她的面前，像海涛样汹涌着。由于衰弱的身体加上过度的激动与疲劳，这时，她突然感到一阵眩晕，几乎跌倒。可是，她旁边的一个女学生用力抱住了她。虽然彼此互不相识，但是她们紧紧地拥抱在一起了。

关闭的城门并不能拦阻英勇无畏的青年游行者，他们俨然是攻坚的战士，一行行，一队队，在怒吼的寒风中，就像在狂擂的战鼓中向敌人开始了顽强的攻击战。城门终于被人的海洋冲破了——敌人不得不在狂怒的人群面前打开了城门。于是浩浩荡荡的队伍又继续前进。

“打倒日本帝国主义！”

“民众们，组织起来！武装起来！中国人起来救中国呵！”

无穷尽的人流，鲜明夺目的旗帜，嘶哑而又悲壮的口号，继续沸腾在古老的故都街头和上空，雄健的步伐也继续在不停地前进——不停地前进……

（全书完）

【导读】

作家作品简介

　　杨沫（1914—1995），当代女作家。原名杨成业，笔名杨君默、杨默。祖籍湖南湘阴，生于北京。曾任全国人大代表、中国文联委员、全国作协理事、北京市文联主席、《北京文学》主编等职务。其代表作是描写一个知识女性成长为革命者的长篇小说《青春之歌》，其中鲜明、生动地刻画了林道静等青年知识分子形象。小说于1958年出版后受到广大读者特别是青年学生的欢迎，并被改编为电影。

杨沫像

鉴赏解读参考

　　对《青春之歌》的阅读，在今天可以从两个层面进行。

　　一是解读其政治叙事中的“中国知识分子”。“小资产阶级知识分子”的成长一直是马克思主义这一现代性叙事中的重要主题。毛泽东多次谈论过知识分子成长道路的问题，他始终不变的一个观点就是知识分子必须实践、必须与工农相结合。《青春之歌》正是对现代知识分子成长史的成功演绎。小说的主人公林道静，就是一个从小资产阶级知识分子发展成无产阶级知识分子的“典型人物”。林道静的父亲是北平城里的大地主，母亲则是贫农的女儿。她身上兼有剥削阶级与劳动者的双重血缘，这是林道静成长的依据和起点。她成长的第一步是通过对旧家庭、旧道德的背叛得以实现的。与余永泽的相遇、相爱、相处是林道静成长的第一阶段。林道静成长的第二阶段是共产党人卢嘉川取代余永泽的位置而成为林的新引导者。第三个阶段，是林道静在江华的指导下关注中国革命的具体问题，林道静在经历农村阶级斗争的磨炼、监狱斗争之后，

终于完成了成为无产阶级知识分子的全部历程。

另一种从人性角度解读出其中的情爱叙事。这是一种更为直观的阅读方式，那就是将《青春之歌》解读成一部言情小说。这个发生在一个美丽的少女与三个男人之间的情爱经历，就如同杨沫晚年写的回忆录《我一生中的三个爱人》那样，完全可以视为杨沫的情爱忏悔录。小说中围绕林道静的男性主人公们一直处于势不两立的对峙姿态，但在获得林道静的手法上却惊人相似，那就是从"政治"到"性"，"政治"作为手段，"性"作为终极目的。然小说的成功在于，从余永泽到卢嘉川，最终是江华，既是林道静的情感经历，同时又是其政治成熟的过程。在一定意义上，《青春之歌》不是纯然的政治小说，当然也不是一部纯粹的"言情小说"，这部小说的独特性，恰恰在于"政治"与"言情"的神奇结合。

百合花（节选）

茹志鹃

……

我们走进老乡的院子里，只见堂屋里静静的，里面一间房门上，垂着一块蓝布红额的门帘，门框两边还贴着鲜红的对联。我们只得站在外面向里"大姐、大嫂"的喊，喊了几声，不见有人应，但响动是有了。一会，门帘一挑，露出一个年轻媳妇来。这媳妇长得很好看，高高的鼻梁，弯弯的眉，额前一溜蓬松松的刘海。穿的虽是粗布，倒都是新的。我看她头上已硬挢挢的挢了髻，便大嫂长大嫂短的向她道歉，说刚才这个同志来，说话不好别见怪等等。她听着，脸扭向里面，尽咬着嘴唇笑。我说完了，她也不作声，还是低头咬着嘴唇，好像忍了一肚子的笑料没笑完。这一来，我倒有些尴尬了，下面的话怎么说呢！我看通讯员站在一边，眼睛一眨不眨地看着我，好像在看连长做示范动作似的。我只好硬了头皮，讪讪地向她开口借被子了，接着还对她说了一遍共产党的部队，打仗是为了老百姓的道理。这一次，她不笑了，一边听着，一边不断向房里瞅着。我说完了，她看看我，看看通讯员，好像在掂量我刚才那些话的斤两。半晌，她转身进去抱被子了。

通讯员乘这机会，颇不服气地对我说道："我刚才也是说的这几句话，她就是不借，你看怪吧！……"

我赶忙白了他一眼，不叫他再说。可是来不及了，那个媳妇抱了被子，已经在房门口了。被子一拿出来，我方才明白她刚才为什么不肯借的道理了。这原来是一条里外全新的新花被子，被面是假洋缎的，枣红底，上面撒满白色百合花。

她好像是在故意气通讯员，把被子朝我面前一送，说："抱去吧。"

我手里已捧满了被子，就一努嘴，叫通讯员来拿。没想到他竟扬起脸，装作没看见。我只好开口叫他，他这才绷了脸，垂着眼皮，上去接过被子，慌慌张张地转身就走。不想他一步还没有走出去，就听见"嘶"的一声，衣服挂住了门钩，在肩膀处，挂下一片布来，口子撕得不小。那媳妇一面笑着，一面赶忙找针拿线，要给他缝上。通讯员却高低不肯，挟了被子就走。

刚走出门不远，就有人告诉我们，刚才那位年轻媳妇，是刚过门三天的新娘子，这条被子就是她唯一的嫁妆。我听了，心里便有些过意不去，通讯员也皱起了眉，默默地看着手里的被子。我想他听了这样的话一定会有同感吧！果然，他一边走，一边跟我嘟哝起来了。

"我们不了解情况，把人家结婚被子也借来了，多不合适呀！……"我忍不住想给他开个玩笑，便故作严肃地说："是呀！也许她为了这条被子，在做姑娘时，不知起早熬夜，多干了多少零活，才积起了做被子的钱，或许她曾为了这条花被，睡不着觉呢。可是还有人骂她死封建。……"

他听到这里，突然站住脚，呆了一会，说："那！……那我们送回去吧！"

"已经借来了，再送回去，倒叫她多心。"我看他那副认真、为难的样子，又好笑，又觉得可爱。不知怎么的，我已从心底爱上了这个傻呼呼的小同乡。

他听我这么说，也似乎有理，考虑了一下，便下了决心似的说："好，算了。用了给她好好洗洗。"他决定以后，就把我抱着的被子，统统抓过去，左一条、右一条的披挂在自己肩上，大踏步地走了。

回到包扎所以后，我就让他回团部去。他精神顿时活泼起来了，向我敬了礼就跑了。走不几步，他又想起了什么，在自己挂包里掏了一阵，摸出两个馒头，朝我扬了扬，顺手放在路边石头上，说："给你开饭啦！"说完就脚不点地地走了。我走过去拿起那两个干硬的馒头，看见他背的枪筒里不知在什么时候又多了一枝野菊花，跟那些树枝一起，在他耳边抖抖地颤动着。

他已走远了，但还见他肩上撕挂下来的布片，在风里一飘一飘。我真后悔没给他缝上再走。现在，至少他要裸露一晚上的肩膀了。

包扎所的工作人员很少。乡干部动员了几个妇女，帮我们打水，烧锅，做些零碎活。那位新媳妇也来了，她还是那样，笑眯眯的抿着嘴，偶然从眼角上看我一眼，但她时不时地东张西望，好像在找什么。后来她到底问我说："那位同志弟到哪里去了？"我告诉她同志弟不是这里的，他现在到前沿去。她不好意思地笑了一下说："刚才借被子，他可受我的气了！"说完又抿了嘴笑着，动手把借来的几十条被子、棉絮，整整齐齐的分铺在门板上、桌子上（两张课桌拼起来，就是一张床）。

《百合花》（插图）

我看见她把自己那条白百合花的新被，铺在外面屋檐下的一块门板上。

天黑了，天边涌起一轮满月。我们的总攻还没发起。敌人照例是忌怕夜晚的，在地上烧起一堆堆的野火，又盲目地轰炸，照明弹也一个接一个地升起，好像在月亮下面点了无数盏的汽油灯，把地面的一切都赤裸裸地暴露出来了。在这样一个"白夜"里来攻击，有多困难，要付出多大的代价啊！

我连那一轮皎洁的月亮，也憎恶起来了。

乡干部又来了，慰劳了我们几个家做的干菜月饼。原来今天是中秋节了。

啊，中秋节，在我的故乡，现在一定又是家家门前放一张竹茶几，上面供一副香烛，几碟瓜果月饼。孩子们急切地盼那炷香快些焚尽，好早些分摊给月亮娘娘享用过的东西，他们在茶几旁边跳着唱着："月亮堂堂，敲锣买糖……"或是唱着："月亮嬷嬷，照你照我……"我想到这里，又想起我那个小同乡，那个拖毛竹的小伙，也许，几年以前，他还唱过这些歌吧！

……我咬了一口美味的家做月饼，想起那个小同乡大概现在正趴在工事里，也许在团指挥所，或者是在那些弯弯曲曲的交通沟里走着哩！……

一会儿，我们的炮响了，天空划过几颗红色的信号弹，攻击开始了。不久，断断续续地有几个伤员下来，包扎所的空气立即紧张起来。

我拿着小本子，去登记他们的姓名、单位，轻伤的问问，重伤的就得拉开他们的符号，或是翻看他们的衣襟。我拉开一个重彩号的符号时，"通讯员"三个字使我突然打了个寒战，心跳起来。我定了下神才看到符号上写着×营的字样。啊！不是，我的同乡他是团部的通讯员。但我又莫名其妙地想问问谁，战地上会不会漏掉伤员。通讯员在战斗时，除了送信，还干什么，——我不知道自己为什么要问这些没意思的问题。

战斗开始后的几十分钟里，一切顺利，伤员一次次带下来的消息，都是我们突破第一道鹿砦，第二道铁丝网，占领敌人前沿工事打进街了。但到这里，消息忽然停顿了，下来的伤员，只是简单地回答说："在打。"或是："在街上巷战。"

但从他们满身泥泞，极度疲乏的神色上，甚至从那些似乎刚从泥里掘出来的担架上，大家明白，前面在进行着场什么样的战斗。

包扎所的担架不够了，好几个重彩号不能及时送后方医院，耽搁下来。

我不能解除他们任何痛苦，只得带着那些妇女，给他们拭脸洗手，能吃得的喂他们吃一点，带着背包的，就给他们换一件干净衣裳，有些还得解开他们的衣服，给他们拭洗身上的污泥血迹。

做这种工作，我当然没什么，可那些妇女又羞又怕，就是放不开手来，大家都要抢着去烧锅，特别是那新媳妇。我跟她说了半天，她才红了脸，同意了。不过只答应做我的下手。

前面的枪声，已响得稀落了。感觉上似乎天快亮了，其实还只是半夜。

外边月亮很明，也比平日悬得高。前面又下来一个重伤员。屋里铺位都满了，我就把这位重伤员安排在屋檐下的那块门板上。担架员把伤员抬上门板，但还围在床边不肯走。一个上了年纪的担架员，大概把我当作医生了，一把抓住我的膀子说："大夫，你可无论如何要想办法治好这位同志呀！你治好他，我……我们全体担架队员给你挂匾……"。他说话的时候，我发现其他的几个担架员也都睁大了眼盯着我，似乎我点一点头，这伤员就立即会好了似的。我心想给他们解释一下，只见新媳妇端着水站在床前，短促地"啊"了一声。我急拨开他们上前一看，我看见了一张十分年轻稚气的圆脸，原来棕红的脸色，现已变得灰黄。他安详地合着眼，军装的肩头上，露着那个大洞，一片布还挂在那里。

"这都是为了我们……"那个担架员负罪地说道，"我们十多副担架挤在一个小巷子里，准备往前运动，这位同志走在我们后面，可谁知道狗日的反动派不知从哪个屋顶上撂下颗手榴弹来，手榴弹就在我们人缝里冒着烟乱转，这时这位同志叫我们快趴下，他自己就一下扑在那个东西上了。……"

新媳妇又短促地"啊"了一声。我强忍着眼泪，给那些担架员说了些话，打发他们走了。我回转身看见新媳妇已轻轻移过一盏油灯，解开他的衣服，她刚才那种忸怩羞涩已经完全消失，只是庄严而虔诚地给他拭着身子，这位高大而又年轻的小通讯员无声地躺在那里。……我猛然醒悟地跳起身，磕磕绊绊地跑去找医生，等我和医生拿了针药赶来，新媳妇正侧着身子坐在他旁边。

她低着头，正一针一针地在缝他衣肩上那个破洞。医生听了听通讯员的心脏，默默地站起身说："不用打针了。"我过去一摸，果然手都冰冷了。

新媳妇却像什么也没看见，什么也没听到，依然拿着针，细细地、密密地缝着那个破洞。我实在看不下去了，低声地说："不要缝了。"她却对我异样地瞟了一眼，低下头，还是一针一针地缝。我想拉开她，我想推开这沉重的氛围，我想看见他坐起来，看见他羞涩的笑。但我无意中碰到了身边一个什么东西，伸手一摸，是他给我开的饭，两个干硬的馒头。……

卫生员让人抬了一口棺材来，动手揭掉他身上的被子，要把他放进棺材去。新媳妇这时脸发白，劈手夺过被子，狠狠地瞪了他们一眼。自己动手把半条被子平展展地铺在棺材底，半条盖在他身上。卫生员为难地说："被子……是借老百姓的。"

"是我的——"她气汹汹地嚷了半句，就扭过脸去。在月光下，我看见她眼里晶莹发亮，我也看见那条枣红底色上洒满白色百合花的被子，这象征纯洁与感情的花，盖上了这位平常的、拖毛竹的青年人的脸。

【导读】

茹志鹃像

作家作品简介

茹志鹃（1925—1998）中国当代著名女作家。她的创作以短篇小说见长。笔调清新、俊逸，情节单纯明侠，细节丰富传神。作品善于以小见大。主要作品集有：《百合花》《静静的产院》《高高的白杨树》等。新时期以来发表的主要作品有《剪辑错了的故事》《草原上的小路》《儿女情》《家务事》《一支古老的歌》等。

鉴赏解读参考

《百合花》写的是发生在战斗前沿包扎所的故事，一个出身农村的军队士兵"小通讯员"与两位女性"我"和"新媳妇"在激烈战斗环境下的情感关系。作者用自己独特的见解诠释了战争，虽然是以战争为题材的作品，其人性表达却与同一时期的其他作品有很大的区别。当时战争文学的重要特征是塑造英雄形象，《百合花》也不例外，不同的是《百合花》中的英雄人物——通讯员，并不是一位"高、大、全"式的完美英雄，也没有惊天动地的壮举和业绩，他更接近于日常生活中的普通人。在一个集体主义和英雄主义的时代氛围中，这种对于生命谢世与革命战争的哀悼之声无疑是无声胜有声。

我国著名文学评论家欧文彬把这种叙述风格比喻为"一朵纯洁美丽的鲜花"，评价这部作品色彩雅致，香气清幽，韵味深长。

林海雪原（节选）

曲 波

第十五章　杨子荣献礼

一个土匪打扮的人，独自一个在密林的雪地上走着。

他一忽儿哼着淫调；一忽儿狂野地狞笑；一忽儿骑上马大跑一阵；一忽儿又跟在马的后头吹着口哨；一忽儿嘴里也不知嘟噜些什么；一忽儿又拉着道地的山东腔乱骂一通；一忽儿又跑到马前头，让马跟着他跑；

一忽儿他又蹲在马后头，让马走远了，他再打一声唿哨，那马又转回头朝着他狂奔回来。当马狂奔到他跟前时，他就抚摸着马头，大笑一阵。他几乎一点也不安静，真像一个疯子，也像一个练马的演员。他用在走路上的力气，远没有用在他这一套发疯的行动上多。

他只有一件事做的特别仔细而有规律，不论是骑马和步行，不论是狂笑怪骂和瞎嘟噜，他总是每隔五六棵树，就用自己的匕首把树皮削下一小片，而且这一小片都是向着他来的方向。有时一刀削不下来，他一定再补上一刀，一直到削下来露出白茬为止。

这人不是别人，就是小分队的杨子荣同志，他离开小分队后每天都是这样生活，他现在已是满脸青灰，头发长长，满脸络腮胡子，看来是叫人可怕。

这是他为了全部使自己像个土匪，特别是要使自己像他所扮演的那个角色，要使自己的习惯、作风、气派都与那人毕肖。他已经做了三天的艰苦的演习。为了去掉他五六年的人民解放军老战士的习惯，他不得不狂练着土匪的习气，竟像一个着魔的人，比手画脚，晃头甩臂，哼着淫调，嘟噜着暗语黑话。总之，他一心只想着他的任务："我练得愈彻底，完成这一特殊任务愈有保证。正像二〇三首长所指示的：'这一次你不是演剧，而是肩负着匪巢覆灭的重担。那么你这个"土匪"应当得彻底，从现在起你不是杨子荣同志，而是惯匪胡彪。'"

他现在已在向着他的目的地前进。

在前进的第一天和第二天，他一点也没放弃这个可能演习的机会，因为这条路是在威虎山的正南方，四百里的距离中没有一个屯落，又和小分队所驻的夹皮沟形成对立的两端，一个在威虎山的正北，一个在威虎山的正南，所以十分平静，没有一个人能看到他。

最减少杨子荣麻烦的，还是高波和李鸿义在黑瞎沟故意放走的那个傻大个，他留下的脚印，给杨子荣当了义务向导。

这样杨子荣就减少了辨别方向、寻找路径的大量工作。因此他除了边走边演习之外，就只有一项在树上刻下记号的必需的工作。

他骑着许大马棒的那匹马，虽然走得快，可是在这条空旷四百里黄花松的密林里，却施展不开它的本领，急行了两天，对这个大林还是深不可测。

两天中一个人影也没见到，只有那个傻大个的脚印，和乱纷纷的兽迹，像蜘蛛网一样绕绊在无边的雪地上。

第三天的傍晚，杨子荣不敢再宿树洞，因为前两天他曾在一个大树洞里碰上了冬眠的大熊，惹出了一场麻烦。所以他就在雪地上，拍雪成砖，筑成了一座四壁的防风雪墙，铺着两张獾皮，宿在里面。杨子荣幽默地称它为雪林"白宫"。

他甜甜地睡了一夜，也许是太累了，直到阳光透入他的"白宫"，他才醒来。晃了晃膀，伸了伸懒腰，大口地吸了几口白银世界的鲜冷的空气。把草料又倒了半袋，喂上他那唯一的旅伴。自己掏出烟袋，用劲地抽了几口，提起了精神。他向正北一张望，在不远的地方出现桦树林。

这个林间树类的更换，意味着威虎山快要到了，这是剑波在地图上指给他的特征。

"现在应当立即向另一个方向岔下去，脱离那傻大个的脚印，以免引起匪徒们猜疑。"

他立起身来想着，用一双机灵的眼睛环视着四周的树林，好像是在寻查什么有用的东西。

他看来看去，突然对着一棵离他有五十米远的小树发出微微的一笑。也许是他因为这棵小树生长在一个小山包的边缘？

或者因为这棵小树的周围没有什么更大的树遮盖它？说不定是因为这小树在人头高处生有一个树杈？他磕了磕小烟袋，弯腰从绑腿里抽出了匕首，便朝那棵小树走去。

他在树的北面用锋利的匕首割挖着树皮，一会儿小树皮被挖下香烟盒大小的一块。他又用匕首在这块半寸厚的树皮里面削了又削，刮了又刮，刮得只剩二分厚，他又小心地把它堵在原来的位置上，一点也看不出痕迹。他马上又从腰里掏出一块黑石头，搁在小树的杈上。

他得意地一笑，转身朝着马走来，并且还不住地回头看看，嘴里嘟噜着："位置不错……"

他收起了马料袋，跨上马，向西北方向走去。走了三十几步远，他再回头看那棵小树，突然从他得意的微笑中，露出一点不安和失色的神情，他勒住了马，嘴里嘟噜一声："妈的，好粗心，假若这几天不下雪，不刮风，我那趟去小树的脚印埋不掉的话，岂不要坏事！"

他马上镇静地一想，勒回马头，顺着刚才步行的脚印，奔向小树，再由小树跟前向东北绕了一个圈子，转向正北，入了桦树林区，又向西北策马奔去。这样那棵小树上的秘密，就成了他漫长三百多里的马蹄印一个很规律的组成部分了，没有什么任何特殊的标志和破绽。

他通过一带灌木林，进入桦树林的深处，在一个小山包的脚下，重新喂上马匹。自己想着："我也需要吃饱一点好应付可能发生的一切。这一切很可能在今天就要开始。"想着，他从饭袋里，掏出冻得像石头一样的高粱米饭团。也没有生火烤，喀喳喀喳地啃起来。啃两口饭团，再吃两口雪团，他一面咀嚼一面想，忽然噗哧一声笑开了。原来他瞅着他这身全套的土匪装束，又联想到多日没洗没刮的脸，心想一定也难看得一塌糊涂。他顺手向脸上一摸，只觉得满脸胡髭像松针一样地刺手。当他摸到脖子上，无意中触到那块约有二寸长的疤痕时，他来回地摸了几下，忽然，笑容消失了，眼中射出了愤怒的火花。

原来这疤痕上记载着他永远难忘的仇恨，使他想起了爹娘和小妹妹。是在他十八岁那年上，他家的一条心爱的老牛，跑到恶霸地主杨大头的祖坟上吃了两口青草。杨大头说牛踏破了他祖坟的地气，把子荣的老爹捉了去，灌了一瓢尿浇的稀屎，又叫炮手们恶打一顿，老人经不起折磨，就这样活活地被糟蹋死了。子荣的妈妈怨气成疾，加上长期过度的劳累，结果一病不起，不久就去世了。年轻的杨子荣，天天想报仇，可是一来力孤势

《林海雪原》（剧照）

弱，二来没有机会下手，也只有长期地忍耐着。

真是祸不单行，仇还没报，杨子荣又遭到差一点致死的残害。是在那年的大年三十那天，杨大头的后宅院失了火，烧得他焦头烂额。杨大头以为这是杨子荣的报复，把这笔纵火账强赖到杨子荣身上。他招来些狗腿子，把杨子荣吊在大槐树上毒打一顿，脖子上被砍了一菜刀，他昏迷过去了。杨大头为了根除后患，决心害死杨子荣，当夜预备把杨子荣抬上西南山的岩石上摔死。幸亏好心的长工杨四铁——杨子荣的青年朋友，偷偷地放跑了他。从此后一直七年漂流在外，杨大头死了，他才回到老家。这时他才知道他的小妹妹被杨大头抓去当丫头，后来又不知把她卖到哪里去了。抗战开始后，这仇恨激励着他参加了八路军，使他对人民解放事业抱着无限的忠心。

他咀嚼着，想着，他的心已奔向仇人，这仇人的概念，在杨子荣的脑子里，已经不是一个杨大头，而是所有压迫、剥削穷苦人的人。他们是旧社会制造穷困苦难的罪魁祸首，这些孽种要在我们手里，革命战士手里，把他们斩尽灭绝。

杨子荣把双手一搓，双拳紧握，口中喃喃地说着他在入党前一天晚上向连队指导员所表示的终生奋斗的誓言："我杨子荣立志，要把阶级剥削的根子挖尽，让它永不发芽；要把阶级压迫的种子灭绝，叫它断子绝孙。"说着他那威武的眼睛盯向他周围的森林，他的心和眼一样，在深远细致地考虑他这场即将开始的斗争。

他想得出了神，连口中的咀嚼也停止下来。他想着想着，突然正在吃着草料的马，一阵乱声嘶叫，接着便是乱刨刮踢，从它的神情慌乱中看出了无限的惊恐。

杨子荣站起来，向马惊视的方向望去，望了一会儿什么也没有，桦树林依然寂静无声。

他回头再看看马，它已是全身抖颤，气喘吁吁，两只恐怖的眼睛直望着西北方丛林，频频地回头望着杨子荣，好像求救似的。

杨子荣已敏感到必有名堂，心中一阵忐忑，扔掉了手中的饭团和雪团，抄起了步枪，走近马跟前。马急忙向他身后依贴，好像在让他挡住什么凶恶的敌人一样。

杨子荣又张望了一会儿，还是没有什么，他转过身抚摸马头，向它安慰道：

"别害怕，什么也没有，我来保护你，快吃吧！吃饱了好完成咱们的任务。"

说着他紧了紧拴在树上的缰绳，防止被它挣脱。然后他隐蔽在一棵大树后面，紧握着枪，又抽出锋利的匕首，继续向周围瞭望探索。

这时马又一次地惊恐嘶叫起来，拼命地挣了两下缰绳，但没有挣脱。接着它四腿弯弯，抖颤得站立不住了，看看就要绝望地倒下去。杨子荣一阵惊奇，口中嘟噜道："妈的，什么东西，这么大的威风，把匹活龙驹都给吓瘫了！"他还没来得及回头，突然一声巨吼，灌木丛中扑出一只大个的东北虎，张着利牙，竖着尾巴，一冲一冲地向马扑来。虎尾扫击着灌木丛，刷刷乱响，震得雪粉四溅。

马被吓得不刨也不踢了，垂着头两眼死盯着扑来的恶敌，从鼻子里发出低沉的哀鸣。

杨子荣还是头一次看到活老虎，离得又这么近。又是来吃他的马，这突然来的惊恐，使他气喘不安，心怦怦地乱跳，手中的枪也随着他的心有些抖颤。

虎一冲一冲地向马扑过去，离得已经很近了，"得赶快下手，这匹马不仅是我的快腿，主要是我的身份证，失了它就等于失掉了身份证。"想着他用力地把身体贴紧树干，把匕首用力向树上一插，把枪架在匕首上，克服了枪身的抖动，他压住了紧张的呼吸，从虎的侧面，瞄准了虎头。他蛮有把握地一扣扳机，糟极了，一颗臭子儿，没打响。老虎一点也没察觉，继续向马扑去，只有三十多步远了，杨子荣惊了一身冷汗，刷的一声抽出大肚匣子，向虎哗的一梭子。老虎只是一惊，在地上打了个滚，显然又没打着。它爬起来，向枪响处猛吼了两声。当它发现了树背后的杨子荣，便来了一阵凶狂的示威，吼声震得在全山回响，尾巴像条巨大的鞭子，打的地下雪尘四扬。杨子荣趁着它示威的这一刹那，用步枪再射一枪，好极了，这一枪总算打响了，可是没打着老虎，子弹在离它三四步的距离着地。他赶忙又推弹上膛，向着扑过来的猛虎又是一枪。可是又没打着，老虎连蹦两个高，显得更凶恶，向杨子荣直扑过来。

"打虎不中，翻背伤人，妈的几枪没打准了！"杨子荣全身绷紧得像石头，"再来它一枪，愈近愈有把握，沉着，沉着……"他一面紧张呼吸，一面盯着这个扑过来的恶敌，只离十步距离了，老虎把前爪向地下一按，准备它最后的一扑。

"好机会！"杨子荣当的一枪，打中了老虎的一只前腿。这一扑它没有扑到应有的距离，可是离杨子荣只有三四步远，老虎一声狂吼，直立两只后腿，张开血盆似的大嘴，迎面扑向杨子荣。杨子荣就在这一瞬间，枪口对准了虎嘴，当的一枪，枪弹通过口腔，从脑盖骨穿过，老虎仆卧在雪地上，只有一条尾巴乱绞了一阵，死去了！

杨子荣上前两步，用脚踩着虎背，蹬了两蹬，死老虎已全身松软。他自己也和老虎一样，全身松软，四肢一点力气也没有，一屁股坐在雪地上，爬也爬不起来，腿和手抖颤得更加厉害，他一仰身躺在雪地上，想恢复一下过度的紧张。他偏过头去，看了看那匹受惊如瘫的马，此刻已十分平静了，在安闲地吃着草料。杨子荣一阵轻松的喜悦，擦了擦额上的冷汗，得意地自言自语道：

"有意思，要去威虎山，半路上又过了个'景阳冈'。"但他又想："这个虎怎么处理呢？

送回小分队吗？已是不可能的事；带到威虎山去吗？这只大虎又太笨了。我这次虽是去献礼的，可是所有礼物的一分一毫也不能为匪徒所得，我给予他们的只是他们的覆灭。怎么办呢？只有埋起来，深深地埋在雪底下，等剿完座山雕再取下山去。"他微微一笑，"有意思，那时我们拿着一虎一雕下山该多有趣，小分队同志不知能乐到个什么样子呢。"

想到这里，他一股分外的高兴涌上心头，顿时全身涌出了力气，他的两腿向上一举，向下猛一落，就势站了起来，打扫了一下粘在身上的雪粉，正要弯腰去拖虎，忽然在西北虎来的方向，传来了叽叽咕咕的说话声。杨子荣愣住了，最初他不相信自己的耳朵，以为是过度紧张后发生的耳鸣。可是这语声越来越近，他便蹲下身子，顺树空向语声窥望，发现在林深处有五个人向这里走来，他顿时心一翻，"这一定是威虎山的匪徒了，他们是撵虎而来呢，还是听到我的枪声而来呢？"一阵激烈的思索，使他全身有些紧张，"不管怎样，来了就得对付。"他这样一冷静，发觉了自己由于紧张而紧握的双手，出了两把冷汗。他极力让紧张的肌肉松缓下来，内心对自己作了一个尖锐的批评：

"太不沉着，太胆小！这是一种畏惧的表现，这简直太危险，这种表现分明是向敌人招供，承认了自己不是胡彪，再愚蠢的敌人也会把你识破。快！快镇静下来，斗争瞬间就要开始了！我不是杨子荣，我是胡彪。"

想着，他哼开了小曲，蹓蹓跶跶，缓步向马走去。

"提起了宋老三，两口子卖大烟……"他哼得是那样地像，完全像土匪的淫调。他对那五个人一瞧也不瞧，只当没看见，满不在乎地搅拌着马草料。心想："我等着他，看他先来啥？"

"蘑菇，溜哪路？什么价？"[1]

五个人中的一个，发出一句莫名其妙的黑话。

杨子荣一听，心想："来得好顺当。"他笑嘻嘻地回头一看，五个人惊瞪着十只眼，并列地站在离他二十步远的地方。

杨子荣直起身来，把右腮一摸，用食指按着鼻子尖，"嘿！想啥来啥，想吃奶，就来了妈妈，想娘家的人，小孩他舅舅就来啦。"[2]

他流利地答了匪徒的第一句黑话，并做了回答时按鼻尖的手势，接着他走上前去，在离匪徒五步远的地方，施了一个土匪的坎子礼道：

"紧三天，慢三天，怎么看不见天王山？"[3]

五个匪徒一听杨子荣的黑话，互相递了一下眼色，内中一个高个大麻子，叭的一声，把手捏了一个响道：

"野鸡闷头钻，哪能上天王山。"[4]

杨子荣把大皮帽子一摘，在头上画了一个圈又戴上。他发完了这个暗号，右臂向前平伸道：

"地上有的是米，唔呀有根底。"[5]

"拜见过啊么啦？"[6]

大麻子把眼一瞪。"他房上没有瓦，非否非，否非否。"[7]

杨子荣答。

"哂哒？哂哒？"[8]

大麻子又道。

[1] 土匪黑话，意为：什么人？到哪去？

[2] 土匪黑话，意为：找同行。

[3] 土匪黑话，意为：我走了九天，也没找到哇？

[4] 土匪黑话，意为：因为你不是正牌的。

[5] 土匪黑话，意为：老子是正牌的，老牌的。

[6] 土匪黑话，意为：你从小拜谁为师？

[7] 土匪黑话，意为：不到正堂不能说，徒不言师讳。

[8] 土匪黑话，意为：谁引点你这里来？

杨子荣两臂一摇，施出又一个暗号道：

"一座玲珑塔，面向青带，背靠沙。"[9]

"么哈？么哈？"[10]

"正晌午时说话，谁也没有家。"[11]

五个匪徒怀疑的眼光，随着杨子荣这套毫不外行的暗号、暗语消失了。他们微微一笑，

盯向三十步开外的那只死老虎。

然后大麻子向杨子荣一笑道：

"老大好枪法。"

"彼此彼此！老大不嫌的话，兄弟奉送。"

五个匪徒一齐狂笑地伸出大拇指头，"够朋友！够朋友！"

说着行了个土匪礼。杨子荣也还了礼。

"老大，你的心意？"大麻子好像有点近乎地问道。

杨子荣面上略带一点凄凉地答道："许旅长遭难，兄弟我也只有脱骨换胎，步步登高吧！"

"那太好啦！"大麻子咧嘴一笑，"老弟，门槛在眼前，咱给你挑门帘。"

"多谢大哥引荐。"

"彼此关照，咱家向来办事仗义。"大麻子说着向杨子荣把眼一闭。

杨子荣已完全明白了大麻子闭眼的意思，心中一阵喜欢，"这个匪徒给我进山的暗号了。"

想着，他从腰里掏出一条三寸宽二尺长的黑布，把黑布一甩道：

"朋友，少等。"

杨子荣把步枪和大肚匣子挂在马鞍环上，收起了马料袋，解开马缰绳，然后按着匪徒的山规，把那条黑布蒙在眼上扎好，背向着大麻子等五人道：

"好交的，方便。"

大麻子哈哈一笑道："错不了，朋友。"说着他命令其余四人把虎抬在马背上，又用匕首削下一根树枝，一端递给杨子荣握着，另一端大麻子自己握着，顺着五个匪徒的来路向正北而去。

座山雕的大本营，是一个很大很大的圆木垒成的大木房，坐落在五福岭中央那个小山包的脚下。大木房的地板上，铺着几十张黑熊皮缝接的熊皮大地毯，七八盏大碗的野猪油灯，闪耀着晃眼的光亮。

座山雕坐在正中的一把粗糙的大椅子上，上面垫着一张虎皮。他那光秃秃的大脑袋，像个大球胆一样，反射着像啤酒瓶子一样的亮光。一个尖尖的鹰嘴鼻子，鼻尖快要触到上嘴唇。下嘴巴蓄着一撮四寸多长的山羊胡子，穿一身宽宽大大的貂皮袄。他身后的墙上，挂着一幅大条山，条山上画着一个老鹰，振翘着双翅，单腿独立，爪下抓着那块峰顶的巨石，野凶凶地俯视着山下。

座山雕的两旁，每边四个人，坐在八块大木墩上。内中有一个是大

[9] 土匪黑话，意为：是个道人。

[10] 土匪黑话，意为：以前独干吗？

[11] 土匪黑话，意为：许大马棒山上。

麻子，他坐在左首的第一位。这就是座山雕从当土匪以来，纠合的八大金刚。国民党委了他的旅长要职后，这八大金刚就成了他部下的旅参谋长、副官长，和各团的团长、团副。

看这伙匪徒的凶恶的气派，真像旧小说中所描绘的山大王。

杨子荣被一个看押他的小匪徒领进来后，去掉了眼上蒙的进山罩，他先按匪徒们的进山礼向座山雕行了大礼，然后又向他行了国民党的军礼，便从容地站在被审的位置上，看着座山雕，等候着这个老匪的问话。

座山雕瞪着像猴子一样的一对圆溜溜小眼睛，撅着山羊胡子，直盯着杨子荣。八大金刚凶恶的眼睛和座山雕一样紧逼着杨子荣，每人手里握着一把闪亮的匕首，寒光逼人。座山雕三分钟一句话也没问，他是在施下马威，这是他在考查所有的人惯用的手法，对杨子荣的来历，当然他是不会潦草放过的。老匪的这一着也着实厉害。这三分钟里，杨子荣像受刑一样难忍，可是他心里老是这样鼓励着自己，"不要怕，别慌，镇静，这是匪徒的手法，忍不住就要露馅，革命斗争没有太容易的事，大胆，大胆……相信自己没有一点破绽。不能先说话，那样……"

"天王盖地虎。"[12]

座山雕突然发出一声粗沉的黑话，两只眼睛向杨子荣逼得更紧，八大金刚也是一样，连已经用黑话考察过他的大麻子，也瞪起凶恶的眼睛。

这是匪徒中最机密的黑话，在匪徒的供词中不知多少次地核对过它。杨子荣一听这个老匪开口了，心里顿时轻松了一大半，可是马上又转为紧张，因为还不敢百分之百地保证匪徒俘虏的供词完全可靠，这一句要是答错了，马上自己就会被毁灭，甚至连解释的余地也没有。杨子荣在座山雕和八大金刚凶恶的虎视下，努力控制着内心的紧张，他从容地按匪徒们回答这句黑话的规矩，把右衣襟一翻答道：

"宝塔镇河妖。"[13]

杨子荣的黑话刚出口，内心一阵激烈的跳动，是对？还是错？

"脸红什么？"座山雕紧逼一句，这既是一句黑话，但在这个节骨眼问这样一句，确有着很大的神经战的作用。

"精神焕发。"杨子荣因为这个老匪问的这一句，虽然在匪徒黑话谱以内，可是此刻问他，使杨子荣觉得也不知是黑话，还是明话？因而内心愈加紧张，可是他的外表却硬是装着满不在乎的神气。

"怎么又黄啦？"座山雕的眼威比前更凶。

"防冷涂的蜡。"杨子荣微笑而从容地摸了一下嘴巴。

"好叭哒！"[14]

"天下大大啦。"[15]

座山雕听到被审者流利而从容的回答，嗯一声喘了一口气，向后一仰，靠在椅圈上，脸朝上，眼瞅着屋顶，山羊胡子一撅一撅的像个兔尾巴。八大金刚的凶气，也缓和下来。接着这八大金刚一人一句又轮流问了一些普通的黑话，杨子荣对答如流，没有一句难住他，他内心感谢着自己这几天的苦练。

---

[12] 土匪黑话，意为：你好大的胆！敢来气你祖宗。

[13] 土匪黑话，意为：要是那样，叫我从山上摔死，掉河里淹死。

[14] 土匪黑话，意为：内行，是把老手。

[15] 土匪黑话，意为：不吹牛，闯过大队头。

可是，杨子荣从俘房口中所学到的黑话快要用完了，内心又是一阵焦急，心想："匪徒们为了考察他们的同类，到底有多少黑话呢？是不是还有自己没掌握到的呢？"他激剧地担心着这一点。

正在这时，座山雕突然从椅子上直起腰来，把手一挥，八大金刚立时停止了再问。他捋了两下山羊胡子，哼了哼鹰嘴鼻，把鼻尖歪了两歪，拉着长腔，傲慢地向杨子荣问道：

"这么说，你是许旅长的人了？"

杨子荣一听黑话结束，心里就像卸了重担一样地轻松，神色更加从容，他点了点头答道：

"许旅长的饲马副官胡彪。"

"你想怎么办呢？"

"投奔三爷，好步步登高。"

"山穷水尽，也有点进见礼？"

杨子荣笑嘻嘻地："托三爷的威风，一只老虎碰到我的枪口上。"

座山雕格格地笑了一阵，八大金刚也狂笑了许久，还恭维着他们的魁首道：

"三爷，碰得真巧，六十大寿，有人献虎。"

座山雕在狂喜中，使了个眼色，大麻子从身后舀了一大碗酒，递给杨子荣，杨子荣一看来了酒，内心完全轻松下来，这证明匪徒的进门槛子已经结束了，往下便可以随便些。他接过酒，朝空一举，咕嘟咕嘟一饮而尽。喝完后把满脸的胡髭一摸，转身坐在一个木头墩子上，他决心把他准备的真正礼物再晚一点献，好让这些匪徒看重自己。于是他拿出了土匪的气派，装上一袋烟吸着，说开了他这个胡彪的来历。

"三爷，我胡彪这趟溜子可不容易！跟许旅长多年，还没苦过这么一次。奶头山被共军打破以后，许旅长和弟兄们都被囚起来啦，只有几个人流了水。栾副官没在山上，夫人和郑三炮找侯专员讨封去啦，我在蜡烛台养马，只有咱们四个人没遭难。现在俺们四个都各奔各的咧，我老胡走了一个多月，才来这里……"

"那栾副官哪里去了呢？"座山雕急急地打断了杨子荣的叙述，眼中放出一种贪婪的神色。

杨子荣一眼就看透了这个老匪的心事，于是他故意唉的一声，叹了一口粗气，摇了摇头，"别提啦！"

"怎么？你见到他没有？"座山雕有点焦急的样子。

杨子荣吸了一口小烟袋。"看是看见啦！是在梨树沟他三舅家碰面的，可是这个人哪！真他妈的不够朋友，哼！……"

"那么刘维山和老栾碰面没有？"

"什么？"杨子荣故意地问道。

"刘维山，刘维山，"座山雕好像是担心着什么，"就是那个一撮毛！"他的手向右腮上一比划。

杨子荣早明白了这个老匪的意思，便故意拉了拉架子摇了摇头，"不认识，我也没看见什么一撮毛！"

"嗯！"座山雕眉头一皱，若有所虑地纳起闷来，"梨树沟他三舅家，一撮毛一定也去呀！"

他自言自语地抽了一口冷气，把头一歪。

杨子荣心想："叫你们这群老匪猜吧！你们这辈子也不用想再见一撮毛了。"

静了一些时刻，座山雕又一伸脖颈向杨子荣问道：

"那么老栾他的心意怎么样呢？"

杨子荣见谈到了正题，故意拿拿架子，"妈的，一言难尽，请再来一碗酒，咱慢慢谈。"杨子荣本来就酒量很大，又加上座山雕的酒，全是匪徒自造的野葡萄酒，度数很低，在部队时杨子荣是遵守军纪的模范，从未喝过酒，可是在这个节骨眼上，他却要来它几大碗，在匪徒面前要表表他的气派，不能当个低三下四的喽啰。

座山雕为了探听出他长期找的那栾匪的消息，忙令大麻子又舀了一碗。杨子荣接过来又是一饮而尽，拭了拭嘴，清了清嗓子道：

"老栾真他妈的不仗义，我们俩一见面，他就三番五次地拉我直接去投侯专员，我想，他手里拿着许旅长的'先遣图'，我他妈的单枪匹马，到了那里我怎么能吃得开呀？别他妈的拉我给他当随从，老胡向来不舔别人的碗边。叫我喝他们的冷饭汤呀！我不干。又加上蝴蝶迷和郑三炮在那里，我他妈更不去啦，那些不仗义的家伙，眼里从来就看不起我老胡，说正当一点，他们是怕我老胡。个顶个哪个我也不怕他。

我能跟这些小耗子去当差使吗？

你说！三爷？所以我当时就向老栾表白，我说：'老栾哪！别到侯专员那儿去吧，蝴蝶迷和郑三炮在那里，去了也没有咱哥俩的甜头，看看郑三炮那小子只去报了个信，就升了团长，你去也白搭，咱们还是去威虎山投崔三爷吧！'你猜他怎说的？他说：'算了吧老胡，你的主意全不对，你去孝敬那座山雕干啥？他手下有八大金刚，你去了还能给你个九大金刚？就是给你个第九位，他那个小山头也得听侯专员、谢司令调用。咱到侯专员那里当不上团长，也干他个中校参谋。'说着他从腰里掏出了'先遣图'，朝我眼前一摆，又说：'看看！老胡，咱有这个。'"

杨子荣说到这里，故意点着烟，大抽了两口，用眼瞟了一下座山雕。这个老匪已被杨子荣这套谎话，气得满脸青筋。对他所希望的那份许大马棒的"先遣图"，已露出了失望的神色。

"三爷！你说他去他就去呗！可是他妈还硬拉我，后来他看到实在拉不动了，他又向我要手腕，又向我要旅长那匹马，他说他走不动。妈的！他走不动我就走得动啦！当然我不能给他。嘿！真他妈的小人，他又想了个办法，想用酒灌醉我，晚上骑马跑。妈的，我老胡是干啥的？我吃他们这一套哇！好！

来吧！我就给他来了个将计就计。奶奶操的，你挖我，我还要挖你啦！于是我就和他碰开了大碗，一连八大碗，我老胡还没怎的，这小子他妈的就伸了腿，醉得人事不省，像他妈的一摊稀泥。我一想，一不做，二不休，得下手就下手，我就趁他大醉，穿上他的衣服，拿了'先遣图'，骑上我的快马，我就溜来啦！"

"好！好汉，老胡了不起！"八大金刚和座山雕乐得一拍大腿，向杨子荣伸着大拇指头。

杨子荣得意地一笑，掀开大衣襟，露出栾匪化装小炉匠时被捕的那件衣服，用匕首刺开衣襟角，拿出了从一撮毛身上搜出的那张"先遣图"，向座山雕一挥道：

"三爷，看看，在这里，咱老胡给您拿来了！"

座山雕和八大金刚一阵狂笑，走到杨子荣跟前，拍着杨子荣的肩膀，伸着大拇指头，"老胡，真不含糊，好样的，有两下子，我崔某绝不能亏待你。"

说着这个老匪的手像鹰爪抓兔子一样，拿去了"先遣图"，摊在桌子上，看了又看，然后小心地放在他椅子底下的一个铁匣子里。然后拉着杨子荣的袖子，走到自己的座位旁边，让杨子荣坐下。嘴里叨叨地嘟噜着："好样的，有两下子，有两下子……"

杨子荣却拉出毫不以为然的神气道：

"三爷，小意思，算不了什么，这不过只是一点见面礼罢了！"

"老胡！"座山雕俯下脸笑嘻嘻地看着杨子荣，"你知道，我崔某想这件东西不是一天半天啦，你想想这部分力量要落到马希山他们手里，那么许旅长这个地盘和人都被他抓去了，等国军来了，他成个大财东，我他妈成个穷光蛋，用什么本钱来讨封啊！所以许旅长一遇难，我就赶快派一撮毛去找栾副官，没承想这小子看不起我，妈的！有他的。如今老胡你把它拿来了，我在这滨绥图佳地区岂不坐上第一把交椅了吗？

哈哈……有功，有功……"

"没啥！"杨子荣睁着两只傲慢的眼睛，"这不过是我老胡的第一手，小意思，今后您再看咱老胡吧，干个漂亮的给您看看，不是我老胡说大话，"他立起身来，把粗大的拳头向桌上一摆，显得是那样的威武，"凭咱这身武艺，打遍天下也不怕。"

"好！"座山雕兴奋地一拍大腿，"老胡，现在我封你为威虎山上的老九，以后咱的地盘一大，还可以独辖山头……"

"谢三爷……"

"别忙！"座山雕把手一扬，"因为我们是国军，总还得有个官衔，现在我委你为滨绥图佳保安第五旅上校团副。"说着这个老匪自己亲手舀了一碗酒，递给杨子荣，"来！老九，祝贺你劳苦功高，荣升上校团副。"

"祝贺胡团副荣升！"八大金刚一齐喊道。

杨子荣把胸膛一挺，两个膀一抖道：

"托三爷的福，借诸位的威，我胡彪愧领，愧领！今后还祈求三爷提携，各位哥们捧场。"

说着接过酒来，又是一饮而尽。

匪首们得了杨子荣所献的"先遣图"，吵吵嚷嚷，狂喜乱笑，谈论着他们的今后。

杨子荣看着，内心涌出胜利的微笑，心中满意自己这第一场戏演得成功。他想："这些若回去告诉同志们，那该多么有趣可笑啊！特别是那个天真的小白鸽，又要乐得跳舞了。等着吧！同志们，等着咱们胜利的会师。我会尽我的一切智慧，来完成党的委托。"他忽然心一沉，好像沉重的任务重压着他的心头，"这不过是刚钻进匪巢，关键问题还不在这里，而是在未来，艰苦的斗争刚刚才开始。"

【导读】

作家作品简介

曲波（1923—2002）山东省黄县（今龙口市风仪区枣林庄）人，出生于贫农家庭。曲波只念过五年半私塾。13岁失学在家务农和樵采，他少年时代曾熟读了《说岳全传》《水浒传》《三国演义》等中国古典小说。15岁进入八路军胶东公学（今鲁东大学），1938年参加了中国共产党领导的八路军。抗日战争时期，他在山东地区作战，曾任连、营指挥员。1945年抗日战争胜利后，部队开赴东北作战。解放战争时期，担任过大队和团的指挥员。他曾率领一支小分队，深入东北牡丹江一带深山密林与敌人周旋，进行了艰难的剿匪战斗。在参加解放东北的战争中两次负重伤。1955年他开始从事业余文学创作。1957年作家出版社、人民文学出版社出版了他的第一部长篇小说《林海雪原》。

曲波像

鉴赏解读参考

20世纪50年代以后，原来通俗文学领域的言情、武侠、鬼怪等小说均被取缔，真正能填补这一阅读空间的正是《林海雪原》一类读物。特别值得一提的是，曲波曾言，对《钢铁是怎样炼成的》等文学名著，"我只能讲个大概，讲个精神，或者只能意会而不能言传；可是叫我讲《三国演义》《水浒》《说岳全传》，我就可以像说评词一样讲出来，甚至最好的章节我还可以背诵。"正是传统英雄传奇艺术因素给予作家如此深刻的影响，使《林海雪原》的文本表现出通俗性、传奇性特色，因而受到广大读者的喜爱。

组织部来了个年轻人（节选）

王 蒙

八

　　韩常新最近被任命为组织部副部长。新婚和被提拔，使他愈益精神焕发和朝气勃勃。他每天刮一次脸，在参观了服装展览会以后又作了一套凡尔丁料子的衣服。不过，最近他亲自出马下去检查工作少了，主要是在办公室听汇报、改文件和找人谈话。刘世吾仍然那么忙。

　　一天，晚饭以后，韩常新把《拖拉机站站长与总农艺师》还给林震，他用手弹一弹那本书，点点头说："很有意思，也很荒唐。当个作家倒不坏，编得天花乱坠。赶明儿我得了风湿性关节炎或者犯错误受了处分，就也写小说去。"

　　林震接过书，赶快拉开抽屉，把它压在最底下。

　　刘世吾坐在另一边的沙发上正出神地研究一盘象棋残局，听了韩常新的话，刻薄地说："老韩将来得关节炎或者受处分倒不见得不可能，至于小说，我们可以放心，至少在这个行星上不会看到您的大作。"他说的时候一点不像开玩笑，以致韩常新尴尬地转过头，装没听见。

　　这时刘世吾又把林震叫过去，坐在他旁边，问："最近看什么书了？有没有好的借我看看？"

　　林震说没有。

　　刘世吾挪动着身体，斜躺在沙发上，两手托在脑后，半闭着眼，缓慢地说："最近在《译文》上看了《被开垦的处女地》第二部的片段，人家写得真好，活得很……"

　　"您常看小说？"林震真不大相信。

　　"我愿意荣幸地表示，我和你一样地爱读书：小说、诗歌，包括童话。解放以前，我最喜欢屠格涅夫，小学五年级，我已经读《贵族之家》，我为伦蒙那个德国老头儿流泪，我也喜欢叶琳娜；英沙罗夫写得却并不好……可他的书有一种清新的、委婉多情的调子。"他忽地站起来，走近林震，扶着沙发背，弯着腰继续说，"现在也爱看，看的时候很入迷，看完了又觉得没什么，你知道，"他紧挨林震坐下，又半闭起眼睛，"当我读一本好小说的时候，我梦想一种单纯的、美妙的、透明的生活。我想去做水手，或者穿上白衣服研究红血球，或者做一个花匠，专门培植十样锦……"他笑了，从来没这样笑过，不是用机智，而是用心。"可还是得做什么组织部长。"他摊开了手。

　　"为什么您把现在的工作看得和小说那么不一样呢？党的工作不单纯，不美妙，也不透明么？"林震友好而关切地问。

　　刘世吾接连摇头，咳嗽了一会儿又站起来。靠到远一点的地方，嘲笑地说："党工作者不适合看小说。……譬如，"他用手在空中一划，"拿发展党员来说，小说可以写：'在壮丽的事业里，多少名新战士参加了无产阶级的先锋行列，万岁！'而我们呢，组织部呢，却正在发愁：第一，某支部组织委员工作马大哈，谈不清新党员的历史情况。第二，组织部压了百十几个等着批准的新党员，没时间审查。第三，新党员需经常委会批准，常委委员一听开会批准党员就请假。第四，公安局长参加常委会批准党员的时候老是打瞌睡……"

"您不对！"林震大声说，他像本人受了侮辱一样地难以忍耐，"您看不见壮丽的事业，只看见某某在打瞌睡……难道您也打瞌睡了？"

刘世吾笑了笑，叫韩常新："来，看看报上登的这个象棋残局，该先挪车呢还是先跳马？"

九

魏鹤鸣告诉林震，他要求回到车间做工人，他说："这个支部委员和生产科长我干不了。"林震费尽唇舌，劝他把那次座谈会搜集的意见写给党报，并且质问他："你退缩了，你不信任党和国家了，是吗？"后来魏鹤鸣和几个意见较多的工人写了一封长信，偷偷地寄给报纸，连魏鹤鸣本人都对自己有些怀疑："也许这又是'小集团活动'？那就处罚我吧！"他是带着有罪的心情把大信封扔进邮箱的。

五月中旬，《北京日报》以显明的标题登出揭发王清泉官僚主义作风的群众来信。署名"麻袋厂一群工人"的信，愤怒地要求领导上处理这一问题。《北京日报》编者也在按语中指出："……有关领导部门应迅速作认真的检查……"

赵慧文首先发现了，她叫林震来看。林震兴奋得手发抖，看了半天连不成句子，他想："好！终于揭出来了！还是党报有力量！"

他把报纸拿给刘世吾看，刘世吾仔细地看了几遍，然后抖一抖报纸，客观地说："好，开刀了！"

这时，区委书记周润祥走进来，他问："王清泉的情况你们了解不？"

刘世吾不慌不忙地说："麻袋厂支部的一些不健康的情况那是确实存在的。过去，我们就了解过，最近我亲自找王清泉谈过话，同时小林同志也去了解过。"他转身向林震："小林，你谈谈王清泉的情况吧。"

有人敲门，魏鹤鸣紧张地撞进来，他的脸由红色变成了青色，他说，王厂长在看到《北京日报》以后非常生气，现在正追查写信的人。

经过党报的揭发与区委书记的过问，刘世吾以出乎林震意料之外的雷厉风行的精神处理了麻袋厂的问题。刘世吾一下决心，就可以把工作作得很出色。他把其他工作交代给别人，连日与林震一起下到麻袋厂去。他深入车间，详细调查了王清泉工作的一切情况，征询工人群众的一切意见。然后，与各有关部门进行了联系，只用了一个多星期的时间，就对王清泉作了处理——党内和行政都予以撤职处分。

处理王清泉的大会一直开到深夜，开完会，外面下起雨，雨忽大忽小，

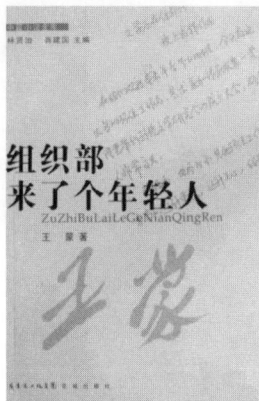

《组织部来了个年轻人》

久久地不停息。风吹到人脸上有些凉。刘世吾与林震到附近的一个小铺子去吃馄饨。

这是新近公私合营的小铺子，整理得干净而且舒适。由于下雨，顾客不多。他们避开热气腾腾的馄饨锅，在墙角的小桌旁坐下来。

他们要了馄饨，刘世吾还要了白酒，他呷了一口酒，掐着手指，有些感触地说："我这是第六次参加处理犯错误的负责干部的问题了，头几次，我的心很沉重。"由于在大会上激昂地讲过话，他的嗓音有些嘶哑，"党的工作者是医生，他要给人治病，他自己却是并不轻松的。"他用无名指轻轻敲着桌子。

林震同意地点头。

刘世吾忽问："今天是几号？"

"5月20。"林震告诉他。

"5月20，对了。九年前的今天，'青年军'二〇八师打坏了我的腿。"

"打坏了腿？"林震对刘世吾的过去历史还不了解。

刘世吾不说话，雨一阵大起来，他听着那哗啦哗啦的单调的响声，嗅着潮湿的土气。一个被雨淋透的小孩子跑进来避雨。小孩的头发在往下滴水。

刘世吾招呼店员："切一盘肘子。"然后告诉林震："1947年，我在北大作自治会主席。参加五二〇游行的时候，二〇八师的流氓打坏了我的腿。"他挽起裤子，可以看到一道弧形的疤痕，然后他站起来："看，我的左腿是不是比右腿短一点？"

林震第一次以深深的尊敬和爱戴的眼光看着他。

喝了几口酒，刘世吾的脸微微发红，他坐下，把肉片夹给林震，然后斜着头说："那时候……我是多么热情，多么年轻啊！我真恨不得……"

"现在就不年轻，不热情了么？"林震用期待的眼光看着。

"当然不，"刘世吾玩着空酒杯，"可是我真忙啊！忙得什么都习惯了，疲倦了。解放以来从来没睡够过八小时觉。我处理这个人和那个人，却没有时间处理处理自己。"他托起腮，用最质朴的人对人的态度看着林震，"是啊，一个布尔什维克，经验要丰富，但是心要单纯。……再来一两！"刘世吾举起酒杯，向店员招手。

这时林震已经开始被他深刻和真诚的抒发所感动了。刘世吾接着闷闷地说："据说，炊事员的职业病是缺少良好的食欲，饭菜是他们作的，他们整天和饭菜打交道。我们，党工作者，我们创造了新生活，结果，生活反倒不能激动我们……"

林震的嘴动了动，刘世吾摆摆手，表示希望不要现在就和他辩论。他不说话，独自托着腮发愣。

"雨小多了，这场雨对麦子不错，"过了半天，刘世吾叹了口气，忽然又说，"你这个干部好，比韩常新强。"

林震在慌乱中赶紧喝汤。

刘世吾盯着他，亲切地笑着，问他："赵慧文最近怎么样？"

"她情绪挺好。"林震随口说。他拿起筷子去夹熟肉，看见了他熟悉的刘世吾的闪烁的目光。

刘世吾把椅子拉近了，缓缓地说："原谅我的直爽，但是我有责任告诉你……"

"什么？"林震停止了夹肉。

"据我看，赵慧文对你的感情有些不……"

林震颤抖着手放下了筷子。

离开馄饨铺，雨已经停了，星光从黑云下面迅速地露出来，风更凉了，积水潺潺地从马路两边的泄水池流下去。林震迷惘地跑回宿舍，好像喝了酒的不是刘世吾，倒是他。同宿舍的同志都睡得很甜，粗短的和细长的鼾声此起彼伏。林震坐在床上，摸着湿了的裤脚，眼前浮现了赵慧文的苍白而美丽的脸。……他还是个毛小伙子，他什么也没经历过，什么都不懂。他走近窗子，把脸紧贴在外面沾满了水珠的冰冷的玻璃上。

【导读】

作家作品简介

王蒙（1934—）中国当代作家、学者，著有长篇小说《青春万岁》《活动变人形》等近百部小说，其作品反映了中国人民在前进道路上的坎坷历程。他乐观向上、激情充沛，成为当代文坛上创作最为丰硕、始终保持创作活力的作家之一。2010 年 11 月 15 日，他荣登"2010 第五届中国作家富豪榜"，成为各界关注焦点。他是中国共产党第十二届、十三届中央委员，第八、九、十届全国政协常委。

鉴赏解读参考

人也简单事也简单，人事就不简单，面对官场潜规则，一个组织部长该怎么办？举报信件被截留，工作人员被绑架，公安局长被暗杀，自己的座车被撞下路基，面对如此强大的对手，年轻的组织部长命运究竟将会如何？小说真实而深刻地描述了某市委组织部门选拔任用干部的各种潜规则；成功地塑造了一位年轻的组织部长面对纷乱复杂的人事关系，力排众议坚持人事制度的改革。整部小说故事生动逼真，情节起伏跌宕，文笔充满了悬念，一次貌似简单的干部选拔，却充满了新旧势力的矛盾、情与理的冲突、人性与良知的隐现，还有选拔干部工作中权利者的分歧等。

李双双小传（节选）

李 准

一

李双双是我们人民公社孙庄大队孙喜旺的爱人，今年二十七岁年纪。在人民公社化和"大跃进"以前，村里很少有人知道她叫"双双"，因为她年纪轻轻的就拉巴了两三个孩子。在高级社的时候，很少能上地做几回活，逢上麦秋忙天，就是做上几十个劳动日，也都上在喜旺的工折上。村里街坊邻居，老一辈人提起她，都管她叫"喜旺家"，或者"喜旺媳妇"；年轻人只管她叫"喜旺嫂子"。至于喜旺本人，前些年在人前提起她，就只说"俺那个屋里人"，近几年双双有了小孩子，他改叫作"俺小菊她妈"。另外，他还有个不大好听的叫法，那就是"俺做饭的"。

双双这个名字既然被这么多的名称代替着，自然很难有露面的时候。可是什么事情都有变的时候，一九五八年春天"大跃进"，却把双双给"跃"出来了。她这个名字，不单是跃到全公社，又跃到县报上、省报上。李双双这个名字被人响亮亮地叫起来了。不过话还得说回来，她这个名字头一次出现在人们面前，还是在一九五八年春节后，孙庄群众鸣放会上的一张大字报上。故事也还得从那个时候说起。

一九五八年开春，全乡群众打破常规过春节，发动起来一个轰轰烈烈向水利化进军的高潮。孙庄的男女青年们，都扛着大旗、敲着锣鼓上黑山头修水库去了，村子里剩下的劳力，也都忙着积肥送粪，耙春地，下红薯秧苗，可是终因劳力缺少，麦田管理怎么也顾不过来。

这时候，社里党支部发动群众鸣放讨论这个事，要大家想办法解决。社里开了个动员会，第一天，大字报就在街上贴满了。这天，乡里党委书记罗书林同志正来孙庄，他和社里老支书老进叔，看着一街两行房山墙上贴的红红绿绿的大字报。就在这时候，他们被一张大字报吸引住了。

这张大字报的字写得很大，字迹写得有点歪歪扭扭，可是上边的事却写得格外新鲜。上边写的是：

家务事，

真心焦，

有干劲，

鼓不了！

整天围着锅台转，

跃进计划咋实现？

只要能把食堂办，

敢和他们男人来挑战。

下边写的名字是"李双双"。

这一张大字报贴出来不要紧，可把罗书记喜欢透了。他念了一遍又一遍，拍着老进叔的肩膀头说："嗨，老伙计，这可有了办法了。这一张大字报重要得很！要是能把家庭妇女解放出来，咱们这个'大跃进'可就长上翅膀了！"他接着就打听这个李双双是谁家的。

老进叔想了想说："如今这些年轻媳妇们，我都还安不清位，这都是不常开会那一号。"

罗书记说："你打听打听，这个人可要好好访访培养。能想出来这一条就不简单，有股子冲劲！"

提到"冲劲"，老进叔说："这么说来，兴许是喜旺媳妇。"

罗书记说："怎见得是她？"老进叔说："那个小媳妇可能拿得出来了！去年大辩论时候，上到台子上发言的就是她。就是平常开会少一点。前两天，我见她跟喜旺还干仗哩！"

两个人正谈论着，树影儿已经正了，地里的人也都回来了，围着过来看大字报。老支书就问他们："这个李双双是不是喜旺媳妇？"有人说："是"，也有人说："不是"。

有人说："这就是喜旺家写的，去年冬天扫盲上民校时候，她报的名字就叫李双双。"

还有人说："那个媳妇利利洒洒的，读书心眼可灵了，她能写出这几个字。"

大伙正在议论，恰巧喜旺推着小车从地里回来了，喜旺有三十四岁年纪，比双双大着七八岁。他原来也是个贫苦出身，解放前在镇上饭馆里当过二年小学徒，后来因为端菜打破了两个八寸瓷盘，怕挨掌柜的打，就偷跑到外边在吹鼓手班子里混了二年，一直到解放后，才回到村里。

大伙看见喜旺，就叫着他问："喜旺，你看这是谁写的大字报，是不是您小菊她妈？"

喜旺听说双双贴了大字报，先吓了一跳。他忖着："这个'出马一条线'的货，该不是把前天和我吵嘴的事儿掀出来了吧！"他又见乡里罗书记和老支书都在这里看着那张大字报，更是不能承应。他哼着哈着走到那张大字报跟前念了念，心里一块石头才算落了地，又听见罗书记说："写得好！这张大字报写得真好！"他才慢慢吞吞地说："就是俺做饭的写的。"

喜旺话音一落地，大家轰的一声笑起来。喜旺听着别人笑，还只当是别人笑他吹牛，急忙证实着说："你们不信哪！真是俺小菊她妈写的。她就叫李双双，她会写字啊！她不光在这里贴大字报，平常写的小字条，把我们那个屋子都贴满了。"他这么一说，大家笑得更厉害，罗书记笑着问他："平常她写的小字条上都写些什么？"

喜旺红着脸说："女人家，她懂得什么。写的都和这张大字报上差不离，什么：'我真想学习呀，就是没时间。''啥时候我也能不做饭，去参加"大跃进"！'还有什么：'裤子的裤字，去掉一边的衣字，就是水库的库。'……可多啦！床头上，窗户纸下贴的都是，我都记不清。反正我那个做饭的，是个有嘴没心'没星秤'的人，你们不用和她一般见识。"喜旺说着就去撕山墙上双双写的那张大字报，老支书拦住他说："你这是干啥？人家写的大字报，你怎么就能随便撕。人家这是鸣放啊！"

喜旺听说这是"鸣放"，忙把手缩回来了。罗书记打量着他笑着说："喜旺啊！你爱人李双双这张大字报写的好得很，这个建议对咱们全乡'大跃进'要起很大作用。人家不是不懂什么，是懂得很多。我要把这张大字报拿走了，乡党委要专门开会研究这个建议。"接着又拍着他的肩膀说："哎，以后要改改旧习惯了，怎么老叫'俺做饭的''俺做饭的'，人家大字报都贴到你的床头了，还不民主点。"

罗书记说罢，把那张大字报取下折起来装在口袋里，和老支书上社里去了。喜旺这时却弄得像个丈二金刚——一时摸不着头脑。

八

春节前，全县举行了一次食堂大评比大检查，孙庄食堂因为粮食节约和粮食调剂搞得好，被评为全县一等红旗食堂。

双双这时已经接替了金樵的食堂管理员，由于工作积极负责，办事又公道，群众很满意，在冬天整社建党时，她被吸收加入了党。

这时正是正月开春，公社里布置要大浇小麦返青水。队里因为去年红薯收得多，每天要吃三分之一红薯。红薯这东西才吃新鲜，吃的久了容易吃絮。双双看着每天中午的馒头，晚上的汤面条社员们都吃的很快活，就是早上的红薯稀饭，三大锅饭总是要剩半锅。小孩子们吃饭时，有的只把米粥吃了，把红薯剩在碗里，摆得满屋都是。

双双每顿收拾碗筷时，眼里看着剩的这些红薯。又心痛，又可惜。她想着这都是隔年下种辛辛苦苦收回来的粮食，就这样浪费掉多可惜！这天夜里，她就把喜旺、桂英、四婶等等集起来开了个会，研究看怎么办。

双双说："每顿饭红薯剩的那样多，咱们都看见了。社员们吃絮了，咱们得改改样子。只要饭做得好，花样变得多，社员们一定喜欢吃。"

喜旺平时对这个事也挺烦气，有时候还愣着眼和小孩子们吵几句。这时他说："叫我看是吃得太饱了！饿不上两顿你看他吃不吃。"

双双说："我就不同意你这个意见，咱们办公共食堂是既要群众吃饱，还要群众吃好，这和过一家子日子一样，你不能叫人家提意见。"喜旺说："要没意见也容易，把细粮搠尽吃啦！细粮吃完，只剩下红薯，他们不吃也没办法。"

双双听他这么说，就生气地说："你这个人就是一头碰到南墙上，别的就没有法子啦？这每个月细粮决不能超支，亲老子说也不行！担子在我们肩上，不能没个计划，现在吃完了，将来锅吊起来！"

桂英这时也说："有些社员这两天也说：'哎，正浇地哩，少吃点红薯吧。'咱可不能开这个例子，将来都剩下红薯，做饭才作难呢。"

双双说："那么好的红薯，糟蹋了也真可惜。只要想办法，还能做不好？"

喜旺这时不敢大声说了，却在一边嘟哝着说："红薯总是红薯，还能把它变成一朵花！"

四婶这时候却说："要是不怕费工夫，也能改变个花样呀。俺家里以前穷，孩子们就是吃红薯长大的。这东西我做过，把红薯磨成粉浆烙煎饼，又省面又好吃。另外红薯面多少掺点白面，擀出来的面条可好啦！"

双双听到四婶有这方面的老经验，高兴的鼻子眼都会笑了。这天吃罢晚饭，也顾不得回去睡觉了，几个人点上灯就在食堂里试验起来。一直试验到半夜，煎饼和面条试验成功了，煎饼摊出来又香又软，面条擀得又细又长。这一回喜旺服气了，他想着："真没料到，这红薯里边也还有这么大学问。"

吃清早饭时，老支书来食堂正找双双他们研究如何改进生活，双双说："你来看看我们做的这两宗东西。"老支书看了煎饼和擀的面条后，高兴地说："报喜！赶快报给公社！上级正大抓，'粗粮细吃'，这一回咱们又走在前边了。"双双说："就是有个问题，煎饼摊着太慢，一百多口人吃饭，做不出来。"

老支书说："那再想办法，反正咱们是找着门道了。"

上午，老支书到公社党委开会时，把这事情汇报了一下，下午党委会的福利委员也来孙庄了。他看了做的这几种东西，还亲自在这里试验做了做，觉得是个很大的创造，马上从机械厂拨来了一部轧面条机，当天晚上，还在全公社的广播大会上，表扬了李双双和四婶，又推广了这个经验。

喜旺和双双都在听广播。喜旺听着对双双的表扬，心里却老大不痛快。双双这时早看透了他的心事，就问：

"怎么你那个脸上，就像阴了天？"

喜旺没吭声，只叹了口气。双双又问，喜旺说："我跟着你呀，反正是一辈子也是个老鼠尾巴，发不粗长不大。"

双双说："你是炊事员，我也是炊事员，我怎么就妨碍了你哪！"

喜旺说："你看你如今县里也去开过会了，报上也登过了，广播里三天两头表扬你，我只能拉马缰蹬，永没有出出头那一天！"

《李双双》（插图）

双双听他这样说，噗哧笑了。原来喜旺也想跃进跃进呢，可是他这个看法却不对。双双就对他说："我去开会，是代表咱们孙庄食堂去的，这里边也有你一份。再说去开会是为了交流经验，改进工作，怎么能算出出头？你真是要想，去'出出头'，这个会还不敢叫你去开呢！"她这么一说，喜旺脸红了，双双急忙又说："什么事情，不能从个人想起，要为大家。你只要好好劳动，想办法把群众食堂

办好，不要说县里省里，北京你也能去！可是你心里就没有把食堂办好这一格，还想着要出出头，那当然不会有那一天。"接着双双又向他讲了几段劳动英雄故事。

喜旺仔细听着想着，觉得双双的话有道理。照他原来想着，如今人不为钱了，还要为个名。可是照双双讲的，这图个名也是不光彩。只能是为工作，为大伙，为社会主义。喜旺想到这里，觉得和自己结婚十多年的这个老婆，忽然比自己高大起来，他不由得嘴里溜出来一句话：

"劳动这个事，就是能提高人！"

双双没有听清他说的是什么，就问他："你说的是什么呀，像在肚子里说的一样？"

喜旺说："我说我知道，你别问了。我说今后啊，我一定要赶赶你，也要争个上游！"双双感动地说："这太好了！我听见你说这个话，比人家表扬我还高兴。眼前这炊具改革就是个大事情，你在这上边想点办法嘛！"

喜旺这时也兴奋地说："十七还能常十七，十八也不能常十八，浪子回头还金不换呢！我孙喜旺就不跃进跃进了？"

喜旺这次谈话以后，就像换了个人。第二天就在这煎饼灶上打主意。他一心想要创造个快速摊煎饼的方法。他一个人抱住头想了半夜，猛地想起来从前在饭馆学徒弟时，烧茶炉子的炉灶来，茶炉灶是好几个煤火眼，所以一次能烧开几把壶，他就根据着这个道理，连夜创造了一种"多孔台阶式煎饼灶"。这种灶一次可以摊六个，一个人摊两个钟头，就可供上一百多口人吃煎饼。

煎饼灶创造成功了，老支书又亲自领着他们把食堂的吃水用水改成自流化。双双和桂英又制成了一种洗碗机和保暖饭车。这事情轰动了全村社员，大家都来看，看着喜旺做的煎饼灶，都最感兴趣。

这个说："这一下把红薯算着出路了！"

那个说："有了这东西，大家都要增加体重了。"

老支书也表扬喜旺说："喜旺，就得这样干！这个创造好得很，我今天夜里去公社开会，再去报个喜！"

喜旺说："进叔，你去报喜时再捎上一条，就说李双双那个爱人，如今也有点变化了！"他这么一说，大家都乐得轰轰地笑起来。

第二天清早，队里人在地里突击抗旱浇小麦拔节水，青年们也在往地里上草木灰等磷钾肥料。

双双和桂英、四婶把面条做好后，喜旺又摊了几百张煎饼，一齐放在保暖饭车里，由双双推着，向着村西的小麦田里来送饭了。

这时正是春天二月来天气，村外大队栽的桃树园，正开的粉红灿烂，远远看去像一片云霞。马路两旁的小柳树，也摇曳着软溜溜的像金线似的枝条，把一朵朵飞絮，弄得满天飞舞。

在小麦丰产田里，脚下到处都响着淙淙的流水声音，从水面上，又飘送过来人们的欢笑声音。双双只有两天没到这边来，可是她发现那油绿绿的麦苗，就像手提着长一样，已经密密实实地扑住膝盖了。

她把饭车推到一个水车井台上的大柳树下，扬着手巾喊了两声，人们都说着笑着围过来了。

这时有个小伙子问着："双双嫂子，今天给我们做的啥饭？听说你们有了新花样了？"

双双笑着说："你们打开看看就知道了，多提意见啊！"

一个老汉接着说："吃李双双做这个饭，别的不说，真干净，挤着眼吃都不要紧。"

双双把大家招呼来后，自己就去推着水车，不让水断了。

一个小姑娘叫着她说："双双嫂子，咱们来一块吃吧，你也休息一会。"双双说："我回去吃。"旁边一个妇女说："哎，别叫她了，她这已经习惯了，早晚来送饭，非干一会活不行。"

双双在推着水车，大家在吃饭。她只听见大家打开保暖饭车以后，都高兴地吵起来了。

这个说："这是什么面条啊，像细粉丝一样？"

"你们尝尝，你们尝尝，筋丝丝的，比白面还好。"

"这就找不到红薯面嘛！"

又一个小伙子喊着说："你们看，还有热煎饼哩！"

"来吧！外焦里软，这煎饼就叫，'老头美'！"

"双双嫂子！食堂饭做得好！我们要贴你们的大字报了！"

大家你一句，我一句说着吃着，双双在井台上听着，只是在抿着嘴笑。

她一面推着水车，看着清清的泉水，顺着渠道往地里奔腾的流着，一面听着大家呼噜呼噜的吃饭声音，吃得那样香，那样甜，那样有味。就在这时候，她忽然感到她们在食堂里滴下的汗珠，好像也随着清清的泉水，流到这茁壮茂盛的丰产田里，变成了米粮。

【导读】

作家作品简介

李准（1928—2000）编剧、现代作家、小说家，中国农民最熟悉和热爱的作家之一。1953 年因为短篇小说《不能走那条路》触及防止翻身后的农民两极分化这一尖锐问题，受到高度重视，一举成名。之后共发表五十多篇小说，近二十部电影文学剧本、两部散文集。在当代中国文坛上，李准是同时在小说和电影两条战线上写作并取得突出成就的作家之一。

李准像

《李双双小传》是李准的代表作,它是一部家喻户晓的"红色经典"。大胆泼辣、"有着一股子敢说敢笑的爽快劲儿"的主人公李双双给读者留下了深刻的印象。在她身上,寄寓着那个年代的人们对女性的审美理想。中国广大的农村妇女登上历史舞台,比知识女性的解放整整迟了30年。"娜拉出走"曾被张爱玲喻为"一个苍凉的手势",但新中国女性却被赋予了在政治、经济、法律上与男性平等的权力。这是几千年来处于男性依附地位的女性想都不敢想的事情。正是在这样的历史际遇中,中国农村妇女迈出家门,成为劳动建设工地上的"半边天"。李准1959年推出的李双双形象堪称这一时期农村小说女性的典型形象。

问题与思考

1. 在文学十七年的小说创作中,涌现了大量被称之为"红色经典"的作品。请谈谈你对"红色经典"内涵的理解,并结合以上作品,谈谈"红色经典"在艺术创作方面的特色。

2. 从《青春之歌》中林道静与三个男性间的交往,可以发现其怎样的人生轨迹?

3. 谈谈《百合花》的艺术特色,分析其中的人性美?

4. 从《李双双小传》谈谈中国女性解放的问题。

延伸阅读

1. 熊文泉. "红色经典"艺术生产的内在机理分析——以作品《林海雪原》的生成、改编为例 [J]. 当代电影,2004(6).

2. 刘新锁.批判的长矛与体制的风车——重读《组织部来了个年轻人》[J]. 黄河文学,2011(01).

3. 王蒙,《青春万岁》;梁斌,《红旗谱》;赵树理,《"锻炼锻炼"》;邓友梅,《在悬崖上》;杨沫,《杨沫文集》(第6、7卷)——自白——我的日记(上、下)。

二、诗歌

桂林山水歌

贺敬之

云中的神呵，雾中的仙，
神姿仙态桂林的山！
情一样深呵，梦一样美，
如情似梦漓江的水！

水几重呵，山几重？
水绕山环桂林城……
是山城呵，是水城？
都在青山绿水中……
呵！此山此水入胸怀，
此时此身何处来？

……黄河的浪涛塞外的风。
此来关山千万重。
马鞍上梦见沙盘上画：
"桂林山水甲天下"……

呵！是梦境呵，是仙境？
此时身在独秀峰！
心是醉呵，还是醒？
水迎山接入画屏！

画中画——漓江照我身千影，
歌中歌——山山应我响回声……
招手相问老人山，
云罩江山几万年？

——伏波山下还珠洞，
室珠久等叩门声……
鸡笼山一唱屏风开，
绿水白帆红旗来！

大地的愁容春雨洗，
请看穿山明镜里——
呵！桂林的山来漓江的水——
祖国的笑容这样美！

桂林山水入襟，
此景此情战士的心——
江山多娇人多情，
使我白发永不生！

对此江山人自豪，
使我青春永不老！
七星岩去赴神仙会，
招呼刘三姐呵打从天上回……
人间天上大路开，
要唱新歌随我来！
三姐的山歌十万八千箩，
战士呵，指点江山唱祖国……
红旗万梭织锦绣，
海北天南一望收！

塞外的风沙呵黄河的浪，
春光万里到故乡。
红旗下：少年英雄遍地生——
望不尽：千姿万态"独秀峰"！
——意满怀呵，情满胸，
恰似漓江春水浓！
呵！汗雨挥洒彩笔画：
桂林山水——满天下！

【导读】

作家作品简介

　　贺敬之（1924—），山东峄县人。20 世纪 40 年代开始诗歌创作，已出版《放歌集》《雷锋之歌》《贺敬之诗选》《回答今日的世界》等诗集。贺敬之作为我国当代著名诗人，向以"量少质精"著称于世。诗作善于把握和表现重大题材，具有雄浑豪放的气势和浓烈的时代精神。

　　贺敬之的诗歌可以分为两类，一是长篇政治抒情诗，二是抒情短诗。他的政治抒情诗大多采用马雅可夫斯基的"阶梯式"和热情奔放、约束较少的自由体；抒情短诗表现对某些事物的感受，感情真挚、意境清新，民歌和古诗韵味浓厚。《桂林山水歌》具有浓厚的民歌风味，既是一首优美的山水诗，又是一曲深情的祖国颂。《桂林山水歌》歌咏桂林山水，显然适于采用清新明快、委婉抒情的民歌体，以构成一种近于咏叹调的形式。诗人娴熟地运用陕北民歌"信天游"的调子，诗句均由两行一节组成。语言自然流畅，有如行云流水，音韵节奏和谐，便于吟咏歌唱。此诗因其意境、音韵俱佳、思想、艺术均有独到之处，在贺敬之的抒情诗中占有重要的地位。

吐鲁番情歌（组诗选）

闻　捷

苹果树下

苹果树下那个小伙子，
你不要、不要再唱歌；
姑娘沿着水渠走来了，
年轻的心在胸中跳着。
她的心为什么跳啊？
为什么跳得失去节拍？……
春天，姑娘在果园劳作，
歌声轻轻从她耳边飘过，
枝头的花苞还没有开放，
小伙子就盼望它早结果。
奇怪的念头姑娘不懂得，
她说：别用歌声打扰我。
小伙子夏天在果园度过，
一边劳动一边把姑娘盯着，
果子才结得葡萄那么大，
小伙子就唱着赶快去采摘。
满腔的心思姑娘猜不着。
她说："别像影子一样缠着我。

淡红的果子压弯绿枝，

秋天是一个成熟季节，

姑娘整夜整夜地睡不着，

是不是挂念那树好苹果？

这些事小伙子应该明白，

她说：有句话你怎么不说？

……苹果树下那个小伙子，

你不要，不要再唱歌；

姑娘踏着草坪过来了，

她的笑容里藏着什么？……

说出那句真心的话吧！

种下的爱情已该收获。

【导读】

作家作品简介

闻捷（1923—1971）原名赵文节，又名巫咸，江苏丹徒人。自幼家贫，小学毕业后曾在煤厂做过学徒。抗战爆发后流亡武汉，满怀爱国热忱参加抗日救亡演剧工作。1938 年加入中国共产党，1940 年到延安在陕北公学学习，后到陕北文工团工作。之后一直做报纸的编辑、记者。1949 年跟随部队抵达新疆。新中国成立后曾任新华社新疆分社社长。从 1957 年起从事专业创作。在这之前，他发表过许多抒情诗歌，描绘了西北地区的瑰丽风光和少数民族的生活，尤其是《吐鲁番情歌》《果子沟山谣》这两组诗篇，热情地歌颂、表现了劳动人民的爱情和他们的新生活，反映出新中国成立后少数民族新的精神面貌。

闻捷像

鉴赏解读参考

《天山牧歌》既是闻捷的成名作和抒情诗的代表作，也是新中国成立后十七年诗坛上最具特色的诗集之一。这部诗集包括四个组诗、九首散歌和一首叙事诗。

闻捷在《天山牧歌·序诗》中说：“我从东到西、从北到南，处处看到喷吐珍珠的源泉。”新疆少数民族生活中到处是“珍珠”，但发现它们却需要诗的慧眼和才情。在新中国成立初期，闻捷是第一个用动人

的诗篇讴歌了这块别具风情的土地和人民的生活、劳动和爱情的诗人。

　　爱情作为人类最美好的一种感情，是中外诗歌史上一个永恒的主题。《天山牧歌》因表现了边疆少数民族青年人的美好爱情和愉快的劳动生活，而广为人们称道，闻捷的诗也因此被誉为"劳动和爱情的赞歌"。在《天山牧歌》中最受好评的是两组爱情诗：《吐鲁番情歌》和《果子沟山谣》。闻捷借助少数民族的生活景象，把爱情写得十分真挚，这在当时并不多见。闻捷所注意的是那些蕴蓄着浓烈情感因素的生活现象，诗的情节单纯，感情充沛。

雾中汉水

蔡其矫

两岸的丛林成空中的草地；
堤上的牛车在天半运行；
向上游去的货船
只从浓雾中传来沉重的橹声，
看得见的
是千年来征服汉江的纤夫
赤裸着双腿倾身向前
在冬天的寒水冷滩喘息……
艰难上升的早晨的红日，
不忍心看这痛苦的跋涉，
用雾巾遮住颜脸，
向江上洒下斑斑红泪。

【导读】

作家作品简介

　　蔡其矫（1918—2007），诗人。1940—1942 年任华北联合大学文学系教员，1945 年任晋察冀军区司令部作战处军事报道参谋，1949—1952 年任中央人民政府情报总署东南亚科长，1952—1957 年任中国作家协会文学

讲习所教员、教研室主任，1958年任汉口长江流域规划办公室政治部宣传部长，1959年任福建作家协会专业作家、副主席、名誉主席、顾问。

鉴赏解读参考

　　孙绍振说蔡其矫是一个行走于体制之外的独行侠，诗歌里渗透着我行我素的独立人格。即使是在个人情感被压抑、被扼杀的极"左"年代，蔡其矫在唱着大同的歌的时候，仍然坦率地表白那些属于个人生命体验的东西，敢于热烈而又真诚地展示真、善、美。孙绍振说，蔡其矫是个三八式的老革命，很像是经过"脱胎换骨"改造过的知识分子。但他的诗却没有一点老革命的姿态，他的诗里时不时地流露出某种个人话语，而不是当时主流意识形态的集体主义，这在他的《川江号子》与《雾中汉水》中有着较为典型的体现。《川江号子》与《雾中汉水》是蔡其矫早年的代表作。写作时间正是1957、1958年，当时蔡其矫是长江规划委员会的宣传部长。这两首诗是有感于长江流域纤夫们艰难的原始体力劳动而作的。

蔡其矫像

草木篇

流沙河

寄言立身者，勿学柔弱苗

——唐：白居易

　　白杨

　　她，一柄绿光闪闪的长剑，孤伶伶地立在平原，高指蓝天。也许，一场暴风会把她连根拔去。但，纵然死了吧，她的腰也不肯向谁弯一弯！

　　藤

　　他纠缠着丁香，往上爬，爬，爬……终于把花挂上树梢。丁香被缠死了，砍作柴烧了。他倒在地上，喘着气，窥视着另一株树……

　　仙人掌

　　它不想用鲜花向主人献媚，遍身披上刺刀。主人把她逐出花园，也不给水喝。在野地里，在沙漠中，她活着，繁殖着儿女……

　　梅

　　在姐姐妹妹里，她的爱情来得最迟。春天，百花用媚笑引诱蝴蝶的时候，她却把自己悄悄地许给了冬天的白雪。轻佻的蝴蝶是不配吻她的，正如别的花不配被白雪抚爱一样。在姐姐妹妹里，她笑得最晚，笑得最美丽。

毒菌

在阳光照不到的河岸，他出现了。白天，用美丽的彩衣，黑夜，用暗绿的磷火，诱惑人类。然而，连三岁孩子也不去睬他。因为，妈妈说过，那是毒蛇吐的唾液……

【导读】

作家作品简介

流沙河（1931—）原名余勋坦，四川金堂人（现青白江城厢镇）。四川大学毕业，诗人。新中国成立后历任川西《农民报》副刊编辑、四川省文联创作员、《星星》诗刊编辑、中国作协第四届理事。后在中国作协四川分会专门从事创作。著有诗集《告别火星》《流沙河诗集》。

鉴赏解读参考

《草木篇》是一组托物言志的散文诗。组诗通过对白杨、藤、仙人掌、梅、毒菌五种植物的描绘，歌颂了社会生活中的真、善、美，也鞭挞了立身处世中的假、恶、丑，表达了作者的"善恶之心、坦诚态度和刚直人格"，寓意深厚。这组散文诗还通过各艺术形象之间的对比，表达了作者鲜明的爱憎，热情地歌颂了孤直不屈、刚正不阿、忠贞不贰的美好品格，无情地揭露了损人利己、善于伪装、暗中害人的丑恶行为。

在艺术构思上以小见大，在表现手法上托物喻人，在感情抒发上憎恶分明，是这组散文诗的主要特色。当然，拟人化的生动、语言的简洁，也是不可忽视的。总之，《草木篇》堪称当代咏物诗中的佳作。

问题与思考

1. 以《桂林山水歌》为例，谈谈贺敬之的抒情短诗的艺术特征。

2. 闻捷的《天山牧歌·吐鲁番情歌》是其主要成就之一，这是中国当代文学史上第一部反映边疆少数民族的诗集，请简述其独特的艺术特征。

3. 透过流沙河的《草木篇》，你能发现诗人通过他的诗歌触及了哪些现实和人性的问题，诗歌是以什么艺术手法传达诗人的发现？

延伸阅读

1. 贺敬之，《回延安》。
2. 郭小川，《甘蔗林——青纱帐》。
3. 蔡其矫，《川江号子》。
4. 闻捷，《吐鲁番情歌》。

三、散文、随笔

社稷坛抒情

秦 牧

北京有座美丽的中山公园，公园里有个用五色土砌成的社稷坛。

社稷坛是北京九坛之一，它和坐落在南城的天坛遥遥相对。古代的帝王们，在天坛祭天，在社稷坛祭地。祭天为了要求风调雨顺，祭地为了要求土地肥沃。祭天祭地的终极目的只有一个：就是五谷丰登，可以"聚敛贡城阙"。五谷是从地里长出来的，因此，人们臆想的稷神（五谷）就和社神（土地）同在一个坛里受膜拜了。

穿过古柏参天、处处都是花圃的园林，来到这个社稷坛前，突然有一种寥廓空旷的感觉。在庄严的宫殿建筑之前，有这么一个四方的土坛，屹立在地面，它东面是青土，南面是红土，西面是白土，北面是黑土，中间嵌着一大块圆形的黄土。这图案使人沉思，使人怀古。遥想当年帝王们穿着衮服，戴着冕旒，在礼乐声中祭地的情景，你仿佛看到他们在庄严中流露出来的对于"天命"畏惧的眼色，你仿佛看到许多人慑服在大自然脚下的神情。

这社稷坛现在已经没有一点儿神秘庄严的色彩了。它只是一个奇特的历史遗迹。节日里，欢乐的人群在上面舞狮，少年们在上面嬉戏追逐。平时则有三三两两的游人在那里低徊。对，这真是一个激发人们思古幽情的所在！作为一个中国人，可以让这种使人微醉的感情发酵的去处可真多呢！你可以到泰山去观日出，在八达岭长城顶看日落。可以在西湖荡画舫，到南京鸡鸣寺听钟声。可以在华北平原跑马，在戈壁滩上骑骆驼。可以访寻古代宫殿遗迹，听一听燕子的呢喃，或者到南方的海神庙旁，看浪涛拍岸……这些节目你随便可以举出一百几十种来，但在这里面可不要遗漏掉这个社稷坛！这坛后的宫殿是华丽的，飞檐、斗拱、琉璃瓦、白石阶…… 真是金碧辉煌！而坛呢，却很荒凉，就只有五色的泥土。然而这种对照却也使人想起：没有这泥土所代表的大地，没有在大地上胼手胝足的劳动者，根本就不会有这宫殿，不会有一切人类的文明。你在这个土坛上走着走着，仿佛走进古代去，走到一望无际的原野上，在那里，莽莽苍苍，风声如吼。一个戴着高冠，穿着芒鞋的古代诗人正在用他的悲悯深沉的眼睛眺望大地，吟咏着这样的诗句：

朝东西眺望没有边际，

朝南北眺望没有头绪，

朝上下眺望没有依归，

我的驱驰不知何所底止！

……

九州究竟安放在什么上面？

河床何以洼陷？

地面，从东至西究竟多少宽，从南至北多少长？

南北要比东西短些，短的程度究竟是怎样？

——屈原：《悲回风》和《天问》，引自郭沫若译诗。

这不仅仅是屈原的声音，也是许许多多古代诗人眺望原野时曾经涌起的感情。这种"大地茫茫"的心境，是和对于自然之谜的探索和对于人间疾苦的愤慨联结在一起的。

想一想这些肥沃土地的来历，你会不由得涌起一种遥接万代的感情。我们居住的这个星球，最古老时代原是一个寂寞的大石球，上面没有一株草，一只虫，也没有一层土壤。经过了多少亿万年，太阳风雨的力量，原始生物的尸骸，才给地球造成了一层层的土壤，每经历千年万年，土壤才增加薄薄的一层。想一想我们那土壤厚达五十米的华北黄土高原吧！那该是大自然在多长的时间里的杰作！但这还不算，劳动者开辟这些土地，是和大自然进行过多么剧烈的斗争呀！这种斗争一代接连一代继续着，我们仿佛又会见了古代的唱着《诗经》里怨愤之歌的农民，像敦煌壁画上面描绘的辛勤劳苦的农民，驾着那种和古墓里挖掘出来的陶制高轮牛车相似的车子，奔驰在原野上，辛苦开辟着田地。然而他们一代代穿着破絮似的衣服，吃着极端粗劣的食物。你仿佛看到他们在田野里仰天叹息，他们一家老小围着幽幽的灯光在饮泣。看到他们画红了眉毛，或者在头上包一块黄布揭竿起义，看到他们大批地陈尸在那吸尽了他们的汗水然后又吸尽了他们鲜血的土地。想一想，在原始社会中他们怎样匍匐在鬼神脚下，在阶级社会中他们又怎样挣扎在重重枷锁之中。啊，这些给荒凉的大地铺上了锦绣花巾的人们，这些从狗尾草、蟋蟀草中给我们选出了稻麦来的人们，我们该多么感念他们！想象的羽翼可以把我们带到古代去，在一家家的门口清清楚楚看到他们在劳动，在饮食，在希望，在叹息，可惜隔着一道历史的门限，我们却不能和他们作半句的交谈！但怀古思今，想起了我们这个时代的农民是几千年历史中第一次真正挣脱了枷锁，逐渐离开了鬼神天命的羁绊的农民，我们又仿佛走出了黑暗的历史的隧洞，突然见到耀眼的阳光了。

你在这个五色土坛上面走着走着，仿佛又回到公元前几千年去，会见了古代的思想家。他们白发苍苍，正对着天上的星辰，海里的潮汐，陶窑的火光，大地的泥土沉思。那时的思想家没有什么书籍可以阅读参考，日月经天，江河行地，四时代谢，万物死生的现象，都使他们抱头苦思。他们还远不能给世界的现象说出一个较完整的答案。但是他们终究也看出一点道理来了，世间的万物万事，有因有果，有主有从，它们互相错综地关联着……正是由于古代有这样的思想家在这样地思考过，才给后来的历史创造了这样一座五色的土坛。

"五行"的观念和我们这个民族一样地古老，东、南、西、北是人们很早就知道的，人们总以为自己所处是大地的中间，于是在四方之外又加上了一个"中心"，东、南、西、北、中凑成了五方五土的观念，直到今天我们还看到好些人家的屋角有"五方五土龙神"的牌位。烧陶方法和冶铜技术发明了，人们在熊熊火光旁边，看到火把泥土变成了陶器，把矿石烧成溶液，木头燃烧发出了火光，水又能够把火熄灭。这种现象使古代的思想家想到木、火、金、水、土（依照《左传》的排列次序）是万物的本源。于是木、火、金、水、土把五行的观念充实起来了。

烧制陶器这件事使人类向文明跨前一大步，在埃及，在希腊，都由此产生了神明用泥土造人的神话。在中国，却大大地发扬了"五行"的观念。根据木、火、金、水、土五种东西彼此的作用，又产生了五行相克相生的理论。根据这几种东西的颜色：树木是苍翠的，火光是红艳艳的，金属是亮晶晶的，深深的水潭是黝黑的，中原的泥土是黄色的。于是青、赤、白、黑、黄五种颜色就被拿来配木、火、金、水、土，成为颜色上的五行了。

这个五方、五行的观念被古代思想家用来分析许许多多的事物，音乐上的宫、商、角、徵、羽五个音阶，天上二十八宿的分隶青龙、朱雀、白虎、玄武（乌龟）四方，都是和这种观念紧密地联结起来的。

把世界万物的本源看做是木、火、金、水、土五种东西相互作用产生出来的，这和古代印度哲学家把万物说成是由地、火、水、风所构成，古代希腊哲学家说万物的本源是水或者火……那思想的脉络是多么地近似啊。

尽管这种说法在几千年后的今天看来是奇特甚至好笑的，然而那里面不也包含着光辉的真理吗：万物的本源都是物质，物质彼此起着错综的作用……哦！我们遇见的对着泥土沉思的思想家，他们正是古代的略具雏形的唯物主义者！

没有这些古代思想家，我们就不会有这个五色的土坛。审视这五种颜色吧，端详这个根据"天圆地方"的古代观念筑起来的四方坛吧！它和我们民族的古代文化存在多么密切的关系啊！

我们汉民族的摇篮在黄河的中上游，那里绵亘的是一望无际的黄土高原。因此，黄色被用来配"土"，用来配"中心"，成为我们民族传统中高贵的颜色。中心是不同于四方的，能够生长五谷的土地是不同于其他东西的，黄色是不同于其他颜色的。在这个土坛的中心，黄土被特别砌成了一个圆形，审视这个黄色的圆圈吧！它使我们想起奔腾澎湃的黄河，想起在地层下不断被发掘出来的古代村落，也想起那古木参天的黄帝的陵墓。

我多么想去抱一抱那些古代的思想家，没有他们的艰苦探索，就没有今天人类的智慧。正像没有勇敢走下树来的猿人，就不会有人类一样。多少万年的劳动经验和生活智慧积累起来，才有了今天的人类文明。每一个人在人类智慧的长河旁边，都不过像一只饮河的鼹鼠。在知识的大森林里面，都不过像一只栖于一枝的鹪鹩。这河是多少亿万滴水汇成的啊，这森林是多少亿万株草木构成的啊！

瞧着这个社稷坛，你会想起了中国的泥土，那黄河流域的黄土，四川盆地的红壤，肥沃的黑土，洁白的白垩土……你会想起文学里许许多多关于泥土的故事：有人包起一包祖国的泥土藏在身旁到国外去；有人临死遗嘱必须用祖国的泥土撒到自己胸上；有人远适异国归来，俯身亲吻了自己国门的土地。这些动人的关于泥土的故事，使人对五色土发生了奇异的感情，仿佛它们是童话里的角色，每一粒土壤都可以叙述一段奇特的故事，或者唱一首美好的诗歌一样。

瞧着这个紧紧拼合起来的五色土坛，一个人也会想起了国土的统一，在我们的土地上，为了统一而发生的战争该有多少万次呀！然而严格说来，历史上的中国从来没有高度统一过。四分五裂，豪强纷纷划地称王的时代不去说它了，可怜的供主像傀儡似地住在京都，整天送猪肉、龟肉慰问跋扈的诸侯的时代不去说它了，就是号称强盛统一的时代，还不是有许多拥兵自重的藩镇，许多专权用事的贵戚，许多地方的豪霸，在他们的领地里当着小皇帝，使中央号令不行，使国中还有许许多多的小国。中国历史上没有一个时期像今天这样高度统一过，等我们解放了台湾和一些沿海岛屿以后，这种统一的规模就更加空前了。古代思想家的预言："不嗜杀人者能一之。"由于不剥削人的无产阶级登上了历史舞台，竟使这一句话在两千多年后空前地应验了。

我在这个土坛上低徊漫步，想起了许许多多的事情。我们未必"前不见古人，后不见来者"，凭着思想和激情的羽翼，我们尽可去会一会古人，见一见来者。我仿佛曾经上溯历史的河流，看见了古代的诗人、农民、思想家、志士，看他们的举动，听他们的声音，然后又穿过历史的隧洞，回到阳光灿烂的现实。啊，做一个历史悠久的民族的子孙是多么值得自豪的一回事！做今天的一个中国的儿女是多么值得快慰的一回事！回溯过去，瞻望未来，你会觉得激动，很想深深呼吸一口新鲜的空气，想好好地学习和劳动，好好地安排在无穷的时间之中一个人仅有一次，而我们又恰恰生逢其时的宝贵的生命。

啊，这座发人深思的社稷坛！

【导读】

作家作品简介

秦牧（1919—1992），原名林阿书，又名林觉夫、林角夫（觉和角在潮州话为同音），广东省汕头市澄海县东里镇樟林人。现代著名作家。生于香港，童年和少年时曾侨居马来西亚和新加坡。1932年回国，在澄海、汕头和香港求学。抗日战争时期，担任过教师和编辑等工作。抗战胜利后，在香港过了三年专业写作生活。1949年后到广州，一直从事编辑和创作工作，著有散文集《花城》《长河浪花集》，长篇小说《愤怒的海》，论文集《艺海拾贝》等。

秦牧像

鉴赏解读参考

在《社稷坛抒情》一文中，作者给读者展示的不仅是一个历史遗迹，更像一个博物馆。读者在"导游"秦牧的带领下，通过其富有奇妙联想的讲解，了解到了大自然生成、发展的浪漫过程和人类祖先开天辟地的艰辛路程，同时还让读者全方位的了解了五行观念及许多有关泥土的故事及祖国统一问题。《社稷坛抒情》以"土地"为中介，通过自由联想，将社稷坛与相关的历史传闻、记载联系起来，使文章达到了一种谈天说地、讲古论今、跨越时空、知识性和情趣性浓郁的境界。

傅雷家书（节选）

傅 雷

一九五四年十一月二十三日夜

聪，亲爱的孩子：

多少天的不安，好几夜三四点醒来睡不着觉，到今日才告一段落。你的第八信和第七信相隔整整一个月零三天。我常对你妈说："只要是孩子工作忙而没写信或者是信在路上丢了，倒也罢了。我只怕他用功过度，身体不舒服，或是病倒了。"谢天谢地！你果然是为了太忙而少写信。别笑我们，尤其别笑你爸爸这么容易着急。这不是我能够克制的。天性所在，有什么办法？以后若是太忙，只要寥寥几行也可以，让我们知道你平安就好了。等到稍空时，再写长信，谈谈一切音乐和艺术的问题。

你为了俄国钢琴家［指著名钢琴家 Richter（李赫特）］兴奋得一晚睡不着觉；我们也常常为了些特殊的事而睡不着觉。神经锐敏的血统，都是一样的；所以我常常劝你尽量节制。那钢琴家是和你同一种气质的，有些话只能加增你的偏向。比如说每次练琴都要让整个人的感情激动。我承认在某些 romantic［浪漫底克］性格，这是无可避免的；但"无可避免"并不一定就是艺术方面的理想；相反，有时反而是一个大累！为了艺术的修养，在 heart［感情］过多的人还需要尽量自制。中国哲学的理想，佛教的理想，都是要能控制感情，而不是让感情控制。假如你能掀动听众的感情，使他们如醉如狂，哭笑无常，而你自己屹如泰山，像调度千军万马的大将军一样不动声色，那才是你最大的成功，才是到了艺术与人生的最高境界。你该记得贝多芬的故事，有一回他弹完了琴，看见听的人都流着泪，他哈哈大笑道："嘿！你们都是傻子。"艺术是火，艺术家是不哭的。这当然不能一蹴即成，尤其是你，但不能不把这境界作为你终生努力的目标。罗曼·罗兰心目中的大艺术家，也是这一派。

关于这一点，最近几信我常与你提到；你认为怎样？

我前晌对恩德说："音乐主要是用你的脑子，把你朦朦胧胧的感情（对每一个乐曲，每一章，每一段的感情）分辨清楚，弄明白你的感觉究竟是怎么一回事；等到你弄明白了，你的境界十分明确了，然后你的 technic［技巧］自会跟踪而来的。"你听听，这话不是和 Richter［李赫特］说的一模一样吗？我很高兴，我从一般艺术上了解的音乐问题，居然与专门音乐家的了解并无分别。

技巧与音乐的宾主关系，你我都是早已肯定了的；本无须逢人请教，再在你我之间讨论不完，只因为你的技巧落后，存了一个自卑感，我连带也为你操心；再加近两年来国内为什么 school［学派］，什么派别，闹得惶惶然无所适从，所以不知不觉对这个问题特别重视起来。现在我深信这是一个魔障，凡是一天到晚闹技巧的，就是艺术工匠而不是艺术家。一个人跳不出这一关，一辈子也休想梦见艺术！艺术是目的，技巧是手段：老是只注意手段的人，必然会忘了他的目的。甚至一些有名的 virtuoso［演奏家，演奏能手］也犯的这个毛病，不过程度高一些而已。

你所到处的音乐会，据我推想，大概是各地的音乐团体或是交响乐队来邀请的，因为十一月至明年四五月是欧洲各地的音乐节。你是个中国人，能在 Chopin［萧邦］的故国弹好 Chopin［萧邦］，所以他们更想要你去表演。你说我猜得对不对？

昨晚陪你妈妈去看了昆剧：比从前差多了。好几出戏都被"戏改会"改得俗滥，带着绍兴戏的浅薄的感伤味儿和骗人眼目的花花绿绿的行头。还有是太卖弄技巧（武生）。陈西禾也大为感慨，说这个才是"纯技术观点"。其实这种古董只是音乐博物馆与戏剧博物馆里的东西，非但不能改，而且不需要改。它只能给后人作参考，本身已没有前途，改它干么？改得好也没意思，何况是改得"点金成铁"！

《傅雷家书》（封面）

十个月来我的心绪你该想象得到；我也不想千言万语多说，以免增加你的负担。你既没有忘怀祖国，祖国也没有忘了你，始终给你留着余地，等你醒悟。我相信：祖国的大门是永远向你开着的。好多话，妈妈已说了，我不想再重复。但我还得强调一点，就是：适量的音乐会能刺激你的艺术，提高你的水平；过多的音乐会只能麻痹你的感觉，使你的表演缺少生气与新鲜感，从而损害你的艺术。你既把艺术看得比生命还重，就该忠于艺术，尽一切可能为保持艺术的完整而奋斗。这个奋斗中目前最重要的一个项目就是：不能只考虑需要出台的一切理由，而要多考虑不宜于多出台的一切理由。其次，千万别做经理人的摇钱树！他们的一千零一个劝你出台的理由，无非是趁艺术家走红的时期多赚几文，哪里是为真正的艺术着想！一个月七八次乃至八九次音乐会实在太多了，大大的太多了！长此以往，大有成为钢琴匠，甚至奏琴的机器的危险！你的节目存底很快要告罄的；细水长流才是办法。若是在如此繁忙的出台以外，同时补充新节目，则人非钢铁，不消数月，会整个身体垮下来的。没有了青山，哪还有柴烧？何况身心过于劳累就会影响到心情，影响到对艺术的感受。这许多道理想你并非不知道，为什么不挣扎起来，跟经理人商量——必要时还得坚持——减少一半乃至一半以上的音乐会呢？我猜你会回答我：目前都已答应下来，不能取消，取消了要赔人损失等等。可是你能否把已定的音乐会一律推迟一些，中间多一些空隙呢？否则，万一临时病倒，还不是照样得取消音乐会？难道捐税和经理人的佣金真是奇重，你每次所得极微，所以非开这么多音乐会就活不了吗？来信既说已经站稳脚跟，那末一个月只登台一二次（至多三次）也不用怕你的名字冷下去。决定性的仗打过了，多打零星的不精彩的仗，除了浪费精力，报效经理人以外，毫无用处，不但毫无用处，还会因表演的不够理想而损害听众对你的印象。你如今每次登台都与国家面子有关；个人的荣辱得失事小，国家的荣辱得失事大！你既热爱祖国，这一点尤其不能忘了。为了身体，为了精神，为了艺术，为了国家的荣誉，你都不能不大大减少你的演出。为这件事，我从接信以来未能安睡，往往为此一夜数惊！

还有你的感情问题怎样了？来信一字未提，我们却一日未尝去心。我知道你的性格，也想象得到你的环境；你一向滥于用情；而即使不采主动，被人追求时也免不了虚荣心感到得意：这是人之常情，于艺术家为尤甚，因此更需警惕。你成年已久，到了二十五岁也该理性坚强一些了，单凭一时冲动的行为也该能多克制一些了。不知事实上是否如此？要找永久的伴侣，也得多用理智考虑勿被感情蒙蔽！情人的眼光一结婚就会变，变得你自己都不相信：事先要不想到这一着，必招后来的无穷痛苦。除了艺术以外，你在外做人方面就是这一点使我们操心。因为这一点也间接影响到国家民族的荣誉，英国人对男女问题的看法始终清教徒气息很重，想你也有所发觉，知道如何自爱了；自爱即所以报答父母，报答国家。

真正的艺术家，名副其实的艺术家，多半是在回想中和想象中过他的感情生活的。唯其能把感情生活升华才给人类留下这许多杰作。反复不已的、有始无终的，没有结果也不可能有结果的恋爱，只会使人变成唐—璜，使人变得轻薄，使人——至少——对爱情感觉麻痹，无形中流于玩世不恭；而你知道，玩世不恭的祸害，不说别的，先就使你的艺术颓废；假如每次都是真刀真枪，那么精力消耗太大，人寿几何，全部贡献给艺术还不够，怎容你如此浪费！歌德的《少年维特之烦恼》的故事，你总该记得吧。要是歌德没有这大智大勇，历史上也就没有歌德了。你把十五岁到现在的感情经历回想一遍，也会怅然若失了吧？也该从此换一副眼光，换一种态度，换一种心情来看待恋爱了吧？——总之，你无论在订演出合同方面，在感情方面，在政治行动方面，主要得避免"身不由主"，这是你最大的弱点。——在此举国欢腾，庆祝十年建国十年建设十年成就的时节，我写这封信的心情尤其感触万端，非笔墨所能形容。孩子，珍重，各方面珍重，千万珍重，千万自爱！

【导读】

作家作品简介

傅雷及夫人像

　　傅雷（1908—1966），字怒安，号怒庵，汉族，上海市南汇县（现南汇区）人，翻译家，文艺评论家。20世纪60年代初，傅雷因在翻译巴尔扎克作品方面的卓越贡献，被法国巴尔扎克研究会吸收为会员。他的全部译作现经家属编定，交由安徽人民出版社编成《傅雷译文集》，从1981年起分15卷出版，现已出齐。傅雷与夫人朱馥梅婚后育有三子，长子夭折；次子傅聪生于1934年，留居英国，钢琴家；三子傅敏生于1937年，教育家，编辑有《傅雷家书》传世。

鉴赏解读参考

　　《傅雷家书》是一本"充满着父爱的苦心孤诣、呕心沥血的教子篇"，也是"最好的艺术学徒修养读物"，更是既平凡又典型的"不聪明"的近代中国知识分子的深刻写照。

　　《傅雷家书》是一部很特殊的书，它是傅雷思想的折光，甚至可以说是傅雷毕生最重要的著作，因为《傅雷家书》是给他与儿子之间的书信，体现了作为爸爸的他对儿子苦心孤诣。《傅雷家书》百分之百地体现了傅雷的思想。写在纸上的都是些家常话，他无拘无束，心里怎么想的，笔下就怎么写，用不着担心"审查"，也用不着担心"批判"。正因为这样，《傅雷家书》如山间潺潺清溪，如碧空中舒卷的白云，如海上自由翱翔的海鸥，如无瑕的白璧，如透明的结晶体，感情是那样的纯真，那样的质朴，没有半点虚伪，用不着半点装腔作势。《傅雷家书》的意义，远远超过了傅雷家庭的范围。书中无处不体现了浓浓的父爱，或许每个父亲对他的孩子都疼爱有加，但在疼爱的同时不忘对其进行音乐、美术、哲学、历史、文学乃至健康等全方位教育的，纵使以如此之大的中国，能够达到此种地步的未知能有几人。因为这确实需要充足的条件，父亲要学贯中西，儿子也要知书达理，而父子之间更要在相互尊重和爱护的基础上达成充分的默契。

"老爷"说的准没错

叶圣陶

《十五贯》里的娄阿鼠说："老爷说是通奸谋杀，自然是通奸谋杀的了。"这当然表现娄阿鼠作恶心虚，谋脱干系，可是这句话的格式可以研究一下，因为这个格式代表一种思想方法。

老爷说的话准没错儿。为什么准没错儿？就因为说话的是老爷。不妨听一听，老爷说是怎么样，自然是怎么样了，他的语气是多么斩钉截铁。娄阿鼠的思想方法的全部精华就是这样。

岂但娄阿鼠呢！从前许多人用"先圣有言"发端，或者用"孔子曰""孟子曰"开场，把大前提摆出来，然后立下判断。近几十年来，"先圣有言"和"孔子曰""孟子曰"几乎绝迹了，可是大前提的前边往往是"某某说"或者"某某指示我们"，可见余风未衰。这些大前提为什么能做大前提，照例用不着证明，这里头隐隐含着这么个意思——是某某说的话就有资格做大前提。这就差不多跟娄阿鼠一鼻孔出气了。娄阿鼠不是相信老爷说的话准没错儿吗？所以娄阿鼠的思想方法可以做代表。

早些年有个名儿叫"偶像崇拜"，今年有个新鲜名儿叫"个人崇拜"，两个名儿二合一，都指的这一种思想方法。

被用作大前提的先圣，孔子、孟子以及这个某某，那个某某的话也全没有错儿，从这些大前提推出来的结论也许全有道理，也许对实际工作有好处，可是这样的思想方法总难叫人信服，因为它只认某某而不辨道理，因为它无条件地肯定某某的话必有道理，这是无论如何不会约定俗成的。

摆脱这样的思想方法，该是改进文风的办法之一。

【导读】

作家作品简介

叶圣陶（1894—1988），原名叶绍钧，生于江苏苏州。1907 年考入草桥中学，毕业后任小学教员。1914 年被排挤出学校，开始在《礼拜六》等杂志上发表文言小说。1915 年秋到上海商务印书馆附设的尚公学校教国文，并为商务印书馆编写小学课本。1917 年应聘到吴县角直县立第五高等小学任教。1919 年与郑振铎、茅盾等人组织发起"文学研究会"，并在《小说月报》和《文学旬刊》上发表作品。1923—1930 年，在上海商务印书馆当编辑。1927 年 5 月开始主编《小说月报》。1930 年转到开明书店当编辑。抗日战争期间举家内迁，曾在乐山任武汉大学中文系教授，后到成都主持开明书店编务。1946 年返回上海。中华人民共和国成立后，曾任出版总署署长、教育部副部长兼人民教育出版社社长、中央文史研究馆馆长、全国政协副主席等职。

鉴赏解读参考

叶圣陶先生的智慧、深刻和含蓄的确让人佩服。他通过《"老爷"说的准没错》一文巧妙地揭露了封建专制统治及危害，但见诸文字的却是有关改进文风的话题。

本文以娄阿鼠的言语为切入点，引出了"娄阿鼠式的思想方法"，即"老爷说的话准没错儿。为什么准没错儿？就因为说话的是老爷"。细细分析"娄阿鼠式的思想方法"的形成原因无非是专制暴政的压迫和个人利益的驱动。因为老爷有权有势，能操纵下人身家性命，所以老爷的话对于下人而言就一定是对的了，即便不对，下人也只能无声地忍受。而下人在面对强权的时候只有唯命是听，唯命是从，才能保证自己的利益，乃至自己的性命不受伤害。

为什么作者要用非常隐讳的方法提醒人们要"摆脱这种思想方法"？因为它的危害实在太大了。首先是对下人的危害。"这样的思想方法总难叫人信服，因为它只认某某而不辨道理，因为它无条件地肯定某某的话必有道理，这是无论如何不会约定俗成的。"也就是说，像娄阿鼠这样处理事情，无疑是授人以柄。其次是对老爷的危害。老爷说的话如果是错的，那就势必造成一定后果，而要为后果埋单的，只能是老爷而非下人。最后是对普天下老百姓的危害，这也是最大的危害。也就是说，如果后果严重到老爷也无法承担的时候，那埋单的义务则毫无疑问地落到老百姓的头上。所以，要想避免可怕的后果出现，就要摆脱"娄阿鼠式的思想方法"。而摆脱这种思想方法最有效的途径就是彻底消除老爷阶层，让全天下的人都有话语权。

问题与思考

1. 谈谈 1949 年以来十七年散文创作的主要特征。
2. 谈谈《傅雷家书》在新中国成立后"十七年文学"时期的价值。

延伸阅读

1. 碧野，《天山景物记》。
2. 玄珠，即茅盾，《谈独立思考》。
3. 巴金，《"独立思考"》。
4. 唐弢，《孟德新书》。
5. 巴人，《论人情》。
6. 刘锡庆，《建国十七年的艺术散文》。

四、戏剧

茶馆（节选）

老 舍

第一幕

时间 一八九八年（戊戌）初秋，康梁等的维新运动失败了。早半天。
地点 北京，裕泰大茶馆。

人物
王利发
刘麻子
庞太监　唐铁嘴　康 六　小牛儿
松二爷　黄胖子

宋恩子　常四爷
秦仲义
吴祥子
李 三　老 人　康顺子　二德子

乡 妇　茶客甲、乙、丙、丁　马五爷
小 妞　茶房一二人

「幕起」这种大茶馆现在已经不见了。在几十年前，每城都起码有一处。这里卖茶，也卖简单的点心与饭菜。玩鸟的人们，每天在遛够了画眉、黄鸟等之后，要到这里歇歇腿，喝喝茶，并使鸟儿表演歌唱。商议事情的，说媒拉纤的，也到这里来。那年月，时常有打群架的，但是总会有朋友出头给双方调解；三五十口子打手，经调人东说西说，便都喝碗茶，吃碗烂肉面（大茶馆特殊的食品，价钱便宜，作起来快当），就可以化干戈为玉帛了。总之，这是当日非常重要的地方，有事无事都可以来坐半天。

在这里，可以听到最荒唐的新闻，如某处的大蜘蛛怎么成了精，受到雷击。奇怪的意见也在这里可以听到，像把海边上都修上大墙，就足以挡住洋兵上岸。这里还可以听到某京戏演员新近创造了什么腔儿，和煎熬鸦片烟的最好的方法。这里也可以看到某人新得到的奇珍——一个出土的玉扇坠儿，或三彩的鼻烟壶。这真是个重要的地方，简直可以算作文化交流的所在。

我们现在就要看见这样的一座茶馆。

一进门是柜台与炉灶——为省点事，我们的舞台上可以不要炉灶；后面有些锅勺的响声也就够了。屋子非常高大，摆着长桌与方桌，长凳与小凳，都是茶座儿。隔窗可见后院，高搭着凉棚，棚下也有茶座儿。屋里和凉棚下都有挂鸟笼的地方。各处都贴着"莫谈国事"的纸条。

有两位茶客，不知姓名，正眯着眼，摇着头，拍板低唱。有两三位茶客，也不知姓名，正入神地欣赏瓦罐里的蟋蟀。两位穿灰色大衫的——宋恩子与吴祥子，正低声地谈话，看样子他们是北衙门的办案的（侦缉）。

今天又有一起打群架的，据说是为了争一只家鸽，惹起非用武力解决不可的纠纷。假若真打起来，非出人命不可，因为被约的打手中包括着善扑营的哥儿们和库兵，身手都十分厉害。好在，不能真打起来，因为在双方还没把打手约齐，已有人出面调停了——现在双方在这里会面。三三两两的打手，都横眉立目，短打扮，随时进来，往后院去。

马五爷在不惹人注意的角落，独自坐着喝茶。

王利发高高地坐在柜台里。

唐铁嘴跐拉着鞋，身穿一件极长极脏的大布衫，耳上夹着几张小纸片，进来。

王 利 发　唐先生，你外边遛遛吧！

唐 铁 嘴　（惨笑）王掌柜，捧捧唐铁嘴吧！送给我碗茶喝，我就先给您相相面吧！手相奉送，不取分文！（不容分说，拉过王利发的手来）今年是光绪二十四年，戊戌。您贵庚是……

王 利 发　（夺回手去）算了吧，我送你一碗茶喝，你就甭卖那套生意口啦！用不着相面，咱们既在江湖内，都是苦命人！（由柜台内走出，让唐铁嘴坐下）坐下！我告诉你，你要是不戒了大烟，就永远交不了好运！这是我的相法，比你的更灵验！

松二爷和常四爷都提着鸟笼进来，王利发向他们打招呼。他们先把鸟笼子挂好，找地方坐下。松二爷文绉绉的，提着小黄鸟笼；常四爷雄赳赳的，提着大而高的画眉笼。茶房李三赶紧过来，沏上盖碗茶。他们自带茶叶。茶沏好，松二爷、常四爷向临近的茶座让了让。

松 二 爷
常 四 爷　您喝这个！（然后，往后院看了看）

松 二 爷　好像又有事儿？

常 四 爷　反正打不起来！要真打的话，早到城外头去啦；到茶馆来干吗？

二 德 子　（凑过去）你这是对谁甩闲话呢？

二德子，一位打手，恰好进来，听见了常四爷的话。

常 四 爷	（不肯示弱）你问我哪？花钱喝茶，难道还教谁管着吗？
松 二 爷	（打量了二德子一番）我说这位爷，您是营里当差的吧？来，坐下喝一碗，我们也都是外场人。
二 德 子	你管我当差不当差呢！
常 四 爷	要抖威风，跟洋人干去，洋人厉害！英法联军烧了圆明园，尊家吃着官饷，可没见您去冲锋打仗！
二 德 子	甭说打洋人不打，我先管教管教你！（要动手）

别的茶客依旧进行他们自己的事。王利发急忙跑过来。

王 利 发	哥儿们，都是街面上的朋友，有话好说。德爷，您后边坐！

二德子不听王利发的话，一下子把一个盖碗搂下桌去，摔碎。翻手要抓常四爷的脖领。

常 四 爷	（闪过）你要怎么着？
二 德 子	怎么着？我碰不了洋人，还碰不了你吗？
马 五 爷	（并未立起）二德子，你威风啊！
二 德 子	（四下扫视，看到马五爷）喝，马五爷，你在这儿哪？我可眼拙，没看见您！（过去请安）
马 五 爷	有什么事好好地说，干吗动不动地就讲打？
二 德 子	嗻！您说得对！我到后头坐坐去。李三，这儿的茶钱我候啦！（往后面走去）
常 四 爷	（凑过来，要对马五爷发牢骚）这位爷，您圣明，您给评评理！
马 五 爷	（立起来）我还有事，再见！（走出去）
常 四 爷	（对王利发）邪！这倒是个怪人！
王 利 发	您不知道这是马五爷呀！怪不得你也得罪了他！
常 四 爷	我也得罪了他？我今天出门没挑好日子！
王 利 发	（低声地）刚才您说洋人怎样，他就是吃洋饭的。信洋教，说洋话，有事情可以一直地找宛平县的县太爷去，要不怎么连官面上都不惹他呢！
常 四 爷	（往原处走）哼，我就不佩服吃洋饭的！
王 利 发	（向宋恩子、吴祥子那边稍一歪头，低声地）说话请留点神！（大声地）李三，再给这儿沏一碗来！（拾起地上的碎瓷片）
松 二 爷	盖碗多少钱？我赔！外场人不做老娘们事！
王 利 发	不忙，待会儿再算吧！（走开）

纤手刘麻子领着康六进来。刘麻子先向松二爷、常四爷打招呼。

刘 麻 子	您二位真早班儿！（掏出鼻烟壶，倒烟）您试试这个！刚装来的，地道的英国造，又细又纯！
常 四 爷	唉！连鼻烟也得从外洋来！这得往外流多少银子啊！

刘　麻　子　　咱们大清国有的是金山银山，永远花不完！您坐着，我办点小事！（领康六找了个座儿）

　　　　李三拿过一碗茶来。

刘　麻　子　　说说吧，十两银子行不行？你说干脆的！我忙，没工夫专伺候你！

康　　　六　　刘爷！十五岁的大姑娘，就值十两银子吗？

刘　麻　子　　卖到窑子去，也许多拿一两八钱的，可是你又不肯！

康　　　六　　那是我的亲女儿！我能够……

刘　麻　子　　有女儿，你可养活不起，这怪谁呢？

康　　　六　　那不是因为乡下种地的都没法子混了吗？一家大小要是一天能吃上一顿粥，我要还想卖女儿，我就不是人！

刘　麻　子　　那是你们乡下的事，我管不着。我受你之托，教你不吃亏，又教你女儿有个吃饱饭的地方，这还不好吗？

康　　　六　　到底给谁呢？

刘　麻　子　　我一说，你必定从心眼里乐意！一位在宫里当差的！

康　　　六　　宫里当差的谁要个乡下丫头呢？

刘　麻　子　　那不是你女儿的命好吗？

康　　　六　　谁呢？

刘　麻　子　　庞总管！你也听说过庞总管吧？伺候着太后，红的不得了，连家里打醋的瓶子都是玛瑙的！

康　　　六　　刘大爷，把女儿给太监做老婆，我怎么对得起人呢？

刘　麻　子　　卖女儿，无论怎么卖，也对不起女儿！你糊涂！你看，姑娘一过门，吃的是珍馐美味，穿的是绫罗绸缎，这不是造化吗？怎样，摇头不算点头算，来个干脆的！

康　　　六　　自古以来，哪有……他就给十两银子？

刘　麻　子　　找遍了你们全村儿，找得出十两银子找不出！在乡下，五斤白面就换个孩子，你不是不知道！

康　　　六　　我，唉！我得跟姑娘商量一下！

刘　麻　子　　告诉你，过了这个村可没有这个店，耽误了事可别怨我！快去快来！

康　　　六　　唉！我一会儿就回来！

刘　麻　子　　我在这儿等着你！

康　　　六　　（慢慢地走出去）

刘　麻　子　　（凑到松二爷、常四爷这边来）乡下人真难办事，永远没个痛痛快快！

松　二　爷　　这号生意又不小吧？

刘　麻　子　　也甜不到哪儿去，弄好了，赚个元宝！

常　四　爷　　乡下是怎么了？会弄得这么卖儿卖女的！

刘　麻　子　　谁知道！要不怎么说，就是条狗也得托生在北京城里嘛！

常四爷	刘爷，您可真有个狠劲儿，给拉拢这路事！
刘麻子	我要不分心，他们还许找不到买主呢！（忙岔话）松二爷（掏出个小时表来），您看这个！
松二爷	（接表）好体面的小表！
刘麻子	您听听，嘎登嘎登地响！
松二爷	（听）这得多少钱？
刘麻子	您爱吗？就让给您！一句话，五两银子！您玩够了，不爱再要了，我还照数退钱！东西真地道，传家的玩艺儿！
常四爷	我这儿正咂摸这个味儿：咱们一个人身上有多少洋玩艺儿啊！老刘，就看你身上吧：洋鼻烟，洋表，洋缎大衫，洋布裤褂……
刘麻子	洋东西可真是漂亮呢！我要是穿一身土布，像个乡下脑壳，谁还理我呀！
常四爷	我老觉乎着咱们的大缎子，川绸，更体面！
刘麻子	松二爷，留下这个表吧，这年月，带着这么好的洋表，会教人另眼看待！是不是这么说，您哪？
松二爷	（真爱表，但又嫌贵）我……
刘麻子	您先戴几天，改日再给钱！

　　黄胖子进来。

黄胖子	（严重的砂眼，看不清楚，进门就请安）哥儿们，都瞧我啦！我请安了！都是自家兄弟，别伤了和气呀！
王利发	这不是他们，他们在后院哪！
黄胖子	我看不大清楚啊！掌柜的，预备烂肉面，有我黄胖子，谁也打不起来！（往里走）
二德子	（出来迎接）两边已经见了面，您快来吧！

　　二德子同黄胖子入内。

　　茶房们一趟又一趟地往后面送茶水。老人进来，拿着些牙签、胡梳、耳挖勺之类的小东西，低着头慢慢地挨着茶座儿走；没人买他的东西。他要往后院去，被李三截住。

李三	老大爷，您外边［足留］［足留］吧！后院里，人家正说和事呢，没人买您的东西！（顺手儿把剩茶递给老人一碗）
松二爷	（低声地）李三！（指后院）他们到底为了什么事，要这么拿刀动杖的？
李三	（低声地）听说是为一只鸽子。张宅的鸽子飞到了李宅去，李宅不肯交还……唉，咱们还是少说话好，（问老人）老大爷您高寿啦？
老人	（喝了茶）多谢！八十二了，没人管！这年月呀，人还不如一只鸽子呢！唉！（慢慢走出去）

秦仲义，穿得很讲究，满面春风，走进来。

王 利 发　哎哟！秦二爷，您怎么这样闲在，会想起下茶馆来了？也
　　　　　没带个底下人？

秦 仲 义　来看看，看看你这年轻小伙子会作生意不会！

王 利 发　唉，一边作一边学吧，指着这个吃饭嘛。谁叫我爸爸死的
　　　　　早，我不干不行啊！好在照顾主儿都是我父亲的老朋友，
　　　　　我有不周到的地方，都肯包涵，闭闭眼就过去了。在街面
　　　　　上混饭吃，人缘儿顶要紧。我按着我父亲遗留下的老办法，
　　　　　多说好话，多请安，讨人人的喜欢，就不会出大岔子！您
　　　　　坐下，我给您沏碗小叶茶去！

秦 仲 义　我不喝！也不坐着！

王 利 发　坐一坐！有您在我这儿坐坐，我脸上有光！

秦 仲 义　也好吧！（坐）可是，用不着奉承我！

王 利 发　李三，沏一碗高的来！二爷，府上都好？您的事情都顺
　　　　　心吧？

秦 仲 义　不怎么太好！

王 利 发　您怕什么呢？那么多的买卖，您的小手指头都比我的腰
　　　　　还粗！

唐 铁 嘴　（凑过来）这位爷好相貌，真是天庭饱满，地阁方圆，虽
　　　　　无宰相之权，而有陶朱之富！

秦 仲 义　躲开我！去！

王 利 发　先生，你喝够了茶，该外边活动活动去！（把唐铁嘴轻轻推开）

唐 铁 嘴　唉！（垂头走出去）

秦 仲 义　小王，这儿的房租是不是得往上提那么一提呢？当年你爸
　　　　　爸给我的那点租钱，还不够我喝茶用的呢！

王 利 发　二爷，您说的对，太对了！可是，这点小事用不着您分心，
　　　　　您派管事的来一趟，我跟他商量，该长多少租钱，我一定
　　　　　照办！是！嗻！

秦 仲 义　你这小子，比你爸爸还滑！哼，等着吧，早晚我把房子收
　　　　　回去！

王 利 发　您甭吓唬着我玩，我知道您多么照应我，心疼我，决不会
　　　　　叫我挑着大茶壶，到街上买热茶去！

秦 仲 义　你等着瞧吧！

　　乡妇拉着个十来岁的小妞进来。小妞的头上插着一根草标。李三本
想不许她们往前走，可是心中一难过，没管。她们俩慢慢地往里走。茶
客们忽然都停止说笑，看着她们。

小 　 妞　（走到屋子中间，立住）妈，我饿！我饿！

　　乡妇呆视着小妞，忽然腿一软，坐在地上，掩面低泣。

秦 仲 义	（对王利发）轰出去！
王 利 发	是！出去吧，这里坐不住！
乡 妇	哪位行行好？要这个孩子，二两银子！
常 四 爷	李三，要两个烂肉面，带她们到门外吃去！
李 三	是啦！（过去对乡妇）起来，门口等着去，我给你们端面来！
乡 妇	（立起，抹泪往外走，好像忘了孩子；走了两步，又转回身来，搂住小妞吻她）宝贝！宝贝！
王 利 发	快着点吧！

乡妇、小妞走出去。李三随后端出两碗面去。

王 利 发	（过来）常四爷，您是积德行好，赏给她们面吃！可是，我告诉您：这路事儿太多了，太对了！谁也管不了！（对秦仲义）二爷，您看我说的对不对？
常 四 爷	（对松二爷）二爷，我看哪，大清国要完！
秦 仲 义	（老气横秋地）完不完，并不在乎有人给穷人们一碗面吃没有。小王，说真的，我真想收回这里的房子！
王 利 发	您别那么办哪，二爷！
秦 仲 义	我不但收回房子，而且把乡下的地，城里的买卖也都卖了！
王 利 发	那为什么呢？
秦 仲 义	把本钱拢到一块儿，开工厂！
王 利 发	开工厂？
秦 仲 义	嗯，顶大顶大的工厂！那才救得了穷人，那才能抵制外货，那才能救国！（对王利发说而眼看着常四爷）唉，我跟你说这些干什么，你不懂！
王 利 发	您就专为别人，把财产都出手，不顾自己了吗？
秦 仲 义	你不懂！只有那么办，国家才能富强！好啦，我该走啦。我亲眼看见了，你的生意不错，你甭在耍无赖，不涨房钱！
王 利 发	您等等，我给您叫车去！
秦 仲 义	用不着，我愿意蹓跶，蹓跶！

秦仲义往外走，王利发送。

小牛儿搀着庞太监走进来。小牛儿提着水烟袋。

庞 太 监	哟！秦二爷！
秦 仲 义	庞老爷！这两天您心里安顿了吧？
庞 太 监	那还用说吗？天下太平了：圣旨下来，谭嗣同问斩！告诉您，谁敢改祖宗的章程，谁就掉脑袋！
秦 仲 义	我早就知道！

茶客们忽然全静寂起来，几乎是闭住呼吸地听着。

庞 太 监	您聪明，二爷，要不然您怎么发财呢！

秦 仲 义	我那点财产，不值一提！
庞 太 监	太客气了吧？您看，全北京城谁不知道秦二爷！您比做官的还厉害呢！听说呀，好些财主都讲维新！
秦 仲 义	不能这么说，我那点威风在您的面前可就施展不出来了！哈哈哈！
庞 太 监	说得好，咱们就八仙过海，各显其能吧！哈哈哈！
秦 仲 义	改天过去给您请安，再见！（下）
庞 太 监	（自言自语）哼，凭这么个小财主也敢跟我斗嘴皮子，年头真是改了！（问王利发）刘麻子在这儿哪？
王 利 发	总管，您里边歇着吧！

刘麻子早已看见庞太监，但不敢靠近，怕打搅了庞太监、秦仲义的谈话。

| 刘 麻 子 | 喝，我的老爷子！您吉祥！我等您好大半天了！（搀庞太监往里面走） |

宋恩子、吴祥子过来请安，庞太监对他们耳语。

众茶客静默一阵之后，开始议论纷纷。

茶 客 甲	谭嗣同是谁？
茶 客 乙	好像听说过！反正犯了大罪，要不，怎么会问斩呀！
茶 客 丙	这两三个月了，有些做官的，念书的，乱折腾乱闹，咱们怎能知道他们捣的什么鬼呀！
茶 客 丁	得！不管怎么说，我的铁杆庄稼又保住了！姓谭的，还有那个康有为，不是说叫旗兵不关钱粮，去自谋生计吗？心眼多毒！
茶 客 丙	一份钱粮倒叫上头克扣去一大半，咱们也不好过！
茶 客 丁	那总比没有强啊！好死不如赖活着，叫我去自己谋生，非死不可！
王 利 发	诸位主顾，咱们还是莫谈国事吧！

大家安静下来，都又各谈各的事。

| 庞 太 监 | （已坐下）怎么说？一个乡下丫头，要二百银子？ |
| 刘 麻 子 | （侍立）乡下人，可长得俊呀！带进城来，好好地一打扮、调教，准保是又好看又有规矩！我给您办事，比给我亲爸爸做事都更尽心，一丝一毫不能马虎！ |

唐铁嘴又回来了。

王 利 发	铁嘴，你怎么又回来了？
唐 铁 嘴	街上兵荒马乱的，不知道是怎么回事！
庞 太 监	还能不搜查搜查谭嗣同的余党吗？唐铁嘴，你放心，没人

抓你！

唐　铁　嘴　嘻，总管，您要能赏给我几个烟泡儿，我可就更有出息了！

有几个茶客好像预感到什么灾祸，一个个往外溜。

松　二　爷　咱们也该走了吧！天不早啦！

常　四　爷　嘻！走吧！

二灰衣人——宋恩子和吴祥子走过来。

宋　恩　子　等等！

常　四　爷　怎么啦？

宋　恩　子　刚才你说"大清国要完"？

常　四　爷　我，我爱大清国，怕它完了！

吴　祥　子　（对松二爷）你听见了？他是这么说的吗？

松　二　爷　哥儿们，我们天天在这儿喝茶。王掌柜知道：我们都是地道老好人！

吴　祥　子　问你听见了没有？

松　二　爷　那，有话好说，二位请坐！

宋　恩　子　你不说，连你也锁了走！他说"大清国要完"，就是跟谭嗣同一党！

松　二　爷　我，我听见了，他是说……

宋　恩　子　（对常四爷）走！

常　四　爷　上哪儿？事情要交代明白了啊！

宋　恩　子　你还想拒捕吗？我这儿可带着"王法"呢！（掏出腰中带着的铁链子）

常　四　爷　告诉你们，我可是旗人！

吴　祥　子　旗人当汉奸，罪加一等！锁上他！

常　四　爷　甭锁，我跑不了！

宋　恩　子　量你也跑不了！（对松二爷）你也走一趟，到堂上实话实说，没你的事！

黄胖子同三五个人由后院过来。

黄　胖　子　得啦，一天云雾散，算我没白跑腿！

松　二　爷　黄爷！黄爷！

黄　胖　子　（揉揉眼）谁呀？

松　二　爷　我！松二！您过来，给说句好话！

黄　胖　子　（看清）哟，宋爷，吴爷，二位爷办案哪？请吧！

松　二　爷　黄爷，帮帮忙，给美言两句！

黄　胖　子　官厅儿管不了的事，我管！官厅儿能管的事呀，我不便多嘴！（问大家）是不是？

　　　　众　嘻！对！

宋恩子、吴祥子带着常四爷、松二爷往外走。

松 二 爷　　（对王利发）看着点我们的鸟笼子！

王 利 发　　您放心，我给送到家里去！

常四爷、松二爷、宋恩子、吴祥子同下。

黄 胖 子　　（唐铁嘴告以庞太监在此）哟，老爷在这儿哪？听说要安份
　　　　　　　儿家，我先给您道喜！

庞 太 监　　等吃喜酒吧！

黄 胖 子　　您赏脸！您赏脸！（下）

乡妇端着空碗进来，往柜上放。小妞跟进来。

小 　 妞　　妈！我还饿！

王 利 发　　唉！出去吧！

乡 　 妇　　走吧，乖！

小 　 妞　　不卖妞妞啦？妈！不卖了？妈！

乡 　 妇　　乖！（哭着，携小妞下）

康六带着康顺子进来，立在柜台前。

康 　 六　　姑娘！顺子！爸爸不是人，是畜生！可你叫我怎办呢？你
　　　　　　　不找个吃饭的地方，你饿死！我弄不到手几两银子，就得
　　　　　　　叫东家活活地打死！你呀，顺子，认命吧，积德吧！

康 顺 子　　我，我……（说不出话来）

刘 麻 子　　（跑过来）你们回来啦？点头啦？好！来见总管！给总管
　　　　　　　磕头！

康 顺 子　　我……（要晕倒）

康 　 六　　（扶住女儿）顺子！顺子！

刘 麻 子　　怎么啦？

康 　 六　　又饿又气，昏过去了！顺子！顺子！

庞 太 监　　我要活的，可不要死的！

静场。

茶 客 甲　　（正与茶客乙下象棋）将！你完啦！

——幕　落

老舍像

作家作品简介

老舍（1899—1966），本名舒庆春，字舍予，北京满族正红旗人，原姓舒舒觉罗氏（一说姓舒穆禄氏，存疑），中国现代著名小说家、文学家、戏剧家。"文化大革命"期间受到迫害，1966 年 8 月 24 日深夜，老舍含冤自沉于北京西北的太平湖畔，终年 67 岁。

鉴赏解读参考

故事讲述茶馆老板王利发一心想让父亲的茶馆兴旺，为此他八方应酬，然而严酷的现实却使他每每被嘲弄，最终被冷酷无情的社会所吞没。经常出入茶馆的民族资本家秦仲义从雄心勃勃搞实业救国到破产；豪爽的八旗子弟常四爷在清朝灭亡以后走上了自食其力的道路。故事还揭示了刘麻子等一些小人物的生存状态。全剧以老北京一家大茶馆的兴衰变迁为背景，向人们展示了从清末到抗战胜利后的 50 年间，北京的社会风貌及各阶层人物的不同命运。

在满清王朝即将灭亡的年代，北京的裕泰茶馆却依然一派"繁荣"景象：提笼架鸟、算命卜卦、卖古玩玉器、玩蝈蝈蟋蟀者无所不有。

年轻精明的掌柜王利发，各方照顾，左右逢源。然而，在这个"繁荣"的背后隐藏着整个社会令人窒息的衰亡：洋货充斥市场、农村经济破产、太监买老婆、爱国者遭逮捕。

到了民国初年，连年不断的内战使百姓深受苦难，北京城里的大茶馆都关了门，唯有王掌柜改良经营，把茶馆后院辟成租给大学生的公寓。尽管如此，社会上的动乱仍波及茶馆：逃难的百姓堵在门口，大兵抢夺掌柜的钱，侦缉队员不时前来敲诈。

又过了三十年，已是风烛残年的王掌柜，仍在拼命支撑着茶馆。日本投降了，但人民又陷入了内战的灾难。吉普车横冲直撞，爱国人士惨遭镇压，流氓特务要霸占王掌柜苦心经营了一辈子的茶馆。王利发绝望了。这时，恰巧来了两位五十年前结交的朋友，一位是曾被清廷逮捕过的正人君子常四爷，一位是办了半辈子实业结果彻底垮台的秦二爷。三位老人撒着捡来的纸钱，凄惨地叫着、笑着。最后只剩下王利发一人，他拿起腰带，步入内室，仰望屋顶，寻找了结一生的地方。

就老舍的《茶馆》发表的时间看，1957 年正值英雄崇拜的时期，配合政治为主题的文学被社会推崇，但《茶馆》冲破了这一历史时期的限制，打破了"十七年文学"的公式化、概念化倾向，没有配合政治描写，没有塑造英雄人物，转而描写平凡的日常生活，用小人物的故事来反映历史变迁，乃是"十七年文学"创作的最高成就。

问题与思考

为什么说《茶馆》是旧时代的一曲葬歌？

延伸阅读

1. 田汉，《关汉卿》。
2. 郭汉城，《〈茶馆〉的时代与人物》。
3. 戴不凡，《响当当的一粒铜豌豆——读话剧剧本〈关汉卿〉断想》。

第二章

"文革"文学（1966—1976）

　　"无产阶级文化大革命"是一场在中国当代历史上空前的政治运动，从1966年开始到1976年结束，历时整整十年。其对中国政治、经济和文化造成了极其深远的破坏性影响，文学当然不在例外，并且"文化大革命"从一开始就以文学艺术作为其主要批判领域。

　　"文化大革命"十年的文学就是在这样的环境中出现的。它分为主流和潜流。所谓主流就是以"革命样板戏"以及各种各样的"红太阳颂歌"，以及20世纪70年代伊始出现的一批小说、诗歌和电影戏剧作品为代表，如浩然的《金光大道》（1972）、《西沙儿女》（1974）等。作为潜流部分，则是被称为"地下写作"的一批诗歌和手抄本小说，正是它们填补了当时文学的空白，并且为后来新时期文学作了重要准备。

　　"革命样板戏"是当时文学中最为显赫的作品，是极"左"政治的集中体现。它所选取的题材分布于中国共产党党史的各个时期，力图勾勒中国的革命历史。其艺术样式包含了来自西方的芭蕾舞、交响乐和传统的中国京剧，根据政治宣传需要作了许多符合现代口味的形式改革。在表现方式上则以"三突出"为原则塑造"高、大、全"的英雄人物。"领导出思想，群众出生活，作家出技巧"的三结合创作方法，在样板戏的出台过程中被实施并强行推广。在这样的创作过程中，作家完全陷于工具化的机械劳动之中，其个人对时代和社会的感受几乎不可能通过文学创作公开表达；同时，民间文化传统也在"为工农兵服务"的旗帜下被扭曲改造。在这个意义上，"革命样板戏"是主流政治意识形态对知识分子和民间文化传统的压制和摧毁。　但从另一方面看，样板戏中有一定艺术价值的剧目，也是对知识分子和民间文化利用较好的作品，如著名作家汪曾祺就参加过京剧《沙家浜》的改编。而且真正决定样板戏艺术价值的，仍然是民间文化中的某种隐性结构，如《沙家浜》的角色原型，就直接来自民间文学中非常广泛的"一女三男"的角色模型；《红灯记》和《智取威虎山》则暗含了另一个道魔斗法的"隐性结构"。在"文化大革命"文学中，主流意识形态以阶级斗争理论来实现国家对政治、经济和文化各个领域的全面控制；民间文化形态的自在境界不可能以完整本然的面貌出现，只能依托时代共名的显形形式隐晦地表达。但只要它存在，即能转化为惹人喜爱的艺术因素，散发出艺术魅力，从而部分消解主流意识形态的僵化、死硬与教条。民间隐性结构典型地体现了民间文化无孔不入的生命力，在被时代共名改造和利用的同时，表现出反改造和反渗透的力量。

知识分子阶层在被压制后，也以破碎的方式隐遁于民间。除个别人物如遇罗克、张志新等作为人类良知的代表继续进行精英式的悲壮反抗外，五四新文化传统潜入地下延续香火。首先，老作家在受到迫害时的即兴创作以或曲折或直露的方式表达对专制暴政的反抗，如廖沫沙在1969年夏被批斗时作的《嘲吴晗并自嘲》："书生自喜投文网，高士如今爱折腰。扭臂载头喷气舞，满场争看斗风骚。"满怀的辛酸化为无奈的自嘲，显示出时代的荒谬。又如杨沫《自白——我的日记》"文化大革命"部分，真实地记录了时代的残酷以及知识分子的心态。还有一种现象更为重要，这就是"文化大革命"中老作家们自觉的秘密创作。这些老作家在1949年前已形成了自己的人生观念与艺术风格，并在文坛上占有一席之地，他们有自己的精神资源，有建基于此的独特体验与思考。他们的秘密创作在延续以往的风格的同时，也对时代有或含蓄或直接的反映与批判。他们当时都身处逆境，所以他们的秘密创作尤其值得钦佩。

另一方面，年轻一代中的敏感者也开始萌生自己的独立思考与独立意识，在20世纪70年代出现的一些"地下沙龙"与"地下诗社"活动，为一个新时代的到来作了预告。其中最值得注意的是黄翔、食指、白洋淀诗派的诗歌创作与赵振开（即诗人北岛）、张扬等人的小说写作。这些潜在写作有一个共同的特点，即尽力摆脱了主流意识形态话语的左右而回到自己的现实生活体验、想象与思考之中，并由此显示出人性与艺术的觉醒。与老作家们更多借重于精神资源不同，年轻一代的反叛更多是由于现实生活经验的刺激。

由于环境的恶劣，潜在写作只能以破碎的形态存在。它的存在意义已经不仅仅限于与政治意识形态的直接对立，而在于不论是老作家还是年轻一代，他们都在那个价值失落的疯狂年代力图寻找现代作家应有的写作立场，"这就是相对于当下的所谓的'红色主流文化'的个人化的边缘立场，这不仅使他们找到了可以清醒地思索和看待现实问题的角度与视点，而且也找回了作者作为人文知识分子最重要的传统，这是扭转当代中国作家与诗人多年来写作的'政治迷失'、重建'人文写作'的关键所在和真正的开端。"[1]

[1] 张清华. 中国当代先锋文学思潮论 [M]. 南京：江苏文化出版社，1997：46.

一、小说

第二次握手（节选）

张　扬

一、深巷来客

《第二次握手》封面

一九五九年深秋的北京，金风萧瑟。浓绿苍翠的香山，在西风吹拂下变得赭红紫黛，斑斑驳驳。一辆棕红色华沙牌小轿车行驶在郊区一条沥青公路上，从公主坟地带自西向东进入市区，经过西单路口和西长安街，在天安门广场转弯，从刚落成的人民大会堂前驶过，从彩绘一新的正阳门和箭楼西侧驶过，自北而南驶上前门大街。这里行人如织，车水马龙，各种商店栉比鳞次，霓虹灯闪闪烁烁。华沙车更加放慢速度，朝东驶入一条小街，缓缓停在一处巷口。附近全是平房，灰砖灰瓦灰色地面，既冷落单调而又干净齐整。偶有自行车和行人从旁匆匆拂过。小轿车后座门被推开，一个宽肩膀、高身材的中年男子钻出来。他将将灰白的长发，舒展双臂和腰肢，挺了挺胸脯，做了几下深呼吸。一位圆脸姑娘从副驾驶座钻出来，站到他面前盈盈笑道："苏老师，到家了。""时间过得真快呀，"苏老师略微环顾四周，语含感慨："转眼就是一年了！"中年男子额头凸出，面目清癯，肌肤呈古铜色。他身着黑西服，打一条蔚蓝色丝质领带，外穿灰色风衣。他望着姑娘说："小星星，到家里坐坐吧，妈妈一定很想你。""妈妈一定更想您！"苏老师笑起来。"您跟妈妈多说说话吧。"小星星仍然满面笑容，"我常来看妈妈，今天就不进屋了。"司机从后备厢中搬出一大一小两口皮箱，大步跨进小巷，又踅回车前："苏副所长，行李放到您家门口了。""谢谢，小赵。""哪天上班，我来接您。""过几天吧。咳，阔别一年，所里变化一定很大。""所里变化不大，"小赵的口气忽然变得怪怪的，"变化大的是咱们的金星姬同志。""什么意思，赵德根？"小星星警惕起来。"阿弥陀佛，我哪敢有什么'意思'。""我有什么变化？""'女大十八变'嘛，总得有点变化。""我哪儿变了？""如果你一定要逼我，我就只好如实禀报苏副所长，在他出国工作这一年中，他钟爱的女儿、学生兼助手小星星，在精神面貌方面或曰感情生活领域已经发生了可喜的和天翻地覆的……"姑娘一把掐住赵德根的耳朵。小伙子嗷叫起来。苏副所长微笑不语。"快开车，"姑娘使劲捶打赵德根的肩膀，"长舌鬼！""遵命，遵命。"司机一面钻进汽车，一面朝中年男子眨巴了一下眼睛："再见，苏副所长。""苏老师，再见。"金星姬也回到副驾驶座上，朝车窗外招手："代我向妈妈问好。"小轿车缓缓开动，徐徐远去。中年男子回头走入小巷。两侧的几栋门楼虽已石阶销磨，漆皮剥落，但还看得出从前的气派。他跨过一道高高的门槛，一座寻常四合院呈现在眼前。院中铺砌青砖，栽着几株"西府海棠"——这是一种高约丈余的落叶小乔木，春季开淡红色花朵，秋天结紫红色果实。现在树叶虽已凋零殆尽，但圆滚滚沉甸甸的海棠果依旧挂满枝头，有如一颗颗琥珀珠子。正房檐廊上，室内灯光使门窗玻璃上弥漫着苹果绿，也照映着窗下层层摆放的几十盆兰草。无线电广播恰在此时透过门窗传出。一位女播音员正在报告首都新闻："由中国医学科学院实验药物研究所副所长苏冠兰教授率领的中国医药专家组一行七人，结束对越南民主共和国的访问后，今天下午乘飞机回到北京。"苏冠兰正待敲门，这时停住手，侧耳倾听："卫生部、外交部、中国医学科学院和军事医学科学院有关负责同志以及越南民主共和国驻华使馆官员，前往机场迎接。"屋里传出一声轻叹："广播都报了，怎么还没到家呢？""到家了，到家了！"苏冠兰笑着叫道。房门没闩，一推就开了。他拎起搁在门外的两口皮箱跨进屋里并立刻回身带上房门，以免凉气尾随而入。"冠兰，你回来了！"女主人回身一瞅，喊出声来。她仿佛要比丈夫矮一头，身躯单薄，脸色苍白，满脸浅细皱纹，灰黄的鬓发中掺有不少银丝。但五官端正，双眸清澈，现在，这两颗眼睛因潮润而发亮。"玉菡，是我，我回来了！"苏冠兰说着，展开双臂。玉菡扑过来，伏在丈夫胸前。"玉菡，玉菡，我的玉菡！"苏冠兰拥抱妻子，喃喃低语。妻子比一年前更加单薄了，身躯有如纸片，急剧起伏的胸脯是扁平的，肩膀和脊背瘦骨嶙峋。教授闭上发烫的两眼，用面颊和嘴唇默默地、久久地摩挲妻子的鬓角、脸庞、脖颈和肩胛。"冠兰，这不是做梦吧？"玉菡半闭眼睛，语气如同梦幻："一年来我无数次梦见此情此景。""这次不是做梦，玉菡！"苏冠兰的嗓音微微发颤，"此刻的咱俩两位一体，你的两只眼睛离我只有四英寸。"……

苏冠兰在大理石方桌旁的软垫靠椅上坐下，开始脱掉皮鞋，换上拖鞋。他将起袖口，跷起二郎腿解皮鞋带，顺便从桌上小镜中瞅瞅自己：修长的面孔，长而亮的眼睛，长而高的鼻梁，后掠的灰白色长发。

"玉菡，"因为隔着屋子，苏冠兰必须抬高嗓门，"出国前我的头发大半是黑的，现在大半成了白的。"

"整整一年啊，而且这一年里你太累了。"那边厢，玉菡也抬高嗓门，"不过，白发主要是由基因决定的，遗传性状非常明显。爸爸白发不是也很早吗。"

"基因，基因。"苏冠兰失笑，"对，你是研究病毒遗传的。"

玉菡又说了句什么，苏冠兰没听见。他被小院中某种动静吸引过去了，趿着拖鞋踱到窗前。透过帘隙往外一瞥，一位女郎的身影映入他的视野。女郎身材高挑，体态窈窕，步履轻盈缓慢，栗黑色的浓密长发在脑后盘成圆髻。面庞呈椭圆形，五官富于雕塑感，嘴唇线条优美；大眼睛朝两侧高高挑起，睑黛较深，睫毛很长，瞳仁在黑褐中泛着蓝色，像雪山中的湖泊般深邃清澈。双手丰腴修长，肌肤洁白柔润；左肘挎一只鳄鱼皮坤包，灰黄色风衣上随意斜系着腰带。

她是谁？苏冠兰心头隐隐涌起不安之感。

女郎挺胸直背，高昂着头，神态淡漠，俨如一尊大理石雕像。

"我仿佛在哪里见过她。"苏冠兰更加不安了，"不，我肯定在哪里见过她！"

突然，不安之感似乎变成了不祥之感。教授甚至觉得不寒而栗，像是沿着冰山的边缘下滑，下滑，即将坠入寒冷刺骨深不可测的大海！

恰在此时，对门的邻居朱尔同推门走出来。

小院中只住着苏、朱两户人。朱尔同矮胖，秃顶，戴浅度近视眼镜，是个画家，在中国新闻社当美术编辑兼摄影记者。他正从檐廊下推着自行车步下台阶，不经意间瞅见女客人，竟有点手足失措起来。倒是女郎从容，脸上掠过一丝微笑，颔首道：

"请问，苏冠兰先生是住在这里吗？"

她操着标准的"国语"，语调轻柔悦耳。苏冠兰听见了她的话。女郎既然问起他，显然是认识他，是来找他的。那么……

那边厢，朱尔同避开对方熠熠的目光，口吃得厉害："哦哦，你是问苏，苏冠兰教授吗，对，是的，他，他就住在那里，喏，那，那里。"画家指指屋里亮着灯的正房，"他出国很久了，听说快回来了，今天该到家了吧。"

女郎顺着朱尔同的手势朝苏家这边看看："谢谢。"

"哦哦，不谢不谢。"画家仍然避开对方的目光，推着自行车朝院子一角的大门径直走去。

女郎收敛了微笑，仍然宛如一尊大理石雕像，端庄，冷漠，没有表情，伫立不动，目光仿佛能穿透苏家的门窗和墙壁。

苏冠兰仍然想不起这位不速之客是谁。他的视线忽然触及克拉姆司柯依的油画《无名女郎》。画面上那位矜持而美丽的贵族女郎正居高临下，朝他投来冷冷一瞥。女郎后面是彼得堡冬季的"白夜"，灰黄色的天空映衬着高楼尖阁的朦胧身影。苏冠兰的目光重新投往窗外，发现雕像般的女客人竟然有了活力，有了热度，有了表情，面部变得温柔起来，眸子晶莹闪烁。原来，她的视线正投向檐廊下摆放着的一盆盆兰草……

苏冠兰终于认出来了。他的心头像是划过一道闪电：啊，是她！

……

【导读】

作家作品简介

张扬（1944—），河南长葛人，在湖南长沙长大。1963 年 2 月，张扬写出小说《归来》（《第二次握手》初稿），后多次重写。1970 年，该稿造成全国规模的手抄本流传，成为"当代文学史上特殊的文学现象"，被誉为"感动过整整一个时代的中国人"。《第二次握手》于 1979 年 7 月正式出版后，累计印数近 430 万册，居新时期以来中国当代长篇小说发行量首位。张扬现为湖南省作家协会专业作家，1994 年任副主席，2004 年任名誉主席。

鉴赏解读参考

《第二次握手》是一部描写老一代科学家的事业、生活和爱情的小说。一代知识分子在内忧外患的旧中国无处施展智慧和才华，在新中国他们的理想抱负才得以实现。作者以细腻的笔触通过知识分子阶层深沉曲折的生活经历，刻画了丁洁琼、苏冠兰、叶玉菡等爱国科学家走科学救国之路的感人形象，展示了他们的奋斗精神以及其卓越优异、无私奉献和铮铮傲骨。丁洁琼作为中国唯一参加"曼哈顿工程"的科学家，在世界反法西斯战争中作出了特殊的贡献，为祖国争得了荣誉。作品还塑造了如陈纳德、赛珍珠、赫尔等一批富有正义感，呼唤世界和平，同情、支持中国人民的正义斗争的国际友人形象。歌颂了周恩来总理等老一辈领导人对知识分子的关怀、鼓励以及对祖国科学事业发展的推动。而苏冠兰、丁洁琼、叶玉菡之间发生的纯真、热烈、凄美、高尚的爱情故事，更是让那个时代的人久久不能释怀。作者把丰富的知识融入全书，文笔优美，文字激扬。

问题与思考

地下写作，是在一个文学艺术被极度压抑的年代里，由作者的自发创作和受众阅读需要的双重推动之下出现的一种特殊文学现象。请结合作品谈谈这种民间地下创作在"文化大革命"时期的价值及其作用。

延伸阅读

1. 赵振开，《波动》。
2. 靳凡，《公开的情书》。
3. 礼平，《晚霞消失的时候》。

二、诗歌

这是四点零八分的北京

食 指

这是四点零八分的北京，
一片手的海洋翻动；
这是四点零八分的北京，
一声雄伟的汽笛长鸣。
北京车站高大的建筑，
突然一阵剧烈的抖动。
我双眼吃惊地望着窗外，
不知发生了什么事情。
我的心骤然一阵疼痛，一定是
妈妈缀扣子的针线穿透了心胸。
这时，我的心变成了一只风筝，
风筝的线绳就在妈妈手中。
线绳绷得太紧了，就要扯断了，
我不得不把头探出车厢的窗棂。
直到这时，直到这时候，
我才明白发生了什么事情。
—— 一阵阵告别的声浪 ，
就要卷走车站；
北京在我的脚下，
已经缓缓地移动。
我再次向北京挥动手臂，
想一把抓住他的衣领，
然后对她大声地叫喊：
永远记着我，妈妈啊，北京！
终于抓住了什么东西，
管他是谁的手，不能松，
因为这是我的北京，
这是我的最后的北京。

1968 年 12 月 20 日

【导读】

食指（1948—），原名郭路生，山东鱼台人。高中毕业。食指在"文化大革命"中因救出被围打的教师而遭受迫害。1968年到山西插队，1970年进厂当工人，1971年参军，1973年复员，曾在北京光电技术研究所工作。因在部队中遭受强烈刺激，导致精神分裂，至今仍在精神病院。他在"文化大革命"中开始写诗，《相信未来》曾被江青点名批判。其诗被朋友及插队知青辗转传抄，广泛流行于全国，影响深远。后来即使在精神病院里也未停止创作。

鉴赏解读参考

"多情自古伤离别"，这首诗就是百万知识青年上山下乡，离开家园，奔赴乡野边陲时的离别诗。作为上山下乡知青队伍中的一员，在即将离开故乡北京的一刹那，作者的心灵突然受到强烈的触动。这种触动包括对故乡、母亲、文明的眷恋，也许还包括对不可知的未来的恐惧。凡是经历过那种场面的人，都会永世不忘。远离父母、远离亲人、远离家乡，对刚刚步入人生的十几岁的青年到底意味着什么？在惶恐、希求与别离的痛苦之中，当时的北京火车站告别的泪雨与声浪如海潮般有卷走车站的力量。这不是一般的分离，也许就是永别。同学朋友各奔东西，父母儿女远隔千里，到底何时能相见？到底明天会发生什么？"文化大革命"的那些岁月里谁也无法预测，也许这就是他们"最后的北京"。

诗敏锐地抓住个体心灵中的几个幻觉意象，并把它们自然而集中地组合起来。作者善于把握特定瞬间的景物感受进行描写，捕捉住火车开动这一历史性时刻，把远离父母家乡的惜别之情、对命运的忧虑和恐慌，都汇聚在"四点零八分"这一瞬间，使这一瞬间浓缩了一个特定时代的重大历史内涵。诗人以极为通俗平实的语言，倾注自己的满怀真情，抓住特定的时代内涵，使本文的主旨有更深广的历史意义，发人深省。

华南虎

牛 汉

在桂林

小小的动物园里

我见到一只老虎。

我挤在叽叽喳喳的人群中，

隔着两道铁栅栏

向笼里的老虎

张望了许久许久，

但一直没有瞧见

老虎斑斓的面孔

和火焰似的眼睛。

笼里的老虎

背对胆怯而绝望的观众，

安详地卧在一个角落，

有人用石块砸它

有人向它厉声呵斥

有人还苦苦劝诱

它都一概不理！

又长又粗的尾巴

悠悠地在拂动，

哦，老虎，笼中的老虎，

你是梦见了苍苍莽莽的山林吗？

是屈辱的心灵在抽搐吗？

还是想用尾巴鞭打那些可怜而可笑的观众？

你的健壮的腿

直挺挺地向四方伸开，

我看见你的每个趾爪

全都是破碎的，

凝结着浓浓的鲜血！

你的趾爪

是被人捆绑着

活活地铰掉的吗？

还是由于悲愤

你用同样破碎的牙齿

（听说你的牙齿是被钢锯锯掉的）

把它们和着热血咬掉……

我看见铁笼里

灰灰的水泥墙壁上

有一道一道的血淋淋的沟壑

像闪电那般耀眼刺目！

我终于明白……

我羞愧地离开了动物园，

恍惚之中听见一声

石破天惊的咆哮，

有一个不羁的灵魂

掠过我的头顶

腾空而去，

我看见了火焰似的斑纹

和火焰似的眼睛，

还有巨大而破碎的滴血的趾爪！

1973 年 6 月

【导读】

作家作品简介

牛汉（1923—2013 年），原名史成汉，山西定襄县人。20 世纪 40 年代开始诗歌创作，是"七月"诗派的重要成员。已出版诗集《彩色的生活》《祖国》《爱与歌》《温泉》《海上蝴蝶》及自选集《蚯蚓和羽毛》等。牛汉在"文化大革命"期间，诗从悲愤的心灵里突然升起，写下了不少诗作。这些作品"为我们留下了一个时代的痛苦而崇高的精神面貌"。牛汉诗作虽为数不多，却能"写出一点生气"，构思也很精巧。

牛汉画像

鉴赏解读参考

《华南虎》一诗写于 1973 年 6 月，展示的是那个特定时空，这是一个囚禁生命、戕害牲灵的年代。诗人以一颗敏感的心，强烈地感受到这种悲怆和苦难，同时也表现出有血性的中国人不屈的灵魂和挣脱禁锢、向往自由的顽强斗争精神。在诗作中，诗人这苦难和血性赋予一个有生命的肌体——被囚禁的华南虎。

天安门诗抄（选篇）

童怀周

深情的怀念

一

一夜春风来，万朵白花开。
欲知人民心，且看英雄碑。

二

欲悲闻鬼叫，我哭豺狼笑。
撒泪祭雄杰，扬眉剑出鞘。

三

天惊一声雷，地倾绝其维。
顿时九州寂，无语皆泪水。
相告不成声，欲言泪复垂。
听时不敢信，信时心已碎。

四

大鹏瞑慧目，悲歌恸九重。
五洲峰峦暗，八亿泪眼红。
丹心酬马列，功过任说评。
灰撒江河里，碑树人心中。

五

噩耗惊四海，哭声遍九州。
碑如朔风啸，哀似寒水流。
天亦为之痛，地亦为之愁。
行路原多难，此去更堪忧。

《天安门诗超》艺术作品

【导读】

作家作品简介

　　童怀周，并不是一个人的名字，而是一个以汪文风为首的16人组成的小组。小组成员来自北京第二外国语学院汉语教研室，这个名字的含义是"同怀周"，即共同怀念周恩来的意思。最初曾定名为"佟怀周"，后来更改，理由是他们自认为在周总理面前是个儿童。这个名字最初为世人所知是在 1977 年 1 月 8 日，当天是周恩来去世 1 周年，一部油印的《天安门革命诗抄》以童怀周的名字贴在天安门广场上，当时辑录 115 首。后来得到了曾作为罪证收集的 900 多首。之后，他们将所有收集的诗歌整理出版，名《天安门诗抄》。

鉴赏解读参考

1976 年清明节期间，首都民众以大无畏的精神，冲破重重禁令，写了成千上万的诗词，沉痛悼念周恩来总理。这些张贴在人民英雄纪念碑前或在天安门广场上朗诵过的诗歌，凝聚着人们的血和泪、爱和憎，是发自肺腑的呐喊。天安门诗歌是矗立在我国诗歌发展史和文学史上的一座丰碑。

问题与思考

在"文化大革命"地下写作中，诗歌的整体成就更高，请评价其成就所在。

延伸阅读

1. 食指，《相信未来》《疯狗》《命运》《海洋三部曲》。
2. 多多，《手艺——和玛琳娜·茨维塔耶娃》。
3. 芒克，《天空》。
4. 牛汉，《鹰的诞生》《汗血马》。

三、散文

缘缘堂续笔（选篇）

丰子恺

暂时脱离尘世

丰子恺美术作品

夏目漱石的小说《旅宿》（日本名《草枕》）中有一段话：

"苦痛、愤怒、叫嚣、哭泣，是附着在人世间的。我也在三十年间经历过来，此中况味尝得够腻了。腻了还要在戏剧、小说中反复体验同样的刺激，真吃不消。我所喜爱的诗，不是鼓吹世俗人情的东西，是放弃俗念，使心地暂时脱离尘世的诗。"

夏目漱石真是一个最像人的人。今世有许多人外貌是人，而实际很不像人，倒像一架机器。这架机器里装满着苦痛、愤怒、叫嚣、哭泣等力量，随时可以应用，即所谓"冰炭满怀抱"也。他们非但不觉得吃不消，并且认为做人应当如此，不，做机器应当如此。

我觉得这种人非常可怜，因为他们毕竟不是机器，而是人。他们也喜爱放弃俗念，使心地暂时脱离尘世。不然，他们为什么也喜欢休息，喜欢说笑呢？苦痛、愤怒、叫嚣、哭泣，是附着在人世间的，人当然不能避免。但请注意"暂时"这两个字，"暂时脱离尘世"，是快适的，是安乐的，是营养的。

陶渊明的《桃花源记》，大家知道是虚幻的，是乌托邦，但是大家喜欢一读，就为了他能使人暂时脱离尘世。《山海经》是荒唐的，然而颇有人爱读。陶渊明读后还咏了许多诗。

这仿佛白日做梦，也可暂时脱离尘世。

铁工厂的技师放工回家，晚酌一杯，以慰尘劳。举头看见墙上挂着一大幅《冶金图》，此人如果不是机器，一定感到刺目。军人出征回来，看见家中挂着战争的画图，此人如果不是机器，也一定感到厌烦。从前有一科技师向我索画，指定要画儿童游戏。有一律师向我索画，指定要画西湖风景。此种些微小事，也竟有人萦心注目。二十世纪的人爱看表演千百年前故事的古装戏剧，也是这种心理。人生真乃意味深长！

这使我常常怀念夏目漱石。

【导读】

作家作品简介

丰子恺（1898—1975），原名丰润，又名丰仁，浙江桐乡石门镇人。中国现代画家、散文家、美术教育家和音乐教育家、翻译家，是一位在多方面卓有成就的文艺大师。曾任中国美术家协会常务理事、美协上海分会主席、上海中国画院院长、上海对外文化协会副会长等职，被国际友人誉为"现代中国最像艺术家的艺术家"。丰子恺风格独特的漫画作品影响很大，深受人们喜爱。他的作品内涵深刻，耐人寻味。丰子恺是我国新文化运动的启蒙者之一，早在 20 世纪 20 年代他就出版了《艺术概论》《西洋名画巡礼》等著作。他一生出版的著作达一百八十多部。

丰子恺像

鉴赏解读参考

《缘缘堂续笔》，又称《往事琐记》，一共三十三篇，是我国现代著名文学艺术家丰子恺晚年从 1971 年 4 月开始慢慢写成、死后多年才得以公开出版的一本随笔集。为何写这样一组随笔，他自己并没有细说原由。但在之前，他刚刚翻译好日本人汤次了荣所作的《大乘起信论新释》，由于当时的政治气氛，他偷偷译完后便托人交给海外的广洽法师，并嘱托署名"无名氏"。他对佛法一直抱有虔诚的态度，在 1973 年他为了履行对其师弘一法师的承诺，冒着生命危险完成了《护生画集》第六集的 100 幅画。如此大勇转到《缘缘堂续笔》中，又变成了大智。《缘缘堂续笔》大部分是对遥远往事的回忆，描写自己曾经见过的情景和生活感受。其风格平易、质朴、自然、清新、隽永、潇洒，没有欺世的造作，没有可厌的涂饰，没有虚伪的拔高，它把人还原为人，写出了一个合乎情理的通人性的有情世界。他通过回忆孩提时代，展现出的却是一幅真诚、平和与清新的景象，与当时严苛的时事氛围大相径庭。如何能在那种历史过程中保存这样一种宽容的心态，或许也是所有阅读此书的人所欲寻取的答案吧。

《缘缘堂续笔》不仅是研究丰子恺晚年艺术生涯的重要文献之一，而且也是当代文学史上最有价值的艺术珍品之一。

问题与思考

结合"文化大革命"时代背景，谈谈读丰子恺作品中的人生智慧。

延伸阅读

丰子恺，《缘缘堂随笔》《缘缘堂再笔》《随笔二十篇》《艺术趣味》《绘画与文学》。

四、戏剧

红灯记（节选）

沈默君

人物表

李玉和——铁路扳道工人。中国共产党党员。

铁　梅——李玉和的女儿。

李奶奶——李玉和的母亲。

交通员——八路军松岭根据地交通员。

磨刀人——八路军柏山游击队排长。

慧　莲——李玉和家的邻居。

田大婶——慧莲的婆婆。

八路军柏山游击队队长。

游击队员若干人。

卖粥大嫂。

卖烟女孩。

劳动群众甲、乙、丙、丁、戊。

鸠　山——日寇宪兵队队长。

王连举——伪警察局巡长。原为秘密共产党员，后叛变投敌。

侯宪补——日寇宪兵队宪补。

伍　长——日寇宪兵队伍长。

假交通员——日寇宪兵队特务。

皮　匠——日寇宪兵队特务。

日寇宪兵、特务若干人。

第六场　赴宴斗鸠山

紧接前场。

鸠山会客室。桌上摆着酒席。

幕启：侯宪补上。

侯 宪 补　　李师傅请吧。

李玉和从容镇静，坚定走上。侯宪补下。

李 玉 和　　（唱）【二黄原板】

一封请帖藏毒箭，

风云突变必有内奸。

笑看他刀斧丛中摆酒宴，

我胸怀着革命正气、从容对敌、巍然如山。

鸠山上。

鸠　　山	哦，老朋友，你好啊？
李 玉 和	哦，鸠山先生，你好啊？

鸠山要与李玉和握手，李玉和视若无睹，鸠山尴尬地将手缩回。

鸠　　山	哎呀！好不容易见面哪！当年在铁路医院我给你看过病，你还记得吗？
李 玉 和	噢，那个时候，你是日本的阔大夫，我是中国的穷工人，你我是"两股道上跑的车"，走的不是一条路啊！
鸠　　山	呃！不管怎么说，我们总不是初交吧！
李 玉 和	（虚与周旋）那就请你多"照应"罗！
鸠　　山	所以，请你到此好好地叙谈叙谈。来，请坐，请坐。老朋友，今天是私人宴会，我们只叙友情，不谈别的，好吗？
李 玉 和	（应对自若，探敌虚实）我是个穷工人，喜欢直来直去，你要说什么你就说什么！
鸠　　山	痛快！痛快！来来来，老朋友，先干上一杯。
李 玉 和	鸠山先生，你太客气了。实在对不起呀，我不会喝酒！（推开酒杯，掏出烟袋，划火抽烟）
鸠　　山	不会喝？唉！中国有句古语："人生如梦"，转眼就是百年哪！正所谓："对酒当歌，人生几何？"
李 玉 和	（鄙视地吹灭火柴）是啊，听听歌曲，喝点美酒，真是神仙过的日子。鸠山先生，但愿你天天如此，"长命百岁"！（讽刺地掷火柴于地）
鸠　　山	呃……（尴尬一笑）老朋友，我是信佛教的人，佛经上有这样一句话，说是："苦海无边，回头是岸。"
李 玉 和	（反击）我不信佛。可是我也听说有这么一句话，叫做："道高一丈，魔高一丈！"
鸠　　山	好！讲的好！老朋友，我们所讲的，只不过是一种信仰。其实呢，最高的信仰，只用两个字便可包括。
李 玉 和	两个字？
鸠　　山	对。
李 玉 和	两个什么字啊？
鸠　　山	"为我"。
李 玉 和	哦，为你！
鸠　　山	不，为自己。

李　玉　和	（佯装不解）"为自己"？
鸠　　　山	对。老朋友，"人不为己，天诛地灭"呀！
李　玉　和	怎么？人不为己，还要天诛地灭？
鸠　　　山	这是做人的诀窍。
李　玉　和	哦！做人还要有诀窍？
鸠　　　山	做什么都要有诀窍！
李　玉　和	哎呀，鸠山先生，你这个诀窍对我来说，真好比：擀面杖吹火，一窍不通！

鸠山一震。

鸠　　　山	老朋友，不要开玩笑了！就请你来帮帮我的忙吧！
李　玉　和	我是个穷工人，能帮你什么忙啊？
鸠　　　山	好啦，不必兜圈子了，快把那件东西交给我！
李　玉　和	啥东西？
鸠　　　山	密电码！
李　玉　和	哈……什么电马电驴的，我就会扳道岔，从来没玩过那个玩意儿！
鸠　　　山	（威胁地）老朋友，要是敬酒不吃吃罚酒的话，可别怪我不懂得交情！
李　玉　和	（从容地）那就随你的便吧！

鸠山示意，王连举上。

鸠　　　山	老朋友，你看看这是谁呀！

李玉和目光如电，王连举龟缩胆颤。
鸠山示意王连举向前劝降。

王　连　举	老李，你不要……
李　玉　和	住口！
王　连　举	老李，你不要太死心眼儿了……
李　玉　和	（拍案而起，奋臂怒斥）无耻叛徒！
	（唱）【西皮快板】
	屈膝投降真劣种，
	贪生怕死可怜虫。
	敌人的威胁和利诱，
	我时时向你敲警钟！
	你说道："既为革命不怕死"，
	为什么背叛来帮凶？
	敌人把你当狗用。
	反把耻辱当光荣，
	到头来，人民定要审判你，

　　　　　变节投敌罪难容！

李玉和的革命正气，使叛徒心惊胆颤，躲到鸠山背后。

鸠　　　山　　（自以为得意）呃！老朋友，不要发火。呵……（挥令王
　　　　　　　连举下）老朋友，这张王牌我本不愿意拿出来，可是你逼
　　　　　　　得我走投无路哇，所以，我是不得不这样做呀！

李　玉　和　　（迎头痛击）哼！我料定你会这样做的！你这张王牌，不过
　　　　　　　是一条断了脊梁骨的癞皮狗！鸠山，我不会使你满意的！

鸠　　　山　　（诡计失败，凶相毕露）李玉和，我干的这一行，你不会
　　　　　　　不知道吧？我是专给下地狱的人发放通行证的！

李　玉　和　　（针锋相对）哼！我干的这一行，你还不知道吗？我是专
　　　　　　　去拆你们地狱的！

鸠　　　山　　你要知道，我的刑具是从不吃素的！

李　玉　和　　（蔑视地）哼！那些个东西，我早就领教过啦！

鸠　　　山　　（妄图恐吓）李玉和，劝你及早把头回，免得筋骨碎！

李　玉　和　　（压倒敌人）宁可筋骨碎，决不把头回！

鸠　　　山　　宪兵队里刑法无情，出生入死！

李　玉　和　　（斩钉截铁，字字千钧）共产党员钢铁意志，视死如归！
　　　　　　　鸠山！
　　　　　　　（痛斥日寇）（唱）【西皮原板】
　　　　　　　日本军阀豺狼种，
　　　　　　　本性残忍装笑容。
　　　　　　　杀我人民侵我国土，
　　　　　　　【快板】
　　　　　　　说什么"东亚共荣"不"共荣"！
　　　　　　　共产党毛主席领导人民闹革命，
　　　　　　　抗日救国几亿英雄。
　　　　　　　你若想依靠叛徒起效用，
　　　　　　　这才是水中捞月一场空！

鸠　　　山　　来人！

伍长、二日寇宪兵上。

鸠　　　山　　（唱）【西皮散板】
　　　　　　　我五刑具备叫你受用！

李玉和斗志昂扬，敞怀"亮相"。

李　玉　和　　（冷笑）哼……

伍　　　长　　走！

李　玉　和　　（接唱）
　　　　　　　你只能把我的筋骨松一松。

《红灯记》剧照

伍　　长　　带走！

二日寇宪兵拉李玉和。

李　玉　和　　不用伺候！

李玉和略一挥臂，二日寇宪兵踉跄后退。

李玉和从容扣钮，拿起帽子，掸灰；转身，背手持帽，以压倒一切敌人的气魄，阔步走下。

伍长、二日寇宪兵随下。

鸠　　山　　（精神上被完全击败，无可奈何地）好厉害呀！

　　　　　　　念【扑灯蛾】

　　　　　　　共产党人，为什么比钢铁还要硬？

　　　　　　　我软硬兼施全落空。

　　　　　　　但愿得重刑之下他能招供——

伍长上。

伍　　长　　报告，李玉和宁死不讲！

鸠　　山　　宁死不讲？

伍　　长　　队长，我带人到他家再去搜！

鸠　　山　　算了。共产党人机警得很，恐怕早就转移了！

伍　　长　　是！

鸠　　山　　把他带上来！

伍　　长　　带李玉和！

二日寇宪兵拖李玉和上。李玉和身带伤痕，血迹殷红；英气勃勃，逼近鸠山，"翻身"，扶椅挺立。

李　玉　和　　（唱）【西皮导板】

　　　　　　　狼心狗肺贼鸠山！

鸠　　山　　密电码，你交出来！

李　玉　和　　鸠山！

　　　　　　　【快板】

　　　　　　　任你毒刑来摧残，

　　　　　　　真金哪怕烈火炼，

　　　　　　　要我低头难上难！

　　　　　　　哈……

英雄气概，令群敌心胆俱颤。

李玉和"亮相"。

灯暗。

——幕闭

【导读】

作家作品简介

沈默君（1924—2009 年）笔名迟雨，安徽寿县人，出生于江苏常州。1938 年参加新四军，在火线剧社任演员、导演。1948 年任华东野战军总后勤部政治部文工团团长。1954 年任解放军总政治部文化部创作室电影创作组组长。1962 年任长春电影制片厂编剧。1979 年任文化部剧本委员会委员兼创作组组长。曾创作过电影《南征北战》《渡江侦察记》《海魂》。

由于京剧《红灯记》产生于极"左"年代，加之后来又被江青指示改编为样板戏，所以那时的作者署名一律冠名"集体创作"。1963 年，署名沈默君的电影《自有后来人》在全国上映，引起强烈反响，受到观众普遍好评。不久，《自有后来人》先后被上海京剧院和中国京剧院移植，改名《红灯记》，但主要人物和主要情节没变。

鉴赏解读参考

进入 21 世纪以来，"样板戏"被称为"红色经典"，一些剧目又被复排、重演，音像资料被再版、翻刻，甚至被拍成电影、电视剧等。尽管"革命样板戏"是"文化大革命"时期极"左"政治的集中体现，但从另一方面看，样板戏开了戏曲表现程式改革的先河。样板戏对传统程式在唱腔、音乐、舞台美术等方面的改革，是新中国成立以来戏曲改革、戏曲现代化可资研究的成果。样板戏中较具艺术价值的剧目，也是对知识分子和民间文化利用较好的作品，是民间文化中的某种隐形结构。例如《红灯记》中的"赴宴斗鸠山"一场观众在这里期待的，既不是鸠山取得密电码，也不是李玉和保住密电码，这些都是早已预知的情节。观众真正期待的，是鸠、李之间唇枪舌剑的对话过程，由此得到的仅仅是语言上的满足。它体现了民间"道魔斗法"的隐性结构，一道一魔象征了正邪两种力量，对峙比武，各自祭起法宝，一物降一物，最终让人满足的是变化多端的斗法过程，至于斗法的目的却无关紧要。

问题与思考

谈谈你对"样板戏"的了解及你的评价。

延伸阅读

1. 《沙家浜》《智取威虎山》。
2. 陈思和，《中国当代文学史教程》。
3. 王钟陵．粗暴与保守之争及其合题：京剧革命——"样板戏"兴起的
历史逻辑及其得失之考察［J］．学术月刊，2002（10）。

第三章

新时期文学（1976—1989）

新时期文学是我国当代文学发展过程中的一个重要阶段，指的是1976 年以后我国文学家的创作活动。1976 年"文化大革命"结束，尤其是1978 年12 月召开的中国共产党十一届三中全会以后，开始全面纠正"文化大革命"及以前的错误，进而作出把工作重点转移到社会主义现代化建设上来的战略决策，中国的经济建设进入新的历史时期。中国文学也发生了历史性的转折变化，从此被称为新时期文学。其创作成果主要体现在三个方面。

一、现代主义文学

20 世纪70 年代末80 年代初，当代文坛以朦胧诗、意识流小说、荒诞派小说及探索性戏剧等的兴起为标志，出现了借鉴、学习西方现代主义的文学思潮。在创作手法上主要以吸收西方现代派文学的技法为主，通过移植、模仿来开拓新的文学创作途径与美学范畴。

20 世纪70 年代末80 年代初出现的朦胧诗，为中国诗歌史筑起了一座划时代的丰碑。作为一个创作群体，朦胧诗并没有形成统一的组织形式，也未曾发表宣言，然而却以各自独立又呈现出共性的艺术主张和创作实绩，构成一个"崛起的诗群"，其代表人物有北岛、舒婷、顾城、江河、杨炼等。

"朦胧诗"的发展大致经历了四个时期：酝酿期、确立期、繁荣期、衰落期。

（1）酝酿期：诗歌中现代意识的产生，最早可追溯到"文化大革命"中黄翔、食指的创作，以及20 世纪70 年代中期以芒克、多多和根子等为主要成员的"白洋淀诗派"。

（2）确立期：以1978 年12 月23 日创办的民间刊物《今天》为标志，朦胧诗从分散走向集合，由孤立的状态而发展、壮大为相对完整的诗歌艺术流派。

（3）繁荣期：从1979—1982 年，诗人们的作品普遍受到社会的承认与欢迎，是朦胧诗创作最为繁荣的四年。《诗刊》等全国各刊物发表了大批诗作，舒婷的《双桅船》、江河的《纪念碑》、杨炼的《土地》等诗集也陆续出版，形成一发而不可收的势头。与此同时也展开了一场长达6 年之久的论争。章明的《令人气闷的"朦胧"》否定朦胧诗的观点，代表了臧克家等老诗人的意见，而谢冕的《在新的崛起面前》、孙绍振的《新的美学原则在崛起》、徐敬亚的《崛起的诗群》则肯定了这些诗人的探索精神。

（4）衰落期：1984 年后，最早的一批朦胧诗人进入沉思，另一方面，大批青年学生投入其中，形成了"新生代""第三代诗歌"等新的实验运动。

20 世纪 70 年代末 80 年代初，当沉默了 20 多年的王蒙重新拿起笔时，如火山喷发般创作出一系列"集束手榴弹"似的作品，其中最引人注目的是被视为"意识流"小说的《布礼》《蝴蝶》《春之声》《夜的眼》《海的梦》《风筝飘带》等。如果说以王蒙为代表的"意识流"小说的产生还是更多受到现代派小说中技巧的诱惑的话，那么，以宗璞为代表的"荒诞小说"的出现，就成为这一阶段的思想产物。新时期荒诞小说以 1985 年为界，划分为两个阶段。

前一阶段主要以"文化大革命"作为创作背景，以内容的荒诞来构成小说的荒诞意识。如宗璞的《我是谁》、蒋子龙的《找帽子》等。

后一阶段是对整个社会历史文化和人生状态中荒诞感受的表现，更具备现代派小说的特点。其代表是刘索拉的《你别无选择》、残雪的《山上的小屋》等，此外还有文化小说中冯骥才的《三寸金莲》《神鞭》，宗璞的《蜗居》《泥沼中的头颅》，谌容的《减去十岁》，王蒙的《冬天的话题》，张贤亮的《浪漫的黑炮》，吴若增的《脸皮招领启事》，张辛欣的《疯狂的君子兰》等。

从 1980 年开始，中国话剧的戏剧观和戏剧形式也发生了较大的变化。都郁的《哦，大森林……》表现出"电影化"的特点。马中骏、贾鸿源、瞿新华的《屋外有热流》借鉴了西方表现主义、象征主义、荒诞派戏剧的某些手法，人鬼同台演出，表现出丰富的哲理与象征性。沙叶新的《陈毅市长》接受了布莱希特的戏剧观，采用"冰糖葫芦式"结构，取消了中心矛盾与冲突。

宗福先、贺国甫的《血，总是热的》接受了苏联戏剧大师梅耶荷德的戏剧电影化理论，更为充分地体现出电影化的特点来。魏明伦的荒诞川剧《潘金莲》，站在现代角度对在传统中始终被视为"淫妇"的潘金莲形象进行了重新阐释。高行健的话剧创作，在 20 世纪 80 年代的戏剧探索中是具有代表性的，从《绝对信号》到《车站》《野人》，深入而形象地表明了现代社会生活的实质和内涵。

二、市井乡土文学

市井小说、乡土小说的出现以及文化化倾向的形成，是 20 世纪 80 年代"文化热"影响的必然结果。

在文化热的影响下，构成了 20 世纪 80 年代市井小说、乡土小说的洋洋大观。

市井小说主要有邓友梅的《那五》《烟壶》等市井小说系列，陆文夫的《美食家》及"小巷人物志"，冯骥才的《神鞭》《三寸金莲》及"市井人物"系列，陈建功的"谈天说地"系列，以及刘心武的《钟鼓楼》等。20 世纪 80 年代的"市井小说"把"市井"作为文化象征和文化代码，在表现城市生活中市民阶层的喜怒哀乐和命运变迁时，改变了 20 世纪 50 年代将市井政治化的描写，给读者提供了一个世俗化、民俗化的审美空间。

　　而在乡土小说中，则主要有汪曾祺的《受戒》《大淖记事》，刘绍棠的《蒲柳人家》《鹧鸪天》，高晓声的"陈奂生系列"，林斤澜的"矮凳桥系列"，赵本夫的"黄河故道系列"和陈军的"吴越风情系列"等。20世纪80年代的"乡土小说"则直接继承了20世纪20年代乡土小说与"山药蛋""荷花淀"等乡土小说流派传统，再次崛起于文坛，从而构成中国当代文学潮流中不可忽视的文学现象。

　　这两类小说的文化化倾向，将以往单一的政治学视角转向了更为广阔的文化学视角，站在历史文化哲学的高度来表现风情、风俗背后的人性、人情，表现人的生态、心态以及人的命运和民族的命运，从而消解了多年以来存在的小说政治化倾向。

　　与小说创作中的文化化倾向相呼应，戏剧创作也出现了文化热。从1984年魏敏的《红白喜事》、1985年李龙云的《小井胡同》、高行健的《野人》，到1986年以后锦云的《狗儿爷涅槃》、朱晓平等的《桑树坪纪事》、何冀平的《天下第一楼》、马中骏、秦培春的《红房子·白房子·黑房子》等一批话剧作品，充分显示了戏剧创作的成就。

　　新时期市井乡土文学的主要作家有四位：汪曾祺、陆文夫、冯骥才、邓友梅。在20世纪80年代乡土小说的作家中，汪曾祺具有代表性和重要意义。汪曾祺于20世纪80年代初发表了短篇小说《受戒》，而后又有《异秉》《大淖记事》《岁寒三友》等作品问世，形成了一个创作高峰。陆文夫以创作"小巷文学"而闻名。从20世纪50年代创作《小巷深处》开始，他就将自己的创作与苏州小巷联系在一起，先后发表了《牌坊的故事》《小贩世家》《美食家》《临街的窗》《围墙》《井》等一批文学作品，显露出独特的"小巷风格"。冯骥才的市井小说基本上有两种倾向，一是《神鞭》《三寸金莲》《阴阳八卦》等作品，通过"辫子""小脚""八卦"来表现文物式"国粹"，刻意表现文化恶俗的一面；一是《市井人物》系列，通过苏大夫（《苏七块》）、"酒婆"（《酒婆》）、牙医（《认牙》）等市井人物来表现他们身上的文化性格和文化悖论。邓友梅1976以后的作品，既有《我们的军长》《追赶队伍的女兵们》这样的战争历史题材小说，又有《话说陶然亭》《双猫图》这样一些贴近现实生活的市井题材小说，但更为独特的是《那五》《烟壶》《寻访"画儿韩"》等表现老北京市井民俗的作品。

三、文化寻根文学

　　与市井小说、乡土小说一样，寻根文学的出现，也得益于当时学术界出现的文化热。兴起于20世纪80年代中期的寻根文学，是当代文学中带有强烈冲击意味的文学现象，可以说是当代文学开始向纵深发展的一个标志性的文学运动。寻根文学的出现，把以市井小说、乡土小说为主体的文化小说推向了高潮。

　　在小说界，1980年汪曾祺就以他的《受戒》等一系列具有鲜明民间色彩与价值倾向的文化风俗小说给小说创作带来一股清新的风，直接触动了小说创作中文化观念的融入。

1982—1983 年，王蒙发表的系列小说《在伊犁》虽然描写的是一段个人生活的经历，但它对伊斯兰文化的关注，以及对生活和历史的宽容态度，都为后来的寻根文学开了先河。1983 年后，随着贾平凹的《商州初录》、张承志的《北方的河》、阿城的《棋王》、王安忆的《小鲍庄》、李杭育的《最后一个渔佬儿》等作品的发表引起轰动，许多知青作家实际上已经开始了寻根文学的创作，并成为这一文学潮流的主体。

在诗歌界，1981 年杨炼的《自白——给圆明园废墟》表达了鲜明的寻根意识。此后，他又发表了《诺日朗》《天问》《半坡组诗》《敦煌组诗》等文化诗歌。1983 年，江河也从早期"朦胧诗"的反理性、人道性主题中转向了更为深广与厚重的现代东方诗的创作，写出了一批如《从这里开始——给 M》《太阳和它的反光》等作品，以寻根的方式对东方意识与民族精神进行反思。

这些小说和诗歌的创作和理论主张，都表现了具有民族文化特征又企及人类精神本质的寻根意识和文化意识。同时，寻根文学的出现还受到来自异域文化的影响，包括受到西方的东方主义与原始主义的影响，特别是哥伦比亚作家加西亚·马尔克斯等"拉美魔幻现实主义作家"的影响。

新时期寻根文学的主要作家有四位：阿城、张承志、韩少功、贾平凹。阿城的"三王"包括《棋王》《孩子王》《树王》，都直指中国传统文化的内核：棋、字、树，都是中国文化中人格的象征。小说里的人物便在与传统文化的相融之中，实现了一种超越世俗的人生追求。张承志的《黑骏马》《北方的河》《残月》《九座宫殿》等小说，描绘北方的草原、戈壁、雪峰、江河，吟唱着古老的民族歌谣，刻画出彩陶碎片的美丽、清真寺的庄严。在他笔下那种富有生命激情的人生境界中，民族文化精神与大自然的博大宽广、北方游牧民族的狞厉粗放的生存状态融化在一起，使人感悟到了"天行健，君子以自强不息"的强大人格力量。韩少功的《爸爸爸》《归去来》《女女女》等小说体现出另一种新的文学思维，即对人类生命本体和生存方式的关怀。贾平凹的《商州》散文系列，包括他的《商州初录》和《商州又录》《商州三录》等散文集，以商州作为背景，挖掘秦汉文化的源流，表现了商州在现代文明的时代氛围中所经历的嬗变、整合、发展、变迁。构成了一个具有相当文化意蕴的独特空间，体现了作家对传统文化和现实境遇的关注。

班主任（节选）

刘心武

五

四点二十左右，干部会结束了。其他干部们都走了，教室里只剩下张老师、谢惠敏和石红三个人。

石红恰好面对窗户坐着，午后的春阳射到她的圆脸庞上，使她的两颊更加红润；她拿笔的手托着腮，张大的眼眶里，晶亮的眸子缓慢地游动着，丰满的下巴微微上翘——这是每当她要想出一个更巧妙的方法来解决一道教学题时，为数学老师所熟悉、所喜爱的神态。可是此刻她并不是在解数学题，而是在琢磨怎么写出明天一早同大家——也包括宋宝琦——见面的"号角诗"。

张老师同谢惠敏在一旁谈着话。围绕着接收宋宝琦需要展开的工作，已经全部落实。男生干部们分头找男生们做工作去了，跟他们讲宋宝琦并不是什么威震菜市口的"英雄"，而是个犯了错误的需要帮助的人。对他既别好奇乃至于敬畏，也不能歧视打击，大家要齐心合力地帮助他。女生干部将分头到那几个或者是因为胆小，或者是出于赌气，宣布明天不来上学的女生家去，对她们和她们的家长讲清楚，学校一定会保证女孩子们不受宋宝琦欺侮；对宋宝琦这样的小流氓，消极躲避只能助长他的恶习，只有团结起来同他斗争，进行教育，才能化有害为无害，并且逐步化无害为有益。张老师则要对宋宝琦进行家访，对他以及他的家长进行初步了解，并进行第一次思想工作，石红的"号角诗"明天一早将向大家强调："让我们的教室响彻向'四化'进军的脚步声！"

当石红的"号角诗"快要写完的时候，张老师同谢惠敏的谈话结束了。张老师把摊在桌上、刚给干部们看过的几件东西往一块敛。那是张老师从派出所带回来的、宋宝琦犯案后被搜出的物品：一把用来斗殴的自行车弹簧锁，一副残破油腻的扑克牌，一个式样新颖附有打火机的镀镍烟盒，还有一本撕掉了封皮的小说。小干部们面对这些东西都厌恶得皱鼻子、撇嘴角。谢惠敏提议说："团支部明天课后开个现场会，积极分子们也参加，摆出这些东西，狠狠批判一顿！"大伙都同意，张老师也点头说："对，要利用这个机会，进一步抓好反腐蚀教育。"

没曾想，临到张老师收敛这几件物品时，突然出现了矛盾，还闹得挺僵。

别的东西都收进书包了，只剩下那本小说。张老师原来顾不得细翻，这时拿起来一检查，不由得"啊！"了一声。原来那是本"文化大革命"以前，中国青年出版社出版的长篇小说《牛虻》。

谢惠敏感到张老师神情有点异常，忙把那本书要过来翻看。她以前没听说过、更没看见过这本书，她见里头有外国男女讲恋爱的插图，不禁惊叫起来："哎呀！真黄！明天得狠批这本黄书！"

张老师皱起眉头，思索着。他回忆起自己中学时代的情况。那时候，团支部曾向班上同学们推荐过这本小说……围坐在篝火旁，大伙用青春的热情轮流朗读过它；倚扶着万里长城的城堞，大伙热烈地讨论过"牛虻"这个人物的优缺点……这本英国小说家伏尼契写成的作品，曾激动过当年的张老师和他的同辈人，他们曾从小说主人公的形象中，汲取过向上的力量……也许，当年对这本小说的缺点批判不够？也许，当年对小说的精华部分理解得也不够准确、不够深刻？……但，不管怎么说——张老师想到这儿，忍不住对谢惠敏开口分辩道：

"这本《牛虻》可不能说成是黄书……"

谢惠敏的两撇眉毛险些飞出脑门，她瞪圆了双眼望着张老师，激烈地质问说："怎么？不是黄书？这号书不是黄书什么是黄书！"在谢惠敏的心目中，早已形成一种铁的逻辑，那就是凡不是书店出售的、图书馆外借的书，全是黑书、黄书。这实在也不能怪她。她开始接触图书的这些年，恰好是"四人帮"搞法西斯文化专制主义最凶的几年。可爱而又可怜的谢惠敏啊，她单纯地崇信一切用铅字新排印出来的东西，而在"四人帮"控制舆论工具的那几年里，她用虔诚的态度拜读的报纸刊物上，充塞着多少他们的"帮文"，喷溅出了多少戕害青少年的毒汁啊！倘若在谢惠敏最亲近的人当中，有人及时向她点明：张春桥、姚文元那两篇号称"阐述无产阶级专政理论"的"重要文章"大可怀疑，而"梁效""唐晓文"之类的大块文章也绝非马列主义的"权威论著"……那该有多好啊！但是，由于种种主观和客观上的原因，没有人向她点明这一点。她的父母经常嘱咐谢惠敏及其弟妹，要听毛主席的话，要认真听广播、看报纸；要求他们遵守纪律、尊重老师；要求他们好好学功课……谢惠敏从这样的家庭教育中受益不浅，具备了强烈的无产阶级感情、劳动者后代的气质；但是，在资产阶级、修正主义的白骨精化为美女现形的斗争环境里，光有朴素的无产阶级感情就容易陷于轻信和盲从，而"白骨精"们正是拼命利用一些人的轻信与盲从以售其奸！就这样，谢惠敏正当风华正茂之年，满心满意想成为一个好的革命者，想为共产主义这个大目标而奋斗，却被"四人帮"害得眼界狭窄、是非模糊。岂止《牛虻》这本书她会认为是毒草，我们这段故事发生的时候，《青春之歌》已经进行再版了，但谢惠敏还保持着"四人帮"揪出前形成的习惯——把那些热衷于传播"文艺消息"，什么又会有某个新电影上演啦，电台又播了个什么新歌呀这

作家刘心武『班主任』手迹

《班主任》手迹图

样的同学们，看成是"沾染了资产阶级思想"。就在前几天，她发现石红在自习课上看一本厚厚的小说，下课她便给没收了。那是 1959 年出版的《青春之歌》，她随便翻检了几页，把自己弄得心跳神乱——断定是本"黄书"，正想拿来上交给张老师，石红笑嘻嘻地一把抢了回去，还拍着封面说："可带劲啦！你也看看吧！"结果两人争吵了一场；后来她忙着去团委开会，倒忘记向张老师反映了，没想到今天张老师竟比石红还要石红——亲口否认这本外国"黄书"不黄！在谢惠敏心中，外国的"黄书"当然一律又要比中国的"黄书"更黄了。面对着这样一位张老师，她又联想起以前的许多细琐冲突来。于是，往常毕竟占据支配地位的尊敬之感，顿然减少了许多。她微微撅起嘴，飞走的眉毛落回来拧成了个死疙瘩。

这时候，石红写完"号角诗"，正准备给张老师和谢惠敏朗诵，突然听到张老师说："这本《牛虻》可不能说成是黄书……"她这才知道那本破书原来就是《牛虻》，赶忙凑拢谢惠敏身边去看，谢惠敏大声质问张老师的话刚一出口，她便热情地晃动着谢惠敏胳膊说："别这么说！我听爸爸妈妈讲过，《牛虻》这本书值得一读！这两天我正读《钢铁是怎样炼成的》，里头的保尔·柯察金是个无产阶级英雄，可他就特别佩服'牛虻'……"石红早就想找本《牛虻》来看，一直没有借到，所以她从谢惠敏手中拿过书来翻动时，心里翻腾着强烈的求知欲：这本书写的是什么时代的事儿？故事发生在什么地方？"牛虻"究竟是个啥样的人？真的有值得佩服的地方吗？……当她把破书还到张老师手上时，不禁问道："读这本书，该注意些啥？学习些啥？"谢惠敏咬住嘴唇，眯起眼睛，不满地望着石红，心里怦怦直跳。张老师翻动着那本饱经沧桑的《牛虻》，他本想耐心地对谢惠敏解释为什么不能把它算作"黄书"，但是这本书是从宋宝琦那儿抄出来的，并且，瞧，插图上，凡有女主角琼玛出现，一律野蛮地给她添上了八字胡须。又焉知宋宝琦他们不是把它当成"黄书"来看的呢？生活现象是复杂的。这本《牛虻》的遭遇也够光怪陆离了。对谢惠敏这样实际上还很幼稚的孩子。分析过于复杂的生活现象和精华糟粕并存的文艺作品，需要充裕的时间和适宜的场合。

想到这些，我们的张老师便把破旧的《牛虻》放入书包，和蔼地对谢惠敏说："关于这本书的事儿，咱们改天再谈吧。看，快五点了，咱们赶紧听听石红写的'号角诗'吧，听完分头按计划行动。"

石红念的诗，谢惠敏一句也没装进脑子里去。她痛苦而惶惑地望着映在课桌上的那些斑驳的树影。她非常、非常愿意尊敬张老师，可张老师对这样一本书的古怪态度，又让她不能不在心里嘀咕："还是老师呢，怎么会这样啊？！……"

六

五点刚过，张老师骑车抵达宋家的新居。小院的两间东屋里东西还来不及仔细整理，显得很凌乱。比如说，一盆开始挂花的"令箭"，就很不恰当地摆放在歪盖着塑料布的缝纫机上。

宋宝琦的母亲是个售货员，这天正为搬家倒休，忙不迭地拾掇着屋子。见张老师来了，她有点宽慰，又有点羞愧，忙把宋宝琦从堂屋喊出来，让他给老师敬礼，又让他去倒茶。我们且不忙随张老师的眼光去打量宋宝琦，先随张老师坐下来同宋宝琦母亲谈谈，了解一下这个家庭的大概。

宋宝琦的父亲在园林局苗圃场工作，一直上"正常班"，就是说，下午六点以后就能往家奔了。但他每天常常要八九点钟才回家。为什么？宋宝琦母亲说起来连连叹气，原来这些年他养成了个坏习惯：下班的路上经过月坛，总要把自行车一撂，到小树林里同一些人席地而坐，打扑克消遣，有时打到天黑也不散，挪到路灯底下接茬打，非得其中有个人站起来赶着去工厂上夜班，他们才散。

显然，这样一位父亲，既然缺乏丰富而有意义的精神生活，那么，对宋宝琦的缺乏教育管束也就可想而知了。至于当母亲的，从她含怨的叙述中，不难看出她是怎样自食了溺爱与放任独生子的苦果。

绝不要以为这个家庭很差劲。张老师注意到，尽管他们还有大量的清理与安置工作，才能使房间达到窗明几净的程度，但是一张镶镜框的毛主席像，却已端正地挂到了北墙，并且，一张稍小的周总理像，装在一个自制的环绕着银白梅花图案的镜框中，被郑重地摆放在了小衣柜的正中。这说明这对年近半百的平凡夫妇，内心里也涌荡着和亿万人民相同的感情波澜。那么，除了他们自身的弱点以外，谁应当对他们精神生活的贫乏负责呢？……

差一刻六点的时候，张老师请当母亲的尽管去忙她的家务事，他把宋宝琦带进里屋，开始了对小流氓的第一次谈话。

现在我们可以仔细看看宋宝琦是个什么模样了。他上身只穿着尼龙弹力背心，一疙瘩一疙瘩的横肉，和那白里透红的肤色，充分说明他有幸生活在我们这个不愁吃不愁穿的社会里，营养是多么充分，躯体里蕴藏着多么充沛的精力。唉，他那张脸啊，即便是以经常直视受教育者为习惯的张老师，乍一看也不免浑身起栗。并非五官不端正，令人寒心的是从面部肌肉里，从殴斗中打裂过又缝上的上唇中，从鼻翅的神经质扇动中，特别是从那双一目了然地充斥着空虚与愚蠢的眼神中，你立即会感觉到，仿佛一个被污水泼得变了形的灵魂，赤裸裸地立在了聚光灯下。

经过三十来个回合的问答，张老师已在心里对宋宝琦有了如下的估计：缺乏起码的政治觉悟，知识水平大约只相当初中一年级程度，别看有着一身犟肉，实际上对任何一种正规的体育活动都不在行。张老师想到，一些满足于贴贴标签的人批判起宋宝琦这样的小流氓来，一定会说他是"满脑子资产阶级思想"。但是，随着进一步地询问，张老师便愈来愈深切地感到，笼统地说宋宝琦这样的小流氓具有资产阶级思想，那就近乎无的放矢，对引导他走上正路也无济于事。

宋宝琦的确有严重的资产阶级思想，但究竟是哪一些资产阶级思想呢？

资产阶级标榜"自由、平等、博爱",讲究"个人奋斗"、"成名成家",用虚伪的"人性论"掩盖他们追求剥削、压迫的罪行。而宋宝琦呢?他自从陷入了那个流氓集团以后,便无时无刻不处于森严的约束之中,并且多次被大流氓"扇耳刮子"与用烟头烫后脑勺。他愤怒吗?反抗吗?不,他既无追求"个性解放"、呼号"自由、平等"的思想行动,也从未想到过"博爱";他一方面迷信"哥儿们义气",心甘情愿地替大流氓当"炊拨儿",另一方面又把扇比他更小的流氓耳光当作最大的乐趣。什么"成名成家",他连想也没有想过,因为从他懂事的时候起,一切专家——科学家、工程师、作家、教授……几乎都被林贼、"四人带"打成了"臭老九",论排行,似乎还在他们流氓之下,对他来说,何羡慕之有?有何奋斗而求之的必要?资产阶级的典型思想之一是"知识即力量",对不起,我们的宋宝琦也绝无此种观念。知识有什么用?无休无止地"造反"最好。张铁生考试据说得了个"大鸭蛋",不是反而当上大官了吗?……所以,不能笼统地给宋宝琦贴上个"满脑袋资产阶级思想"的标签便罢休,要对症下药!资分阶级在上升阶段的那些个思想观点,他头脑里并不多甚至没有,他有的反倒是封建时代的"哥儿们义气"以及资产阶级在没落阶段的享乐主义一类的反动思想影响……请不要在张老师对宋宝琦的这种剖析面前闭上你的眼睛,塞上你的耳朵,这是事实!而且,很遗憾,如果你热爱我们的祖国,为我们可爱的祖国的未来操心的话,那么,你还要承认,宋宝琦身上所反映出的这种问题,在一定程度上还并不是极个别的!

请抱着解决实际问题、治疗我们祖国健壮躯体上的局部痛疽的态度,同我们的张老师一起,来考虑考虑如何教育、转变宋宝琦这类青少年吧!

张老师从书包里取出那本饱遭蹂躏的小说来,问宋宝琦:"这本书叫什么名儿?你还记得吗?"

宋宝琦刚经历过专政机关严厉的审讯和带强制性的训斥,那滋味当然远比一个班主任老师的询问与教育难受,所以,他尽可能用最恭顺的态度回答说:"记得。这是牛亡。"他不认识虻字,照他识字的惯例,只读一半。

"不是牛亡,是'牛虻'。你知道这两个字是什么意思吗?"

面部没有表情,两眼直愣愣地望着对面在窗玻璃外扑腾的一只粉蝶,极坦率地回答说:"不懂。"

"那么,这本书你究竟读完了没有呢?"

"翻了两篇。我不懂。"

"不懂,你要它干什么呢?这本书是打哪儿来的呢?"

"我们偷的。"

"打哪儿偷的呢?偷它干什么呢?"

"打原来我们学校废书库偷的。听说那里头的书都是不让借、不让看的。全是坏书。我们撬开锁,偷了两大抱。我们偷出来为的是拿去卖。"

"怎么没把这本卖了呢?"

"后来都没卖。我们听说,盖了图书馆戳子的书,我们要是卖去,

"你们偷出来的书里，还有些什么呢？你还能说出几个名儿来吗？"

"能！"宋宝琦为能表现一下自己并非愚钝无知感到非常高兴，他第一次有了专注的神情，眨着眼，费劲地回忆着："有《红岩》，有……《和平与战争》，要不，就是《战争与和平》，对了，还有一本书特怪，叫……《新嫁车的词儿》……"

这让张老师吃了一惊。他想了想，掏出钢笔在手心里写了《辛稼轩词选》几个字，伸出去让宋宝琦看，宋宝琦赶忙点头："就是！没错儿！"

张老师心里一阵阵发痛。几个小流氓偷书，倒还并不令人心悸。问题是，凭什么把这样一些有价值的、乃至于非但不是毒草，有的还是香花的书籍，统统扔到库房里锁起来，宣布为禁书呢？宋宝琦同他流氓伙伴堕落的原因之一，出乎一般人的逻辑推理之外，并非一定是由于读了有毒素的书而中毒受害，恰恰是因为他们相信能折腾就能"拔份儿"，什么书也不读而坠落于无知的深渊！

张老师翻动着《牛虻》，责问宋宝琦："给这插图上的妇女全画上胡子，算干什么呢？你是怎样想的呢？"

宋宝琦垂下眼皮，认罪地说："我们比赛来着，一人拿一本，翻画儿，翻着女的就画，谁画的多，谁运气就好……"

张老师愤然注视着宋宝琦，一时说不出话来。宋宝琦抬起眼皮偷觑了张老师一眼，以为一定是自己的态度不够老实，忙补充说："我们不对，我们不该看这黄书……我们算命，看谁先交上女朋友……我们……我再也不敢了！"他想起了在公安局里受审的情景，也想起了母亲接他出来那天，两只红红的、交织着疼和恨的眼睛。

"我们不该看这黄书"——这句话像鼓槌落到鼓面上，使张老师的心"咚"地一响。怪吗？也不怪——谢惠敏那样品行端方的好孩子，同宋宝琦这样品质低劣的坏孩子，他们之间的差别该有多么大啊，但在认定《牛虻》是"黄书"这一点上，却又不谋而合——而且，他们又都是在并未阅读这本书的情况下，"自然而然"地作出这个结论的。这是多么令人震惊的一种社会现象！谁造成的？谁？

当然是"四人帮"！

一种前所未及的，对"四人帮"铭心刻骨的仇恨，像火山般喷烧在张老师的心中，截至目前为止，在人类文明史上，能找出几个像"四人帮"这样用最革命的"逻辑"与口号，掩盖最反动的愚民政策的例子呢？

望着低头坐在床上，两只肌肉饱满的胳膊撑在床边，两眼无聊地瞅着互相搓动的、穿着白边懒鞋的双脚，拒绝接受一切人类文明史上有益的知识和美好的艺术结晶的这个宋宝琦，张老师只觉得心里的火苗扑腾扑腾往上蹿，一种无形的力量冲击着他的喉头，他几乎要喊出来——救救被"四人帮"坑害了的孩子！

【导读】

作家作品简介

　　刘心武（1942—），中国当代著名作家、红学研究家。笔名刘浏、赵壮汉等。曾任中学教师、出版社编辑、《人民文学》主编、中国作协理事、全国青联委员，加入国际笔会中国中心。其作品以关注现实为特征，以《班主任》闻名文坛，长篇小说《钟鼓楼》获得茅盾文学奖。20世纪90年代后，成为《红楼梦》的积极研究者，曾在中央电视台《百家讲坛》栏目进行系列讲座，对红学在民间的普及与发展起到促进作用。

鉴赏解读参考

　　新时期文学的第一阶段是以刘心武为代表的《班主任》开端，用现实主义手法对极"左"路线的专制作揭露和批判，继承与发扬了五四优秀传统，启迪着人们对文学的功能的再认识。刘心武在《班主任》中，以不凡的勇气和识见，通过两个表面上的好坏分明，实质上都被极"左"思想扭曲而畸形的中学生形象，揭露和批判了极"左"思想对青少年的毒害。尤其是好学生谢惠敏的思想僵化，也达到了令人触目惊心而非救救不可的地步。《班主任》控诉了"文化大革命"造成的隐患，并为真实地反映"文化大革命"提供了通道。

你别无选择（节选）

刘索拉

一

　　李鸣已经不止一次想过退学这件事了。

　　有才能，有气质，富于乐感。这是一位老师对他的评语。可他就是想退学。

　　上午来上课的讲师精神饱满，滔滔不绝，黑板上画满了音符。所有的人都神志紧张，生怕听漏掉一句。这位女讲师还有一手厉害的招数就是突然提问。如果你走神了，她准会突然说："李鸣，你回答一下。"

李鸣站起来。

"请你说一下，这道题的十七度三重对位怎么做？"

"……"

"你没听讲，好，马力你说吧。"

于是李鸣站着，等马力结巴着回答完了，在一片莫名其妙的肃静中，李鸣带着满脸的歉意坐下了。他仔细注意过女讲师的眼睛，她边讲课边不停地注意每个人的表情。一旦出现了走神的人，她无一漏网地会叫你站起来而坐不下去。

有时李鸣真想走走神，可有点儿怕她。所有的讲师教授中，他最怕她。他只有在听她的课和做她布置的习题时才认真点儿。因为他在做习题时时常会想起她那对眼睛。结果，他这门功课学得最扎实。马力也是。他旷所有人的课，可唯独这门课他不敢不来。

自从李鸣打定主意退学后，他索性常躲在宿舍里画画，或者拿上速写本在课堂上画几位先生的面孔。画面孔这事很有趣，每位先生的面孔都有好多"事情"。画了这位的一二三四，再凭想象填上五六七八。不到几天，每位先生都画遍了，唯独没画上女讲师。然后，他开始画同学。同学的脸远没先生的生动，全那么年轻，光光的，连五六七八都想象不出来。最后他想出办法，只用单线画一张脸两个鼻孔，就贴在教室学术讨论专栏上，让大家互相猜吧。

马力干的事更没意思，他总是爱把所有买的书籍都登上书号，还认真地画上个马力私人藏书的印章，像学校图书馆一样还附着借书卡。为了这件事，他每天得花上两个钟头，他不停地购买书籍，还打了个书柜，一个写字台，把琴房布置得像过家家。可每次上课他都睡觉，他有这样的本事，拿着讲义好像在读，头一动不动，竟然一会儿就能鼾声大作。

宿舍里夜晚十二点以前是没有人回来的。全在琴房里用功。等十二点过后，大家陆陆续续回到宿舍，就开始了一天最轻松的时间。可马力一到这时早已进入梦乡。他不喜欢熬夜，即使屋里人喊破天，他还是照睡不误。李鸣老觉得会突然睡死掉，所以在十二点钟以后老把他推醒。

"马力！马力！"

马力腾地一下坐起，眼睛还没睁开。李鸣松了口气，扔下他和别人聊天去了。

"今天的题你做完了吗？"

"没有。太多了。"

"见鬼了，留那么多作业要了咱们老命了。"

"又要期中考试了。"

"十三门。"

"我已经得了腱鞘炎。"同屋的小个子把手一伸，垂下手背，手背上鼓出一个大包。

马力对什么都无动于衷，他从不开口，除了他的本科——作曲得八十分，别的科目都是"中"。

李鸣跑到王教授那儿请教关于退学问题的头天晚上，突然发生了地震。全宿舍楼的人都跑出站在操场上。有人穿着裤衩，有人披着毛巾被。女生们躲在一个黑角落里叽叽喳喳，生怕被男生看见，可又生怕人家不知道她们在这里。据说声乐系有两个女生到现在还在宿舍里找合适的衣服，说是死也要个体面。站在操场上的人都等再震一下，可站了半天，什么事也没发生。后来才知道，根本没地震，不知是谁看见窗外红光一闪，就高喊了一声地震，于是大家都跑了出来。

第二天，李鸣就到王教授那儿向他请教是否可以退学。王教授是全院公认的"神经病"，他精通几国语言，搞了几百项发明，涉及十几门学问，一口气兼了无数个部门的职称。他给五线谱多加了一根线，把钢琴键重新排了一次队，把每个音都用开平方证实了。这种发明把所有人都能气疯。李鸣最崇拜的就算王教授了。尽管听不懂他说的话，也还是爱听。

"嗯。"

"我不学了。我得承认我不是这份材料。"

"嗯。"

"就这样，我得退学。"

"嗯。"

"别人以为自己是什么就是什么，我以为我不行。"

"嗯。"

"也许我干别的更合适。"

"嗯。"

"我去打报告。"

"嗯。"

李鸣站起来，王教授也站起来：

"你老老实实学习去吧，傻瓜。你别无选择，只有作曲。"

七

又要考试了。贾教授当众公布了考试时间、科目，又是十门。一下课，马力就嘟哝了一句"×"，从此身上老带着一盒清凉油。

所有人桌上的谱子又高出了一尺。每个人的体重都在下降。脸色由白变成青。早晨的出操成了下地狱，连孟野也停止了洗冷水浴。早晨六点钟，"时间"腾地从床上蹦起，跳到地上，飞快地跑到琴房，然后到天黑也没见出来。"猫"一睁眼，先伸手在钢琴上按了一个"A"音，以校正自己的耳朵，然后大声唱视唱练耳的习题。"懵懂"为了让自己醒过来，闭着眼就把录音机打开了，跟着迪斯科的节奏穿好衣服、洗好脸，可却无论如何不能使习题也跟着节奏走。

全校的学生都在准备考试，琴房里一片嘈杂声，气得作曲系的学生骂声乐系是叫驴，是一群只长膘不长脑子的家伙，而声乐系骂作曲系是发育不全的影子。作曲系学生为了躲开噪声，就找了个僻静的大课堂，

《你别无选择》封面

作为复习基地，一到晚上大家就躲在这儿。可是不知是谁，在这课堂的黑板上贴了个大大的功能圈。T－S－D。这个功能圈大得足以使全体同学恐惧。李鸣想把它撕了，可小个子拦住不让。小个子跳上讲台，告诉大家，牢记功能圈，你就能创作出世界上最最伟大的作品，世界上最最伟大的作品就离不开这个功能圈。结果谁也不敢把它撕下来，只好天天对着它准备考试。

"当然，你们不要把考试看得过分严重，成绩好坏是小事，重要的是你们掌握了没有。你们在复习上要有所偏重，你的体育再好，也进不了体育学院。"贾教授说。

"可是，体育不达标准，要补考，什么时候及格了，才能通过。你永远不及格，就永远要补考。"体育教员说。

"不懂得文艺理论你算什么艺术家？从第一章背到第二十三章。"

"四十位哲学家的生平及主要观点与十位自然科学哲学家的主要科学成就及基本哲学思想，这就是我们的考试内容。"

"背下所有不规则动词。"

"连［上鼓下登］字都不认识，你们还算什么大学生？［有去二横］字当什么讲？"

……

晚上，阳台上又多了几个穿"三点式"的姑娘，都在练剑术和拳术。

"背剑术比背谱子还难。"

"难多了。"

"我刚发现我是进了体育学院。"

"不，是北大文科。"

"经济学院。"

"气—贯—丹—田。"

阳台下传来嗒嗒的脚步声和呼哧呼哧的喘息。

"八千米的长跑，跑死他们。""猫"探头看着下面围着楼绕圈子的男生。

"喂，［有去二横］字是什么意思？"一个男生抬起头冲她喊。

"喵。""猫"尖叫一声把身子缩回去。

"他们太累了。"金教授温和地说。

"可我们作曲系历来就是很累的，否则还叫什么作曲系？英国皇家音乐学院今年根本没有作曲系本科生，就是因为太累。"贾教授骄傲地说。

"那一定要考了？"金教授无可奈何地问。

"一定要考。而且还要严格。"贾教授从眼镜后面盯着金教授。

金教授召集了他的全体学生上大课："要看你们的真本事了。不要用钢琴，当场写出一首三部结构的作品，关于动机的展开，你们要去多分析诸如肖邦舒曼之类的作品，不要走远了，不要照你们平时的方式写，尤其是你们！"他指指孟野和森森，"至于和声—"

"功能圈。""懵懂"接了一句。

"功能圈？"金教授问。

"功能圈。""猫"说。

"噢，对，功能圈吧。"

【导读】

作家作品简介

刘索拉（1955—），生于北京。1983 年毕业于中央音乐学院作曲系，并留校任教。1985 年发表处女作《你别无选择》，随后发表中篇小说《蓝天绿海》《寻找歌王》等。刘索拉的小说被看成我国新时期先锋派小说的首批作品。她的小说多以音乐界生活为素材，采用黑色幽默的笔法，表现当代中国 20 世纪 80 年代的现实，笔下人物多为精神贵族或迷惘的一代。

鉴赏解读参考

《你别无选择》以某音乐学院为背景，描写一批学生与教师，塑造了一群不可思议的荒诞的人物形象。他们各有怪癖，但都无甚意义可言。另外，学校的种种课程，考试、校规、风纪，更是给人不堪入目的荒诞感觉。小说没什么明确的思想意义可言，因而被称为无主题小说。其本身的着眼点，也不在什么理性意义的探讨上，而在于随意勾勒荒诞现实中的荒诞人物与荒诞事件。小说语言为吻合无理性的荒诞，集夸张、幽默、嘲弄为一体，形成一种类似黑色幽默的笔法。如写李鸣，写他成天躺在床上，偶尔起床也总是躲在某个角落里。森森总是不洗衣不洗澡，有次上钢琴课把个老师熏得憋气五分钟。孟野因为长得太出众了，老是惹来女孩子的纠缠和女朋友无数次天翻地覆的折腾。孟野的作品质朴得无与伦比却被看作法西斯，等等。对人物的某一特点给予集中性的夸张，再给以幽默的嘲弄，这一特点被小说发挥得淋漓尽致。因而往往让人忍俊不禁，啼笑皆非。小说发表后即引起争议。有人认为这篇小说借鉴了美国现代派小说《二十二条军规》中的"黑色幽默"的叙述方法，是我国小说界一反传统叙述方式而采用现代派表现手法的一个尝试、一个标志。有人评论说作者是用音乐的结构来写作小说。有人认为小说表现了"迷惘的一代""垮掉的一代"的荒诞的思想情绪。从客观上看，小说反映了我国 20 世纪 80 年代的一种现实，反映了一代人的情绪与骚动，也反映了一批青年执着追求、富有创造，与社会那几十年不变的陈规旧习之间的抵触。另外，有人指出小说在表现荒诞的同时，也流露出一线光明的希望，如森森的作品获奖、金教授对学生创新的支持等。王蒙说得好："刘索拉的小说在 1985 年出现是一个先锋性的并非偶然的现象。它的内容与形式都具有一种不满足的勇敢探索的深长意味。我们不能不学会与她的小说中的人物对话，理解他们，而且越来越重视他们……他们跟长久以来与至今仍在首先为生存而战斗的大多数群众不同，他们有点脱离群众。但他们已经出现了，哪怕是在闹剧的或自嘲的外衣下面，他们发出了自己的杂沓的却也是动人的青春的声音。"（《你别无选择》序言）

问题与思考

1. 请对比分析《班主任》中，谢惠敏和宋宝琦两个人物的异同。
2. 荒诞，是刘索拉小说《你别无选择》总体上呈现的一个特征，请谈谈小说中这种荒诞情景在我们生活中是否存在，荒诞于我们生活是否有价值。

延伸阅读

1. 王蒙，《春之声》《风筝飘带》；《一只有光明尾巴的现实主义的"蝴蝶——评王蒙的中篇〈蝴蝶〉"》，载《当代文艺思潮》，1983（1）。
2. 卢新华，《伤痕》。
3. 张贤亮，《灵与肉》。
4. 张弦，《被爱情遗忘的角落》。
5. 古华，《芙蓉镇》。
6. 马原，《冈底斯的诱惑》。
7. 格非，《褐色鸟群》。
8. 徐星，《无主题变奏》。
9. 孙甘露，《访问梦境》。
10. 余华，《十八岁出门远行》。

二、诗歌

回　答

北　岛

卑鄙是卑鄙者的通行证，
高尚是高尚者的墓志铭，
看吧，在那镀金的天空中，
飘满了死者弯曲的倒影。

冰川纪过去了，
为什么到处都是冰凌？
好望角发现了，
为什么死海里千帆相竞？

我来到这个世界上，
只带着纸、绳索和身影，
为了在审判前，
宣读那些被判决的声音。

告诉你吧，世界
我——不——相——信！
纵使你脚下有一千名挑战者，
那就把我算作第一千零一名。

我不相信天是蓝的，
我不相信雷的回声，
我不相信梦是假的，
我不相信死无报应。

如果海洋注定要决堤，
就让所有的苦水都注入我心中，
如果陆地注定要上升，
就让人类重新选择生存的峰顶。

新的转机和闪闪星斗，

正在缀满没有遮拦的天空。

那是五千年的象形文字，

那是未来人们凝视的眼睛。

【导读】

作家作品简介

北岛（1949—），原名赵振开，中国当代诗人，1978 年同诗人芒克创办民间诗歌刊物《今天》，为朦胧诗代表人物之一。先后获瑞典笔会文学奖、美国西部笔会中心自由写作奖、古根海姆奖学金等，并被选为美国艺术文学院终身荣誉院士。1990 年旅居美国，现任教于加利福尼亚州戴维斯大学。曾获得诺贝尔文学奖提名。2007 年他接受香港中文大学的聘请，定居香港。代表作有《宣告》《一切》《结局或开始——献给遇罗克》。

鉴赏解读参考

《回答》作于 1976 年清明前后，初刊于《今天》创刊号（1978 年 12 月 23 日），后作为第一首公开发表的朦胧诗，刊载于《诗刊》1979 年第 3 期。《回答》反映了整整一代青年觉醒的心声，是与一个历史时代彻底告别的宣言书。诗歌总体特征上可以概括为象征性。北岛在 20 世纪 80 年代初接受西方现代派文学影响，通过所倾心的意象的组接和叠加、撞击和转换，通过超越时空的蒙太奇剪接，成功地将一个理想的艺术世界呈现在读者面前。民族文化传统、时代的哲学氛围、沉重的理想渴求成为他诗歌的主题。他的诗歌基本上是由两组对立因素构成的象征意境，他用这些象征性诗歌形象，再真实不过地传达出充满压抑感的生活氛围，也表现了重压之下的生存意愿和发展要求以及人对苦难现实的心理反叛。在他的笔下，政治的黑暗犹如漆黑的无所不在的夜，生活的束缚好比四处张开的网，希望的境界成了被堤岸阻隔的黎明，而觉醒者恰如被河水包围的孤独岛屿。通过象征、暗示，诗人的主观境界过渡到了诗的世界。象征作为一种艺术手法，在北岛的诗里被普遍运用，表明了诗人丰富的再造性想象力。由于心理感受的真实，北岛的诗歌染上了一层阴冷的色彩，给人以冷峻凄怆的感觉。北岛诗歌阴恺的冷峻虽不是象征主义的直接感染，却从生命感受这共同层次上验证了现代艺术的本质。

致橡树

舒　婷

我如果爱你——

绝不像攀援的凌霄花，

借你的高枝炫耀自己：

我如果爱你——

绝不学痴情的鸟儿，

为绿荫重复单调的歌曲；

也不止像泉源，

常年送来清凉的慰藉；

也不止像险峰，增加你的高度，衬托你的威仪。

甚至日光。

甚至春雨。

不，这些都还不够！

我必须是你近旁的一株木棉，

作为树的形象和你站在一起。

根，紧握在地下，

叶，相触在云里。

每一阵风过，

我们都互相致意，

但没有人

听懂我们的言语。

你有你的铜枝铁干，

像刀，像剑，

也像戟，

我有我的红硕花朵，

像沉重的叹息，

又像英勇的火炬，

我们分担寒潮、风雷、霹雳；

我们共享雾霭、流岚、虹霓，

仿佛永远分离，

却又终身相依，

这才是伟大的爱情，

坚贞就在这里：

不仅爱你伟岸的身躯，

也爱你坚持的位置，脚下的土地。

【导读】

作家作品简介

　　舒婷（1952—），中国女诗人，祖籍福建泉州。当代女诗人，朦胧诗派的代表作家之一。她和同代人北岛、顾城、梁小斌等以迥异于前人的诗风，在中国诗坛上掀起了一股朦胧诗大潮。舒婷擅长于自我情感律动的内省、在把握复杂细致的情感体验方面特别表现出女性独有的敏感。情感复杂、丰富，常常通过假设、让步等特殊句式表现得曲折尽致。舒婷又能在一些常常被人们漠视的常规现象中发现尖锐深刻的诗化哲理，并把这种发现写得既富有思辨力量又楚楚动人。代表作有《神女峰》《惠安女子》《往事二三》《自画像》。

鉴赏解读参考

　　"橡树"的形象象征着刚硬的男性之美，而有着"红硕的花朵"的木棉显然体现着具有新的审美气质的女性人格。她脱弃了旧式女性纤柔、妩媚的秉性，而充溢着丰盈、刚健的生命气息，这正与诗人所歌咏的女性独立自重的人格理想互为表里。在艺术表现上，诗歌采用了内心独白的抒情方式，便于坦诚、开朗地直抒诗人的心灵世界。同时，以整体象征的手法构造意象。全诗以橡树、木棉的整体形象对应地象征爱情双方的独立人格和真挚爱情，使得哲理性很强的思想意念得以在亲切可感的形象中生发。因而这首富于理性气质的诗却使人感觉不到任何说教意味，而只是被其中丰美动人的形象所征服。

诗两首

顾　城

一代人

黑夜给了我黑色的眼睛，

我却用它寻找光明。

墓　床

我知道永逝降临，并不悲伤。

森林中安放着我的愿望

下边有海，远看像水池

一点点跟我的是下午的阳光

人时已近，人世很长，

我在中间应当休息，

走过的人说树枝低了

走过的人说树枝在长

【导读】

作家作品简介

　　顾城（1956—1993），朦胧诗主要代表人物。顾城被称为当代的唯灵浪漫主义诗人，被称为以一颗童心看世界的"童话诗人"。早期的诗歌有孩子般的纯稚风格、梦幻情绪，用直觉和印象式的语句来咏唱童话般的少年生活。其《一代人》中的"黑夜给了我黑色的眼睛／我却用它寻找光明"成为中国新诗的经典名句。后期隐居激流岛，1993 年 10 月 8 日在其新西兰寓所因婚变杀死妻子谢烨后自杀。留下大量诗、文、书法、绘画等作品，其作品被译成英、法、德、西班牙、瑞典等十多种文字。

顾城像

鉴赏解读参考

　　《一代人》一诗既是这一代人的自我阐释，又是这一代人不屈精神的写照。黑暗要扼杀一个人明亮的眼睛，但黑暗的扼杀却没有达到它的目的反而创造了它的对立物：黑色的眼睛。是黑暗使一代人觉醒，使一代人产生更强烈的寻找光明的愿望与毅力。正是这坚毅的寻找，才使他们看到掩盖在生活表象之下的、使人难以接受的东西。仅仅两句诗就道出了一代青年人探索真理的心声。十年浩劫，是漫漫长夜，没有星斗，没有月光，甚至连磷火也没有。但是，渴求光明的心却是压不住的。由最初的迷惘到清醒，由无知到觉悟，由困顿到解脱，都是在这茫茫黑夜里完成的。因为是黑夜，就不可能不是黑夜的眼睛。这是移就。黑色的眼睛也是变异物，喻为被扭曲的灵魂，或者笼罩的阴影，从阴影里裂变

出来的寻找光明的追求，是挤出蚕茧的蛾子，是沟坎上流过的溪水，是地平线上跃起的太阳。诗简洁、明快，充满必胜的自信。

《墓床》整首诗安详平静，仿佛一个看透世事的老人在喃喃低语，然而这更像无情的谶语，揭示出了诗人内心的厌倦以及因厌倦而招致的结果。"他对文字有着天生的敏感，他的诗就像用手指轻拂丝绸，总能让你产生一种难以言说的舒适，即使他的本意是要表现并不'舒适'的诗意，最典型的代表是八行短诗《墓床》。"把最不舒适的诗意用最舒适的语言表达出来，当代诗坛除了顾城，还有几人能够做到？《墓床》无疑首先是以其文学价值而存在的，但因为字里行间隐约可见的作者心路历程以及作者的最终结局，它足以成为研究者重点关注的对象，因为它兼具了文学和文学史的双重价值。

大雁塔（节选）

杨 炼

思想者

我常常凝神倾听远方传来的声音
闪闪烁烁、枯叶、白雪
在悠长的梦境中飘落
我常常向雨后游来的彩虹
寻找长城的影子、骄傲和慰藉
但咆哮的风却告诉我更多崩塌的故事
——碎裂的泥沙、石块、淤塞了
运河，我的血管不再跳动
我的喉咙不再歌唱

我被自己所铸造的牢笼禁锢着
几千年的历史，沉重地压在肩上
沉重得像一块铅，我的灵魂
在有毒的寂寞中枯萎灰色的庭院呵
寥落、空旷
燕子们栖息、飞翔的地方……
我感到羞愧
面对这无边无际的金黄色土地
面对每天亲吻我的太阳
手指般的，雕刻出美丽山川的光

面对一年一度在春风里开始飘动的

柳丝和头发，项链似的

树枝上在熟的果实

我感到羞愧

祖先从埋葬他们尸骨的草丛中

忧郁地注视着我

成队的面孔，那曾经用鲜血

赋予我光辉的人们注视着我

甚至当孩子们来到我面前

当花朵般柔软的小手信任地抚摸

眸子纯净得象四月的湖

我感到羞愧

我的心被大洋彼岸的浪花激动着

被翅膀、闪电和手中升起是星群激动着

可我却不能飞上天空、像自由的鸟

和昔日从沙漠中走来的人们

驾驶过独木舟的人们

欢聚到一起

我的心在郁闷中焦急地战栗

就让这渴望、折磨和梦想变成力量吧

像积聚着激流的冰层，在太阳下

投射出奔放的热情

我像一个人那样站在这里，一个

经历过无数痛苦、死亡而依然倔强挺立的人

粗壮的肩膀、昂起的头颅

就让我最终把这铸造噩梦的牢笼摧毁吧

把历史的阴影，战斗者的姿态

像夜晚和黎明那样连接在一起

像一分钟一分钟增长的树木、绿荫、森林

我的青春将这样重新发芽

我的兄弟们呵，让代表死亡的沉默永久消失吧

像覆盖大地的雪——我的歌声

将和排成"人"字的大雁并肩飞回

和所有的人一起，走向光明

我将托起孩子们

高高地、高高地、在太阳上欢笑……

【导读】

作家作品简介

　　杨炼（1955—），朦胧诗的代表人物之一，祖籍山东，出生于瑞士伯尔尼。6 岁时回到北京。

　　1974 年高中毕业后，在北京昌平县插队，之后开始写诗，并成为《今天》杂志的主要作者之一。1983 年以长诗《诺日朗》出名，1988 年被中国内地读者推选为"十大诗人"之一，同年在北京与芒克、多多等创立"幸存者诗歌俱乐部"。2012 年，荣获意大利诺尼诺国际文学奖。

鉴赏解读参考

　　《大雁塔》作于 1981 年。这一长诗将大雁塔作为整体意象与诗化象征，赋予它以人的自然属性及感知、思维的实在性，同时将它置身于现实、历史、文化的三维空间中，并以第一人称的抒情主体出现，凸显出建构"智力的空间"的独特运思。大雁塔被固定在中国古老的都城已有千年，它向孩子们讲述自己和民族的故事，构成了长诗卓然不凡的开篇。中间三章述说着整个民族的骄傲、尊严、苦难与觉醒。长诗以"我将托起孩子们／高高地、高高地、在太阳上笑"收结，显得雄奇高亢！全诗时空构局恢弘，诗意浑厚深沉，富有浓重的历史感和人文色彩，意象十分繁复且又自成体系，显示了诗人对现实、历史、文化进行冷峻的纵深审视与宏观把握的超凡能力。

母　亲

翟永明

无力到达的地方太多了，脚在疼痛，母亲，你没有
教会我在贪婪的朝霞中染上古老的哀愁。我的心只像你

你是我的母亲，我甚至是你的血液在黎明流出的
血泊中使你惊讶地看到你自己，你使我醒来

听到这世界的声音，你让我生下来，你让我与不幸构成

这世界的可怕的双胞胎。多年来，我已记不得今夜的哭声

那使你受孕的光芒，来得多么遥远，多么可疑，站在生与死
之间，你的眼睛拥有黑暗而进入脚底的阴影何等沉重

在你怀抱之中，我曾露出谜底似的笑容，有谁知道
你让我以童贞方式领悟一切，但我却无动于衷

我把这世界当作处女，难道我对着你发出的
爽朗的笑声没有燃烧起足够的夏季吗？没有？

我被遗弃在世上，只身一人，太阳的光线悲哀地
笼罩着我，当你俯身世界时是否知道你遗落了什么？

岁月把我放在磨子里，让我亲眼看见自己被碾碎
呵，母亲，当我终于变得沉默，你是否为之欣喜

没有人知道我是怎样不着边际地爱你，这秘密
来自你的一部分，我的眼睛像两个伤口痛苦地望着你

活着为了活着，我自取灭亡，以对抗亘古已久的爱
一块石头被抛弃，直到像骨髓一样风干，这世界

有了孤儿，使一切祝福暴露无遗，然而谁最清楚

凡在母亲手上站过的人，终会因诞生而死去

【导读】

作家作品简介

翟永明（1955—），生于四川成都。1974 年高中毕业下乡插队，后
毕业于四川成都电讯工程学院，曾供职某物理研究所。1981 年开始发表
诗作，是中国当代最优秀的女诗人之一。1984 年，其组诗《女人》以独
特奇诡的语言与惊世骇俗的女性立场震撼文坛。

　　组诗《女人》由20首诗组成，它将笔触深入到女性经验中细腻复杂的方面，揭示女性内在气质的历史构成性及精神独特性，呈现出一个完整的精神历程。《女人》致力于创造一个现代东方女性的神话，"以反抗命运始，以包容命运终"。组诗避开了社会和道德对女性的界定，径直切入女性生命世界深处，揭示出潜在的心理情绪——性。从这一情结出发，《女人》展示了女性在现代社会的生命过程和状态。《母亲》是《女人》中的一首，诗作从女儿对于母亲的认同切入，借有关女性受孕的原始神话，诉说新的女性从"黑暗"与"阴影"中诞生，母女代代相袭的生存困境、磨难、沉默，爱与痛、生与死，多侧面、多角度，逐层深入地传达出作者的痛楚情感，表现的是自我寻根和成长的主题。

黑色沙漠（组诗选）

唐亚平

黑夜　序诗

我的眼睛不由自主地流出黑夜
流出黑夜使我无家可归
在一片漆黑之中我成为夜游之神
夜雾中的光环蜂拥而至
那丰富而含混的色彩使我心领神会
所有色彩归宿于黑夜相安无事
游夜之神是凄惶的尤物
长着有肉垫的猫脚和蛇的躯体
怀着鬼鬼祟祟的幽默回避着鸡叫
我到底想干什么　我走进庞大的夜
我是想把自己变成有血有肉的影子
我是想似睡似醒地在一切影子里玩游
真是个尤物是个尤物是个尤物

我似乎披着黑纱煽起夜风
我是这样潇洒　轻松　飘飘荡荡
在夜晚一切都会成为虚幻的影子
甚至皮肤　血肉和骨骼都是黑色

【导读】

作家作品简介

唐亚平（1962—），四川通江人，著名诗人。1983年毕业于四川大学哲学系，为贵州省电视台国际部、专题部及社教部记者、编导。1983年开始发表作品，著有诗集《荒蛮月亮》《月亮的表情》《唐亚平诗集》；发表诗歌、小说、散文、随笔1000余篇。组诗《田园曲》获1984年贵州省文联优秀作品奖、1994年庄重文文学奖。

鉴赏解读参考

生与死、爱与恨、白昼与黑夜，是诗歌永恒的母题。从此意义上讲，黑夜是一种时代的象征，黑色也是如此。诗人在《黑色沙漠·组诗》中曾经写道："你们占有我犹如黑夜占有萤火"（《黑色金子》），"我的沉默堵塞了黑夜的喉咙"（《黑色沼泽》），"有谁能在夜晚逃脱自己"（《黑色霜雪》），"在黑暗中我选择沉默冶炼自尊冶炼高傲"（《黑夜·跋诗》）。这些诗句可以印证《序诗》中诗人对黑暗的复杂心情，而这种心情的表达则体现为诗句中主客体交织的复杂状态："我的眼睛""流出黑夜"——黑夜使我无家可归——"漆黑之中我成为夜游之神"。然后对夜游之神作了全诗最为精彩的描绘："长着有肉垫的猫脚和蛇的躯体，怀着鬼鬼祟祟的幽默回避着鸡叫。"当诗人用自贬又自豪的口气说自己"是个尤物"而"莫名其妙"的时候，读者会感到反讽的锋芒，阴柔而尖利，足以见证诗人的女性身份，当然，是性别与诗句难以化解的身份。

中文系

李亚伟

中文系是一条撒满钩饵的大河
浅滩边，一个教授和一群讲师正在撒网
网住的鱼儿
上岸就当助教，然后
当屈原的秘书，当李白的随从
当儿童们的故事大王，然后，再去撒网

有时，一个树桩船的老太婆
来到河埠头——鲁迅的洗手处
搅起些早已沉滞的肥皂泡
让孩子们吃下。一个老头
在讲桌上爆炒野草的时候
放些失效的味精
这些要吃透《野草》的人
把鲁迅存进银行，吃他的利息
在河的上游，孔子仍在垂钓
一些教授用成绺的胡须当钓线
以孔子的名义放排钩钓无数的人
当钟声敲响教室的阶梯
阶梯和窗格荡起夕阳的水波
一尾戴眼镜的小鱼还在独自咬钩
当一个大诗人率领一伙小诗人在古代写诗
写王维写过的那些石头
一些蠢鲫鱼或一条傻白鲢
就可能在期末渔汛的尾声
挨一记考试的耳光飞跌出门外

老师说过要做伟人
就得吃伟人的剩饭背诵伟人的咳嗽
亚伟想做伟人
想和古代的伟人一起干
他每天咳着各种各样的声音从图书馆
回到寝室

亚伟和朋友们认真上了三天课以后

就出现各种各样的临床症状
每天睡觉
被盖里都感到地狱之火的熊熊
有时他们未睡着就摆动着身子
从思想的门户游进燃烧着的电影院
或别的不便提及的去处

一年级的学生，那些
小金鱼小鲫鱼还不太到图书馆
及茶馆酒楼去吃细菌常停泊在教室或
老乡的身边有时在黑桃 Q 的桌下
快活地穿梭

诗人胡玉是个老油子
就是溜冰不太在行，于是
常常踏着自己的长发溜进
女生密集的场所用鳃
唱一首关于晚风吹了澎湖湾的歌
更多的时间是和亚伟
在酒馆的石缝里吐各种气泡
二十四岁的敖歌已经
二十四年都没写诗了
可他本身就是一首诗
常在五公尺外爱一个姑娘
节假日发半价电报
由于没记住韩愈是中国人还是苏联人
敖歌悲壮地降下了一年级，他想外逃
但他害怕爬上香港的海滩会立即
被警察抓去考古汉语

万夏每天起床后的问题是
继续吃饭还是永远
不再吃了
和女朋友卖完旧衣服后
脑袋常吱吱地发出喝酒的信号
他的水龙头身材里拍击着
黄河愤怒的波涛，拐弯处挂着
寻人启事和他的画夹

大伙的拜把兄弟小绵阳

花一个月读完半页书后去食堂
打饭也打炊哥
最后他却被蒋学模主编的那枚深水炸弹
击出浅水区
现已不知饿死在哪个遥远的车站

中文系就是这么的
学生们白天朝拜古人和王力和黑板
晚上就朝拜银幕或很容易地
就到街上去凤求凰兮
这显示了中文系自食其力的能力
亚伟在露水上爱过的那医专
的桃金娘被历史系的瘦猴赊去了很久
最后也还回来了亚伟
是进攻医专的元勋他拒绝谈判
医专的姑娘就有被全歼的可能医专
就有光荣地成为中文系的夫人学校的可能

诗人杨洋老是打算
和刚认识的姑娘结婚老是
以鲨鱼的面孔游上赌饭票的牌桌
这根恶棍认识四个食堂的炊哥
却连写作课的老师至今还不认得
他曾精辟地认为纺织厂
就是电影院就是美味的火锅
火锅就是医专就是知识
知识就是书本就是女人
女人就是考试
每个男人可要及格啦

中文系就这样流着
教授们在讲义上喃喃游动
学生们找到了关键的字
就在外面画上漩涡画上
教授们可能设置的陷阱
把教授们嘀嘀咕咕吐出的气泡
在林荫道上吹到期末

教授们也骑上自己的气泡
朝下漂像手执丈八蛇矛的

辫子将军在河上巡逻
河那边他说"之"河这边说"乎"
遇着情况教授警惕地问口令："者"
学生在暗处回答道："也"

根据校规领导命令
学生思想自由命令学生
在大小集会上不得胡说八道
校规规定教授要鼓励学生
创新成果可在酒馆里对女服务员汇报
不得污染期终卷面
中文系也学外国文学
重点学鲍狄埃学高尔基，有晚上
厕所里奔出一神色慌张的讲师
他大声喊：同学们
快撤，里面有现代派

中文系在古战场上流过
在怀抱贞洁的教授和意境深远的月亮
下边流过河岸上奔跑着烈女
那些石洞里坐满了忠于杜甫的寡妇
和三姨太坐满了秀才进士们的小妾
中文系从马致远的古道旁流过
以后置宾语的身份
被把字句提到生活的前面
中文系如今是流上茅盾巴金们的讲台了

中文系有时在梦中流过，缓缓地
像亚伟撒在干土上的小便像可怜的流浪着的
小绵阳身后那消逝而又起伏的脚印，它的波浪
正随毕业时的被盖卷一叠叠地远去

【导读】

作家作品简介

李亚伟（1963—），出生于重庆市酉阳县，中国现代诗人。李亚伟1982 年开始创作诗歌，1984 年与万夏等人创立了"莽汉"诗歌流派。成名作有《中文系》等，诗作被编入《后朦胧诗全集》（1993）。1993 年下海经商，常年往返于北京和成都间。2000 年创办成都五谷田餐饮文化有限公司，在重庆和成都开设有数家"香积厨"酒楼连锁店。现在身份为酒楼老板、"共和（香港）出版有限公司"总编辑 。

鉴赏解读参考

《中文系》是李亚伟最出名的诗。本诗把严肃无比的中文系喻成功利的渔网，在网里都是些功利的家伙。在这里我们看到的是与传统诗风大不一样的放肆语气，但与此同时产生的挫折感也在加强。试图打倒一切，但即便打倒一切也未能心如所愿。 李亚伟诗歌带来的愉快，不是指那种放弃精神攀登的轻松感，不是指那种廉价的生活幽默，更不是指那种在诗歌中用几个具有欢快效果的语词，而是指一个诗人在相对完好的天性中的诗性言说。语言之于李亚伟，不是他作为一个知识分子进行学习和思考的结果，而是一种天赋的才能，是他健康天性的存在方式。

有关大雁塔

韩 东

有关大雁塔
我们又能知道些什么
有很多人从远方赶来
为了爬上去
做一次英雄
也有的还来做第二次
或者更多
那些不得意的人们

那些发福的人们

统统爬上去

做一做英雄

然后下来

走进这条大街

转眼不见了

也有有种的往下跳

在台阶上开一朵红花

那就真的成了英雄

当代英雄

有关大雁塔

我们又能知道什么

我们爬上去

看看四周的风景

然后再下来

（可是

大雁塔在想些什么

他在想，所有的好汉都在那年里死绝了

所有的好汉

杀人如麻

抱起大坛子来饮酒

一晚上能睡十个女人

他们那辈子要压坏多少匹好马

最后，他们到他这里来

放下屠刀，立地成佛了

而如今到这里来的人

他一个也不认识

他想，这些猥琐的人们

是不会懂得那种光荣的　）

【括号中为诗歌终稿删去的部分】

【导读】

作家作品简介

韩东（1961—），生于南京，早年随父亲下放苏北农村，1978年考入山东大学哲学系。1982年被分配至西安工作，1984年调回南京，在大学马列教研室任教至1993年。后辞职专事写作至今。1985—1995年主编民办刊物《他们》，共出十期。为"第三代诗歌"运动中的代表诗人之一。20世纪90年代后，主要从事中短篇小说写作。2000年以后，开始长篇小说的写作。1998年，和朱文等发起题为"断裂"的行为。2000—2004年参与文学期刊《芙蓉》的编辑。曾主编"年代诗丛"一、二辑，"断裂丛书"第一辑。参与"他们""橡皮"网站的创建。2007年加盟《今天》，担任小说编辑。

鉴赏解读参考

大雁塔一直是文明古城西安的标志性建筑，它本身就是历史与传统的浓缩的象征。大雁塔这一文化地位，决定了它成为历代文人墨客歌咏对象的必然性。对这类文化标志的记忆比比皆是，如诗文中的黄鹤楼和岳阳楼等。文人的通常做法是加法，也就是怀古加咏怀，将对个人遭际或时政世事的诠释评价通过记忆附加到被歌咏对象已有的文化积淀之中。韩东的《有关大雁塔》则与众不同。他在这首诗里做的是减法。面对大雁塔，诗人突然失忆了。这一代诗人之所以对历史视而不见，也可以用布鲁姆"影响的焦虑"理论来解释。他们不甘于步前人后尘，让自己的艺术个性被过去的巨大投影所遮掩。

韩东曾经提出"诗到语言为止"的论断，认为诗人最基本的素质肯定是和语言有关，语言在诗歌观念的更新上起着决定性作用。第三代诗人大多以语言实验的方式实践着对朦胧诗的反叛。韩东把口语作为反拨意象的锐器，通过语言自生的形态来呈现内在的心态，注重于语言的语感、语势，以期从北岛、杨炼建筑的诗歌范式中走出来。韩东的口语往往隐含着一种冷抒情的意味，将朦胧诗热烈奔放的情感化为平淡冷静的叙述。把它与杨炼《大雁塔》相比，很容易看出韩东拆除意象的深度模式、营造平面化意象的企图。

尚义街六号

于 坚

法国式的黄房子

老吴的裤子晾在二楼

喊一声胯下就钻出戴眼镜的脑袋

隔壁的大厕所

天天清早排着长队

我们往往在黄昏光临

打开烟盒 打开嘴巴

打开灯

墙上钉着于坚的画

许多人不以为然

他们只认识凡·高

老卡的衬衣 揉成一团抹布

我们用它拭手上的果汁

他在翻一本黄书

后来他恋爱了

常常双双来临

在这里吵架，在这里调情

有一天他们宣告分手

朋友们一阵轻松 很高兴

次日他又送来结婚的请柬

大家也衣冠楚楚前去赴宴

桌上总是摊开朱小羊的手稿

那些字乱七八糟

这个杂种警察一样盯牢我们

面对那双红丝丝的眼睛

我们只好说得朦胧

像一首时髦的诗

李勃的拖鞋压着费嘉的皮鞋

他已经成名了 有一本蓝皮会员证

他常常躺在上边

告诉我们应当怎样穿鞋子

怎样小便 怎样洗短裤

怎样炒白菜 怎样睡觉 等等

八二年他从北京回来
外衣比过去深沉
他讲文坛内幕
口气像作协主席

茶水是老吴的　电表是老吴的
地板是老吴的　邻居是老吴的
媳妇是老吴的　胃舒平是老吴的
口痰烟头空气朋友　是老吴的
老吴的笔躲在抽桌里
很少露面

没有妓女的城市
童男子们老练地谈着女人
偶尔有裙子们进来
大家就扣好钮扣
那年纪我们都渴望钻进一条裙子
又不肯弯下腰去

于坚还没有成名
每回都被教训
在一张旧报纸上
他写下许多意味深长的笔名
有一人大家都很怕他
他在某某处工作
"他来是有用心的，
我们什么也不要讲！"

有些日子天气不好
生活中经常倒霉
我们就攻击费嘉的近作
称朱小羊为大师
后来这只手摸摸钱包
支支吾吾　闪烁其词
八张嘴马上笑嘻嘻地站起

那是智慧的年代
许多谈话如果录音
可以出一本名著

那是热闹的年代

许多脸都在这里出现

今天你去城里问问

他们都大名鼎鼎

外面下着小雨

我们来到街上

空荡荡的大厕所

他第一回独自使用

一些人结婚了

一些人成名了

一些人要到西部

老吴也要去西部

大家骂他硬充汉子

心中惶惶不安

吴文光　你走了

今晚我去哪里混饭

恩恩怨怨　吵吵嚷嚷

大家终于走散

剩下一片空地板

像一张空唱片　再也不响

在别的地方

我们常常提到尚义街六号

说是很多年后的一天

孩子们要来参观

【导读】

作家作品简介

　　于坚（1954—），生于昆明。14 岁辍学，当过铆工、电焊工、搬运工等。20 岁开始写诗，25 岁发表作品。1984 年毕业于云南大学中文系。1985 年与韩东等人合办诗刊《他们》。1986 年发表成名作《尚义街六号》，1994 年长诗《0 档案》被誉为当代汉语诗歌的一座里程碑。曾获第四届"鲁迅文学奖"、《联合报》十四届诗歌奖、《人民文学》诗歌奖、首届华语文学传媒大奖。代表作有《贝多芬纪年》《在漫长的旅途中》《关于玫瑰》《青瓷花瓶》《芳邻》《黄昏时分的黑啤酒瓶》。

鉴赏解读参考

"尚义街六号"是于坚的成名作，被视为第三代诗歌口语诗时代开启的标志。于坚坚持以口语入诗，拒绝隐喻，关注日常生活，其诗歌理念代表了第三代诗歌的主流取向。

这首诗没有人们习见的象征和隐喻，凭着洋溢其间的出众自如的语感，使得这首内容普通的诗歌具有了深刻的诗性光芒。加上字里行间屡屡可见的机智与幽默，恰好印证了于坚1984年的短诗《我的歌》中的一句："像上帝一样思考，像市民一样生活。"于坚曾经在给友人的回信中这样写道："这个诗最重要的东西是幽默感。在那个时代，这个国家已经完全没有幽默感，铁板一块。不仅仅是日常生活、小人物，同时也有其他诗人写这些，但以调侃的口气写的并不多见，也就是我吧。"另外，于坚强调日常生活，将日常生活神圣化。他认为"文化大革命"使中国生活声名狼藉，生活世界被理直气壮地摧毁。重建常识、重建日常生活的尊严，在今天非常重要。于坚并非所谓世俗诗人，他其实比那些故意追求的神圣要神圣得多。

亚洲铜

海 子

亚洲铜　亚洲铜

祖父死在这里　父亲死在这里　我也会死在这里

你是唯一的一块埋人的地方

亚洲铜　亚洲铜

爱怀疑和爱飞翔的是鸟　淹没一切的是海水

你的主人却是青草　住在自己细小的腰上

守住野花的手掌和秘密

亚洲铜　亚洲铜

看见了吗？那两只白鸽子　它是屈原遗落在沙滩上的白鞋子

让我们——我们和河流一起　穿上它吧

亚洲铜　亚洲铜

击鼓之后　我们把在黑暗中跳舞的心脏叫做月亮

这月亮主要由你构成

中国当代文学

【导读】

作家作品简介

　　海子（1964—1989）原名查海生，安徽省怀宁县人，在农村长大。1979 年 15 岁时考入北京大学法律系，1982 年大学期间开始诗歌创作，当时即被称为"北大三诗人"之一。1984 年创作成名作《亚洲铜》和《阿尔的太阳》，第一次使用"海子"作为笔名。1983 年自北大毕业后分配至北京中国政法大学哲学教研室工作。1989 年 3 月 26 日在山海关卧轨自杀，年仅 25 岁。在诗人短暂的生命里，保持了一颗圣洁的心。他曾长期不被世人理解，但他是中国新文学史中一位全力冲击文学与生命极限的诗人。代表作有《阿尔的太阳》《面朝大海，春暖花开》《麦地》《以梦为马》《黑夜的献诗（献给黑夜的女儿）》等。

海子像

鉴赏解读参考

　　《亚洲铜》是海子的成名作，也是最早为海子带来广泛声誉且奠定他日后在中国诗坛重要地位的杰出诗篇。全诗所包蕴的深邃丰富的历史文化及生命情感内涵，使它在海子数量众多的充满纯粹抒情色彩的诗篇中显得卓尔不凡，分外引人瞩目。作为一个统领全篇的核心意象，"亚洲铜"在此具有深刻的双重象征含义。它既是贫穷祖国形象的精妙比喻，"亚洲铜"在视觉形象上容易让人联想起北方贫瘠广袤的黄土地，而海子本人又常常把北方当成心目中的祖国；同时，又是民族传统文化的形象命名与概括。"亚洲铜"这个名称具有浓厚的东方色彩，表达了诗人对于民族苦难生存景况的深沉广阔的文化反思。此诗在艺术性上所取得的成就也堪为人称道，诗作意象鲜明生动、画面感强、联想丰富而大胆，比如"我们把在黑暗中跳舞的心脏叫做月亮"。其视域广阔，从地下到地面到天空、节奏张弛有效，极具情绪感染效果，与作品深刻的思想性互映生辉，构成了《亚洲铜》众口交誉的阅读魅力。

问题与思考

1. 以韩东的《有关大雁塔》和杨炼的《大雁塔》为例，比较朦胧诗和第三代诗人的不同。
2. 论述女性诗歌的"黑色意识"和"身体关照"。
3. 简述海子的诗歌追求。

1. 顾城，《远和近》《我是一个任性的孩子》《顾城童话寓言诗选》；
   芒克，《雪地上的夜》《阳光中的向日葵》《老房子》；梁小斌，《雪
   白的墙》《中国，我的钥匙丢了》《我热爱秋天的风光》；杨炼，《诺
   日朗》《大海停止之处》；多多，《从死亡的方向看》《致太阳》；
   翟永明，《女人》（组诗）、《静安庄》（组诗）、《十四首素歌》、
   《黑色意识》；唐亚平，《意外的风景》《死亡表演》；欧阳江河，
   《玻璃工厂》《悬棺》《咖啡馆》；韩东，《山民》《你见过大海》；
   于坚，《在漫长的旅途中》《关于玫瑰》《青瓷花瓶》《芳邻》《黄
   昏时分的黑啤酒瓶》。

2. 海子，《麦地》《以梦为马》《黑夜的献诗（献给黑夜的女儿）》。

3. 谢冕，《在新的崛起面前》；孙绍振，《新的美学原则的崛起》；徐
   敬亚，《崛起的诗群》。

4. 谭五昌，《海子：穿越麦地和太阳而不朽的诗人》；于坚，《诗歌之
   舌的硬与软：关于当代诗歌的两类语言向度》；谢冕、唐晓渡主编，
   《在黎明的铜镜中·朦胧诗卷》。

三、散文及其他

怀念萧珊（节选）

巴 金

一

今天是萧珊逝世的六周年纪念日。六年前的光景还非常鲜明地出现在我的眼前。那一天我从火葬场回到家中，一切都是乱糟糟的，过了两三天我渐渐地安静下来了，一个人坐在书桌前，想写一篇纪念她的文章。在五十年前我就有了这样一种习惯：有感情无处倾吐时我经常求助于纸笔。可是一九七二年八月里那几天，我每天坐三四个小时望着面前摊开的稿纸，却写不出一句话。我痛苦地想，难道给关了几年的"牛棚"，真的就变成"牛"了？头上仿佛压了一块大石头，思想好像冻结了一样。我索性放下笔，什么也不写了。

六年过去了。林彪、"四人帮"及其爪牙们的确把我搞得很"狼狈"，但我还是活下来了，而且偏偏活得比较健康，脑子也并不糊涂，有时还可以写一两篇文章。最近我经常去火葬场，参加老朋友们的骨灰安放仪式。在大厅里，我想起许多事情。同样地奏着哀乐，我的思想却从挤满了人的大厅转到只有二三十个人的中厅里去了，我们正在用哭声向萧珊的遗体告别。我记起了《家》里面觉新说过的一句话："好像珏死了，也是一个不祥的鬼。"四十七年前我写这句话的时候，怎么想得到我是在写自己！我没有流眼泪，可是我觉得有无数锋利的指甲在搔我的心。我站在死者遗体旁边，望着那张惨白色的脸，那两片咽下千言万语的嘴唇，我咬紧牙齿，在心里唤着死者的名字。我想，我比她大十三岁，为什么不让我先死？我想，这是多不公平！她究竟犯了什么罪？她也给关进"牛棚"，挂上"牛鬼蛇神"的小纸牌，还扫过马路。究竟为什么？理由很简单，她是我的妻子。她患了病，得不到治疗，也因为她是我的妻子。想尽办法一直到逝世前三个星期，靠开后门她才住进医院。但是癌细胞已经扩散，肠癌变成了肝癌。

她不想死，她要活，她愿意改造思想，她愿意看到社会主义建成。这个愿望总不能说是痴心妄想吧。她本来可以活下去，倘使她不是"黑老 K"的"臭婆娘"。一句话，是我连累了她，是我害了她。

在我靠边的几年中间，我所受到的精神折磨她同样受到。但是我并未挨过打，她却挨了"北京来的红卫兵"的铜头皮带，留在她左眼上的黑圈好几天后才褪尽。她挨打只是为了保护我，她看见那些年轻人深夜闯进来，害怕他们把我揪走，便溜出大门，到对面派出所去，请民警同志出来干预。

那里只有一个人值班，不敢管。当着民警的面，她被他们用铜头皮带狠狠抽了一下，给押了回来，同我一起关在马桶间里。

她不仅分担了我的痛苦，还给了我不少的安慰和鼓励。在"四害"横行的时候，我在原单位（中国作家协会上海分会）给人当作"罪人"和"贱民"看待，日子十分难过，有时到晚上九、十点钟才能回家。我进了门看到她的面容，满脑子的乌云都消散了。我有什么委屈、牢骚，都可以向她尽情倾吐。有一个时期我和她每晚临睡前要服两粒眠尔通才能够闭眼，可是天刚刚发白就都醒了。我唤她，她也唤我。我诉苦般地说："日子难过啊！"她也用同样的声音回答："日子难过啊！"但是她马上加一句："要坚持下去。"或者再加一句："坚持就是胜利。"我说"日子难过"，因为在那一段时间里，我每天在"牛棚"里面劳动、学习、写交代、写检查、写思想汇报。任何人都可以责骂我、教训我、指挥我。从外地到"作协分会"来串联的人可以随意点名叫我出去"示众"，还要自报罪行。上下班不限时间，由管理"牛棚"的"监督组"随意决定。任何人都可以闯进我家里来，高兴拿什么就拿走什么。这个时候大规模的群众性批斗和电视批斗大会还没有开始，但已经越来越逼近了。

她说"日子难过"，因为她给两次揪到机关，靠边劳动，后来也常常参加陪斗。在淮海中路"大批判专栏"上张贴着批判我的罪行的大字报，我一家人的名字都给写出来"示众"，不用说"臭婆娘"的大名占着显著的地位。这些文字像虫子一样咬痛她的心。她让上海戏剧学院"狂妄派"学生突然袭击、揪到"作协分会"去的时候，在我家大门上还贴了一张揭露她的所谓罪行的大字报。幸好当天夜里我儿子把它撕毁。否则这一张大字报就会要了她的命！

人们的白眼，人们的冷嘲热骂蚕蚀着她的身心。我看出来她的健康逐渐遭到损害。表面上的平静是虚假的。内心的痛苦像一锅煮沸的水，她怎么能遮盖住！怎样能使它平静！她不断地给我安慰，对我表示信任，替我感到不平。然而她看到我的问题一天天地变得严重，上面对我的压力一天天地增加，她又非常担心。有时同我一起上班或者下班，走进巨鹿路口，快到"作协分会"，或者走进南湖路口，快到我们家，她总是抬不起头。我理解她，同情她，也非常担心她经受不起沉重的打击。我记得有一天到了平常下班的时间，我们没有受到留难，回到家里她比较高兴，到厨房去烧菜。我翻看当天的报纸，在第三版上看到当时做了"作协分会"的"头头"的两个工人作家

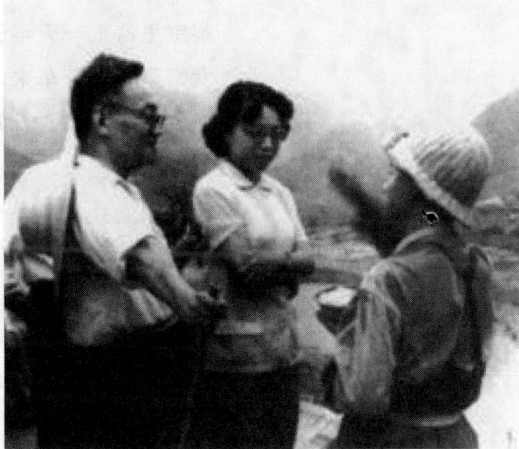

巴金（左）与萧珊

写的文章《彻底揭露巴金的反革命真面》。真是当头一棒！我看了两三行，连忙把报纸藏起来，我害怕让她看见。她端着烧好的菜出来，脸上还带笑容，吃饭时她有说有笑。饭后她要看报，我企图把她的注意力引到别处。但是没有用，她找到了报纸。她的笑容一下子完全消失。

这一夜她再没有讲话，早早地进了房间。我后来发现她躺在床上小声哭着。一个安静的夜晚给破坏了。今天回想当时的情景，她那张满是泪痕的脸还在我的眼前。我多么愿意让她的泪痕消失，笑容在她憔悴的脸上重现，即使减少我几年的生命来换取我们家庭生活中一个宁静的夜晚，我也心甘情愿！

二

我听周信芳同志的媳妇说，周的夫人在逝世前经常被打手们拉出去当作皮球推来推去，打得遍体鳞伤。有人劝她躲开，她说："我躲开，他们就要这样对付周先生了。"萧珊并未受到这种新式体罚。可是她在精神上给别人当皮球打来打去。她也有这样的想法：她多受一点精神折磨，可以减轻对我的压力。其实这是她一片痴心，结果只苦了她自己。我看见她一天天地憔悴下去，我看见她的生命之火逐渐熄灭，我多么痛心。我劝她，我安慰她，我想拉住她，一点也没有用。

她常常问我："你的问题什么时候才解决呢？"我苦笑说："总有一天会解决的。"她叹口气说："我恐怕等不到那个时候了。"后来她病倒了，有人劝她打电话找我回家，她不知从哪里得来的消息，她说："他在写检查，不要打岔他。他的问题大概可以解决了。"等到我从五七干校回家休假，她已经不能起床。她还问我检查写得怎样，问题是否可以解决。我当时的确在写检查，而且已经写了好几次了。他们要我写，只是为了消耗我的生命。但她怎么能理解呢？

这时离她逝世不过两个多月，癌细胞已经扩散，可是我们不知道，想找医生给她认真检查一次，也毫无办法。平日去医院挂号看门诊，等了许久才见到医生或者实习医生，随便给开个药方就算解决问题。只有在发烧到摄氏三十九度才有资格挂急诊号，或者还可以在病人拥挤的观察室里待上一天半天。当时去医院看病找交通工具也很困难，常常是我女婿借了自行车来，让她坐在车上，他慢慢地推着走。有一次她雇到小三轮车去看病，看好门诊回家雇不到车了，只好同陪她看病的朋友一起慢慢地走回来，走走停停，走到街口，她快要倒下了，只得请求行人到我们家通知，她一个表侄正好来探病，就由他去把她背了回家。她希望拍一张 X 光片子查一查肠子有什么病，但是办不到。后来靠了她一位亲戚帮忙开后门两次拍片，才查出她患肠癌。以后又靠朋友设法开后门住进了医院。她自己还很高兴，以为得救了。只有她一个人不知道真实的病情，她在医院里只活了三个星期。……

　　梦魇一般的日子终于过去了。六年仿佛一瞬间似的远远地落在后面了。其实哪里是一瞬间！这段时间里有多少流着血和泪的日子啊。不仅是六年，从我开始写这篇短文到现在又过去了半年，半年中我经常在火葬场的大厅里默哀，行礼，为了纪念给"四人帮"迫害致死的朋友。想到他们不能把个人的智慧和才华献给社会主义祖国，我万分惋惜。每次戴上黑纱插上纸花的同时，我也想起我自己最亲爱的朋友，一个普通的文艺爱好者，一个成绩不大的翻译工作者，一个心地善良的人。她是我生命的一部分，她的骨灰里有我的泪和血。

　　她是我的一个读者。一九三六年我在上海第一次同她见面。一九三八年和一九四一年我们两次在桂林像朋友似的住在一起。一九四四年我们在贵阳结婚。我认识她的时候，她还不到二十，对她的成长我应当负很大的责任。她读了我的小说，给我写信，后来见到了我，对我发生了感情。她在中学念书，看见我以前，因为参加学生运动被学校开除，回到家乡住了一个短时期，又出来进另一所学校。倘使不是为了我，她三七、三八年一定去了延安。她同我谈了八年的恋爱，后来到贵阳旅行结婚，只印发了一个通知，没有摆过一桌酒席。从贵阳我和她先后到了重庆，住在民国路文化生活出版社门市部楼梯下七八个平方米的小屋里。她托人买了四只玻璃杯开始组织我们的小家庭。她陪着我经历了各种艰苦生活。

　　在抗日战争紧张的时期，我们一起在日军进城以前十多个小时逃离广州，我们从广东到广西，从昆明到桂林，从金华到温州，我们分散了，又重见，相见后又别离。在我那两册《旅途通讯》中就有一部分这种生活的记录。四十年前有一位朋友批评我："这算什么文章！"我的《文集》出版后，另一位朋友认为我不应当把它们也收进去。他们都有道理。两年来我对朋友、对读者讲过不止一次，我决定不让《文集》重版。但是为我自己，我要经常翻看那两小册《通讯》。在那些年代，每当我落在困苦的境地里、朋友们各奔前程的时候，她总是亲切地在我耳边说："不要难过，我不会离开你，我在你的身边。"的确，只有她最后一次进手术室之前她才说过这样一句："我们要分别了。"

　　我同她一起生活了三十多年。但是我并没有好好地帮助她。她比我有才华，却缺乏刻苦钻研的精神。我很喜欢她翻译的普希金和屠格涅夫的小说。虽然译文并不恰当，也不是普希金和屠格涅夫的风格，它们却是有创造性的文学作品，阅读它们对我是一种享受。她想改变自己的生活，不愿做家庭妇女，却又缺少吃苦耐劳的勇气。她听一个朋友的劝告，得到后来也是给"四人帮"迫害致死的叶以群同志的同意，到《上海文学》"义务劳动"，也做了一点点工作，然而在运动中却受到批判，说她专门向老作家组稿，又说她是我派去的"坐探"。她为了改造思想，想走捷径，要求参加"四清"运动，找人推荐到某铜厂的工作组工作，工作相当忙碌、紧张，她却精神愉快。但是到我快要靠边的时候，她也被叫回"作协分会"参加运动。她第一次参加这种急风暴雨般的斗争，而且是以反动权威家属的身份参加，她不知道该怎么办才好。她张皇失措，坐立不安，替我担心，又为儿女们的前途忧虑。她盼望什么人向她伸出援助的手，可是朋友们离开了她，"同事们"拿她当作箭靶，还有人想通过整她来整我。她不是"作协分会"或者刊物的正式工作人员，可是仍然被"勒令"靠边劳动、站队挂牌，放回家以后，又给揪到机关。她怕人看见，每天大清早起来，拿着扫帚出门，扫得筋疲力尽，才回到家里，关上大门，吐了一口气。但有时她还碰到上学去的小孩，对她叫骂"巴金的臭婆娘"。我偶尔看见她拿着扫帚回来，不敢正眼看她，我感到负罪的心情，这是对她的一个致命的打击。不到两个月，她病倒了，以后就没有再出去扫街（我妹妹继续扫了一个时期），但是也没有完全恢复健康。尽管她还继续拖了四年，但一直到死她并不曾看到我恢复自由。

这就是她的最后，然而绝不是她的结局。她的结局将和我的结局连在一起。

我绝不悲观。我要争取多活。我要为我们社会主义祖国工作到生命的最后一息。在我丧失工作能力的时候，我希望病榻上有萧珊翻译的那几本小说。等到我永远闭上眼睛，就让我的骨灰同她的掺和在一起。

【导读】

作家作品简介

巴金（1904—2005），四川成都人，祖籍浙江嘉兴。原名李尧棠，现当代著名文学家、出版家、翻译家。被誉为是五四新文化运动以来最有影响的作家之一，是 20 世纪中国杰出的文学大师、中国当代文坛的巨匠。巴金晚年提议建立中国现代文学馆和"文化大革命"博物馆。散文代表作《随想录》（包括《随想录》《探索集》《真话集》《病中集》《无题集》）。

巴金像

鉴赏解读参考

文章写于"文化大革命"结束后的拨乱反正时期，当时人们还刚刚从梦魇中挣扎出来，怀着悸怖的心理反思着昨天的灾难。正是带着这样的一种时代情绪，作者追忆了在十年浩劫期间个人、家庭的悲惨遭遇——妻子的死、儿子的病、自己的艰难处境，以此抒发了对亡妻萧珊真挚淳厚、

绵绵不绝的情怀，揭示了"十年动乱"给国家、民族造成的灾难。文章所叙之事，尽管全是家庭、个人的生活琐细，然而其意义却超越了家庭与个人，字里行间都浸透着在那场浩劫中国家与民族的不幸遭遇，使文中所写的日常生活场景超越了个人的意义，成为特殊历史年代里的一个知识分子的见证。

《怀念萧珊》反映出了巴金晚年作品的几个艺术特点。

（1）文字平淡，叙事平实。

客观地说，人到晚年，才气肯定不如年轻的时代，但此时写作上最大的优势应该在于淡定。平直地记录自己生活中的琐事，看似毫无技巧，有时也许反是最大的技巧，让读者读得踏实、静谧。

（2）扬弃浮躁，沉淀深邃。

妻子去世已经有六年时间，这给了巴金在感情上充分的沉淀，那些琐碎的、肤浅的东西已经被扬弃，留下的东西都是感情最深沉的部分。这其中有妻子对自己的爱，自己对她的深厚情感，以及她走后留下的无限遗憾。

（3）敢说真话，不断反思。

巴金的《随想录》一直不忘的主题，就是对过去 20 年生活的回顾和总结。他虽然爱着自己的妻子，但更在反思妻子过早离开的原因，其中同样不乏作者深刻的自我剖析，读过的人都会明白。

哥德巴赫猜想（节选）

徐 迟

"……为革命钻研技术，分明是又红又专，被他们攻击为白专道路。"
——一九七八年两报一刊元旦社论《光明的中国》

一

命 Px（1, 2）为适合下列条件的素数 p 的个数：

x-p=p1 或 x-p=p2 p3

其中 p1, p2 , p3 都是素数。（这是不好懂的；读不懂时，可以跳过这几行。）

用 x 表一充分大的偶数。

$$命\ Cx = \pi \frac{p-1}{p-2}\ \pi\ \frac{1-1}{(p-1)^2}。$$
$$p/x \quad p>2$$
$$p>2$$

对于任意给定的偶数 h 及充分大的 x，用 xh（1，2）表示满足下面条件的素数 p 的个数：

$p \leq x, p+h = p1$ 或 $h+p = p2 \ p3$,

其中 p1，p2，p3 都是素数。

本文的目的在于证明并改进作者在文献〔10〕内所提及的全部结果，现在详述如下。

二

以上引自一篇解析数论的论文。这一段引自它的"（一）引言"，提出了这道题。它后面是"（二）几个引理"，充满了各种公式和计算。最后是"（三）结果"，证明了一条定理。这篇论文，极不好懂。即使是著名数学家，如果不是专门研究这一个数学的分枝的，也不一定能读懂。但是这篇论文已经得到了国际数学界的公认，誉满天下。它所证明的那条定理，现在世界各国一致地把它命名为"陈氏定理"，因为它的作者姓陈，名景润。他现在是中国科学院数学研究所的研究员。

陈景润是福建人，生于一九三三年。当他降生到这个现实人间时，他的家庭和社会生活并没有对他呈现出玫瑰花朵一般的艳丽色彩。他父亲是邮政局职员，老是跑来跑去的。当年如果参加了国民党，就可以飞黄腾达，但是他父亲不肯参加。有的同事说他真是不识时务。他母亲是一个善良的操劳过甚的妇女，一共生了十二个孩子。只活了六个，其中陈景润排行老三。上有哥哥和姐姐；下有弟弟和妹妹。孩子生得多了，就不是双亲所疼爱的儿女了。他们越来越成为父母的累赘——多余的孩子，多余的人。从生下的那一天起，他就像一个被宣布为不受欢迎的人似的，来到了这人世间。

他甚至没有享受过多少童年的快乐。母亲劳苦终日，顾不上爱他。当他记事的时候，酷烈的战争爆发。日本鬼子打进福建省。他还这么小，就提心吊胆过生活。父亲到三元县的三明市一个邮政分局当局长。小小邮局，设在山区一座古寺庙里。这地方曾经是一个革命根据地。但那时候，茂郁山林已成为悲惨世界。所有男子汉都被国民党匪军疯狂屠杀，无一幸存者。连老年的男人也一个都不剩了。剩下的只有妇女。

《哥德巴赫猜想》封面

她们的生活特别凄凉。花纱布价钱又太贵了；穿不起衣服，大姑娘都还裸着上体。福州被敌人占领后，逃难进山来的人多起来。这里飞机不来轰炸，山区渐渐有点儿兴旺。却又迁来了一个集中营。深夜里，常有鞭声惨痛地回荡；不时还有杀害烈士的枪声。第二天，那些戴着镣铐出来劳动的人，神色就更阴森了。

陈景润的幼小心灵受到了极大的创伤。他时常被惊慌和迷惘所征服。在家里并没有得到乐趣，在小学里他总是受人欺侮。他觉得自己是一只丑小鸭。不，是人，他还是觉得自己也是一个人。只是他瘦削、弱小。光是这付窝囊样子就不能讨人喜欢。习惯于挨打，从来不讨饶。这更使对方狠狠揍他，而他则更坚韧而有耐力了。他过分敏感，过早地感觉到了旧社会那些人吃人的现象。他被造成了一个内向的人，内向的性格。他独独爱上了数学。不是因为被压，他只是因为爱好数学，演算数学习题占去了他大部分的时间。

当他升入初中的时候，江苏学院从远方的沦陷区搬迁到这个山区来了。那学院里的教授和讲师也到本地初中里来兼点课，多少也能给他们流亡在异地的生活改善一些。这些老师很有学问。有个语文老师水平最高。大家都崇拜他。但陈景润不喜欢语文。他喜欢两个外地的数理老师。外地老师倒也喜欢他。这些老师经常吹什么科学救国一类的话。他不相信科学能救国。但是救国却不可以没有科学，尤其不可以没有数学。而且数学是什么事儿也少不了它的。人们对他歧视，拳打脚踢，只能使他更加更加爱上数学。枯燥无味的代数方程式却使他充满了幸福，成为唯一的乐趣。

十三岁那年，他母亲去世了。是死于肺结核的；从此，儿想亲娘在梦中，而父亲又结了婚，后娘对他就更不如亲娘了。抗战胜利了，他们回到福州。陈景润进了三一中学。毕业后又到英华书院去念高中。那里有个数学老师，曾经是国立清华大学的航空系主任。

三

老师知识渊博，又诲人不倦。他在数学课上，给同学们讲了许多有趣的数学知识。不爱数学的同学都能被他吸引住，爱数学的同学就更不用说了。

数学分两大部分：纯数学和应用数学。纯数学处理数的关系与空间形式。在处理数的关系这部分里，讨论整数性质的一个重要分枝，名叫"数论"。十七世纪法国大数学家费马是西方数论的创始人。但是中国古代老早已对数论作出了特殊贡献。《周髀》是最古老的古典数学著作。较早的还有一部《孙子算经》。其中有一条余数定理是中国首创。后来被传到了西方，名为孙子定理，是数论中的一条著名定理。直到明代以前，中国在数论方面是对人类有过较大的贡献的。五世纪的祖冲之算出来的圆周率，比德国人的奥托的，早出一千多年。约瑟夫（指斯大林）领导的科学家把月球的一个山谷命名为"祖冲之"。十三世纪下半纪更是中国古代数学的高潮了。南宋大数学家秦九韶著有《数书九章》。他的联立一次方程式的解法比意大利大数学家欧拉的解法早出了五百多年。元代大数学家朱世杰，著有《四元玉鉴》。他的多元高次方程的解法，比法国大数学家毕朱，也早出了四百多年。明清以后，中国落后了。然而中国人对于数学好像是特具禀赋的。中国应当出大数学家。中国是数学的好温床。

有一次，老师给这些高中生讲了数论之中一道著名的难题。他说，当初，俄罗斯的彼得大帝建设彼得堡，聘请了一大批欧洲的大科学家。

其中，有瑞士大数学家欧拉（他的著作共有八百余种）；还有德国的一位中学教师，名叫哥德巴赫，也是数学家。

一七四二年，哥德巴赫发现，每一个大偶数都可以写成两个素数的和。他对许多偶数进行了检验，都说明这是确实的。但是这需要给予证明。因为尚未经过证明，只能称之为猜想。他自己却不能够证明它，就写信请教那赫赫有名的大数学家欧拉，请他来帮忙作出证明。一直到死，欧拉也不能证明它。从此这成了一道难题，吸引了成千上万数学家的注意。两百多年来，多少数学家企图给这个猜想作出证明，都没有成功。

说到这里，教室里成了开了锅的水。那些像初放的花朵一样的青年学生叽叽喳喳地议论起来了。

老师又说，自然科学的皇后是数学。数学的皇冠是数论。

哥德巴赫猜想，则是皇冠上的明珠。

同学们都惊讶地瞪大了眼睛。

老师说，你们都知道偶数和奇数。也都知道素数和合数。

我们小学三年级就教这些了。这不是最容易的吗？不，这道难题是最难的呢。这道题很难很难。要有谁能够做了出来，不得了，那可不得了呵！

青年人又吵起来了。这有什么不得了。我们来做。我们做得出来。他们夸下了海口。

老师也笑了。他说："真的，昨天晚上我还作了一个梦呢。我梦见你们中间的有一位同学，他不得了，他证明了哥德巴赫猜想。"

高中生们轰的一声大笑了。

但是陈景润没有笑。他也被老师的话震动了，但是他不能笑。如果他笑了，还会有同学用白眼瞪他的。自从升入高中以后，他越发孤独了。同学们嫌他古怪，嫌他脏，嫌他多病的样子，都不理睬他。他们用蔑视的和讥讽的眼神瞅着他。

他成了一个踽踽独行，形单影只，自言自语，孤苦伶仃的畸零人。长空里，一只孤雁。

第二天，又上课了。几个相当用功的学生兴冲冲地给老师送上了几个答题的卷子。他们说，他们已经做出来了，能够证明那个德国人的猜想了。可以多方面地证明它呢。没有什么了不起的。哈！哈！

"你们算了！"老师笑着说，"算了！算了！"

"我们算了，算了。我们算出来了！"

"你们算啦！好啦好啦，我是说，你们算了吧，白费这个力气做什么？你们这些卷子我是看也不会看的，用不着看的。那么容易吗？你们是想骑着自行车到月球上去。"

教室里又爆发出一阵哄堂大笑。那些没有交卷的同学都笑话那几个交了卷的。他们自己也笑了起来，都笑得跺脚，笑破肚子了。唯独陈景润没有笑。他紧结着眉头。他被排除在这一切欢乐之外。

第二年，老师又回清华去了。他现在是北京航空学院副院长，全国航空学会理事长沈元。他早该忘记这两堂数学课了。他怎能知道他被多老师因为同学多，容易忘记，学生却常常记着自己青年时代的老师。

四

福州解放！那年他高中三年级。因为交不起学费，一九五〇年上半年，他没有上学，在家自学了一个学期。高中没有毕业，但以同等学力报考，他考进了厦门大学。那年，大学里只有数学物理系。读大学二年级时，才有了一个数学组，但只四个学生。到三年级时，有数学系了，系里还是这四个人。因为成绩特别优异，国家又急需培养人才，四个人提前毕了业；而且，立即分配了工作，得到的优待，羡慕煞人。一九五三年秋季，陈景润被分配到了北京！在第×中学当数学老师。这该是多么的幸福了呵！

然而，不然！在厦门大学的时候，他的日子是好过的。同组同系就只四个大学生，倒有四个教授和一个助教指导学习。

他是多么饥渴而且贪馋地吸饮于百花丛中，以酿制芬芳馥郁的数学蜜糖呵！学习的成效非常之高。他在抽象的领域里驰骋得多么自由自在！大家有共同的 dx 和 dy 等等之类的数学语言。心心相印，息息相通。三年中间，没有人歧视他，也不受骂挨打了。他很少和人来往，过的是黄金岁月；全身心沉浸在数学的海洋里面。真想不到，那么快，他就毕业了。一想到他将要当老师，在讲台上站立，被几十对锐利而机灵，有时难免要恶作剧的眼睛盯视，他禁不住吓得打战！

他的猜想立刻就得到了证明。他是完全不适合于当老师的。他那么瘦小和病弱，他的学生却都是高大而且健壮的。他最不善于说话，说多几句就嗓子发痛了。他多么羡慕那些循循善诱的好老师。下了课回到房间里，他叫自己笨蛋。辱骂自己比别人的还厉害得多。他一向不会照顾自己，又不注意营养。积忧成疾，发烧到摄氏三十八度。送进医院一检查，他患有肺结核和腹膜结核症。这一年内，他住医院六次，做了三次手术。当然他没有能够好好的教书。但他并没有放弃了他的专业。中国科学院不久前出版了华罗庚的名著《堆垒素数论》。刚摆上书店的书架，陈景润就买到了。他一头扎进去了。非常深刻的著作，非常之艰难！可是他钻研了它。住进医院，他还偷偷地避开了医生和护士的耳目，研究它。他那时也认为，这样下去，学校没有理由欢迎他。

他想他也许会失业？又有什么办法呢？好在他节衣缩食，一只牙刷也不买。他从来不随便花一分钱，他积蓄了几乎他的全部收入。他横下心来，失业就回家，还继续搞他的数学研究。积蓄这几个钱是他搞数学的保证。这保证他失了业也还能研究数学的几个钱，就是他的生命；他的生命就是数学。

至于积蓄一旦用光了，以后呢？他不知道，那时又该怎么办？

这也是难题；也是尚未得到解答的猜想。而这个猜想后来也证明是猜对了的。他的病好不了，中学里后来无法续聘他了。

厦门大学校长来到了北京，在教育部开会。那中学的一位领导遇见了他，谈起来，很不满意，提出了一大堆的意见：你们怎么培养了这样的高材生？

王亚南，厦门大学校长，就是马克思的《资本论》的翻译者，听到意见之后，非常吃惊。他一直认为陈景润是他们学校里最好的学生。他不同意他所听到的意见。他认为这是分配学生的工作时，分配不得当。他同意让陈景润回到厦门大学。

听说他可以回厦门大学数学系了，说也奇怪，陈景润的病也就好转了。而王亚南却安排他在厦大图书馆当管理员。又不让管理图书，只让他专心致意地研究数学。王亚南不愧为政治经济学的批判家，他懂得价值论，懂得人的价值。陈景润也没有辜负了老校长的培养。他果然精深地钻研了华罗庚的《堆垒素数论》和大厚本儿的《数论导引》。陈景润都把它们吃透了。他的这种经历却也并不是没有先例的。

当初，我国老一辈的大数学家、大教育家熊庆来，我国现代数学的引进者，在北京的清华大学执教。三十年代之初，有一个在初中毕业以后就失了学，失了学就完全自学的青年人，寄出了一篇代数方程解法的文章，给了熊庆来。熊庆来一看，就看出了这篇文章中的英姿勃发和奇光异彩。他立刻把它的作者，姓华名罗庚的，请进了清华园来。他安排华罗庚在清华数学系当文书，可以一面自学，一面大量地听课。尔后，派遣华罗庚出国，留学英国剑桥。学成回国，已担任在昆明的云南大学校长的熊庆来又介绍他当联大教授。华罗庚后来再次出国，在美国普林斯顿和依利诺的大学教书。中华人民共和国成立以后，华罗庚马上回国来了，他主持了中国科学院数学研究所的工作。

陈景润在厦门大学图书馆中也很快写出了数论方面的专题文章，文章寄给了中国科学院数学研究所。华罗庚一看文章，就看出了文章中的英姿勃发和奇光异彩，也提出了建议，把陈景润选调到数学研究所来当实习研究员。正是：熊庆来慧眼认罗庚，华罗庚睿目识景润。

一九五六年年底，陈景润再次从南方海滨来到了首都北京。

一九五七年夏天，数学大师熊庆来也从国外重返祖国首都。

这时少长咸集，群贤毕至。当时著名的数学家有熊庆来、华罗庚、张宗燧、闵嗣鹤、吴文俊等等许多明星灿灿；还有新起的一代俊彦，陆启铿、万哲先、王元、越民义、吴方等等，如朝霞烂漫；还有后起之秀，陆汝钤、杨乐、张广厚等等已入北京大学求学。在解析数论、代数数论、函数论、泛函分析、几何拓扑学等等的学科之中，已是人才济济，又加上了一个陈景润。人人握灵蛇之珠，家家抱荆山之玉。风靡云蒸，阵容齐整。条件具备了，华罗庚作出了部署。侧重于应用数学，但也要向那皇冠上的明珠，哥德巴赫猜想挺进！

……

【导读】

作家作品简介

　　徐迟（1914—1996）在"文化大革命"后倾力创作报告文学，致力于刻画有突出贡献的科学工作者。他的作品不但有诗的语言和节奏，还有诗的想象和意境，文字生动优美，感情奔放；既富于哲理思考，又充满浓郁诗情，在报告文学领域独树一帜。出版的报告文学集有《哥德巴赫猜想》《地质之光》《结晶》等。

左为陈景润，右为徐迟

鉴赏解读参考

　　发表于 1978 年的《哥德巴赫猜想》被誉为新时期报告文学繁荣的报春花。它叙述了数学家陈景润的传奇经历，多方面展示了他的个人遭遇，揭示了知识分子的不幸与民族命运的关系。在新时期文学中它率先展现了"文化大革命"给知识分子带来的时代烙印和心灵伤痕，呼唤对人的价值、科学、知识的尊重。本篇同时又是抒情色彩和政治色彩都很强的作品，作者放笔写作，纵横捭阖，既写人，又写事，有大笔粗犷的勾勒，也有娓娓动听的叙述。原本哥德巴赫猜想中的许多符号，一大堆数字，其枯燥和深奥足以吓退读者，然而作者以委婉有致的艺术构思，精辟细致的分析，热情浓烈的讴歌，特别是一些画龙点睛式的议论，使这些枯燥的数字充满了血肉，洋溢着诗意。

问题与思考

1. 谈谈纪实文学的艺术性的主要特征。
2. 对比欣赏巴金《怀念萧珊》与孙犁的《亡人逸事》。

延伸阅读

1. 孙犁，《亡人逸事》。
2. 潘旭澜. 报告文学的新里程碑——论《哥德巴赫猜想》集［J］. 复旦大学学报：社会科学版，1979（3）.

四、戏剧

于无声处

人物

刘秀英——女，五十二岁，何是非之妻，退休的小学教师。

何是非——男，六十岁，外贸局某进出口公司革委会主任。

何　为——男，三十四岁，何是非的儿子，某医院外科医生。

何　芸——女，三十岁，何是非的女儿，市公安局干部。

欧阳平——男，三十一岁，北京郊区某小吃店服务员，何芸的朋友。

梅　林——女，五十八岁，"遣散"回乡的老干部，欧阳平的母亲。

时间和地点

第一幕　一九七六年夏初的一个上午十时。——何是非家的客厅里。

第二幕　当天下午四时。——景同第一幕。

第三幕　当天下午五时。——景同第一幕

第四幕　紧接前幕。——景同第一幕。

第四幕

何　芸　怎么办？怎么办？都怪我，都怪我啊！

欧阳平　小芸！大为回来了吗？这是怎么了？你呀！我这次来，你最大的变化就是学会哭鼻子了。过去，你可是个顶爱笑的人啊！我顶讨厌哭了。从我记事到现在，流过两次泪，一回是总理逝世，还有一回是妈妈隔离六年之后刚放出来，我去接她。妈妈瘦得已经没有人样子了，看见我，她头一句话就是："你入党了吗？"我不能告诉妈妈因为她的问题我入不了党，只好骗她，说，我们单位里都是坏人当道，她们那个党我还不想入呢！不料，妈妈大发雷霆！

何　芸　我从来没见过梅伯母发脾气啊！

欧阳平　可那次，你没瞧见她那副可怕的样子！她说，她顶不放心的是我们有些年轻人，文化大革命中，看到党内并不像我们想象的那么干净，看到党内斗争曲折，复杂，就一下子惊慌失措，丧失信心，看破红尘了！可是，如果什么都那么干净，那么顺当，还要我们入党干什么？！

妈妈说，她三六年参加革命时横下一条心，提着脑袋来的，我们今天参加革命，有这个决心吗？豁出一切去，保卫党，保卫毛主席，保卫周总理！

何	芸	欧阳！
欧 阳 平		好了，别哭了，明天，我还来看你，一定来，好吗？
何	芸	欧阳，他们已经包围了这幢房子，要来逮捕你了！
何	为	为什么？这是为什么？
何	芸	因为他到处散发《扬眉剑出鞘》！
欧 阳 平		我，一个小吃店里端混沌卖锅贴的小小服务员，编了几首诗，说了几句真话，居然惊动了张春桥，张大老爷，全国通缉，到处搜捕，闹得他们兴师动众，鸡飞狗跳！要是有十个人站出来说真话呢？要是一百个人，一千个，要是全中国的人民都站起来大胆地说真话，说心里话，张大老爷们又该怎么办呢？
何	为	欧阳！这一天，不远了！
欧 阳 平		大为！——妈妈的病怎么样？
何	为	梅伯母她……
何	芸	哥哥，怎么样？
欧 阳 平		快告诉我，我的时间不多了。
何	为	没什么，你放心吧，就是有点肝硬化，也不厉害。
欧 阳 平		大为，这几年你还没学会撒谎骗人。
何	芸	哥哥，到底怎么样？
何	为	到底怎么样，到底怎么样，梅伯母是……晚期肝癌！
何	芸	啊？！
欧 阳 平		十几年枪林弹雨都闯过来了，可现在，却要倒在背后打来的冷枪上？大为，小芸，千万别告诉妈妈。
何	芸	你放心。
何	为	我就说，一切正常。
欧 阳 平		我是说，关于我被捕的事也不要告诉妈妈。你们就说我……随便提我撒个什么谎。请你们替我……照顾她，安慰她，也请你们替我……送她。我替你们找了个不好办的差事，是吗，不过，反正，辛苦你们的日子——不长了。
何	为	你放心吧，梅伯母交给我。
何	芸	交给我。
梅	林	什么宝贝？我这么个老太婆还你争我夺的？
欧 阳 平		妈妈，你怎么自己起来了？
梅	林	生命在于运动。我要光听你们的话，成天躺着，恐怕早就见马克思去了。
		你们这是怎么了？

欧 阳 平	没什么，妈妈！
梅 林	背着我装神弄鬼！你们不说，我也猜得到。大为，是不是我的病——不行了？
何 为	没有，我刚从医院回来，一切正常。
梅 林	你又去过医院了？平儿，把我那个包拿来。

　　　　"南国烽烟正十年，

　　　　　　此头须向国门悬。

　　　　　　后死诸君多努力，

　　　　　　捷报飞来当纸钱。"

　　　　知道这是谁的诗吗？

何 芸	陈老总的。
梅 林	我恐怕自己哪次昏过去，就醒不过来了，欧阳，有两件事我得跟你交代明白，这是我九年来应当交的党费，每月两块。
欧 阳 平	妈妈！您哪儿来的钱？我每月寄给您的钱刚够吃饭啊！
梅 林	少吃一口不就有了？解放前也是这么交党费的嘛！
欧 阳 平	妈妈！怪不得您的身体……
梅 林	共产党员应当用自己的生命来交党费。
何 芸	梅伯母！
梅 林	干嘛这么愁眉苦脸的？我顶见不得这个了。小芸，别这样。这些天，我回顾自己的一生，十六岁革命，十八岁入党，到现在四十多年了。回首平生无憾事，只恨不能……孩子们，记住，跟着毛主席跟着党，坚定不移往前走，不许腿软，不许摇晃！
何 为	我们都记住了。
梅 林	平儿，这个包里还有一份我写给党中央的重要揭发材料！万一我……你一定要想方设法把它送到北京！
何 芸	梅伯母交给我吧，我保证完成任务！
梅 林	嗯？平儿，你这是……
何 是 非	六点半了。
梅 林	放心，不用你赶了。
何 是 非	说得对，用不着我赶了，有人请欧阳走。
梅 林	谁？
何 是 非	小芸，唐有才这个人你是知道的，我看……
梅 林	这是怎么回事啊？
欧 阳 平	妈妈，没什么。
何 是 非	没什么？说得轻巧！梅大姐，您的儿子是个罪大恶极的现行反革命，外边逮捕他的人已经来了！
欧 阳 平	妈妈！
梅 林	告诉我，你做了什么事？

欧 阳 平	我编了本悼念周总理的诗集《扬眉剑出鞘》。
梅　林	为什么不告诉我？
欧 阳 平	我怕您为我担惊受怕。
梅　林	你呀，妈妈这个老共产党员是泥捏的吗？——瞧，我这儿不是也有一把出鞘利剑吗？到了跟那些人算总账的日子了，党，会用得着的！
欧 阳 平	好妈妈！
梅　林	好儿子！
欧 阳 平	妈妈！
梅　林	别惦记我，去吧！到监狱里、法庭上，去跟他们做一场——最后的斗争！
何　芸	梅伯母！
欧 阳 平	妈妈，我走了，胜利的那天，我再回来看您！
何 是 非	不！梅林也必须一块儿离开这儿。
何　芸	什么？外头下着大雨！梅伯母又成这样！
何 是 非	人性论！我不能收留一个现行反革命的母亲，一个叛徒！这是最起码的无产阶级立场！
何　为	人性论？！那你到底还有点人性没有？！你知道吗？梅伯母也许只有几天了……
欧 阳 平	妈妈！
何　芸	梅伯母！
梅　林	平儿，给我两块——饼干！
欧 阳 平	妈妈！
梅　林	给我！大为，我要试试看，向你们医生宣判的死刑挑战！说不定哪一天，我还准备回部队带兵打仗呢！
何　为 何　芸	梅伯母！
欧 阳 平	刘阿姨！
何　芸	妈妈？您怎么了？……
刘 秀 英	你爸爸把我锁起来了。……
何　芸	什么？
刘 秀 英	梅大姐，要害欧阳的，是他；九年前，说你是叛徒的，也是他！
众　人	啊？
梅　林	原来是这样！
刘 秀 英	两年前，那天晚上，我替他收拾东西，突然看见了他写的那份材料，才知道，原来九年前就是他……我想说，我又怕说出来会连大为、小芸一块儿毁了。只好这么憋着……我是个老师，我一辈子在教孩子们要诚实，要做个正直的人，可是我自己……我万万没想到他原来是这么一个人。
何　为	原来，把梅伯母和欧阳、把妈妈和妹妹九年来搞得这么惨

的是你？！

算你运气。要是在昨天，我毫不犹豫地就会拿我的这条不值钱的命换你的命。可今天，我觉得自己还可以活得更有价值一些。

何 是 非	当时我没办法，情况复杂……
欧 阳 平	叛徒？你才是社会主义革命时期出卖灵魂出卖同志的叛徒！
何 是 非	你们骂吧，骂吧！反正还有五分钟！
欧 阳 平	妈妈，我该走了。
梅 林	你……走吧！
欧 阳 平	小芸，她们是不是要你带我走？
何 芸	欧阳，我跟你一块去坐牢！
欧 阳 平	小芸，别忘了妈妈交给你的任务！
何 芸	欧阳！
欧 阳 平	小芸！不要这样，革命流血不流泪！在天安门广场上，我曾经亲眼看见他们怎么用大棒……这次我进去……也许……我这儿还有一张咱们俩小时候的照片，给你留个纪念吧！
何 芸	欧阳！我等你，一辈子等着你！
梅 林	小芸，别说这些傻话了，他犯的是"弥天大罪"啊！
何 芸	妈妈！我送他走了以后，就来伺候您，我一步也不离开。
何 芸	妈妈，我的好妈妈！
梅 林	小芸！
刘 秀 英	梅大姐，你就收下她吧！
梅 林	孩子，我的好孩子！
欧 阳 平	大为，你上哪儿？
何 为	你以为这个家我还待得下去吗？我送梅伯母去找我的老师，我们一块来试试向死神、也向"她们"挑战！
欧 阳 平	大为！
刘 秀 英	我也走！
何 芸	好！妈妈，我们一块走。
何 为	您去拾掇拾掇东西。
刘 秀 英	不用了。三十五年前我就是这么两手空空地来的，今天我也就这么两手空空地走。
何 为	欧阳，你身上诗集还有吗？
欧 阳 平	有。
何 为	拿来，我们替你接着发！
欧 阳 平	我留一本给公安局。
何 为	用不着这么贼头贼脑的！喏，看清楚了，全都在我这儿。明天你又能去卖大价钱了！
梅 林	我索性把升官发财的秘诀全告诉你吧，这屋里的人让你都

卖了，也只不过五个，你应当到大街上去做这个买卖。

欧阳平　对，八亿中国人呢！

何　　芸　唯一的困难就是：人民永远不会沉默！

欧阳平　妈妈！再见了，妈妈！

梅　　林　咱们革命队伍有个规矩，欢送出征的亲人从来都是敲锣打鼓，高高兴兴的，今天咱们都得笑着告别！好，出发！

何是非　等一等！你们，全都走了？大为、秀英，我也是为了这个家啊，为了你们啊！梅……梅大姐，你也可以留下来，我去跟唐有才说……

梅　　林　走！

何是非　小芸！我老了，你们不能留下我一个人……爸爸从小疼你，我是为了你，为了你啊！都走了，剩我一个人了，真安静啊。

——闭幕

【导读】

作家作品简介

宗福先，1947 年 2 月生，祖籍江苏常熟，生于重庆，中国电影编剧，历任中国作家协会理事、中国剧协第四届常务理事，上海市政协常委。

1978 年开始发表作品，创作话剧《于无声处》，与人合著话剧《血，总是热的》获全国优秀剧本奖。

《于无声处》获文化部、全国总工会特别嘉奖，电影文学剧本《血，总是热的》（合作，已拍摄发行）获文化部、中国戏剧家协会 1980—1981 年全国优秀剧本奖、1983 年全国优秀故事片奖。

鉴赏解读参考

故事发生在 1976 年"文化大革命"结束前夜，社会气氛还没有完全恢复，人们的思想虽仍高度压抑，但却积压了强烈的对正义的呼声，处于即将爆发的边缘。

剧中，青年欧阳平为悼念周总理，并支持参加自发悼念周总理的人民，编写了一本名为《扬眉剑出鞘》的诗集，到处散发。他因此被定为现行反革命，全国通缉。这天，他与被陷害摧残的母亲——坚强不屈的老共产党员梅林一起，来到了母亲曾搭救过的老部下何是非家中，落脚之外，也是希望能够获得老战友的支持，并寻找失去联系的同志。怎知，何是非为了自保，已经投靠了"四人帮"，一方面不顾自己的女儿何芸与欧阳平深深相爱，将她作为活礼物许配给上海民兵组织领导成员唐有才；另一方面，正是当年出卖了梅林的他，再次将梅林的儿子，热血青年欧阳平交到了唐有才手中。最终，在梅林的鼓励下，欧阳平昂起头颅与"四人帮"顽强斗争。被父亲安排为公安干部的何芸，也终于认清了父亲的面目，与她的哥哥何为一起，愤然离去，追随梅林和欧阳平。而两年前便发现了丈夫丑恶行径，一直自责矛盾，深深压抑，被看作精神病的何是非之妻刘秀英，也终于爆发，跟随儿女离开了这个气派但却闷热的家。

1978年《于无声处》在文坛引起轰动，这部话剧之所以为人们所重视、欢迎，主要在于它反映了广大人民群众为"天安门事件"平反的强烈愿望，所以《于无声处》的政治意义自然要远远大于它的艺术价值。 然而文学有一个重要的功能，就是对人类社会生活的记录，该剧记录了一段转折中的历史及其人们的生活思想状况，因此成为历史的一个记号。

问题与思考

从1980年开始，中国话剧的戏剧观和戏剧形式发生了较大的变化。都郁的《哦，大森林……》表现出"电影化"的特点。马中骏、贾鸿源、瞿新华的《屋外有热流》借鉴了西方表现主义、象征主义、荒诞派戏剧的某些手法，人鬼同台演出，表现出丰富的哲理与象征性。沙叶新的《陈毅市长》接受了布莱希特的戏剧观，采用"冰糖葫芦式"结构，取消了中心矛盾与冲突。宗福先、贺国甫的《血，总是热的》接受了苏联戏剧大师梅耶荷德的"戏剧电影化"理论，更为充分地体现出电影化的特点来。魏明伦的"荒诞川剧"《潘金莲》，站在现代角度对在传统中始终被视为"淫妇"的潘金莲形象进行了重新阐释。

请指出戏剧与电影的区别，对戏剧"电影化"发表自己的看法。

延伸阅读

1. 宗福先、贺国甫，《血，总是热的》；
2. 马中骏、贾鸿源、瞿新华，《屋外有热流》；
3. 苏叔阳，《丹心谱》。

第四章

后新时期文学（1990）

概述

　　后新时期文学开始于 20 世纪 90 年代，作为一个文学时段提出来，并不是因为它具有完全独立的阶段特征。与当代文学在 20 世纪七八十年代之交出现的变化相比，它与 20 世纪 80 年代文学之间的延续性要大于两者的断裂性。这是因为 20 世纪八九十年代之交的社会转型，主要是由于市场经济的全面展开，社会文化并没有出现有意识的全面调整。20 世纪 50 至 70 年代确立起来的文学规范在 20 世纪 80 年代瓦解的趋势，在 20 世纪 90 年代以来仍在继续推进。当然，文学作品和文学写作的商品性质已是人所共见的事实，并与发展着的文化市场和文化工业结合起来。也就是说，市场经济作为一个不可忽视的社会背景对文学的制约力量逐渐体现，并构成了文学的实体性的内容。文学潮流的淡化是 20 世纪 90 年代以来的文学现象之一。在"新写实"小说之后，文学界又提出过一些潮流性的命名，如"新历史小说""新状态小说""新体验小说""现实主义冲击波"等。但是，由于这些概念的理论阐释与具体创作之间的差异，同时也由于尽管存在一些类似的作品，但作家对潮流的形成和推动已失去热情，因而这些概念并没有得到广泛的认可。从 20 世纪 90 年代以来文学的发展过程来看，难以看出类似于 20 世纪 80 年代那样以潮流方式推进的痕迹。在一个已逐渐失去单一主题的社会，对世界和文学的理解又更加多元的状况下，对于文学的基本想象和要求已发生变化。市场的选择和需求打破了关于文学的有序进程，而对于历史的反省，也使得要求历史发展和文学新潮对应的文学史观受到怀疑。因而，潮流性趋势的削弱是理所必然的。

　　后新时期文学最重要的特征之一，是它与社会功利脱节，不仅疏离意识形态，而且疏离群体代言性质。后新时期强调个人写作，由于极度张扬个体生命的结果，使文学既与现实人生也与理想空间相互隔绝，这一文学形态经常表现对于严肃话题的揶揄态度，它嘲弄他人也嘲弄自己。商品价值法则推进了文学的消费性，消遣、调侃、以梦幻的语言谈论遥远的甚至并不存在的事物。为了适应消费的需求，文学在后新时期加速世俗倾向，从而促成了雅文学与俗文学的分流并存状态。后新时期文学真正走向了多元立体化，呈现了多元混杂的特性。确定和巩固了新时期争取文学多元发展的结果，中国当代文学在这个阶段变得空前的繁荣多样。

　　作为一个新的文学阶段，它的使命不单是对 20 世纪 90 年代文学进行某种描述。作为跨世纪的文学现象，这一特定的时代将为这一时期的文学提供特定的品质。它将投射出世纪末中国特有的忧患感和悲凉色彩，并且将具有面对新世纪的充分幻想和憧憬，以及对未来不可尽知的苍茫氛围。总之，世纪之交的机缘赋予中国当代文学以特殊的内涵。

后新时期文学在文体样式上，比较突出的是长篇小说热。长篇小说的数量在 20 世纪 90 年代以来大大增加，而且也受到了普遍的关注。在90 年代以来较为活跃的小说家几乎都创作了一部或几部长篇小说。王蒙、王安忆、贾平凹、张炜、韩少功、张承志、余华、刘震云、苏童、铁凝、格非等。此阶段最有影响的作品，几乎都是长篇。长篇小说的增多，可以看作是作家和文学成熟的某种标志。作家可以较长时间地专注于一部作品的创作，并能就更为广泛、复杂的问题作出表达。王安忆、张承志、余华等作家都在他们的长篇小说中显示了鲜明的艺术个性。但长篇小说的兴盛与商品化文学市场也有密切关系，这往往产生了更多并不成功的长篇小说。长篇小说具有一种文体的经济性。在作家方面，按字数计稿费会使作品越写越长，而且长篇小说的出版往往能形成较大的影响。从改编影视作品考虑，需要的也主要是长篇。

后新时期文学的另一个现象是，批评在文学界的角色变得更具独立性，但也颇为尴尬。一些重要的文学事件往往发生在批评界，如关于学术规范的问题，关于"后学"的讨论，关于"人文精神"的论争等。批评的理论化是后新时期文学批评的一个重要特征。文学批评已不完全是对文学作品作出评价，而是寻求自身理论的完整性，在作品的基础上进行创作。这与对欧美 20 世纪 60 年代以来文学批评理论的引进有较大的关系。新批评、叙事学理论、结构主义、解构主义、后现代主义、后殖民主义、女性主义等诸种理论，在 20 世纪 90 年代以来的文学批评中都有表现。理论的发展不仅丰富了批评的认知前提，也使得批评获得了一定的独立性，同时，也对文学的阐释和理解提供了前所未有的空间。文学批评与文化批评的关系，也是后新时期受关注的问题。由于文学在生产、传播方式上的变化，以及文化立场分化的显现，相应地在文学批评中出现了被称为文化批评的形态。这种批评并不重视对文学作品的审美品质作出判断，而是关注作品的文化性质和它如何被生产、被接受的过程，因而对文学的市场化作出了更为有效的解释。批评的理论化使其开始作为一种与文学创作同样重要的力量，参与文学发展进程。但是，由于批评越来越与文学创作的脱节，这种现象也引起了很多文学研究者的质疑；而作家从一种传统的文学批评观出发，对后新时期批评状况也发出许多责难。因而，有了批评缺席的说法。这些都表明批评的某种尴尬处境。

一、小说

永远有多远（节选）

铁 凝

一

你在北京的胡同里住过吧？你曾经是北京胡同里的一个孩子吧？胡同里那群快乐的、多话的、有点缺心少肺的女孩子你还记得吧？

我在北京的胡同里住过，我曾经是北京胡同里的一个孩子。胡同里那群快乐的、多话的、有点缺心少肺的女孩子我一直记着。我常常觉得，要是没了她们，胡同还能叫胡同么？北京还能叫北京么？我这么说话会惹你不高兴——什么什么？你准说。是啊，如今的北京已不再是从前，她不再那么既矜持又恬淡、既清高又随和了。她学会了拥抱，热热闹闹、亦真亦假的拥抱，她怀里生活着多少北京之外的人啊。胡同里那些带点咬舌音的、嘎嘣利落脆的贫北京话也早就不受戴见了——从前的那些女孩子，她们就是说着这样的一口贫北京话出没在胡同里的。

她们头发干净，衣着简朴（却不寒酸），神情大方，小心眼儿不多，叫人觉得随时都可能受骗。二十多年过去了，每当我来到北京，在任何地方看见少女，总会认定她们全是从前胡同里的那些孩子。北京若是一片树叶，胡同便是这树叶上蜿蜒密布的叶脉。要是你在阳光下观察这树叶，会发现它是那么晶莹透亮，因为那些女孩子就在叶脉里穿行，她们是一座城市的汁液。胡同为北京城输送着她们，她们使北京这座精神的城市肌理清明，面庞润泽，充满着温暖而可靠的肉感。她们也使我永远地成为北京一名忠实的观众，即使再过一百年。

当我离开北京，长大成人，在 B 城安居乐业之后，每年都有一些机会回到北京。我在这座城市里拜访一些给孩子写书的作家，为我的儿童出版社搜寻一些有趣的书稿，也和我的亲人们约会，其中与我见面最多的是我的表妹白大省（音 xing）。白大省经常告诉我一些她自己的事，让我帮她拿主意，最后又总是推翻我的主意。她在有些方面显得不可救药，可我们还是经常见面，谁让我是她表姐呢。

现在，这个 6 月的下午，我坐在出租车上，窗外是迷蒙的小雨。我和白大省约好在王府井的世都百货公司见面，那儿离她的凯伦饭店不远。

她大学毕业后就分配在四星级的凯伦，在那儿当过工会干事，后来又到销售部做经理。有一回我对她说，你不错呀刚到销售部就当领导。她叹了口气说哪儿呀，我们销售部所有的人都是经理，销售部主任才是领导呢，主任。我明白了，不过这种头衔印在名片上还是挺唬人的：白大省，凯伦饭店销售部经理。

出租车行至灯市西口就走不动了，前方堵车呢。我想我不如就在这儿下来吧，"世都"已经不远。我下了车，雨大了，我发现我正站在一个胡同口，在我的脚下有两级青石台阶；顺着台阶向上看，上方是一个老旧的灰瓦屋檐。屋檐下边原是有门的，现在门已被青砖砌死，就像一个人冲你背过了脸。我迈上台阶站在屋檐下，避雨似的。也许避雨并不重要，我只是愿意在这儿站会儿。踩在这样的台阶上，我比任何时候都更清楚我回到了北京，就是脚下这两级边缘破损的青石台阶，就是身后这朝我背过脸去的陌生的门口，就是头上这老旧却并不拮据的屋檐使我认出了北京，站稳了北京，并深知我此刻的方位。"世都""天伦王朝""新东安市场""老福爷""雷蒙"……它们谁也不能让我知道我就在北京，它们谁也不如这隐匿在胡同口的两级旧台阶能勾引出我如此细碎、明晰的记忆——比如对凉的感觉。

从前，二十多年前那些夏日的午后，我和我的表妹白大省经常奉我们姥姥的吩咐，拎着保温瓶去胡同南口的小铺买冰镇汽水。我们的胡同叫驸马胡同，胡同北口有一个副食店，店内卖糕点罐头、油盐酱醋、生熟肉豆制品、牛羊肉鲜带鱼。店门外卖蔬菜，蔬菜被售货员摆在淡黄色竹板拼成的货架上，夜里菜们也那么摆着不怕被人偷去。干吗要偷呢？难道有人急着在夜里吃菜么？需要菜，天一亮副食店开了门，你买就是了。胡同南口就有我说的那个小铺。如果去北口副食店，我们一律简称"北口"；要是去南口小铺，我们一律简称"南口"。

"南口"其实是一个小酒馆，台阶高高的，有四五级吧，让我常常觉得，如果你需要登这么多层台阶去买东西，你买的东西定是珍贵的。南口不卖油盐酱醋，它卖酒、小肚、花生米和猪头肉，夏天也兼卖雪糕、冰棍和汽水。店内设着两张小圆桌，铺着硬挺的、脆得像干粉皮一样的塑料台布的桌旁，永远坐着一两位就着花生米或小肚喝酒的老头。我觉得我喜欢小肚这种肉食就是从"南口"开始的。你知道小肚什么时候最香吗？就是售货员将它摆上案板，操刀将它破开切成薄片的那一瞬间。快刀和小肚的摩擦使它的清香"噗"地迸射出来，将整间酒馆弥漫。那时我站在柜台前深深吸着气，我坚信这是世界上最好闻的一种肉。直到售货员问我们要买什么时，我才回过神儿来。"给我们拿汽水！"这是当年北京孩子买东西的开场白，不说"我要买什么"，而说"给我们拿……""给我们拿汽水！""冰镇的还是不冰镇的？""给我们拿冰镇的，冰镇杨梅汽水！"我和白大省一块儿说，并递上我们的保温瓶。我已从小肚的香气中回过神儿来了，此时此刻和小肚的香气相比，我显然更渴望冰凉甘甜的杨梅汽水。在切小肚的柜台旁边有一台白色冰柜，

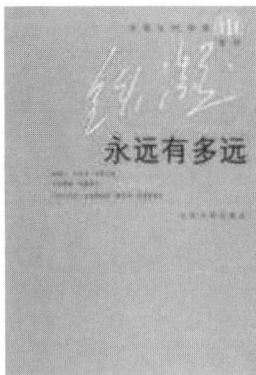

《永远有多远》封面

一台盛着真冰的柜。当售货员掀开冰柜盖子的一刹那，我们及时地奔到了冰柜跟前。嚯，团团白雾样的冷气冒出来，犹如小拳头一般打在我们的脸上痛快无比，冰柜里有大块大块的白冰，一瓶瓶红色杨梅汽水就东倒西歪地埋在冰堆里。售货员把保温瓶灌满汽水，我和白大省一出小酒馆，一走下酒馆的台阶——那几级青石台阶，就迫不及待地拧开保温瓶的盖子。通常是我先喝第一口，虽然我是白大省的表姐。以后你会发现，白大省这个人几乎在谦让所有的人，不论是她的长辈还是她的表姐。这样，我毫不客气地先喝了第一口，那冰镇的杨梅汽水，我完全不记得汽水是怎样流入我的口中在我的舌面上滚过再滑入我的食道进入我的胃，我只记得冰镇汽水使我的头皮骤然发紧，一万支钢针在猛刺我的太阳穴，我的下眼眶给冻得一阵阵发热，生疼生疼。啊，这就是凉，这就叫冰镇。没有冰箱的时代人们知道什么是冰凉，冰箱来了，冰凉就失踪了。冰箱从来就没有制造出过刻骨的、针扎般的冰凉给我们。白大省紧接着也猛喝一大口，我看见她打了一个冷战，她的胖乎乎的胳膊上起了一层鸡皮疙瘩。她有点喘不过气似的对我说，她好像撒了一点儿尿出来！我哈哈笑着从白大省手中夺过保温瓶又喝了一大口，一万支钢针又刺向我的太阳穴，我的眼眶生疼生疼，人就顿时精神起来。我冲白大省一歪头，她跟着我在僻静的胡同里一溜小跑。我们的脚步惊醒了屋顶上的一只黄猫，是九号院的女猫妞妞，常串着房顶去找我们家的男猫小熊的。我们在地上跑着，妞妞在房顶上追着我们跑。妞妞呀，你喝过冰镇汽水么？哼，一辈子你也喝不着。我们跑着，转眼就进了家门。啊，这就是凉，这就叫冰镇。

白大省从来也没有抱怨过在路上我比她喝汽水喝得多，为什么我从来也不知道让着她呢？还记得有一次为了看电影《西哈努克访问中国》，我和白大省都要洗头，水烧开了，我抢先洗，用蛋黄洗发膏。那是一种从颜色到形状都和蛋黄一样的洗发膏，八分钱一袋，有一股柠檬香味。我占住洗脸盆，没完没了地又冲又洗，到白大省洗时，电影都快开演了。姥姥催她，洗好头发的我也煞有介事地催她，好像她的洗头原本就是一个无理的举动。结果她来不及冲净头发就和我们一道看电影去了。我走在她后边，清楚地看到她后脑勺的一绺头发上，还挂着一块黄豆大的蛋黄洗发膏呢。她一点儿也不知道，一路晃着头，想让风快点把头发弄干。我心里知道白大省后脑勺上的洗发膏是我的错误，二十多年过去，我总觉得那块蛋黄洗发膏一直在她后脑勺上沾着。我很想把这件往事告诉她，但白大省是这样一种人，她会怎么也弄不明白这件事你有什么可对她不起的，她会扫你要道歉的兴。所以你还是闭嘴吧，让白大省还是白大省。

我就这样站在灯市西口的一条胡同里，站在一个废弃的屋檐下想着冰镇汽水和蛋黄洗发膏，直到雨渐渐停了，我也该就此打住，到"世都"去。

我在"世都"二楼的咖啡厅等待白大省。我喜欢"世都"的咖啡厅。临窗的咖啡座，通透的落地玻璃使你仿佛飘浮在空中，使你生出转瞬即逝的那么一种虚假的优越感。你似乎视野开阔，可以扬起下巴颏儿看远处夕阳照耀下的玻璃幕墙和花岗岩组合的超现实主义般的建筑，也可以压着眼皮看窗外那些出入"世都"的人流在脚下静静地淌。我的表妹白大省早晚也会出现在这样的人流里。

现在离约定时间还早，我有足够的时间在这儿稳坐。喝完咖啡我还可以去二楼女装区和四楼的家庭用品部转转，我尤其喜欢各种尺寸和不同花色的毛巾、浴巾，一旦站在这些物质跟前，便常有不能自拔之感。我要了一份"西班牙大碗"，这厚墩墩的大陶杯一端起来就显得比"卡普契诺"之类更过瘾。我喝着"西班牙大碗"，有一搭无一搭地看身边过往的逛"世都"的人，想起白大省告诉过我，她看什么东西都喜欢看侧面，比如一座楼，比如一辆汽车、一双鞋、一只闹钟，当然也包括人，一个男人或一个女人。白大省的这个习惯有点让我心里发笑，因为这使她显得与众不同。其实她有什么与众不同呢，她最大的与众不同就是永远空怀着一腔过时的热情，迷恋她喜欢的男性，却总是失恋。从小她就是一个相貌平平的乖孩子，脾气随和得要死。用九号院赵奶奶的话说，这孩子仁义着呐。

……

七

……

跪着的男人说，我说出来的都是我真心想说的啊，你实在是一个好人……我生活了这么些年好不容易才悟透这一点……白大省打断他说，可是你不明白，我现在成为的这种"好人"从来就不是我想成为的那种人！

跪着的男人仍然跪着，他只是显得有些困惑。于是白大省又说，你怎么还不明白呀，我现在成为的这种"好人"根本就不是我想成为的那种人！

跪着的男人说，你说什么笑话呀白大省，难道你以为你还能变成另外一种人么？你不可能，你永远也不可能。

永远有多远？！白大省叫喊起来。

我坐在"世都"二楼的咖啡厅等来了我的表妹白大省。我为她要了一杯冰可可，我说，我知道你还想跟我继续讨论郭宏的事，实话跟你说吧这事儿很没意思，你别再犹豫了你不能跟他结婚。白大省说，约你见面真是想再跟你说说郭宏，可你以为我还像从前那么傻吗？哼，我才没那么傻呢，我再也不会那么傻了。噢，他想不要我了就把我一脚踢开，转了一大圈，最后怀抱着一个跟别人生的孩子又回到我这儿来了，没门儿！就算他给我跪下了，那也没门儿！

我惊奇白大省的"觉悟"，生怕她心一软再变卦，就又加把劲儿说，我知道你不傻，人都会慢慢成熟的。本来事情也不那么简单，别说你不同意，就是你同意，姨父姨妈那边怎么交代？再说，你把自己的房都给了大鸣，就算你真和郭宏结婚，姨父姨妈能让你们——再加上那个孩子在家里住？白大省说，别说我们家不让住，郭宏他们一直住他大姨子的房，他大姨子现在都不让他们爷儿俩住。所以，我才不搭理他呢。我说，关键是他不值得你搭理。白大省说，这种人我一辈子也不想再搭理。我说，你的一辈子还长着呢。白大省说，所以我要变一个人。她说着，咕咚咕咚将冰可可一饮而尽，让我陪她去买化妆品。她说她要换牌子了，从前一直用"欧珀莱"，她想换成"CD"或者"倩碧"，可是价格太贵，没准儿她一狠心，从今往后只用婴儿奶液，大影星索菲姬·罗兰不是声称她只用婴儿奶液么。

我和白大省把"世都"的每一层都转了个遍，在女装部，她一反常态地总是揪住那些很不适合她的衣服不放：大花的，或者透得厉害的，或者弹力紧身的。我不断地制止她，可她却显得固执而又急躁，不仅不听劝，还和我吵。我也和她吵起来，我说你看上的这些衣服我一件也看不上。白大省说为什么我看上的你偏要看不上？我说因为你穿着不得体。白大省说怎么不得体难道我连自己做主买一件衣服的权利也没有啊。我说可是你得记住，这类衣服对你永远也不合适。白大省说什么叫永远也不合适什么叫永远？你说说什么叫永远？永远到底有多远！

我就在这时闭了嘴，因为我有一种预感，我预感到一切并不像我以为的那么简单。果然，第二天中午我就接到白大省一个电话，她告诉我她是在办公室打电话，现在办公室正好没人。她让我猜她昨晚回家之后在沙发缝里发现了什么？她说她在沙发缝里发现了一块皱皱巴巴、脏里巴叽的小花手绢，肯定是前两天郭宏抱着孩子来找她时丢的，肯定是郭宏那个孩子的手绢。她说那块小脏手绢让她难受了半天，手绢上都是馊奶味儿，她把它给洗干净了，一边洗，一边可怜那个孩子。她对我说郭宏他们爷儿俩过的是什么日子啊，孩子怎么连块干净手绢都没有。她说她不能这样对待郭宏，郭宏他太可怜了太可怜了……白大省一连说了好多个可怜，她说想来想去，她还是不能拒绝郭宏。我提醒她说别忘了你已经拒绝了他，白大省说所以我的良心会永远不安。我问她说，永远有多远？

电话里的白大省怔了一怔，接着她说，她不知道永远有多远，不过她可能是永远也变不成她一生都想变成的那种人了，原来那也是不容易的，似乎比和郭宏结婚更难。

那么，白大省终于要和郭宏结婚了。我不想在电话里和她争吵或者再规劝她，我只是对她说，这个结果，其实我早该知道。

这个晚上，我和我丈夫王永在长安街上走路，他是专门从 B 城开车来北京接我回家的。我从来也没有像今天这样渴望见到王永，我对我丈夫心存无限的怜爱和柔情。我要把我的头放在他宽厚沉实的肩膀上告诉他"我要永远永远待你好"。我们把车存在民族饭店的停车场，驸马胡同就在民族饭店的斜对面。我们走进驸马胡同，又从胡同出来走上长安街。我们没去打搅白大省。我没有由头地对王永说，你会永远对我好吧？王永牵着我的手说我会永远永远疼你。我说永远有多远呢？王永说你怎么了？我对王永说驸马胡同快拆了，我对王永说白大省要和郭宏结婚了，我对王永说她把房也换给白大鸣了，我还想对王永说，这个后脑勺上永远沾着一块蛋黄洗发膏的白大省，这个站在水龙头跟前给一个不相识的小女孩洗着脏手绢的白大省是多么不可救药。

就为了她的不可救药，我永远恨她，永远有多远？

就为了她的不可救药，我永远爱她，永远有多远？

就为了这恨和爱，即使北京的胡同都已拆平，我也永远会是北京一名忠实的观众。

啊，永远有多远啊。

【导读】

作家作品简介

铁凝（1957—），生于北京，当代作家。现为中国作家协会主席，河北省作家协会主席。散文集《女人的白夜》获中国首届鲁迅文学奖，中篇小说《永远有多远》获第二届鲁迅文学奖。根据小说改编的电影《哦，香雪》获第 41 届柏林国际电影节青春片最高奖，电影《红衣少女》获 1985 年中国电影"金鸡奖""百花奖"优秀故事片奖。部分作品译成英、法、德、日、俄、丹麦、西班牙等文字，亦有小说在香港和台湾出版。主要著作有：《玫瑰门》《无雨之城》《大浴女》《麦秸垛》《哦，香雪》《孕妇和牛》以及散文、电影文学剧本等百余篇、部，共 300 余万字。

鉴赏解读参考

当历史的脚步延伸到 21 世纪的时候，人们似乎比任何时候都有着更深的恐惧，也有着更强的期待。物质主义横扫一切，伦理道德千疮百孔。从 1982 年登上文坛的铁凝，一开始便与新时期社会生活和文学潮流保持着若即若离的态势，与社会、历史、时代这些宏大的范畴拉开了距离，用逐步树立起的深刻而平和的世界观，倾注满腔热情地描绘人类精神世界的普遍性：普遍的善良情怀，普遍的心灵困惑，普遍的人性脆弱与感动。

小说以一个在北京胡同里长大、对北京有特殊感情的女孩子的眼光作为视角，把深沉复杂的情感融入了简单的诉说之中，句句含情，读起来亲切自然，韵味悠长。《永远有多远》是北京人对故乡精神的怀恋，更是对商品大潮中人与人之间的开阔心胸与亲和关系的呼唤。

"你在北京的胡同里住过吧？你曾经是北京胡同里的一个孩子吧？

胡同里那群快乐的、多话的、有点缺心少肺的女孩子你还记得吧？"是文章的第一段，第二三人称各有强调。铁凝用诗意平和的笔调塑造了一个令人爱恨交加的主人公白大省的形象，爱其毫不吝啬的善良，恨其盲目的付出，怜其情路的坎坷。透露了作者作为一名女性作家对女性无法自控命运的关注和思索。

长恨歌（节选）

王安忆

第一部

一、弄堂

站一个至高点看上海，上海的弄堂是壮观的景象。它是这城市背景一样的东西。街道和楼房凸现在它之上，是一些点和线，而它则是中国画中称为皴法的那类笔触，是将空白填满的。当天黑下来，灯亮起来的时分，这些点和线都是有光的，在那光后面，大片大片的暗，便是上海的弄堂了。那暗看上去几乎是波涛汹涌，几乎要将那几点几线的光推着走似的。它是有体积的，而点和线却是浮在面上的，是为划分这个体积而存在的，是文章里标点一类的东西，断行断句的。那暗是像深渊一样，扔一座山下去，也悄无声息地沉了底。那暗里还像是藏着许多礁石，一不小心就会翻了船的。上海的几点几线的光，全是叫那暗托住的，一托便是几十年。这东方巴黎的璀璨，是以那暗作底铺陈开。一铺便是几十年。如今，什么都好像旧了似的，一点一点露出了真迹。晨曦一点一点亮起，灯光一点一点熄灭：先是有薄薄的雾，光是平直的光，勾出轮廓，细工笔似的。最先跳出来的是老式弄堂房顶的老虎天窗，它们在晨雾里有一种精致乖巧的模样，那木框窗扇是细雕细作的；那屋披上的瓦是细工细排的；窗台上花盆里的月季花也是细心细养的。然后晒台也出来了，有隔夜的衣衫，滞着不动的，像画上的衣衫；晒台矮墙上的水泥脱落了，露出锈红色的砖，也像是画上的，一笔一画都清晰的。再接着，山墙上的裂纹也现出了，还有点点绿苔，有触手的凉意似的。第一缕阳光是在山墙上的，这是很美的图画，几乎是绚烂的，又有些荒凉；是新鲜的，又是有年头的。这时候，弄底的水泥地还在晨雾里头，后弄要比前弄的雾更重一些。新式里弄的铁栏杆的阳台上也有了阳光，在落地的长窗上折出了反光。这是比较锐利的一笔，带有揭开帷幕，划开夜与昼的意思。

雾终被阳光驱散了，什么都加重了颜色，绿苔原来是黑的，窗框的木头也是发黑的，阳台的黑铁栏杆却是生了黄锈，山墙的裂缝里倒长出绿色的草，飞在天空里的白鸽成了灰鸽。

上海的弄堂是形形种种，声色各异的。它们有时候是那样，有时候是这样，莫衷一是的模样。其实它们是万变不离其宗，形变神不变的，它们是倒过来倒过去最终说的还是那一桩事，千人手面，又万众一心的。那种石窟门弄堂是上海弄堂里最有权势之气的一种，它们带有一些深宅大院的遗传，有一副官邸的脸面，它们将森严壁垒全做在一扇门和一堵墙上。一旦开进门去，院子是浅的，客堂也是浅的，三步两步便走穿过去，一道木楼梯挡在了头顶。木楼梯是不打弯的，直抵楼上的闺阁，那二楼的临了街的窗户便流露出了风情。上海东区的新式里弄是放下架子的，门是镂空雕花的矮铁门，楼上有探身的窗还不够，还要做出站脚的阳台，为的是好看街市的风景。院里的夹竹桃伸出墙外来，锁不住的春色的样子。但骨子里头却还是防范的，后门的锁是德国造的弹簧锁，底楼的窗是有铁栅栏的，矮铁门上有着尖锐的角，天井是围在房中央，一副进得来出不去的样子。西区的公寓弄堂是严加防范的，房间都是成套，一扇门关死，一夫当关万夫莫开的架势，墙是隔音的墙，鸡犬声不相闻的。房子和房子是隔着宽阔地，老死不相见的。但这防范也是民主的防范，欧美风的，保护的是做人的自由，其实是想做什么就做什么，谁也拦不住的。那种棚户的杂弄倒是全面敞开的样子，油毛毡的屋顶是漏雨的，板壁墙是不遮风的，门窗是关不严的。这种弄堂的房屋看上去是鳞次栉比，挤挤挨挨，灯光是如豆的一点一点，虽然微弱，却是稠密，一锅粥似的。它们还像是大河一般有着无数的支流，又像是大树一样，枝枝杈杈数也数不清。它们阡陌纵横，是一张大网。它们表面上是袒露的，实际上却神秘莫测，有着曲折的内心。黄昏时分，鸽群盘桓在上海的空中，寻找着各自的巢。屋脊连绵起伏，横看成岭竖成峰的样子。站在至高点上，它们全都连成一片，无边无际的，东南西北有些分不清。它们还是如水漫流，见缝就钻，看上去有些乱，实际上却是错落有致的。它们又辽阔又密实．有些像农人撒播然后丰收的麦田，还有些像原始森林，自生自灭的。它们实在是极其美丽的景象。

上海的弄堂是性感的，有一股肌肤之亲似的。它有着触手的凉和暖，是可感可知，有一些私心的。积着油垢的厨房后窗，是专供老妈子一里一外扯闲篇的；窗边的后门，是供大小姐提着书包上学堂读书，和男先生幽会的；前边大门虽是不常开，开了就是有大事情，是专为贵客走动，贴了婚丧嫁娶的告示的。它总是有一点按捺不住的兴奋，跃跃然的，有点絮叨的。晒台和阳台，还有窗畔，都留着些窃窃私语，夜间的敲门声也是此起彼落。还是要站一个至高点，再找一个好角度：弄堂里横七竖八晾衣竹竿上的衣物，带有点私情的味道；花盆里栽的凤仙花，宝石花和青葱青蒜，也是私情的性质；屋顶上空着的鸽笼，是一颗空着的心；碎了和乱了的瓦片，也是心和身子的象征。那沟壑般的弄底，有的是水

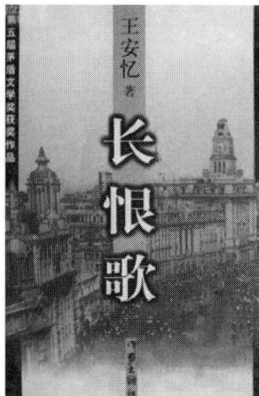

《长恨歌》封面

泥铺的，有的是石卵拼的。水泥铺的到底有些隔心隔肺，石卵路则手心手背都是肉的感觉。两种弄底的脚步声也是两种，前种是清脆响亮的，后种却是吃进去，闷在肚里的；前种说的是客套，后种是肺腑之言，两种都不是官面文章，都是每日里免不了要说的家常话。上海的后弄更是要钻进人心里去的样子，那里的路面是饰着裂纹的，阴沟是溢水的，水上浮着鱼鳞片和老菜叶的，还有灶间的油烟气的。这里是有些脏兮兮，不整洁的，最深最深的那种隐私也裸露出来的，有点不那么规矩。因此，它便显得有些阴沉。太阳是在午后三点的时候才照进来，不一会儿就夕阳西下了。这一点阳光反给它罩上一层暧昧的色彩，墙是黄黄的，面上的粗粝都凸现起来，沙沙的一层。窗玻璃也是黄的，有着污迹，看上去有一些花的。这时候的阳光是照久了，有些压不住的疲累的，将最后一些沉底的光都迸出来照耀，那光里便有了许多沉积物似的，是黏稠滞重，也是有些不干净的。鸽群是在前边飞的，后弄里飞着的是夕照里的一些尘埃，野猫也是在这里出没的。这是深入肌肤，已经谈不上是亲是近，反有些起腻，暗地里生畏的，却是有一股噬骨的感动。

上海弄堂的感动来自于最为日常的情景，这感动不是云水激荡的，而是一点一点累积起来。这是有烟火人气的感动。那一条条一排排的里巷，流动着一些意料之外又情理之中的东西，东西不是什么大东西，但琐琐细细，聚沙也能成塔的。那是和历史这类概念无关，连野史都难称上，只能叫做流言的那种。流言是上海弄堂的又一景观，它几乎是可视可见的，也是从后窗和后门里流露出来。前门和前阳台所流露的则要稍微严正一些，但也是流言。这些流言虽然算不上是历史，却也有着时间的形态，是循序渐进有因有果的。这些流言是贴肤贴肉的，不是故纸堆那样冷淡刻板的，虽然谬误百出，但谬误也是可感可知的谬误。在这城市的街道灯光辉煌的时候，弄堂里通常只在拐角上有一盏灯，带着最寻常的铁罩，罩上生着锈，蒙着灰尘，灯光是昏昏黄黄，下面有一些烟雾般的东西滋生和蔓延，这就是酝酿流言的时候。这是一个晦涩的时刻，有些不清不白的，却是伤人肺腑。鸽群在笼中叽叽哝哝的，好像也在说着私语。街上的光是名正言顺的，可惜刚要流进弄口，便被那暗吃掉了。那种有前客堂和左右厢房里的流言是要老派一些的，带薰衣草的气味的；而带亭子间和拐角楼梯的弄堂房子的流言则是新派的，气味是樟脑丸的气味。无论老派和新派，却都是有一颗诚心的，也称得上是真情的。那全都是用手掬水，掬一捧漏一半地掬满一池，燕子衔泥衔一口掉半口地筑起一巢的，没有半点偷懒和取巧。上海的弄堂真是见不得的情景，它那背阴处的绿苔，其实全是伤口上结的疤一类的，是靠时间抚平的痛处。因它不是名正言顺，便都长在了阴处，长年见不到阳光。爬墙虎倒是正面的，却是时间的帷幕，遮着盖着什么。鸽群飞翔时，望着波涛连天的弄堂的屋瓦，心是一刺刺的疼痛。太阳是从屋顶上喷薄而出，坎坎坷坷的，光是打折的光，这是由无数细碎集合而成的壮观，是由无数耐心集合而成的巨大的力。

十一、三小姐

　　导演的话，王琦瑶如风过耳，而与吴佩珍见面，她却有回不去的感觉。可这更使她义无反顾，为的是尽快将茫然的前途明确下来，好偿还代价似的。此时此地，代价是未明的代价，前途是未明的前途，王琦瑶的心却是平静的。她本就是个少想多做的人，不过是受了境遇的影响，生出些感时伤怀，这其实都是赘物一样无用的东西，平添负担的，王琦瑶出于上进的本能，将它们排除了出去。通过复选，进入决赛，似乎是在意想之中，她并没有多少意外的喜悦，就好像决赛的资格不是别人给她的，而是她自己给自己的。她不再相信奇迹，只相信自己。每一个进入决赛的小姐，都是以为理所当然。这竞争一轮又一轮的，早已把侥幸的心理消除干净，余下的都是谋事在人，成事也在人。这也是上海的小姐同其他小姐的不同之处，她们是主动权在握，相信人的力量。说起来，进入决赛也已是大半个成功，是大半个名人。有上海的老店名店主动上门来给王琦瑶免费做衣服的。在发表决赛名单的同时，也公布决赛时小姐们将三次出场，第一次是旗袍装，第二次是西洋装，第三次是结婚礼服。穿上结婚礼服出场就好像小姐们都要出阁似的，于是社会上一时盛传这些小姐都已经名花有主，谁对谁也有名有姓。决赛之前的日子，蒋家闭门谢客，只程先生例外，他是她们与外界的联络。所以，她们人在家中坐，却知天下事的。

　　王琦瑶和蒋丽莉母女，再加上程先生，四人着重商量的，是这三次出场的服装问题。程先生认为把结婚礼服放在压轴的位置，是有真见识的。因为结婚礼服总是大同小异，照相馆橱窗里摆着的新娘照片，都像是同一个人似的，是个大俗；而结婚礼服又是最圣洁高贵，是服装之最，是个大雅，就看谁能一领结婚礼服的精髓，这次出场是带有些烈火真金的意思了。她们三人听程先生说话都听出了神，这女人的衣服穿在她们身上，心倒好像长在程先生体内，他全懂得。程先生接着说，对这结婚礼服，虽是有些无从着手，却也并非一无所措，可做的至少有两点：第一，就是利用对比，让第一次和第二次出场给第三次开辟道路，做一个烘托，结婚礼服不是白吗？就先给个姹紫嫣红；结婚礼服不是纯吗？就先给个缤纷五彩；结婚礼服不是天上仙境吗？就先给个人间冷暖，把前边的文章做足，轰轰烈烈，然后却是个空谷回声；这就是第二点，王琦瑶要穿最简单的结婚礼服，最常见的，照相馆橱窗里的新娘的那种，是退到底的意思，其间的距离越拉开，效果就越强烈，难的是前两套服装是个什么繁荣热闹法，这就要听你们女士的意思了。这时候，她们三个哪敢有什么意见，心里只有惭愧，做女人的要领全叫一个男人得去了，很失职的。倒是王琦瑶还剩几分主见，说是受程先生启发，她便决定穿一身红和一身翠，好去领出那身白。程先生一听便知她已明白自己的意思，只是在红和翠的具体颜色上有一些分歧。他说，红和翠自然是颜色的顶了，可是却要看在什么地方，王琦瑶好看是不露声色的美，要静心仔细地去品的，而红和翠却是果断的颜色，容不得人细想，人的目光反是仓促行事的；它们的浓烈也会误事，把王琦瑶的淡盖住了不说，还叫这淡化解了的，浓烈也浓烈不到极处了，倘若退一步的颜色，有些谦让的，能同王琦瑶互相照顾，你呼我应，携起手来，齐心协力的，兴许倒可达到浓烈的效果。所以，他建议红是粉红，和王琦瑶的妩媚，做成一个娇嫩的艳；绿是苹果绿，虽然有些乡气，可如是西洋的式样，也盖过了，苹果绿和王琦瑶的清新，可成就一个活泼的艳。说到此处，她们三人便只有听的份，再开不得口了。三次出场和装束就这样定了下来。

这时，社会已经风传"上海小姐"的三名位置已经全被人买下，一是某大老板的千金，二是某军政界要人的情妇，三是某交际花，名扬沪上的。虽是风传，小报上却登出了讽刺小品，说是评"上海小姐"却评出了"上海夫人"。接着又有文章调侃，把"上海夫人"这谑称解释出人皆可夫的意思。第三篇则是辟谣，说"上海小姐"的评选是投票的方式，不存在花钱买这一说。第四篇文章就专门反驳辟谣者，说它是此地无银三百两，人家说买的就是选票，国民政府的官，抗日的民族义士称号都可以买得，"上海小姐"又有什么买不得？这话其实是含沙射影，指的是重庆接收大员的受贿。几张报纸你来我往，硝烟渐起的样子，算是为决赛造了一场别致的声势，也使竞选的空气加倍地紧张起来。

程先生出入蒋家越发频繁，早来晚去的，也是临战的气氛。裁缝请进门就再没离去过，三餐一宿地侍奉，好比贵客，同时又是伙计，是有几个师傅监工的。程先生自然是为首，蒋丽莉算一个，她母亲也算一个。再有王琦瑶，鸡蛋里挑骨头，一个针脚不许错。她挑剔着这些，心里是有些委屈的，难道这就是她的人生吗？那么微乎其微的，又是角角落落的心思都用尽的样子。她明知那裁缝的活是好得没法再好的，却有意找茬地说不好，看着裁缝为难，自己的委屈非但没减少，还加了些为人家的。粉红旗袍缎子上的绣花，却是温暖着她的心，那细针密线，绣的都是她的希望，滚边滚的也是希望，看着会掉泪，即使事情不成也不怪它的。苹果绿的洋装的裙褛，则要洒脱得多，开司米的面料把光收进去，沉下去，稳住了心的。结婚礼服的白可是百感交集，有千万句话要说，终还是哑口无言，其实最是你知我知，天知地知，是善解里的善解。这些衣服，都是要与她共赴前程的，是她孤独中的伴侣。她与它们是有肌肤之亲，是心贴心。这也是有些叫人委屈的，临到头谁也帮不上忙，只撇下她自己似的。临近决赛的日子，住在人家家里是叫人委屈，报纸传播的谣言更叫人委屈，蒋家母女和程先生待她的好是委屈加委屈。这些委屈都是憋在心里，看上去依然如故，谁也看不出来，都照着自己的意思奔忙和着急，难免有些乱的，王琦瑶反倒是乱中的一个镇定。在小报的笔仗，衣料的粉红嫩绿，还有包在心里的委屈中，决赛的那一日，一分一秒地来临了。

投票的方式也是艳情手笔，有万种风流。台前一排花篮，系着各小姐的芳名，有意于哪一位，便将手中的康乃馨投进哪一位的花篮。康乃馨有红色和白色两种，摆满了前厅，一百元钱一朵，卖花得的钱，捐给河南的灾民。这城市所有的康乃馨都集中到了新仙林花园的前厅，康乃馨的舞池似的。红和白都是风情的颜色，花香更是风情。这一天的晚上，连天上的星星都变成了康乃馨，也在向人间撒播风情。这晚上的灯啊！真是了不得，都在诉说衷肠，人心荡漾得没法说。灯下的梧桐，也是有衷肠的，只是不说。车水马龙是拉拉队一样鼓动，川流不息的，不让人消停。这城市的劲头，足得了不得，不知人事不知愁的，立志将世上的快乐都享尽。新仙林门前的灯是起雾的，厅里的康乃馨也是起雾的，而且漫了出来，聚起一层云，新闻记者的闪光灯，是云里的雷电，顷刻之间，酿成一场风流雨。小姐们的轿车来了，一辆辆的，出轿车的一幕是最初的亮相。人们目不暇接的，胡乱喝着彩，掀起了第一个高潮。这时候，好像有五彩的小雨，缤纷乱舞，披了人的一身，小姐们惊鸿一瞥，倏忽而去。新仙林前人头济济，是自觉自愿的龙套演员，烘托气氛的。厅里排着长队买康乃馨，那康乃馨摘了还会长似的，怎么卖也不见少，转眼间，人人手里都有一束，厅里还是康乃馨的舞池。今天就像是康乃馨的晚会。是它们聚首的日子，盛开得格外娇艳，心花怒放的样子。这情景可真美啊！这繁华是可有四十年不散的余音，四十年的入梦。

　　决赛是载歌载舞的，小姐的三次出场被歌唱，舞蹈和京剧的节目隔开来，每一次出场都有声色作引子。在歌，舞，剧的热闹中间，她们的出场有偃旗息鼓，敛声屏息的意思，是要全盘抓住注意力，打不得马虎眼的。在歌，舞，剧的各自谢幕之后，便也产生了舞后，歌后和京剧皇后，每一个皇后都是为她们出场开道的，她们便是皇后的皇后。是何等的光荣在等着她们，天大地大的光荣将在此刻决定，这又是何样的时刻呢？台前的花篮渐渐地有了花，一朵两朵，三朵四朵，是真心真意，也是悉心悉意。篮里的花无意间为王琦瑶作了点缀。康乃馨的红和白，是专为衬托她的粉红和苹果绿来的，要不，这两种艳是有些分量不足，有些要飘起来，散开去的，这红和白全为它们压了底。王琦瑶在红白两色的康乃馨中间，就像是花的蕊，真是娇媚无比。她不是舞台上的焦点那样将目光收拢，她不是强取豪夺式的，而是一点一滴，收割过的麦地里拾麦穗的，是好言好语有商量的，她像是和你谈心似地，争取着你的同情。她的花篮里也有了花，这花不是如雨如爆的，却一朵一朵没有间断，细水长流的，竟也聚起了一篮。王琦瑶不是台上最美最耀目的一个，却是最有人缘的一个，三次出场像是专为她着想，给她时间让人认识，记进心里。她一次比一次有轰动，最后一次则已收揽了夺魁的希望。

　　白色的婚服终于出场了，康乃馨里白色的一种退进底色，红色的一种跃然而出，跳上了她的白纱裙。王琦瑶没有做上海小姐的皇后，就先做了康乃馨的皇后。她的婚服是最简单最普通的一种，是其他婚服的争奇斗艳中一个退让。别人都是婚礼的表演，婚服的模特儿，只有她是新娘。这一次出场，是满台的堆纱叠绉，只一个有血有肉的，那就是王琦瑶。她有娇有羞，连出阁的一份怨也有的。这是最后的出场，所有的争取都到了头，希望也到了头，所有所有的用心和努力，都到了终了。这一刻的辉煌是有着伤逝之痛，能见明日的落花流水。王琦瑶穿上这婚纱真是有体己的心情，婚服和她都是带有最后的意思，有点喜，有点悲，还有点委屈。这套出场的服装，也是专为王琦瑶规定的，好像知道王琦瑶的心。穿婚服的王琦瑶有着悲剧感，低回慢转都在作着告别，这不是单纯的美人，而是情景中人。投向王琦瑶篮里的花朵带着点小雨的意思了，王琦瑶都来不及去看，她眼前一片缭乱，心里也一片混乱，她是孤立无援，又束手待毙，想使劲也不知往何处使的，只有身上的婚服，与她相依为命。她简直是要流泪的，为不可知的命运。她想起那一次在片厂，开麦拉前的一瞬，也是这样的境地，甚至连装束也是一样，都是婚服，那天一身红，今天一身白，这预兆着什么呢？也许穿上婚服就是一场空，婚服其实是丧服！王琦瑶的心已经灰了一半，泪水蒙住眼睛。在这最后的时刻，剧场里好像下了一场康乃馨的雨，看不清谁投谁，也有投错花篮的。这是顶点，接下去便胜负有别，悲喜参半了。所有的小姐都伫立着，飞扬的沉落下来，康乃馨的雨也停了，音乐也止了，连心都是止的，是梦的将醒未醒时分。

　　这一刻是何等的静啊，甚至听见小街上卖桂花糖粥的敲梆声，是这奇境中的一丝人间烟火。人的心都有些往下掉，还有些沉渣泛起。有些细丝般的花的碎片在灯光里舞着，无所归向的样子，令人感伤。有隐隐的钟声，更是命运感的，良宵有尽的含义。这一刻静得没法再静了，能听见裙裾的窸窣，是压抑着的那点心声。这是这个不夜城的最静默时和最静默处，所有的静都凝聚在一点，是用力收住的那个休止，万物噤声。厅里和篮里的康乃馨都开到了最顶点，盛开得不能再盛开，也止了声息。灯是在头顶上很远的地方，笼罩全局的样子；台下是黑压压的一片，没底的深渊似的。这城市的激荡是到最极处，静止也是到最极处。好了，这静眼看也到头了，有新的骚动要起来了。心都跳到口边了，弦也要崩断了。有如雷的掌声响起，灯光又亮了一成，连台下都照亮了。皇后推了出来，有灿烂的金冠戴在了头上，令人目眩。那是压倒群芳的华贵，头发丝上都缀着金银片，天生的皇后，毋庸置疑，不可一世的美。金冠是为她定做的，非她莫属，她那个花篮也分外大似的，预先就想到的，花枝披挂在篮边，兜不住的情势。亚后却是有藏不住的娇冶，银冠也正对她合适。花篮里的花又白的多红的少，专配银冠似的。她的眼睛是有波光的，闪闪烟增，煽动着情欲，是集万种风情为一身，是人间尤物。掌声连成了一片，灯光再亮了一成，连场子的角落都看得见，眼看就要曲终人散，然后，今夜是人家的今夜，明晨也是人家的明晨。这时，王琦瑶感觉有一只手，领她到了舞台中间，一顶花冠戴在了她的头顶。她耳边嗡嗡的，全是掌声，听不见说什么。皇后的金冠和亚后的银冠把她的眼眩花了，也看不见什么。她茫然地站着，又被领到皇后的身边。她定了定神，看见了她的花篮，篮里的康乃馨是红白各一半，也是堆起欲坠的样子，这就是她春华秋实的收获。

王琦瑶得的是第三名，俗称三小姐。这也是专为王琦瑶起的称呼。她的艳和风情都是轻描淡写的，不足以称后，却是给自家人享用，正合了三小姐这称呼。这三小姐也是少不了的，她是专为对内，后方一般的。是辉煌的外表里面，绝对不逊色的内心。可说她是真正代表大多数的，这大多数虽是默默无闻，却是这风流城市的艳情的最基本元素。马路上走着的都是三小姐。大小姐和二小姐是应酬场面的，是负责小姐们的外交事务，我们往往是见不着她们的，除非在特殊的盛大场合。她们是盛大场合的一部分。而三小姐则是日常的图景，是我们眼熟心熟的画面，她们的旗袍料看上去都是暖心的。三小姐其实最体现民意。大小姐二小姐是偶像，是我们的理想和信仰，三小姐却与我们的日常起居有关，是使我们想到婚姻，生活，家庭这类概念的人物。

第三部

十三

……

老克腊没有来。他内心晓得，王琦瑶的这个派对，是专为他一个人举行的，会有些难堪等着他，还会有些伤感等着他，这就是王琦瑶为他准备的好菜肴。但他还是骑着车在平安里附近兜了一圈，晚上十点钟的光景，他知道，这往往是晚会正酣的时节，他骑进弄堂，看着王琦瑶的那一扇窗，光有些摇曳，他晓得那不是灯光，而是烛光。他望着那窗口，有几分钟的走神，心想：这是哪一年的景色？他甚至还能听见一些乐声，辨不出年头的。他回转身子出了弄堂，想他不管怎么也算到过了，也是对她请求的一个回答吧！这是一个正式的告别，有些歌舞在作着伴奏，他心里无喜也无悲，木木然地背着那歌乐离去，那歌乐中人实是镜中月水中花，伸手便是一个空。那似水的年月，他过桥，他渡舟，都也是个追不上。

王琦瑶其实也知道他不会来，这邀请只是个传话，告诉他，她放不了他，没有他在场，再是聚也是散。她忙里忙外，招呼这招呼那，全为了抵触心里的空虚。她把电灯关上，点上蜡烛，有些好时光就好像冉冉地回来。屋里都是年轻的朋友，又歌又舞的，她也忘记时光流逝。人们都在说：今天玩得实在好。不知不觉过去了一夜，十二点的钟声在一记一记地敲。酒水喝光了，大蛋糕也切得个七零八落。朋友们在告再见了，说着情意绵绵的话，终于鱼贯下了楼梯。屋里静了，长脚最后一个走，帮助收拾杯盘碗盏。王琦瑶说：明天再说吧，今天我也没精力了。长脚一出门，王琦瑶就吹熄了蜡烛，屋里鸦雀无声，楼梯上也一片黑。长脚说了声"再见"，轻轻下了楼梯，走到后弄，关上了后门。长脚身上忽然哆嗦了一下，他抬头看天，天上有几颗星，发出疏淡的光，风里有一丝寒气。他轻轻地打着战，开了自行车的锁，颤颤巍巍地出了弄堂。

这一夜的热闹是给平安里留下印象的，习惯早睡的人们都以为是彻夜的灯火，这在平安里可算是个不平凡的事情，为它的睡梦增添了光色。人们睡醒一觉睁眼看见王琦瑶的窗口，还有中班下班，夜班上班的人们也看见王琦瑶的窗口，心想：还在闹呢！然后，睡觉的睡觉，上班的上班。其实这才十二点呢，下一点的事情人们就都不知道了，更别说是下半夜两三点钟。两三点是最平安无事的钟点，连虫子都在做梦。这时的睡梦特别严实，密不透风，一天的辛劳就指望这时候恢复了。淮海路的路灯静静地亮着，照着一条空寂的马路。平安里深处只有一盏铁罩灯，有年头了，锈迹斑斑，混混沌沌的光。就是在这敛声屏息的时刻，有一条长长的人影闪进了平安里，是长脚的身影。长脚悄无声息地在王琦瑶的后门停了车，口袋里摸出一把钥匙，开锁的那一霎，有"咔"一声轻响，却也无碍，根本打不破这大世界的沉静。他踮起脚尖，学着猫步，一级一级上了楼梯，拐弯处的窗户，有天光进来照着他，就好像照着另一个他。他令自己都吃惊地灵巧，在堆满杂物的角落里毫不碰撞地转了出来，上了又一层楼梯。现在，他站在了王琦瑶的房门前。灶间的门开了半扇，透进一道天光，将他的身影投在房门上，也像是别人的影子。他停了停，然后摸出了第二把钥匙。

房门推开了，原来是一地月光，将窗帘上的大花朵投在光里。长脚心里很豁朗，也很平静。他还是第一次在夜色里看这房间，完全是另外的一间，而他居然一步不差地走到了这里。他看见了靠墙放的那具核桃木五斗橱，月光婆娑，看上去它就像一个待嫁的新娘。长脚欢悦地想：正是它，它显出高贵和神秘的气质，等待着长脚。这简直像一个约会，激动人心，又折磨人心。长脚心跳着向它走拢去，一边在裤兜里摸索着一把螺丝刀，跃跃欲试的。当螺丝刀插进抽屉锁的一刹那，忽然灯亮了。长脚诧异地看见自己的人影一下子跳到了墙上，随即周围一切都跃入眼睑，是熟悉的景象。他还是没明白发生了什么，只起心地奇怪，他甚至还顺着动作的惯性，将螺丝刀有力地一撬，拉开了抽屉。那一声响动在灯光下就显得非同小可，他这才惊了一下，转过头去看个究竟。他看见了和衣靠在枕上的王琦瑶。原来她一直是醒着的，这一个夜晚在她是多么难熬啊！她一分一秒地等着天亮，看天亮之后能否有什么转机。方才看见长脚进来，她竟不觉着有一点惊吓。夜晚将什么怪诞的事情都抹平了棱角，什么鬼事情都很平常。看见他去撬那抽屉，她就觉得更自然了。下半夜是个奇异的时刻，人都变得多见不怪，沉着镇静。

王琦瑶望着他说：和你说过，我没有黄货。长脚有些羞涩地笑了笑，躲着她的眼睛：可是人家都这么说。王琦瑶就问：人家说什么？长脚说：人家说你是当年的上海小姐，上海滩上顶出风头的，后来和一个有钱人好，他把所有的财产给了你，自己去了台湾，直到现在，他还每年给你寄美金。王琦瑶很好奇地听着自己的故事，问道：还有呢？长脚接着说：你有一箱子的黄货，几十年用下来都只用了一只角，你定期就要去中国银行兑钞票，如果没有的话，你靠什么生活呢？长脚反问道。王琦瑶给他问得说不出话了，停了一会儿，才说：简直是海外奇谈。长脚向她走近一步，扑通跪在了她的床前，颤声说：你帮帮忙，先借我一点，等我掉过头来一定加倍还你。王琦瑶笑了：长脚你还会有掉不过头来的时候？长脚的声音不由透露出一丝凄惨：你看我都这样了，还会骗你吗？阿姨，帮帮忙，我们都晓得你阿姨心肠好，对人慷慨。王琦瑶本来还有兴趣与他周旋，可听他口口声声地叫着"阿姨"，不觉怒从中来。她沉下脸，喝斥了一句：谁是你的阿姨？长脚将身子伏在床沿，扶住王琦瑶的腿，又一次请求道：帮帮忙，我给你写借条。王琦瑶推开他的手，说：你这么求我，何不去求你的爸爸，人们不都说你爸爸是个亿万富翁吗？你不是刚从香港回来吗？这话刺痛了长脚的心，他脸色也变了，收回了手，从地上爬起来，拍了拍膝盖上的灰，说：这和我爸爸有什么关系？不借就不借。说罢，便向门口走去。却被王琦瑶叫住了：你想走，没这么容易，有这样借钱的吗？半夜三更摸进房间。于是他只得站住了。

在这睡思昏昏的深夜，人的思路都有些反常，所说的话也句句对不上茬似的，有一些像闹剧。本来一场事故眼看化险为夷，将临结束，却又被王琦瑶一声喝令叫住，再要继续下去。长脚说：你要我怎么样？王琦瑶说：去派出所自首。长脚就有些被逼急，说：要是不去呢？王琦瑶说：你不去，我去。长脚说：你没有证据。王琦瑶得意地笑了：怎么没有证据？你撬开了抽屉，到处都是你的指纹。长脚一听这话，脑子里轰然一声，有些蒙了，有冷汗从他头上沁出。他站了一会儿，脸上露出狰狞的笑容：看来，我做和不做结果都是一样，那还不如做了呢！说着，他就走回到五斗橱前，从抽屉里端出那个木盒。王琦瑶躺不住了，从床上起来，就去夺那木盒。长脚一闪身，将木盒藏在身后，说：阿姨你急什么？不是说什么都没有吗？这回轮到王琦瑶急了，她流着汗叫道：放下来，强盗！长脚说：你叫我强盗，我就是强盗。他脸上的表情变得很无耻，还很残忍。王琦瑶扭住他的手，他由她扭着，就是不给她盒子。这时，他已经掂出了这盒子的重量，心里喜滋滋的，想这一趟真没有白来。王琦瑶恼怒地扭歪了脸，也变了样子。她咬着牙骂道：瘪三，你这个瘪三！你以为我看不出你的底细？不过是不拆穿你罢了！长脚这才收敛起心头的得意，那只手将盒子放了下来，却按住了王琦瑶的颈项。他说：你再骂一声！瘪三！王琦瑶骂道。

长脚的两只大手围拢了王琦瑶的颈脖，他想这颈脖是何等的细，只包着一层枯皮，真是令人作呕得很！王琦瑶又挣扎着骂了声瘪三，他的手便又紧了一点。这时他看见了王琦瑶的脸，多么丑陋和干枯啊！头发也是干的，发根是灰白的，发梢却油黑油黑，看上去真滑稽。王琦瑶的嘴动着，却听不见声音了。长脚只觉得不过瘾，手上的力气只使出了三分，那颈脖还不够他一握的。心里的欢悦又涌了上来，他将那双手紧了又紧，那颈脖绵软得没有弹性。他有些遗憾地叹了口气，将她轻轻地放下，松开了手。他连看她一眼的兴趣都没有，就转身去研究那盒子，盒子上的雕花木纹看上去富有而且昂贵，是个好东西。他用螺丝刀不费力就拔掉了上面的挂锁，打了开来。心里不免有些失望，却还不致一无所获。他将东西取出，放进裤兜，裤兜就有些发沉。他想起方才王琦瑶关于指纹的话，就找一块抹布将所有的家什抹了一遍。然后拉灭了电灯，轻轻地出了门。就这样闹了一大场，月亮仅不过移了一小点，两三点还是两三点。这真是人不知鬼不觉，谁知道这里发生了什么呢？

只有鸽子看见了。这里四十年前的鸽群的子息，它们一代一代的永不中断，繁衍至今，什么都尽收眼底。你听它们咕咕哝哝叫着，人类的夜晚是它们的梦魇。这城市有多少无头案啊，嵌在两点钟和三点钟之间，嵌在这些裂缝般的深长里弄之间，永无出头之日。等到天亮，鸽群高飞，你看那腾起的一刹那，其实是含有惊诧的表情。这些哑证人都血红了双眼，多少沉底的冤情包含在它们心中。那鸽哨分明是哀号，只是因为天空辽阔，听起来才不那么刺耳，还有一些悠扬。它们盘旋空中，从不远去，是在向这老城市致哀。在新楼林立之间，这些老弄堂真好像一艘沉船，海水退去，露出残骸。

王琦瑶眼睑里最后的景象，是那盏摇曳不止的电灯，长脚的长胳膊挥动了它，它就摇曳起来。这情景好像很熟悉，她极力想着。在那最后的一秒钟里，思绪迅速穿越时间隧道，眼前出现了四十年前的片厂。对了，就是片厂，一间三面墙的房间里，有一张大床，一个女人横陈床上，头顶上也是一盏电灯，摇曳不停，在三面墙壁上投下水波般的光影。她这才明白，这床上的女人就是她自己，死于他杀。然后灭了，堕入黑暗。再有两三个钟点，鸽群就要起飞了。鸽子从它们的巢里弹射上天空时，在她的窗帘上掠过矫健的身影。对面盆里的夹竹桃开花，花草的又一季枯荣拉开了帷幕。

【导读】

作家作品简介

王安忆（1954— ）生于南京，中国当代文学女作家，现任中国作家协会副主席、复旦大学中文系教授。被视为"文化大革命"结束之后中国文坛的"知青文学""寻根文学"等文学创作类型的代表性作家。文化大革命期间曾在安徽插队落户。王安忆的文学作品摒弃现实功利，将人置于广袤的时空背景中，在人类意义层面展示人的价值内涵，使价值求索具有了终极追寻的意蕴。王安忆多次获得全国优秀短篇、中篇小说奖，《长恨歌》获得了"第五届茅盾文学奖"。1998年获得首届当代中国女性创作奖。2001 年获马来西亚《星洲日报》"最杰出的华文作家"称号等。其许多作品被译成英、德、荷、法、捷、日、韩、以色列等多种文字，是在海内外有广泛声誉的华语作家。主要作品有《小鲍庄》《富萍》《小城之恋》《桃之夭夭》《启蒙时代》。

鉴赏解读参考

看王忆安的《长恨歌》，一曲娓娓道来，弦音顿挫，台上的人伊伊啊啊，热闹非凡；台下的人看得清晰，不过是赶了一回繁华，只是低回慢转都作着告别，曲终人要散，幕台上的冷清无人眷恋，不过是述说着无法挽回的难过。《长恨歌》里有的是似女人小性子的潮粘的梅雨季风，有的是似肌肤之亲般的性感的挨挤的上海弄堂，有的是带阴沉气息如云似雾的虚张声势的乱套流言。也有处于嘈杂混淆中如花蕾一样纯洁娇嫩的闺阁，盛载的都是不可为人知的心事。还有把城市的真谛都透彻领悟的自由群鸽，它们在密匝的屋顶盘旋，带着劫后余生的目光哀怨地看这一片城市废墟。

那是属于上海的废墟，上海夜夜笙歌，歌声是带着形式般迫不得已的欢庆的热闹，却是没有高山流水的纯粹清澈，在这废墟里，袅袅娜娜地浮出一个清新雅致的影子，那是王琦瑶。她是就典型的上海女儿，追逐潮流，讲究小情小调，平易近人，心比天高。若是出身不好，被虚荣牵着鼻子走，都是要走上无奈的不归路的。

小说分三条清晰的线索：第一是王琦瑶的遭遇，从片厂拍戏到登上摩登杂志到舞会流连再到选举上海小姐，把她推到一个前所未有的众人羡慕吹捧的高度，这不是幸事，而是为她的悲剧奠下基础。到这里是小说的高峰，月以满，则要亏，水到满，则溢出。王琦瑶戏剧的荣耀开始走下坡路，在人们意味深长的眼里约定俗成地成了交际花，勾三搭四，堕了胎，成了最卑微的女人。最后死于他杀，无人同情。

第二条线索是从王琦瑶的友情出发。从吴佩珍到蒋文丽到严家师母再到张永红，这些友情不过如水般淡薄，各有各的利益计较，讲不清道不明的各怀鬼胎，但彼此做了个寂寞途里的聊友也未尝不可。

第三条线索是王琦瑶的爱情。从程先生到李主任到阿二到康明逊到萨特再到老克腊，王琦瑶并非多情也非滥情，而是生活所逼。一开始，王琦瑶的生存意识是在爱情前面的；到有那么一刹那爱情的尾巴跳跃到她眼前，也是转瞬即逝，留也留不住。忧伤的缠绵，总是带着无可奈何的悲情，像随时都要消逝般。

丰乳肥臀（节选）

莫　言

你可以不看我所有的作品，但你如果要了解我，应该看我的《丰乳肥臀》。

——莫言

第一章

马洛亚牧师静静地躺在炕上，看到一道红光照耀在圣母玛利亚粉红色的乳房和她怀抱着的圣子肉嘟嘟的脸上。去年夏季房屋漏雨，在这张油画上留下了一团团焦黄的水渍；圣母和圣子的脸上，都呈现出一种木呆的表情。一只牵着银色细丝的蟢蛛，悬挂在明亮的窗户前，被微风吹得悠来荡去。"早报喜，晚报财"，那个美丽苍白的女人面对着蟢蛛时曾经这样说过。我会有什么喜呢？他的脑子里闪烁着梦中见到的那些天体的奇形怪状，听到街上响起咕噜噜的车轮声，听到从遥远的沼泽地那边传来仙鹤的鸣叫声，还有那只奶山羊恼恨的"咩咩"声。麻雀把窗户纸碰得扑扑愣愣响。喜鹊在院子外那棵白杨树上噪叫。看来今天真是有喜了。他的脑子陡然清醒了，那个挺着大肚子的美丽女人猛然地出现在一片光明里，焦燥的嘴唇抖动着，仿佛要说什么话。她已经怀孕十一个月，今天一定要生了。马洛亚牧师瞬间便明白了蟢蛛悬挂和喜鹊鸣叫的意义。他一骨碌爬起来，下了炕。

……

第二章

上官吕氏把簸箕里的尘土倒在揭了席、卷了草的土炕上，忧心忡忡地扫了一眼手扶着炕沿低声呻吟的儿媳上官鲁氏。她伸出双手，把尘土摊子，然后，轻声对儿媳说："上去吧。"

在她的温柔目光注视下，丰乳肥臀的上官鲁氏浑身颤抖。她可怜巴巴地看着婆婆慈祥的面孔，苍白的嘴唇哆嗦着，好像要说什么话。

上官吕氏大声道："清晨放枪，大司马又犯了魔怔！"

上官鲁氏道："娘……"

上官吕氏拍打着手上的尘土，轻声嘟哝着："你呀，我的好儿媳妇，争口气吧！要是再生个女孩，我也没脸护着你了！"

两行清泪，从上官鲁氏眼窝里涌出。她紧咬着下唇，使出全身的力气，提起沉重的肚腹，爬到土坯裸露的炕上。

"轻车熟路，自己慢慢生吧，"上官吕氏把一卷白布、一把剪刀放在炕上，蹙着眉头，不耐烦地说，"你公公和来弟她爹在西厢房里给黑驴接生，它是初生头养，我得去照应着。"

上官鲁氏点了点头。她听到高高的空中又传来一声枪响，几条狗怯怯地叫着，司马亭的喊叫断断续续传来："乡亲们，快跑吧，跑晚了就没命啦……"好像是呼应司马亭的喊叫，她感到腹中一阵拳打脚踢，剧烈的痛楚碌碡般滚动，汗水从每一个毛孔里渗出，散发着淡淡的鱼腥。她紧咬牙关，为了不使那嚎叫冲口而出。透过朦胧的泪水，她看到满头黑发的婆婆跪在堂屋的神龛前，在慈悲观音的香炉里插上了三炷紫红色的檀香，香烟袅袅上升，香气弥漫全室。

大慈大悲、救苦救难的观音菩萨，保佑我吧，可怜我吧，送给我个男孩吧……

上官鲁氏双手按着高高隆起的、凉森森的肚皮，望着端坐在神龛中的瓷观音那神秘的光滑面容，默默地祝祷着，泪水又一次溢出眼眶。她脱下湿了一片的裤子，将褂子尽量地卷上去，袒露出腹部和乳房。她手撑土炕，把身体端正地放在婆婆扫来的浮土里。在阵痛的间隙里，她把凌乱的头发用手指梳理了一下，将腰背倚在卷起的炕席和麦秸上。

窗棂上镶着一块水银斑驳的破镜子，映出脸的侧面：被汗水濡湿的鬓发，细长的、黯淡无光的眼睛，高耸的白鼻梁，不停地抖动着的皮肤枯燥的阔嘴。一缕潮漉漉的阳光透过窗棂，斜射在她的肚皮上。那上边暴露着弯弯曲曲的蓝色血管和一大片凹凸不平的白色花纹，显得狰狞而恐怖。她注视着自己的肚子，心中交替出现灰暗和明亮，宛若盛夏季节里高密东北乡时而乌云翻滚时而湛蓝透明的天空。她几乎不敢俯视大得出奇、坚硬得出奇的肚皮。有一次她梦到自己怀了一块冷冰冰的铁。有一次她梦到自己怀了一只遍体斑点的癞蛤蟆。铁的形象还让她勉强可以忍受，但那癞蛤蟆的形象每一次在脑海里闪现，她都要浑身爆起鸡皮疙瘩。菩萨保佑……祖宗保佑……所有的神、所有的鬼，你们都保佑我、饶恕我吧，让我生个全毛全翅的男孩吧……我的亲亲的儿子，你出来吧……天公地母、黄仙狐精，帮助我吧……就这样祝祷着，祈求着，迎接来一阵又一阵撕肝裂胆般的剧痛。她的双手抓住身后的炕席，身上的每一块肌肉都在震颤、抽搐。她双目圆睁，眼前红光一片，红光中有一些白炽的网络在迅速地卷曲和收缩，好像银丝在炉火中熔化。一声终于忍不住的嚎叫从她的嘴巴里冲出来，飞出窗棂，起起伏伏地逍遥在大街小巷，与司马亭的喊叫交织在一起，拧起一股绳，宛若一条蛇，钻进那个身材高大、哈着腰、垂着红毛大脑袋、耳朵眼里生出两撮白毛的瑞典籍牧师马洛亚的耳朵。

在通往钟楼的腐朽的木板楼梯上，马洛亚牧师怔了一下，湛蓝色的、迷途羔羊一般的永远是泪汪汪的、永远是令人动心的和蔼眼睛里跳跃着似乎是惊喜的光芒。他伸出一根通红的粗大手指，在胸脯上画了一个十字，嘴里吐出一句完全高密东北乡化了的土腔洋语："万能的主啊……"他继续往上爬，爬到顶端，撞响了那口原先悬挂在寺院里的绿锈斑斑的铜钟。

苍凉的钟声扩散在雾气缭绕的玫瑰色清晨里。伴随着第一声钟鸣，伴随着日本鬼子即将进村的警告，一股汹涌的羊水，从上官鲁氏的双腿

《丰乳肥臀》

间流出来。她嗅到了一股奶山羊的膻味，还嗅到了时而浓烈时而淡雅的槐花的香味，去年与马洛亚在槐树林中欢爱的情景突然异常清晰地再现眼前，但不容她回到那情景中流连，婆婆上官吕氏高举着两只血迹斑斑的手，跑进了房间。她恐怖地看到，婆婆的血手上，闪烁着绿色的火星儿。

"生了吗？"她听到婆婆大声地问。

她有些羞愧地摇摇头。

婆婆的头颅在阳光中辉煌地颤抖着，她惊奇地发现，婆婆的头发突然花白了。

"我还以为生出来了呢。"婆婆说。

婆婆的双手对着自己的肚皮伸过来。那双手骨节粗大、指甲坚硬，连手背上都布满胼胝般的硬皮。她感到恐惧，想躲避这个打铁女人沾满驴血的双手，但她没有力量。婆婆的双手毫不客气地按在她在肚皮上，她感到自己的心跳都要停了，冰凉的感觉透彻了五脏六腑。她不可遏止地发出了连串的嚎叫，不是因为疼痛，而是因为恐怖。婆婆的手粗鲁地摸索着，挤压着她的肚皮，最后，像测试西瓜的成熟程度一样"啪啪"地拍打了几下，仿佛买了一个生瓜，表现出烦恼和懊丧。

那双手终于离去，垂在阳光里，沉甸甸的，萎靡不振。在她的眼里，婆婆是个轻飘飘的大影子，只有那两只手是真实的，是威严的，是随心所欲、为所欲为的。她听到婆婆的声音从很远的地方传来，从很深的水塘里、伴随着淤泥的味道和螃蟹的泡沫传来："……瓜熟自落……到了时辰，拦也拦不住……忍着点儿，咔咔呼呼……不怕别人笑话，难道不怕你那七个宝贝女儿笑话……"

她看到那两只手中的一只，又一次软弱无力地落下来，厌烦地敲着自己凸起的肚皮，仿佛敲着一面受潮的羊皮鼓，发出沉闷的声响。

"现如今的女人越变越娇气，我生她爹那阵子，一边生，一边纳鞋底子……"

那只手总算停止了敲击，缩回，潜藏到暗影里，恍惚如野兽的脚爪。婆婆的声音在黑暗中闪烁着，槐花的香气阵阵袭来。

"看你这肚子，大得出奇，花纹也特别，像个男胎。这是你的福气，我的福气，上官家的福气。菩萨显灵，天主保佑，没有儿子，你一辈子都是奴；有了儿子，你立马就是主。我说的话你信不信？信不信由你，其实也由不得你……"

"娘啊，我信，我信啊！"上官鲁氏虔诚地念叨着，她的眼睛看到对面墙壁上那片暗褐色的污迹，心里涌起无限酸楚。那是三年前，生完第七个女儿上官求弟后，丈夫上官寿喜怒火万丈，扔过一根木棒槌，打破她的头，血溅墙壁留下的污迹。婆婆端过一个笸箩，放在她身侧。婆婆的声音像火焰在暗夜里燃烧，放射着美丽的光芒："你跟着我说，'我肚里的孩子是千金贵子'，快说！"笸箩里盛着带壳的花生。

婆婆慈祥的脸，庄严的声音，一半是天神，一半是亲娘，上官鲁氏感动万分，哭着说："我肚里怀着千金贵子，我肚里怀着贵子……我的儿子……"婆婆把几颗花生塞到她手里，教她说："花生花生花花生，有男有女阴阳平。"她接过花生，感激地重复着婆婆的话："花生花生花花生，有男有女阴阳平。"

上官吕氏探过头来，泪眼婆娑地说："菩萨显灵，天主保佑，上官家双喜临门！来弟她娘，你剥着花生等时辰吧，咱家的黑驴要生小骡子，它是头胎生养，我顾不上你了。"

上官鲁氏感动地说："娘，您快去吧。天主保佑咱家的黑驴头胎顺产……"

上官吕氏叹息一声，摇摇晃晃地走出屋子。

第五章

上官家的七个女儿——来弟、招弟、领弟、想弟、盼弟、念弟、求弟——被一股淡淡的香气吸引着，从她们栖身的东厢房里钻出来，齐集在上官鲁氏的窗前。七颗头发蓬乱、沾着草屑的脑袋挤在一起，往窗里张望着。她们看到，母亲仰坐在土炕上，悠闲地剥着花生，好像什么事情也没有发生。但那股淡淡的香气，却分明是从母亲的窗户溢出的。已经十八岁的来弟最先明白了母亲在干什么。她看到了母亲汗湿的头发和流血的下唇，看到了母亲可怕地抽搐着的肚皮和满室飞动的苍蝇。母亲剥花生的手扭动着，把一颗颗花生捏得粉碎。上官来弟哽咽着叫了一声娘。她的六个妹妹跟随着她叫起娘来。泪水挂满了七个女孩的面颊。最小的上官求弟，大声哭叫着，挪动着两条被跳蚤和蚊虫叮咬得斑斑点点的小腿，笨拙地向屋子里跑去。上官来弟追上去，拉住了小妹，并顺势把她抱在怀里。求弟哭喊着，抡起拳头，擂着姐姐的脸。

"我要娘……我要找娘……"上官求弟哭叫。

上官来弟感到鼻酸喉堵，眼泪热辣辣地涌出。她拍打着妹妹的背，哄道："求弟不哭，求弟不哭，娘给我们生小弟弟，娘给我们生一个白白胖胖的小弟弟……"

屋里传出上官鲁氏微弱的呻吟和断断续续的话语："来弟呀……带着妹妹们离开……她们小，不懂事，难道你也不懂事……"

屋里哗啦一声响，上官鲁氏一声哀嚎。五个妹妹挤在窗前，十四岁的上官领弟大声哭喊着："娘，娘呀……"

上官来弟放下妹妹，飞起两只缠过、后又解放了的小脚，往屋里跑去。腐烂的门槛绊了她一个趔趄，身体前扑，倒在风箱上。风箱歪倒，把一只盛着鸡食的青瓷钵盂砸碎。她慌忙爬起来，看到高大的祖母跪在被香烟缭绕着的观音像前。

她浑身打着哆嗦，扶正风箱，然后，胡乱地拼凑着青瓷碎片。好像用这种方式就能让破碎的钵盂复原或是可以减轻自己的罪过。祖母从地上猛烈地站起来，像一匹肥胖的老马，身体摇晃，脑袋乱颤，嘴里发出一连串奇怪的声音。上官来弟本能地缩紧身体，双手捂住脑袋，等待着祖母的打击。祖母没有打她，只是拧住了她单薄白皙的大耳朵，把她拎起来，轻轻往外一甩。她尖声嚎叫着。跌在院子当中的青砖甬道上。

她看到祖母弯下腰去，观察着地上的青瓷碎片，宛若牛在汲河中的水。好久，祖母捏着几块瓷片直了腰，轻轻地敲着瓷片，发出清脆悦耳的响声。祖母脸上的皱纹密集而深刻，两个嘴角下垂，与两条直通向下巴的粗大皱纹连结在一起，显得那下巴像是后来安装到脸上去的一个部分。

上官来弟就势跪在甬路上，哭着说："奶奶，您打死我吧。"

"打死你？"上官吕氏满面哀愁地说，"打死你这钵盂就能囫囵起来吗？这是明朝永乐年间的瓷器，是你们老祖奶奶的陪嫁，值一匹骒子钱！"

上官来弟的脸色灰白，乞求着奶奶的宽恕。

"你也是该找婆家的人了！"上官吕氏叹道："一大清早，活也不干，闹什么妖魔？你娘是贱命，死不了。"

上官来弟掩面啼哭。

"砸了家什，还有了功劳？"上官吕氏不满地说，"别在这儿烦我，带着你这些吃白食的好妹妹，到蛟龙河里摸虾子去。摸不满虾篓，别给我回来！"

上官来弟慌忙爬起来，抱起小妹求弟，跑出了家门。

上官吕氏像轰赶鸡群一样把念弟等赶出家门，并把一只细柳条编成的高脖子虾篓扔到上官领弟怀里。

上官来弟左手抱着上官求弟，右手牵着上官念弟，上官念弟扯着上官想弟，上官想弟拖着上官盼弟，上官领弟一手牵着上官盼弟，一手提着柳条虾篓。上官家的七个女儿你拉我扯，哭哭啼啼，沿着阳光明媚、西风浩荡的胡同，往蛟龙河大堤进发。

路过孙大姑家的院子时，她们嗅到一股浓烈的鲜美味道。她们看到，孙家房顶的烟囱里，冒着滚滚白烟。五个哑巴，蚂蚁一样，往屋子里搬运柴草，黑狗们蹲在门旁，伸着鲜红的舌头，好像在等待着什么。

她们爬上了高高的蛟龙河大堤，孙家院子里的情景尽入眼底。五个搬运柴草的哑巴发现了上官家的女儿们。那个最大的哑巴，卷起生着一层黑油油小胡子的上唇，对着上官来弟微笑。上官来弟脸上发烧。她想起不久前去河里挑水，哑巴把一根黄瓜扔进自己水桶里的情景。哑巴脸上的微笑暧昧油滑但没有恶意，她的心第一次异样跳动，血液涌上脸，面对着平静如镜的河水，她看到自己满脸赤红。后来她吃了那根鲜嫩的黄瓜。黄瓜的味道久久难忘。她把目光抬起，看到了教堂的彩色钟楼和圆木搭成的瞭望塔。一个金猴样活泼的男人在塔顶上跳跃着，喊叫着：

"乡亲们，日本人的马队已经出了城！"

……

......

　　暮色愈加浓重，沼泽地里的鸟儿已经栖落在乱草中准备过夜了。间或有几只鸟儿惊叫着蹿飞起来，好像被蛇咬了一口。西行列车披着晚霞空咚空咚地开过去了。沼泽地中心无人能进去的地方，那种紫红色的毒气渐渐地绽开了花朵，阵阵晚风送来了沼泽地深处的气息。都这时候了，严肃的公家人还没来，那么他是不会来了。你来了我也不怕你了，他想。那么个活蹦乱跳、前程远大的小伙子，几分钟内便被淤泥吞噬，连尸首都找不到，我一个年近花甲的废人，还有什么好怕呢？彻底消除精神负担后，他感到肠胃绞痛，知道是饿的。母亲去世后他就没正经吃过一顿饭。他模模糊糊地感到应该进城去找点吃的，到那条著名的小吃街上去，总能捡到点吃的，那里，吃新鲜的红男绿女们喜欢抛弃食物，捡来吃，一是清理了环境，二是维持了生命，三是减少了浪费。人要活下去其实也不难。他想走，但双腿如铁拖不动。他看到在母亲坟墓后边没人脚践踏的地方，有很多苍白的花朵，只有中间的一朵，显出黯淡的红色。花朵们散发着甜味。他往前爬行了几步，伸手先揪下了那朵花，稍加欣赏便塞到嘴里去。花瓣很脆，宛如生虾肉，咀嚼几下便满嘴血腥味。花朵为什么会有血腥味呢？因为大地浸透了人类的鲜血。

　　在这个星月璀璨的夜晚里，上官金童嘴里塞满花朵，仰面朝天躺在母亲的坟墓前，回忆了很多很多的往事，都是一些闪烁的碎片。后来，回忆中断了，他的眼前飘来飘去着一个个乳房。他一生中见过的各种类型的乳房，长的，圆的，高耸的，扁平的，黑的，白的，粗糙的，光滑的。这些宝贝，这些精灵在他的面上表演着特技飞行和神奇舞蹈，它们像鸟、像花、像球状闪电。姿态美极了。味道好极了。天上有宝，日月星辰；人间有宝，丰乳丰臀。他放弃了试图捕捉它们的努力，根本不可能捉住它们，何必枉费力气。他只是幸福地注视着它们。后来在他的头上，那些飞乳渐渐聚合在一起，膨胀成一只巨大的乳房，膨胀膨胀不休止地膨胀，矗立在天地间成为世界第一高峰，乳头上挂着皑皑白雪，太阳和月亮围绕着它团团旋转，宛若两只明亮的小甲虫。

【导读】

作家作品简介

　　莫言（1955—　　），原名管谟业。山东高密人。1986 年毕业于解放军艺术学院文学系，后又毕业于北京师范大学鲁迅文学院研究生班，文学硕士。1976 年应征入伍，历任战士、班长、教员、干事、专业作家。1997 年转业，现任最高人民检察院《检察日报》记者，中国作协第六届全委会委员、第七届主席团委员。1981 年开始发表作品。1985 年加入中国作家协会。已出版长篇小说《红高粱家族》《酒国》《天堂蒜薹之歌》《檀香刑》《四十一炮》《生死疲劳》等，中篇小说《透明的红萝卜》《爆炸》《金发婴儿》《怀抱鲜花的女人》《欢乐》《牛》《三十年前的长跑比赛》等，《枯河》《秋水》《白狗秋千架》《冰雪美人》等短篇小说。被翻译成英文、法文、意大利文、瑞典文、韩文、挪威文、丹麦文、德文、荷兰文、西班牙文等多国文字。有《莫言文集》（12 卷），影视、话剧剧本多部。中篇小说《红高粱》获全国中篇小说奖，《丰乳肥臀》获首届《大家》文学奖，《白狗秋千架》获台湾联合文学奖，《酒国》（法文版）获法国儒尔·巴泰庸奖，《檀香刑》获首届鼎钧文学奖、台湾联合报十大好书奖，另获意大利第 30 届诺尼诺国际文学奖。2004 年获法兰西文化与艺术骑士勋章，2005 年获香港公开大学荣誉文学博士学位。电影《红高粱》《白棉花》《暖》等获国际电影节大奖。2013 年获诺贝尔文学奖，成为生活在大陆的中国作家获得该奖的第一人。

鉴赏解读参考

　　《丰乳肥臀》是莫言的代表作，该书在读者中产生了广泛影响，同时也引起了很大争议。小说热情讴歌了生命最原初的创造者——母亲的伟大、朴素与无私，生命沿袭无与伦比的重要意义。在这一幅生命的流程图中，弥漫着历史与战争的硝烟，真实，不带任何偏见，再现了一段时期内的历史。作家倾情把母亲描绘成一位承载苦难的民间女神，或者就是圣母玛利亚的化身。但命运多舛，她生养的众多女儿构成的庞大家族与 20 世纪中国的各种社会政治势力和民间组织以及癫狂岁月下的官方权力话语发生了枝枝蔓蔓、藕断丝连的联系，并不可抗拒地被裹挟卷入 20 世纪中国的政治历史舞台。而这些形态各异的力量之间的角逐、争夺和厮杀是在自己的家庭展开的，造成了母亲独自承受和消解苦难的现实：兵匪、战乱、流离颠簸、亲人死亡以及对单传的废人式儿子的担心、焦虑，而她在癫狂年代用胃袋偷磨坊食物的行为更是鸟儿吐哺的深情。母亲是一种意象符号，是对莫言作品中"我奶奶"式女人的集合，同时也涵盖了"作为老百姓的写作"的莫言对民间苦难及其承受者的爱戴、同情和关怀。

妻妾成群（节选）

苏　童

第一节

　　四太太颂莲被抬进陈家花园时候是十九岁，她是傍晚时分由四个乡下轿夫抬进花园西侧后门的，仆人们正在井边洗旧毛线，看见那顶轿子悄悄地从月亮门里挤进来，下来一个白衣黑裙的女学生。仆人们以为是在北平读书的大小姐回家了，迎上去一看不是，是一个满脸尘土疲惫不堪的女学生。那一年颂莲留着齐耳的短发，用一条天蓝色的缎带箍住，她的脸是圆圆的，不施脂粉，但显得有点苍白。颂莲钻出轿子，站在草地上茫然环顾，黑裙下面横着一只藤条箱子。在秋日的阳光下颂莲的身影单薄纤细，散发出纸人一样呆板的气息。她抬起胳膊擦着脸上的汗，仆人们注意到她擦汗不是用手帕而是用衣袖，这一点给他们留下了深刻的印象。

　　颂莲走到水井边，她对洗毛线的雁儿说，"让我洗把脸吧，我三天没洗脸了。"雁儿给她吊上一桶水，看着她把脸埋进水里，颂莲弓着的身体像腰鼓一样被什么击打着，簌簌地抖动。雁儿说，"你要肥皂吗？"颂莲没说话，雁儿又说，"水太凉是吗？"颂莲还是没说话。雁儿朝井边的其他女佣使了个眼色，捂住嘴笑。女佣们猜测来客是陈家的哪个穷亲戚。他们对陈家的所有来客几乎都能判断出各自的身份。大概就是这时候颂莲猛地回过头，她的脸在洗濯之后泛出一种更加醒目的寒意，眉毛很细很黑，渐渐地拧起来。颂莲瞟了雁儿一眼，她说，"你傻笑什么，还不去把水泼掉？"雁儿仍然笑着，"你是谁呀，这么厉害？"颂莲揉了雁儿一把，拎起藤条箱子离开井边，走了几步她回过头，说，"我是谁？你们迟早要知道的。"

　　第二天陈府的人都知道陈佐千老爷娶了四太太颂莲。颂莲住在后花园的南厢房里，紧挨着三太太梅珊的住处。陈佐千把原先下房里的雁儿给四太太做了使唤丫环。

　　第二天雁儿去见颂莲的时候心里胆怯，低着头喊了声四太太，但颂莲已经忘了雁儿对她的冲撞，或者颂莲根本就没记住雁儿是谁。颂莲这天换了套粉绸旗袍，脚上趿双绣花拖鞋，她脸上的气色一夜间就恢复过来，看上去和气许多，她把雁儿拉到身边，端详一番，对旁边的陈佐千说，她长得还不算讨厌。然后她对雁儿说，你蹲下，我看看你的头发。雁儿蹲下来感觉到颂莲的手在挑她的头发，仔细地察看什么，然后她听见颂莲说："你没有虱子吧，我最怕虱子。"雁儿咬住嘴唇没说话，她觉得颂莲的手像冰凉的刀锋切割她的头发，有一点疼痛。颂莲说，"你头上什么味？真难闻，快拿块香皂洗头去。"雁儿站起来，她垂着手站在那儿不动。陈佐千瞪了她一眼，"没听见四太太说话？"雁儿说，"昨天才洗过头。"陈佐千拉高嗓门喊，"别废话，让你去洗就得去洗，小心揍你。"

雁儿端了一盆水在海棠树下洗头，洗得委屈，心里的气恨像一块铁坠在那里。午后阳光照射着两棵海棠树，一根晾衣绳拴在两根树上，四太太颂莲的白衣黑裙在微风中摇曳。雁儿朝四处环顾一圈，后花园间寂无人，她走到晾衣绳那儿，朝颂莲的白衫上吐了一口唾沫，朝黑裙上又吐了一口。

陈佐千这年刚好五十挂零。陈佐千五十岁时纳颂莲为妾，事情是在半秘密状态下进行的。直到颂莲进门的前一天，元配大太太毓如还浑然不知。陈佐千带着颂莲去见毓如。毓如在佛堂里捻着佛珠诵经。陈佐千说，这是大太太。颂莲刚要上去行礼，毓如手里的佛珠突然断了线，滚了一地，毓如推开红木靠椅下地捡佛珠，口中念念有词，罪过，罪过。颂莲相帮去捡，被毓如轻轻地推开，她说，罪过，罪过，始终没抬眼看颂莲一眼。颂莲看着毓如肥胖的身体伏在潮湿的地板上捡佛珠、捂着嘴无声地笑了一笑，她看看陈佐千，陈佐千说，好吧，我们走了。颂莲跨出佛堂门槛，就挽住陈佐千的手臂说，"她有一百岁了吧，这么老？"陈佐千没说话，颂莲又说，"她信佛？怎么在家里念经？"陈佐千说，"什么信佛，闲着没事干，滥竽充数罢了。"

颂莲在二太太卓云那里受到了热情的礼遇。卓云让丫环拿了西瓜子、葵花子、南瓜子还有各种蜜饯招待颂莲。他们坐下后卓云的头一句说就是说瓜子，这儿没有好瓜子，我嗑的瓜子都是托人从苏州买来的。颂莲在卓云那里嗑了半天瓜子，嗑得有点厌烦，她不喜欢这些零嘴，又不好表露出来，颂莲偷偷地瞟陈佐千，示意离开，但陈佐千似乎有意要在卓云这里多待一会，对颂莲的眼神视若无睹。颂莲由此判断陈佐千是宠爱卓云的，眼睛就不由得停留在卓云的脸上、身上。卓云的容貌有一种温婉的清秀，即使是细微的皱纹和略显松弛的皮肤也遮掩不了，举手投足之间，更有一种大家闺秀的风范。颂莲想，卓云这样的女人容易讨男人喜欢，女人也不会太讨厌她。颂莲很快地就喊卓云姐姐了。

陈家的三房太太中，梅珊离颂莲最近，但却是颂莲最后一个见到的。颂莲早就听说梅珊的倾国倾城之貌，一心想见她，陈佐千不肯带她去。他说，这么近，你自己去吧。颂莲说，我去过了，丫环说她病了，拦住门不让我进。陈佐千鼻孔里哼了一声，她一不高兴就称病。又说，她想爬到我头上来。颂莲说，你让她爬吗？陈佐千挥挥手说，休想，女人永远爬不到男人的头上来。

　　颂莲走过北厢房，看见梅珊的窗上挂着粉色的抽纱窗帘，屋里透出一股什么草花的香气。颂莲站在窗前停留了一会儿，忽然忍不住心里偷窥的欲望，她屏住气轻轻掀开窗帘，这一掀差点把颂莲吓得灵魂出窍，窗帘后面的梅珊也在看她，目光相撞，只是刹那间的事情，颂莲便仓皇地逃走了。

　　到了夜里，陈佐千来颂莲房里过夜。颂莲替他把衣服脱了，换上睡衣，陈佐千说，我不穿睡衣，我喜欢光着睡。颂莲就把目光掉开去，说，随便你，不过最好穿上睡衣，会着凉。陈佐千笑起来，你不是怕我着凉，你是怕看我光着屁股。颂莲说，我才不怕呢。她转过脸时颊上已经绯红。这是她头一次清晰地面对陈佐千的身体，陈佐千形同仙鹤，干瘦细长，生殖器像弓一样绷紧着。颂莲有点透不过气来，她说，你怎么这样瘦？陈佐千爬到床上，钻进丝棉被窝里说，让她们掏的。

　　颂莲侧身去关灯，被陈佐千拦住了，陈佐千说，别关，我要看你，关上灯就什么也看不见了。颂莲摸了摸他的脸说，随便你，反正我什么也不懂，听你的。

　　颂莲仿佛从高处往一个黑暗深谷坠落，疼痛、晕眩伴随着轻松的感觉。奇怪的是意识中不断浮现梅珊的脸。那张美丽绝伦的脸也隐没在黑暗中间。颂莲说，她真怪。你说谁？三太太，她在窗帘背后看我。陈佐千的手从颂莲的乳房上移到嘴唇上，别说话，现在别说话。就是这时候房门被轻轻敲了两记。两个人都惊了一下，陈佐千朝颂莲摇摇头，拉灭了灯。隔了不大一会，敲门声又响起来……陈佐千跳起来，恼怒地吼起来，谁敲门？门外响起一个怯生生的女孩声音，三太太病了，喊老爷去。陈佐千说，撒谎，又撒谎，回去对她说我睡下了。门外的女孩说，三太太得的急病，非要你去呢。她说她快死了。陈佐千坐在床上想了会儿，自言自语说她又耍什么花招。颂莲看着他左右为难的样子，推了他一把，你就去吧，真死了可不好说。

　　这一夜陈佐千没有回来。颂莲留神听北厢房的动静，好像什么事也没有。唯有知更鸟在石榴树上啼啭几声，留下凄清悠远的余音。颂莲睡不着了，人浮在怅然之上，悲哀之下，第二天早起来梳妆，她看见自己的脸发生了某种深刻的变化，眼圈是青黑色的。颂莲已经知道梅珊是怎么回事，但第二天看见陈佐千从北厢房出来时，颂莲还是迎上去问梅珊的病情：给三太太请医生了吗？陈佐千尴尬地摇摇头，他满面倦容、话也懒得说，只是抓住颂莲的手软绵绵地捏了一下。

　　颂莲上了一年大学后嫁给陈佐千，原因很简单，颂莲父亲经营的茶厂倒闭了，没有钱负担她的费用。颂莲辍学回家的第三天，听见家人在厨房里乱喊乱叫，她跑过去一看，父亲斜靠在水池边，池子里是满满一池血水，泛着气泡。父亲把手上的静脉割破了，很轻松地上了黄泉路。颂莲记得她当时绝望的感觉，她架着父亲冰凉的身体，她自己整个比尸体更加冰凉。灾难临头她一点也哭不出来。那个水池后来好几天没人用，颂莲仍然在水池里洗头。颂莲没有一般女孩无谓的怯懦和恐惧。她很实际。父亲一死，她必须自己负责自己了。在那个水池边，颂莲一遍遍地梳洗头发，藉此冷静地预想以后的生活。所以当继母后来摊牌，让她在做工和嫁人两条路上选择时，她淡然地回答说，当然嫁人。继母又问，你想嫁个一般人家还是有钱人家？颂莲说，当然有钱人家，这还用问？继母说，那不一样，去有钱人家是做小。颂莲说，什么叫做小？继母考虑了一下，说，就是做妾，名分是委屈了点。颂莲冷笑了一声，名分是什么？名分是我这样人考虑的吗？反正我交给你卖了，你要是顾及父亲的情义，就把我卖个好主吧。

陈佐千第一次去看颂莲。颂莲闭门不见，从门里扔出一句话，去西餐社见面。陈佐千想毕竟是女学生，总有不同凡俗之处，他在西餐社订了两个位置，等着颂莲来。那天外面下着雨，陈佐千隔窗守望外面细雨漾漾的街道，心情又新奇又温馨，这是他前三次婚姻中从所未有的。颂莲打着一顶细花绸伞姗姗而来，陈佐千就开心地笑了。颂莲果然是他想象中漂亮洁净的样子，而且那样年轻。陈佐千记得颂莲在他对面坐下，从提袋里掏出一大把小蜡烛，她轻声对陈佐千说，给我要一盒蛋糕好吧。陈佐千让侍者端来了蛋糕，然后他看见颂莲把小蜡烛一根一根地插上去，一共插了十九根，剩下一根她收回包里。陈佐千说，这是干什么，你今天过生日？颂莲只是笑笑，她把蜡烛点上，看着蜡烛亮起小小的火苗。颂莲的脸在烛光里变得玲珑剔透，她说，你看这火苗多可爱。陈佐千说，是可爱。说完颂莲就长长地吁了口气，噗地把蜡烛吹灭。陈佐千听见她说，提前过生日吧，十九岁过完了。

陈佐千觉得颂莲的话里有回味之处，直到后来他也经常想起那天颂莲吹蜡烛的情景，这使他感到颂莲身上某种微妙而迷人的力量。作为一个富有性经验的男人，陈佐千更迷恋的是颂莲在床上的热情和机敏。他似乎在初遇颂莲的时候就看见了销魂种种，以后果然被证实。难以判断颂莲是天性如此还是曲意奉承，但陈佐千很满足，他对颂莲的宠爱，陈府上下的人都看在眼里。

第六节

……

陈佐千拂袖而去。颂莲从床上坐起来，面对黑暗哭了很长时间，她看见月光从窗帘缝隙间投到地上，冷冷的一片，很白很淡的月光。她听见自己的哭声还萦绕着她的耳边，没有消逝，而外面的花园里一片死寂。这时候她想起陈佐千临走说的那句话，浑身便颤得很厉害，她猛地拍了一下被子，对着黑暗的房间喊，谁是婊子，你们才是婊子。

这年冬天在陈府是不寻常的，种种迹象印证了这一点。陈家的四房太太偶尔在一起说起陈佐千脸上不免流露暧昧的神色，她们心照不宣，各怀鬼胎。陈佐千总是在卓云房里过夜，卓云平日的状态就很好，另外的三位太太观察卓云的时候，毫不掩饰眼睛里的疑点，那么卓云你是怎么伺候老爷过夜的呢？

有些早晨，梅珊在紫藤架下披上戏装重温舞台旧梦，一招一式唱念做都很认真，花园里的人们看见梅珊的水袖在风中飘扬，梅珊舞动的身影也像一个俏丽的鬼魅。

　　四更鼓哇

　　满江中啊人声寂静

　　形吊影影吊形我加倍伤情

　　细思量啊

　　真是个红颜薄命

　　可怜我数年来含羞忍泪

　　在落个娼妓之名

　　到如今退难退我进又难进

　　倒不如葬鱼腹了此残生

　　杜十娘啊拼一个香消玉殒

　　纵要死也死一个朗朗清清

颂莲听得入迷，她朝梅珊走过去，抓住她的裙裾，说，别唱了，再唱我的魂要飞了，你唱的什么？梅珊撩起袖子擦掉脸上的红粉，坐到石桌上，只是喘气。颂莲递给她一块丝帕，说，看你脸上擦得红一块白一块的，活脱脱像个鬼魂。梅珊说，人跟鬼就差一口气，人就是鬼，鬼就是人。颂莲说，你刚才唱的什么，听得人心酸。梅珊说，《杜十娘》，我离开戏班子前演的最后一出戏就是这。杜十娘要寻死了，唱得当然心酸。颂莲说，什么时候教我唱唱这一段？梅珊瞄了颂莲一眼，说得轻巧，你也想寻死吗？你什么时候想寻死我就教你。颂莲被呛得说不出话，她呆呆地看着梅珊被油彩弄脏的脸，她发现她现在不恨梅珊，至少是现在不恨，即使她出语伤人。她深知梅珊和毓如再加上她自己，现在有一个共同的仇敌，就是卓云。颂莲只是不屑于表露这种意思。她走到废井边，弯下腰朝井里看了看，忽然笑了一声，鬼，这里才有鬼呢，你知道是谁死在这井里吗？梅珊依然坐在石桌上不动，她说，还能是谁，一个是你，一个是我。颂莲说，梅珊你老开这种玩笑，让人头皮发冷。梅珊笑起来说，你怕了？你又没偷男人，怕什么，偷男人的都死在这井里，陈家好几代了都是这样。颂莲朝后退了一步，说，多可怕，是推下去吗？梅珊甩了甩水袖，站起来说，你问我我问谁，你自己去问那些鬼魂好了。梅珊走到废井边，她也朝井里看了会，然后她一字一句念了个道白：屈、死、鬼、呐——

她们在井边断断续续说了一会话，不知怎么就说到了陈佐千的暗病上去。梅珊说，油灯再好也有个耗尽的时候，就怕续不上那一壶油呐。又说，这园子里阴气太旺，损了阳气也是命该如此，这下可好，他陈佐千陈老爷占着茅坑不拉屎，苦的是我们，夜夜守空房。说着就又说到了卓云，梅珊咬牙切齿地骂，她那一身贱肉反正是跟着老爷抖你看她抖得多欢恨不得去舔他的屁眼说又甜又香她以为她能兴风作浪看我什么时候狠狠治她一下叫她又哭爹又喊娘。

颂莲却走神了，她每次到废井边总是摆脱不了梦魇般的幻觉。她听见井水在很深的地层翻腾，送上来一些亡灵的语言，她真的听见了，而且感觉到井里泛出冰冷的瘴气，湮没了她的灵魂和肌肤。我怕，颂莲这样喊了一声转身就跑，她听见梅珊在后面喊，喂你怎么啦你要是去告密我可不怕我什么也没说过。

这天忆云放学回家是一个人回来的，卓云马上就意识到什么，她问，忆容呢？忆云把书包朝地上一扔说，她让人打伤了，在医院呢。卓云也来不及细问，就带了两个男仆往医院赶。他们回家已是晚饭时分，忆容头上缠着绷带，被卓云抱到饭桌上，吃饭的人都放下筷子，过来看忆容头上的伤。陈佐千平日最宠爱的就是忆容，他把忆容又抱到自己腿上，问，告诉我是谁打的，明天我扒了他的皮。忆容哭丧着脸，说了一个男孩的名字。陈佐千怒不可遏，说他是谁家的孩子？竟敢打我的女儿。卓云在一边抹着眼泪说，你问她能问出什么名堂来？明天找到那孩子，才能问个仔细，哪个丧尽天良的禽兽不如的东西，对孩子下这样的毒手？毓如微微皱了下眉头，说，吃你们的饭吧，孩子在学堂里打架也是常有的事，也没伤着要害，养几天就好了。卓云说，大太太你也说得太轻巧了；差一点就把眼睛弄瞎了，孩子细皮嫩肉的受得了吗？再说，我倒不怎么怪罪孩子，气的是指使他的那个人，要不然，没冤没仇的，那孩子怎么就会从树后面窜出来，抡起棍子就朝忆容打？梅珊只顾往碗里舀鸡汤，一边说，二太太的心眼也太多，孩子间闹别扭，有什么道理好讲？不要疑神疑鬼的，搞得谁也不愉快。卓云冷冷地说，不愉快的事在后面呢，这口气怎么咽得下去？我倒是非要搞个水落石出不可。

谁也想不到的是，第二天吃午饭的时候，卓云领了一个男孩进了饭间，男孩胖胖的，拖着鼻涕。卓云跟他低声说了句什么，男孩就绕着饭桌转了一圈，挨个看着每个人的脸，突然他就指着梅珊说，是她，她给了我一块钱。梅珊朝天翻了翻眼睛，然后推开椅子，抓住男孩的衣领，你说什么？我凭什么给你一块钱？男孩死命挣脱着，一边嚷嚷，是你给我一块钱，让我去揍陈忆容和陈忆云。梅珊啪地打了男孩一个耳光，骂，放屁，我根本就不认识你个小兔崽，谁让你来诬陷我的？这时候卓云上去把他们拉开，佯笑着说，行了，就算他认错了人，我心中有个数就行了。说着就把男孩推出了吃饭间。

梅珊的脸色很难看，她把勺子朝桌上扔，说，不要脸。卓云就在这边说，谁不要脸谁心里清楚，还要我把丑事抖个干净啊。陈佐千终于听不下去了，一声怒喝，不想吃饭给我滚，都给我滚！

这事的前后过程颂莲是个局外人，她冷眼观察，不置一词。事实上从一开始她就猜到了梅珊，她懂得梅珊这种品格的女人，爱起来恨起来都疯狂得可怕。她觉得这事残忍而又可笑，完全不加理智，但奇怪的是，她内心同情的一面是梅珊，而不是无辜的忆容，更不是卓云。她想女人是多么奇怪啊，女人能把别人琢磨透了，就是琢磨不透她自己。

第八节

南厢房闹成一锅粥，花园里有人跑过来看热闹。陈佐千让宋妈堵住门，不让人进来看热闹。毓如说，出了丑就出个够，还怕让人看？看她以后怎么见人？陈佐千说，你少插嘴，我看你也该灌点醒酒药。宋妈捂着嘴强忍住笑，走到门廊上去把门。看见好多人在窗外探头探脑的。宋妈看见大少爷飞浦把手插在裤袋里，慢慢地朝这里走。她正想让不让飞浦进去呢，飞浦转了个身，又往回走了。

下了头一场大雪，萧瑟荒凉的冬日花园被覆盖了兔绒般的积雪，树枝和屋檐都变得玲珑剔透、晶莹透明起来。陈家几个年幼的孩子早早跑到雪地上堆了雪人，然后就在颂莲的窗外跑来跑去追逐，打雪仗玩。颂莲还听见飞澜在雪地上摔倒后尖声啼哭的声音。还有刺眼的雪光泛在窗户上的色彩。还有吊钟永不衰弱的嘀嗒声。一切都是真切可感。但颂莲仿佛去了趟天国，她不相信自己活着，又将一如既往地度过一天的时光了。

夜里她看见了死者雁儿，死者雁儿是一个秃了头的女人，她看见雁儿在外面站着推她的窗户，一次一次地推。她一点不怕。她等着雁儿残忍的报复。她平静地躺着。她想窗户很快会被推开的。雁儿无声地走进来了，带着一种头发套子，挽成有钱太太的圆髻。颂莲说，你上哪儿买的头发套子？雁儿说，在阎王爷那儿什么都有。然后颂莲就看见雁儿从髻后抽出一根长簪，朝她胸口刺过来。她感觉到一阵刺痛，人就飞速往黑暗深处坠落。她肯定自己死了，千真万确地死了，而且死了那么长时间，好像有几十年了。

颂莲披衣坐在床上，她不相信死是个梦。她看见锦缎被子上真的插了一根长簪，她把它摊在手心上，冰凉冰凉。这也是千真万确的，不是梦。那么，我怎么又活了呢，雁儿又跑到哪里去了呢？

颂莲发现窗子也一如梦中半掩着，从室外传来的空气新鲜清冽，但颂莲辨别了窗户上雁儿残存的死亡气息。下雪了，世界就剩下一半了；另外一半看不见了，它被静静地抹去，也许这就是一场不彻底的死亡。颂莲想我为什么死到一半又停止了呢，真让人奇怪：另外的一半在哪里？

梅珊从北厢房出来，她穿了件黑貂皮大衣走过雪地，仪态万千容光焕发的美貌，改变了空气的颜色。梅珊走过颂莲的窗前，说，女酒鬼，酒醒了？颂莲说，你出门？这么大的雪。梅珊拍了拍窗子，雪大怕什么？只要能快活，下刀子我也要出门。梅珊扭着腰肢走过去，颂莲不知怎么就朝她喊了一句，你要小心。梅珊回头对颂莲嫣然一笑，颂莲对此印象极深。事实上这也是颂莲最后一次看见梅珊迷人的笑靥。

梅珊是下午被两个家丁带回来的。卓云跟在后面，一边走一边嗑着瓜子。事情说到结果是最简单了，梅珊和医生在一家旅馆里被卓云堵在被窝里，卓云把梅珊的衣服全部扔到外面去，卓云说，你这臭婊子，你怎么

《妻妾成群》封面

跑得出我的手心？

　　这天颂莲看着梅珊出去又回来，一前一后却不是同一个梅珊。梅珊是被人拖回北厢房去的，梅珊披头散发，双目怒睁，骂着拖拽她的每一个人。她骂卓云说我活着要把你一刀一刀削了死了也要挖你的心喂狗吃。卓云一声不吭，只顾嗑着瓜子。飞澜手里抓着梅珊掉落的一只皮鞋，一路跑一路喊，鞋掉罗，鞋掉罗。颂莲没有看见陈佐千，陈佐千后来是一个人进北厢房去的，那时候北厢房已经被反锁上了。

　　颂莲无心去隔壁张望，她怀着异样沉重的心情谛听着梅珊的动静。她很想知道陈佐千会怎么处置梅珊。但是隔壁没有丝毫的动静。一个家丁守在门口，摇着一串钥匙，开锁，关锁。陈佐千又出来了，他站在那里朝花园雪景张望了一番，然后甩了甩手，朝南厢房里走过来。

　　好大的雪，瑞雪兆丰年呐。陈佐千说。陈佐千的脸比预想的要平静得多，颂莲甚至感觉到他的表现里有一种真实的轻松。颂莲倚在床上，直盯着陈佐千的眼睛，她从中另外看到了一丝寒光；这使她恐惧不安。颂莲说，你们会把梅珊怎么样？陈佐千掏出一枝象牙牙签剔着牙，他说，我们能把她怎么样？她自己知道应该怎么样。颂莲说，你们放她一马吧。陈佐千笑了一声说，该怎么样就怎么样。

　　颂莲彻夜未眠，心如乱麻。她时刻谛听着隔壁的动静，心里想的都是自己的事情。每每想到自己，一切却又是一片空白，正好像窗外的雪，似有似无，有一半真实，另外一半却是融化的虚幻。到了午夜时分，颂莲忽然又听见了梅珊唱她的京戏，有点不相信自己的耳朵，屏息再听，真的是梅珊在受难夜里唱她的京戏。

　　　叹红颜薄命前生就

　　　美满姻缘付东流

　　　薄幸冤家音信无有

　　　啼花泣月在暗里添愁

　　　枕边泪呀共那阶前雨

　　　隔着窗儿点滴不休

　　　山上复有山

　　　何日里大刀环

　　　那欲化望夫石一片

　　　要寄回文只字难

　　　总有这角枕锦衾明似绮

　　　只怕那孤眠不抵半床寒

　　整个夜里后花园的气氛很奇特，颂莲辗转难眠，后来又听见飞澜的哭叫声，似乎有人把他从北厢房抱走了。颂莲突然再也想不出梅珊的容貌，只是看见梅珊和医生在麻将桌下文缠着的四条腿，不断地在眼前晃动，又依稀觉得它们像纸片一样单薄，被风吹起来了。好可怜，颂莲自言自语着，听见院墙外响起了第一声鸡啼，鸡啼过后世界又是一片死寂，颂莲想我又要死了。雁儿又要来推窗户了。

颂莲迷迷糊糊半睡半醒着。这是凌晨时分，窗外一阵杂沓的脚步声惊动了颂莲，脚步声从北厢房朝紫藤架那里去。颂莲把窗帘掀开一条缝，看见黑暗中晃动着几个人影，有个人被他们抬着朝紫藤架那里去。凭感觉颂莲知道那是梅珊，梅珊无声地挣扎着被抬着朝紫藤架那里去。梅珊的嘴被堵住了，喊不出声音。颂莲想他们要干什么，他们把梅珊抬到那里去想干什么。黑暗中的一群人走到了废井边，他们围在井边忙碌了一会儿，颂莲就听见一声沉闷的响声，好像井里溅出了很高很白的水珠。是一个人被扔到井里了。是梅珊被扔到井里去了。

大概静默了两分钟，颂莲发出了那声惊心动魄的狂叫。陈佐千闯进屋子的时候看见她光着脚站在地上，拼命揪着自己的头发。颂莲一声声狂叫着，眼神黯淡无光，面容更像一张白纸。陈佐千把她架到床上，他清楚地意识到这是颂莲的末日，她已经不是昔日那个女学生颂莲了，陈佐千把被子往她身上压，说你看见什么？你到底看见了什么？颂莲说，杀人。杀人。陈佐千说，胡说八道。你看见了什么？你什么也没有看见。你已经疯了。

第二天早晨，陈家花园爆出了两条惊人的新闻。从第二天早晨起，本地的人，上至绅士淑子阶层，下至普通百姓，都在谈论陈家的事情，三太太梅珊含羞投井，四太太颂莲精神失常，人们普遍认为梅珊之死合情合理，奸夫淫妇从来没有好下场。但是好端端的年轻文静的四太太颂莲怎么就疯了呢，熟知陈家内情的人说，那也很简单，兔死狐悲罢了。

第二年春天，陈佐千又娶了第五位太太文竹。文竹初进陈府，经常看见一个女人在紫藤架下枯坐，有时候绕着废井一圈一圈地转，对着井中说话。文竹看她长得清秀脱俗，干干净净，不太像疯子，问边上的人说，她是谁？人家就告诉她，那是原先的四太太，脑子有毛病了。文竹说，她好奇怪，她跟井说什么话？人家就复述颂莲的话说，我不跳，我不跳，她说她不跳井。

颂莲说她不跳井。

【导读】

作家作品简介

苏童（1963—　），江苏苏州人。1980 年考入北京师范大学中文系，1984 年到南京工作，一度担任《钟山》编辑，现为中国作家协会江苏分会驻会专业作家。1983 年开始发表小说，迄今有作品百十万字，其中中短篇小说集七部，长篇小说二部。目前苏童风头正健，时有佳作面世。随《妻妾成群》被著名电影导演张艺谋改编成电影《大红灯笼高高挂》，获奥斯卡金像奖提名，苏童的名声蜚声海内外，无可争议是青年一代作家的佼佼者。代表作有《园艺》《红粉》《已婚男人》《离婚指南》。

鉴赏解读参考

这篇小说讲述一个女性遭受的婚姻悲剧故事。与五四时期大多新青年相反，颂莲这个新女性却走进一个旧家庭，她几乎是自觉成为旧式婚姻的牺牲品，她的干练坚决成为她走向绝望之路的原动力。显然，苏童赋予这个女性过多的女人味，她谙熟女人之间的争风吃醋和钩心斗角，甚至以"床上的机敏"博取陈佐千的欢心。然而，她清纯的气质和直率的品性终究挽救不了一个小妾的命运。苏童显然不是在重复讲述封建婚姻悲剧的故事，对于苏童的叙事来说，故事似乎并不特别重要，主题甚至也无须深究。这个并不新颖别致的故事，却能给人以特别深刻的印象，就在于苏童富有韵味的叙事，那种纯净透明的语言感觉，那些刻画得异常鲜明的故事情境，那种温馨而感伤的气息。显然这个故事可以看到《家》《春》《秋》和《红楼梦》，甚至《金瓶梅》的影子，作者对这种生活的把玩观照，多少还可见中国旧式文人的传统态度。这些使得苏童的叙事既具有历史颓废主义的手笔，却也深藏着文化蕴涵。

从某种意义上讲，这篇小说表达了苏童乃至一代青年作家奇怪的历史观。即把性看作历史的根源和动力。由于性的紊乱，家族乃至历史破败的命运不可逃脱。除佐千作为一种古旧文化的历史记忆，他试图从年轻女性身上获得生殖力和生命力，其企图的失败不过象征性地表示古旧的中国历史已经彻底丧失了延续的可能性。在这个意义上，这篇小说无意中写出一种历史颓败的情境、一种文化失败的历史命运。

苏童尤为擅长刻画女性形象，红颜薄命的古训，在苏童手里特别富有韵味。在他看来，也许"女性身上凝聚着更多的小说因素"，那些女性优雅明净，任性而薄命，浑身散发着感伤的诗意。不过，苏童笔下的女性也因此给人以雷同之感，她们有类似的心性，同样的命运。很显然，《妻妾成群》的结尾有些勉强，似乎有意营造悲剧性结局，苏童的那些女性的命运早已被先验地注定了。

苏童的叙事优雅从容，纯净如水，《妻妾成群》尤见他的这一特色。平实写来却意蕴横生，着笔清雅而富有江南情调，这应归结于苏童把叙事与抒情结合得恰到好处。

问题与思考

环境决定论认为，人类的身心特征、民族特性、社会组织、文化发展等人文现象受自然环境，特别是气候条件支配。以上四位作家分别来自于南北区域，恰巧他们笔下的主人公都是女性，试比较他们表现女性的角度和方式的差异，以此体会南北文化的特征。

延伸阅读

1. 朱育颖，《精神的田园——铁凝访谈录》（《小说评论》2003，3）。

2. 王德威，《海派文学，又见传人——王安忆的小说》。

3. 谢有顺，《莫言的国——关于莫言获诺贝尔文学奖的一次演讲》；《苏童研究资料》。

二、诗歌

十二只天鹅

西 川

那闪耀于湖面的十二只天鹅
没有阴影
那相互依恋的十二只天鹅
难于接近
十二只天鹅——十二件乐器——
当它们鸣叫
当它们挥舞银子般的翅膀
空气将它们庞大的身躯
托举
一个时代退避一旁，连同它的
讥诮
想一想，我与十二只天鹅
生活在同一座城市！
那闪耀于湖面的十二只天鹅
使人肉跳心惊
在水鸭子中间，它们保持着
纯洁的兽性
水是它们的田亩
泡沫是它们的宝石
一旦我们梦见那十二只天鹅
它们傲慢的颈项
便向水中弯曲
是什么使它们免于下沉？
是脚蹼吗？
凭着羽毛的占相
它们一次次找回丢失的护身符
湖水茫茫，天空高远：诗歌
是多余的
我多想看到九十九只天鹅

在月光里诞生！

必须化作一只天鹅，才能尾随在

它们身后——

靠星座导航

或者从荷花与水葫芦的叶子上

将黑夜吸吮

【导读】

作家作品简介

西川（1963—　），1985 年毕业于北京大学英文系。美国艾奥瓦大学 2002 年访问学者。现执教于北京中央美术学院人文学院。西川自 20 世纪 80 年代起即投身于全国性的青年诗歌运动，曾与友人创办民间诗歌刊物《倾向》（1988—1991），参与过民间诗歌刊物《现代汉诗》的编辑工作。西川曾获国内外多种奖项，其中包括现代汉诗奖、鲁迅文学奖，曾于 1997 年获联合国教科文组织阿奇伯格奖修金，1999 年在德国魏玛论文比赛中进入全世界前 10 名。其创作和诗歌理念在当代中国诗歌界影响广泛。主要作品有：《夕光中的蝙蝠》《寻找海洋》《暮色》《上帝的村庄》《在哈尔盖仰望星空》《深浅》。

鉴赏解读参考

《十二只天鹅》是一首成功的象征诗，诗人的难言之隐正是通过天鹅这个美好意象来呈现。"一个时代退避一旁，连同它的 / 讥诮"不是一句空泛的大话，可以这样认为，这不是一首高难度的象征诗，其构筑象征的意象体系是虽然多有内部联系却是明了的，是试图进入物质生活的乐器，在这里诗人做了物质的情人，诗人的内心潜在而隐秘的矛盾，像天鹅一样滚落湖边。 诗人创造了"十二只天鹅"这个意象，写了它们的特质，华彩、纯洁等以及给自身的震惊、追求及梦想，并把这个梦想置于月光星空之下，使这个意象更加纯美，从而创造了完美、自适、理性的境界。本诗略带理想化的意境与馥郁的语言相结合，不失为一首经典诗歌。

帕斯捷尔纳克

王家新

不能到你的墓地献上一束花
却注定要以一生的倾注，读你的诗
以几千里风雪的穿越
一个节日的破碎，和我灵魂的颤栗

终于能按照自己的内心写作了
却不能按一个人的内心生活
这是我们共同的悲剧
你的嘴角更加缄默，那是

命运的秘密，你不能说出
只是承受、承受，让笔下的刻痕加深
为了获得，而放弃
为了生，你要求自己去死，彻底地死

这就是你，从一次次劫难里你找到我
检验我，使我的生命骤然疼痛
从雪到雪，我在北京的轰响泥泞的
公共汽车上读你的诗，我在心中

呼喊那些高贵的名字
那些放逐、牺牲、见证，那些
在弥撒曲的震颤中相逢的灵魂
那些死亡中的闪耀，和我的

自己的土地！那北方牲畜眼中的泪光
在风中燃烧的枫叶
人民胃中的黑暗、饥饿，我怎能
撇开这一切来谈论我自己？

正如你，要忍受更疯狂的风雪扑打
才能守住你的俄罗斯，你的
拉丽萨，那美丽的，再也不能伤害的
你的，不敢相信的奇迹

带着一身雪的寒气，就在眼前！
还有烛光照亮的列维坦的秋天

普希金诗韵中的死亡、赞美、罪孽
春天到来，广阔天地裸现的黑色

把灵魂朝向这一切吧，诗人
这是幸福，是从心底升起的最高律令
不是苦难，是你最终承担起的这些
仍无可阻止地，前来寻找我们

发掘我们：它在要求一个对称
或一支比回声更激荡的安魂曲
而我们，又怎配走到你的墓前？
这是耻辱！这是北京的十二月的冬天

这是你目光中的忧伤、探询和质问
钟声一样，压迫着我的灵魂
这是痛苦，是幸福，要说出它
需要以冰雪来充满我的一生

【导读】

作家作品简介

　　王家新（1957—　　）湖北丹江口人，著名诗人，诗歌评论家，教授。1978 年考入武汉大学中文系，大学期间开始发表诗作。1982 年毕业分配到湖北郧阳师专任教，1983 年参加诗刊组织的青春诗会。1984 年写出组诗《中国画》《长江组诗》，广受关注。1985 年借调北京《诗刊》从事编辑工作，出版诗集《告别》《纪念》。1986 年始诗风有所转变，告别青春写作，更为凝重。1992 年赴英做访问学者，1994 年回国，后调入北京教育学院中文系，任副教授。2006 年被中国人民大学文学院聘为教授，为中国 20 世纪 90 年代以来知识分子写作的代表性诗人。主要作品有：《在山的那边》《瓦雷金诺叙事曲》《回答》《乌鸦》《游动悬崖》《纪念》。

鉴赏解读参考

　　王家新属"沉思的诗人"，他的诗歌中，在诗意与思想之中浸透的是知识分子拥有的人文精神，也是理性规约下个人对历史时代的人文关怀。他把自己的命运与时代的命运联系在一起，既带有中国知识分子的忧患意识，同时也使他的诗歌具有俄罗斯诗歌精神中的苦难、深沉、高贵的美感。这也是中国当代诗歌在 20 世纪 90 年代重新显示出的一种思想楔入的美感。

诗开篇就以一种崇敬和低沉的情感表明创作意旨，把一个中国诗人的"一生的倾注"和"灵魂的颤栗"献给异国诗人帕斯捷尔纳克及他的诗。在现实中虽然不能为他"献上一束花"，却穿透时间空间的距离，以精神穿越"几千里风雪"从而使我和帕斯捷尔纳克超越历史空间联系到了一起。而在历史的劫难与现实的劫难面前，王家新又反复思考创作与真实生活之间的关联，使其在"终于能按照自己的内心创作了／却有不能按一个人的内心生活"背景下，在自我现实生活和帕斯捷尔纳克的历史命运之间游离，最终表明这一切的苦难不仅是他自己的，也是帕斯捷尔纳克的，而且这种苦难也是成就他们伟大和成长的催化剂，让他们在煎熬间饱受人间的折磨而成熟。

诗歌在艺术形式上呈现了一种深度意向。王家新对反复、通感、对比、夸张、拟人等修辞的运用及反问感叹跨段式的自如应用交替，既使这首诗语意繁复，意象丰满，又体现了诗人成熟的定型的艺术风格，而且诗歌的语言带有知识分子的气质的理性和思辨，使意境达到了高度的统一。

问题与思考

谈谈西川、王家新诗歌不同的风格。

延伸阅读

1. 《关于我的诗歌——西川答谭克修词》（《诗潮》2005 年 3 期）。
2. 赵艳红《历史使命的承担与灵魂自审者——浅析王家新诗作中的知识分子形象 》（《山东文学（下半月）》2007 年 6 期）。

三、散文及其他

我与地坛（节选）

史铁生

一

我在好几篇小说中都提到过一座废弃的古园，实际就是地坛。许多年前旅游业还没有开展，园子荒芜冷落得如同一片野地，很少被人记起。

地坛离我家很近。或者说我家离地坛很近。总之，只好认为这是缘分。地坛在我出生前四百多年就坐落在那儿了，而自从我的祖母年轻时带着我父亲来到北京，就一直住在离它不远的地方——五十多年间搬过几次家，可搬来搬去总是在它周围，而且是越搬离它越近了。我常觉得这中间有着宿命的味道：仿佛这古园就是为了等我，而历尽沧桑在那儿等待了四百多年。

它等待我出生，然后又等待我活到最狂妄的年龄上忽地残废了双腿。四百多年里，它一面剥蚀了古殿檐头浮夸的琉璃，淡褪了门壁上炫耀的朱红，坍圮了一段段高墙又散落了玉砌雕栏，祭坛四周的老柏树愈见苍幽，到处的野草荒藤也都茂盛得自在坦荡。这时候想必我是该来了。十五年前的一个下午，我摇着轮椅进入园中，它为一个失魂落魄的人把一切都准备好了。那时，太阳循着亘古不变的路途正越来越大，也越红。在满园弥漫的沉静光芒中，一个人更容易看到时间，并看见自己的身影。

自从那个下午我无意中进了这园子，就再没长久地离开过它。我一下子就理解了它的意图。正如我在一篇小说中所说的："在人口密聚的城市里，有这样一个宁静的去处，像是上帝的苦心安排。"

两条腿残废后的最初几年，我找不到工作，找不到去路，忽然间几乎什么都找不到了，我就摇了轮椅总是到它那儿去，仅为着那儿是可以逃避一个世界的另一个世界。我在那篇小说中写道："没处可去我便一天到晚耗在这园子里。跟上班下班一样，别人去上班我就摇了轮椅到这儿来。园子无人看管，上下班时间有些抄近路的人们从园中穿过，园子里活跃一阵，过后便沉寂下来。""园墙在金晃晃的空气中斜切下一溜荫凉，我把轮椅开进去，把椅背放倒，坐着或是躺着，看书或者想事，撅一杈树枝左右拍打，驱赶那些和我一样不明白为什么要来这世上的小昆虫。""蜂儿如一朵小雾稳稳地停在半空；蚂蚁摇头晃脑捋着触须，猛然间想透了什么，转身疾行而去；瓢虫爬得不耐烦了，累了祈祷一回便支开翅膀，忽悠一下升空了；树干上留着一只蝉蜕，寂寞如一间空屋；露水在草叶上滚动，聚集，压弯了草叶轰然坠地摔开万道金光。""满园子都是草木竞相生长弄出的响动，悉悉碎碎片刻不息。"这都是真实的记录，园子荒芜但并不衰败。

除去几座殿堂我无法进去，除去那座祭坛我不能上去而只能从各个角度张望它，地坛的每一棵树下我都去过，差不多它的每一米草地上都有过我的车轮印。无论是什么季节，什么天气，什么时间，我都在这园子里呆过。有时候呆一会儿就回家，有时候就呆到满地上都亮起月光。记不清都是在它的哪些角落里了。我一连几小时专心致志地想关于死的事，也以同样的耐心和方式想过我为什么要出生。这样想了好几年，最后事情终于弄明白了：一个人，出生了，这就不再是一个可以辩论的问题，而只是上帝交给他的一个事实；上帝在交给我们这件事实的时候，已经顺便保证了它的结果，所以死是一件不必急于求成的事，死是一个必然会降临的节日。这样想过之后我安心多了，眼前的一切不再那么可怕。比如你起早熬夜准备考试的时候，忽然想起有一个长长的假期在前面等待你，你会不会觉得轻松一点？并且庆幸并且感激这样的安排？

剩下的就是怎样活的问题了，这却不是在某一个瞬间就能完全想透的、不是一次性能够解决的事，怕是活多久就要想它多久了，就像是伴你终生的魔鬼或恋人。所以，十五年了，我还是总得到那古园里去、去它的老树下或荒草边或颓墙旁，去默坐，去呆想，去推开耳边的嘈杂理一理纷乱的思绪，去窥看自己的心魂。十五年中，这古园的形体被不能理解它的人肆意雕琢，幸好有些东西任谁也不能改变它的。譬如祭坛石门中的落日，寂静的光辉平铺的一刻，地上的每一个坎坷都被映照得灿烂；譬如在园中最为落寞的时间，一群雨燕便出来高歌，把天地都叫喊得苍凉；譬如冬天雪地上孩子的脚印，总让人猜想他们是谁，曾在哪儿做过些什么，然后又都到哪儿去了；譬如那些苍黑的古柏，你忧郁的时候它们镇静地站在那儿，你欣喜的时候它们依然镇静地站在那儿，它们没日没夜地站在那儿从你没有出生一直站到这个世界上又没了你的时候；譬如暴雨骤临园中，激起一阵阵灼烈而清纯的草木和泥土的气味，让人想起无数个夏天的事件；譬如秋风忽至，再有一场早霜，落叶或飘摇歌舞或坦然安卧，满园中播散着熨帖而微苦的味道。味道是最说不清楚的。味道不能写只能闻，要你身临其境去闻才能明了。味道甚至是难于记忆的，只有你又闻到它你才能记起它的全部情感和意蕴。所以我常常要到那园子里去。

五

我也没有忘记一个孩子——一个漂亮而不幸的小姑娘。十五年前的那个下午，我第一次到这园子里来就看见了她，那时她大约三岁，蹲在斋宫西边的小路上捡树上掉落的"小灯笼"。那儿有几棵大栾树，春天开一簇簇细小而稠密的黄花，花落了便结出无数如同三片叶子合抱的小灯笼，小灯笼先是绿色，继而转白，再变黄，成熟了掉落得满地都是。小灯笼精巧得令人爱惜，成年人也不免捡了一个还要捡一个。小姑娘咿咿呀呀地跟自己说着话，一边捡小灯笼；她的嗓音很好，不是她那个年龄所常有的那般尖细，而是很圆润甚或是厚重，也许是因为那个下午园子里太安静了。我奇怪这么小的孩子怎么一个人跑来这园子里？我问她住在哪儿。她随便指一下，就喊她的哥哥，沿墙根一带的茂草之中便站起一个七八岁的男孩，朝我望望，看我不像坏人便对他的妹妹说："我在这儿呢"，又伏下身去，他在捉什么虫子。他捉到螳螂，蚂蚱，知了和蜻蜓，来取悦他的妹妹。有那么两三年，我经常在那几棵大梨树下见到他们，兄妹俩总是在一起玩，玩得和睦融洽，都渐渐长大了些。之后有很多年没见到他们。我想他们都在学校里吧，小姑娘也到了上学的年龄，必是告别了孩提时光，没有很多机会来这儿玩了。这事很正常，没理由太搁在心上，若不是有一年我又在园中见到他们，肯定就会慢慢把他们忘记。

那是个礼拜日的上午。那是个晴朗而令人心碎的上午，时隔多年，我竟发现那个漂亮的小姑娘原来是个弱智的孩子。我摇着车到那几棵大栾树下去，恰又是遍地落满了小灯笼的季节；当时我正为一篇小说的结尾所苦，既不知为什么要给它那样一个结尾，又不知何以忽然不想让它有那样一个结尾，于是从家里跑出来，想依靠着园中的镇静，看看是否应该把那篇小说放弃。我刚刚把车停下，就见前面不远处有几个人在戏耍一个少女，作出怪样子来吓她，又喊又笑地追逐她拦截她，少女在几棵大树间惊惶地东跑西躲，却不松手揪卷在怀里的裙裾，两条腿袒露着也似毫无察觉。我看出少女的智力是有些缺陷，却还没看出她是谁。我正要驱车上前为少女解围，就见远处飞快地骑车来了个小伙子，于是那几个戏耍少女的家伙望风而逃。小伙子把自行车支在少女近旁，怒目望着那几个四散逃窜的家伙，一声不吭喘着粗气。脸色如暴雨前的天空一样一会比一会苍白。这时我认出了他们，小伙子和少女就是当年那对小兄妹。我几乎是在心里惊叫了一声，或者是哀号。世上的事常常使上帝的居心变得可疑。小伙子向他的妹妹走去。少女松开了手，裙裾随之垂落了下来，很多很多她捡的小灯笼便洒落了一地，铺散在她脚下。她仍然算得漂亮，但双眸迟滞没有光彩。她呆呆地望那群跑散的家伙，望着极目之处的空寂，凭她的智力绝不可能把这个世界想明白吧？大树下，破碎的阳光星星点点，风把遍地的小灯笼吹得滚动，仿佛暗哑地响着无数小铃铛。哥哥把妹妹扶上自行车后座，带着她无言地回家去了。

无言是对的。要是上帝把漂亮和弱智这两样东西都给了这个小姑娘，就只有无言和回家去是对的。

谁又能把这世界想个明白呢？世上的很多事是不堪说的。你可以抱怨上帝何以要降许多苦难给这人间，你也可以为消灭种种苦难而奋斗，并为此享有崇高与骄傲，但只要你再多想一步你就会坠入深深的迷茫了：

假如世界上没有了苦难，世界还能够存在么？要是没有愚钝，机智还有什么光荣呢？要是没了丑陋，漂亮又怎么维系自己的幸运？要是没有了恶劣和卑下，善良与高尚又将如何界定自己又如何成为美德呢？要是没有了残疾，健全会否因其司空见惯而变得腻烦和乏味呢？我常梦想着在人间彻底消灭残疾，但可以相信，那时将由患病者代替残疾人去承担同样的苦难。如果能够把疾病也全数消灭，那么这份苦难又将由（比如说）相貌丑陋的人去承担了。就算我们连丑陋，连愚昧和卑鄙和一切我们所不喜欢的事物和行为，也都可以统统消灭掉，所有的人都一样健康、漂亮、聪慧、高尚，结果会怎样呢？怕是人间的剧目就全要收场了，一个失去差别的世界将是一条死水，是一块没有感觉没有肥力的沙漠。

看来差别永远是要有的。看来就只好接受苦难——人类的全部剧目需要它，存在的本身需要它。看来上帝又一次对了。

于是就有一个最令人绝望的结论等在这里：由谁去充任那些苦难的角色？又有谁去体现这世间的幸福，骄傲和快乐？只好听凭偶然，是没有道理好讲的。

就命运而言，休论公道。

那么，一切不幸命运的救赎之路在哪里呢？

设若智慧的悟性可以引领我们去找到救赎之路，难道所有的人都能够获得这样的智慧和悟性吗？

我常以为是丑女造就了美人。我常以为是愚氓举出了智者。我常以为是懦夫衬照了英雄。我常以为是众生度化了佛祖。

七

要是有些事我没说，地坛，你别以为是我忘了，我什么也没忘，但是有些事只适合收藏。不能说，也不能想，却又不能忘。它们不能变成语言，它们无法变成语言，一旦变成语言就不再是它们了。它们是一片朦胧的温馨与寂寥，是一片成熟的希望与绝望，它们的领地只有两处：心与坟墓。比如说邮票，有些是用于寄信的，有些仅仅是为了收藏。

……

【导读】

作家作品简介

史铁生（1951—2010），原籍河北涿县，1951 年出生于北京，1967年毕业于清华大学附属中学，1969 年去延安一带插队，因双腿瘫痪于

1972 年回到北京。后来又患肾病并发展到尿毒症，需要靠透析维持生命。自称"职业是生病，业余在写作"。史铁生创作的散文《我与地坛》鼓励了无数人。2002 年获华语文学传媒大奖年度杰出成就奖。曾任中国作家协会全国委员会委员，北京作家协会副主席，中国残疾人协会评议委员会委员。2010 年 12 月 31 日凌晨因突发脑出血逝世。主要作品有：《秋天的怀念》《我的遥远的清平湾》《插队的故事》《务虚笔记》《法学教授及其夫人》《老屋小记》《奶奶的星星》《来到人间》《合欢树》等。

史铁生像

鉴赏解读参考

　　《我与地坛》是史铁生文学作品中充满哲思又极为人性化的代表作之一。地坛只是一个载体，而文章的本质却是一个绝望的人寻求希望的过程以及对母亲的思念。

　　作者是在双腿残废的沉重打击下，在找不到工作，找不到去路，忽然间几乎什么都找不到了的时候走进地坛的，从此以后与地坛结下了不解之缘，直到写这篇散文时的 15 年间，"就再没有长久地离开过它"。作者似乎从这座历经 400 多年沧桑的古园那里获得了某种启示，汲取了顽强生活与奋斗的力量。作者还写了在古园中的见闻和所遇到的人与事，述说了自己的所思所想，而其中更多的还是抒发自己对于命运和生死问题的感悟。

一只特立独行的猪

王小波

　　插队的时候，我喂过猪，也放过牛。假如没有人来管，这两种动物也完全知道该怎样生活。它们会自由自在地闲逛，饥则食渴则饮，春天来临时还要谈谈爱情；这样一来，它们的生活层次很低，完全乏善可陈。人来了以后，给它们的生活做出了安排：每一头牛和每一口猪的生活都有了主题。就它们中的大多数而言，这种生活主题是很悲惨的：前者的主题是干活，后者的主题是长肉。我不认为这有什么可抱怨的，因为我当时的生活也不见得丰富了多少，除了八个样板戏，也没有什么消遣。有极少数的猪和牛，它们的生活另有安排。以猪为例，种猪和母猪除了吃，还有别的事可干。就我所见，它们对这些安排也不大喜欢。种猪的任务是交配，换言之，我们的政策准许它当个花花公子。但是疲惫的种猪往往摆出一种肉猪（肉猪是阉过的）才有的正人君子架势，死活不肯跳到母猪背上去。母猪的任务是生崽儿，但有些母猪却要把猪崽儿吃掉。总的来说，人的安排使猪痛苦不堪。但它们还是接受了：猪总是猪啊。

对生活做种种设置是人特有的品性。不光是设置动物，也设置自己。我们知道，在古希腊有个斯巴达，那里的生活被设置得了无生趣，其目的就是要使男人成为亡命战士，使女人成为生育机器，前者像些斗鸡，后者像些母猪。这两类动物是很特别的，但我以为，它们肯定不喜欢自己的生活。但不喜欢又能怎么样？人也好，动物也罢，都很难改变自己的命运。

以下谈到的一只猪有些与众不同。我喂猪时，它已经有四五岁了，从名分上说，它是肉猪，但长得又黑又瘦，两眼炯炯有光。这家伙像山羊一样敏捷，一米高的猪栏一跳就过；它还能跳上猪圈的房顶，这一点又像是猫——所以它总是到处游逛，根本就不在圈里呆着。所有喂过猪的知青都把它当宠儿来对待，它也是我的宠儿——因为它只对知青好，容许他们走到三米之内，要是别的人，它早就跑了。它是公的，原本该劁掉。不过你去试试看，哪怕你把劁猪刀藏在身后，它也能嗅出来，朝你瞪大眼睛，噢噢地吼起来。我总是用细米糠熬的粥喂它，等它吃够了以后，才把糠对到野草里喂别的猪。其他猪看了嫉妒，一起嚷起来。这时候整个猪场一片鬼哭狼嚎，但我和它都不在乎。吃饱了以后，它就跳上房顶去晒太阳，或者模仿各种声音。它会学汽车响、拖拉机响，学得都很像；有时整天不见踪影，我估计它到附近的村寨里找母猪去了。我们这里也有母猪，都关在圈里，被过度的生育搞得走了形，又脏又臭，它对它们不感兴趣；村寨里的母猪好看一些。它有很多精彩的事迹，但我喂猪的时间短，知道得有限，索性就不写了。总而言之，所有喂过猪的知青都喜欢它，喜欢它特立独行的派头儿，还说它活得潇洒。但老乡们就不这么浪漫，他们说，这猪不正经。领导则痛恨它，这一点以后还要谈到。我对它则不止是喜欢——我尊敬它，常常不顾自己虚长十几岁这一现实，把它叫做"猪兄"。如前所述，这位猪兄会模仿各种声音。我想它也学过人说话，但没有学会——假如学会了，我们就可以做倾心之谈。但这不能怪它。人和猪的音色差得太远了。

后来，猪兄学会了汽笛叫，这个本领给它招来了麻烦。我们那里有座糖厂，中午要鸣一次汽笛，让工人换班。我们队下地干活时，听见这次汽笛响就收工回来。我的猪兄每天上午十点钟总要跳到房上学汽笛，地里的人听见它叫就回来——这可比糖厂鸣笛早了一个半小时。坦白地说，这不能全怪猪兄，它毕竟不是锅炉，叫起来和汽笛还有些区别，但老乡们却硬说听不出来。领导上因此开了一个会，把它定成了破坏春耕的坏分子，要对它采取专政手段——会议的精神我已经知道了，但我不为它担忧——因为假如专政是指绳索和杀猪刀的话，那是一点门都没有的。以前的领导也不是没试过，一百人也逮不住它。狗也没用：猪兄跑起来像颗鱼雷，能把狗撞出一丈开外。谁知这回是动了真格的，指导员带了二十几个人，手拿五四式手枪；副指导员带了十几人，手持看青的

《一只特立独行的猪》封面

火枪，分两路在猪场外的空地上兜捕它。这就使我陷入了内心的矛盾：按我和它的交情，我该舞起两把杀猪刀冲出去，和它并肩战斗，但我又觉得这样做太过惊世骇俗——它毕竟是只猪啊；还有一个理由，我不敢对抗领导，我怀疑这才是问题之所在。总之，我在一边看着。猪兄的镇定使我佩服之极：它很冷静地躲在手枪和火枪的连线之内，任凭人喊狗咬，不离那条线。这样，拿手枪的人开火就会把拿火枪的打死，反之亦然；两头同时开火，两头都会被打死。至于它，因为目标小，多半没事。就这样连兜了几个圈子，它找到了一个空子，一头撞出去了；跑得潇洒至极。以后我在甘蔗地里还见过它一次，它长出了獠牙，还认识我，但已不容我走近了。这种冷淡使我痛心，但我也赞成它对心怀叵测的人保持距离。

我已经四十岁了，除了这只猪，还没见过谁敢于如此无视对生活的设置。相反，我倒见过很多想要设置别人生活的人，还有对被设置的生活安之若素的人。因为这个缘故，我一直怀念这只特立独行的猪。

【导读】

作家作品简介

王小波（1952—1997），生于北京，中国最富有创造性的作家之一。他的代表作品有《黄金时代》《白银时代》《黑铁时代》等。被誉为中国的乔伊斯兼卡夫卡。他的唯一一部电影剧本《东宫西宫》获阿根廷国际电影节最佳编剧奖，并且入围 1997 年的戛纳国际电影节。

王小波像

鉴赏解读参考

王小波无论为人、为文都颇有特立独行的意味，其写作标榜"智慧""自然的人性爱""有趣"，别具一格，深具批判精神。

文章中的那只猪，不是一般的猪。它具有高度的拟人化特点。那只特立独行的猪有以下的特点：①像山羊一样敏捷；②不安于命运，不向命运低头；③习惯于特立独行；④对知识青年好；⑤善于斗争，敢于斗争；⑥对邪恶的势力有着高度的警惕性；⑦岁月的磨难使猪的本性发生了改变，对人变得更加冷漠和不信任。

文章中的"我"，可以从以下几个方面勾勒出轮廓：①一个有良知的下乡知识青年；②同情这只猪；③不敢对抗领导；④对这一只特立独行的猪的敢作敢为充满了钦佩和激赏。可以说是在动荡岁月里不少中国知识分子心态的写照，对那个社会有很多不满，但又往往敢怒而不敢言；

5. 这只特立独行的猪，寄寓了不少作者的理想，它可以说是作者一个侧面的反映。

王小波杂文作品的语言有以下的特点：语言犀利，幽默、风趣，富于讽刺意味，机智，使人警醒。

论色情读物

吴 亮

色情读物的被全面禁绝，是言论自由被禁绝的一个方面。当然这并不是说只要解禁色情读物就意味着社会的自由与开放。如果色情表达获得有法律保护的允准，分级制就将应运而生。但是后谎言时代的事情常常不依照惯例与逻辑，它可以一边坚持反色情，一边让色情泛化。如同社会异见的曲折表达，色情表达同样是需要经过伪饰的：它只有先被说成是"另一个"东西，才得以公然登场。

色情读物已经无所不在，或者说可以"被色情地阅读"的读物已经无所不在。后谎言时代对文化的杰出贡献之一，是它成功地发展出一整套言行不一的生活方式，以及一整套词物不一的符号系统。性和政治的"词物分离"。也许仅仅是一种巧合：在公开的出版物上将色情混杂在冠冕堂皇的言词之中，而在人民的日常闲聊里他们又把一切严肃刻板之物色情化。这种主角不在场的脱位表达，融合了玩笑、隐喻、反讽与比附的修辞策略，已经娴熟地被后谎言时代的人们普遍掌握，并广为流传。

色情读物和色情表达所隐含的道德威胁与肉体不安，这一担心对一切形态的社会类型都可能适用，只是在某个刚刚有所松懈的特殊局域，即词物分离文化价值异常含混的社会，人们习惯了彼此说谎话并对谎话心知肚明的悠久历史传统，以及加上人们同样早已心知肚明的权力禁限。色情必须以一切可能的面貌出现，却单单不能以色情的面貌出现。他们明白：重要的不是色情之物是否已经被表达，而是在表达之中不能以"色情之名"，并且必须回避被检查者"定义为色情"之可能。一个双方都熟悉的游戏规则是：充分利用所有的模糊边界、灰色地带与含混词义，把色情表达从繁琐、官僚和僵化的检查制度下解放出来。

在吊诡的后谎言时代色情表达所借助的传播媒介一开始是科普读物或法律读物，性的卑贱地位之翻转只有在医学领域得到暧昧肯定，在司法案例中性也总是以丑陋的面目露面。性愉悦的生物学价值被医学确认的同时，社会学则永远站在生物学的对立面对性本能进行讨伐。甚至作为"人学"的文学，色情也只有披上爱情的外衣之后才能闪亮登场。

　　有一个现象人们已经视若无睹：性服务和性消费必须通过所谓的娱乐业这一模糊称谓，才能获得半公开半合法的产业化身份，正像在公众场合谈论色情和性欲，只有作为"性文化"课题之一才能做到面无愧色。道德宣教的陈词滥调和虚晃一枪的法律包装，总是按照社会习惯将色情与肉欲定义为耻与罪的根源予以排斥。在厌恶与恐惧的反面，在惩罚与训诫的反面，色情恰恰构成了人们身体生活的正面。欲望因压制而强化，快感因犯禁而达致癫狂，理性排斥之物正是人们本能最为需要之物。色情被严肃刻板的修辞改写为一种粗鄙的隐喻文本，它的宣教的结果居然正好相反：色情诱惑不可抵挡，禁果的存在价值就在于等待人们去偷尝。如果没有好奇、风险和恐惧，又何来瞬间狂喜、极乐罪感、奉献毁灭的生命赌博？

　　裸体出现在日常公共空间多半是被鄙视的伤风败俗，出现在美术馆就可能成为一种高级艺术。以艺术的名义！一定要把裸体说成另外的某种东西！色情即裸体艺术的反面价值，色情才是人们喜欢裸体艺术的原因，一个公开的秘密。人们在裸体艺术中看到的不是艺术而是裸体，这么说很庸俗吗？必须保持双重态度！如果低俗的色情等同于高级艺术，那么肉体就不再卑贱，但是卑贱恰恰是激发性欲的催情素，高级精神活动则是性欲的敌人。

　　只有色情读物在坚持卑贱肉体的快乐至上，色情读物从来不奢谈爱情。魔鬼关照肉体上帝拯救灵魂。色情读物即魔鬼读物，人们需要魔鬼读物因为他们的本性即神魔一体。在一个色情读物遭到普遍查禁的特殊局域，人们的魔性又如何得以释放？以变形、伪饰、反喻或敌对的方式，将色情引诱变形为商业广告，用艺术教学伪饰色情窥视，甚至让人们在形形色色的性丑闻里看到越轨性生活"耻中之乐"，那种前仆后继的反道德性冒险正是人们内心的"不熄之火"。

　　魔性难以从人的躯体内部割除，于是人们就开始考虑把魔性形象在符号世界中打入地狱。不可能禁止不洁的性生活（只有婚姻之内的性生活才是合法洁净的），却可以把性生活图像从一切读物中彻底清除，而夫妻性生活的实践只能靠口耳相传或暗中摸索。那些被"删除部分"，就成为人们既畏惧又渴望的邪恶之物。尽管他们自欺欺人地以为色情不过是存在于他们身体之外的"外部诱惑"，只要保持符号世界的洁净与不受污染，人们的行为就会像一个谦谦君子。但是非常遗憾，事实上他们的身体仍然难以扼制地一直朝相反的方向在悄悄运动。

　　厌恶不过是对欲望之思的反面表述，排斥的那个对象常常是人们潜意识中渴慕的对象。压抑的背后即放纵，色情生活的不衰能量就在于它集欲望与排斥、厌恶与渴慕、放纵与压抑于一体。色情读物绝不提供高级的审美愉悦，它必须是放荡的、猥琐的、夸饰的、艳俗的，一句话，它必须是低级趣味的。

　　既然公然的专业的色情读物已遭封杀，人们对色情读物的需求就必须求助于其它方式。色情读物很容易被区分出来是分级制度和市场化的自然结果，可是在一个没有分级制的保护与限制的社会环境，加上不充分的市场条件，色情表述必须借助别的形态依附在别的读物身上，以避开模糊不清的检查制度和检查标准。后谎言时代事实上对潜在的色情业已经半推半就地大开绿灯，色情读物面临的市场极其广大。在没有法律保护的现实中，"色情读物"只能采取化整为零的策略以"复数"和"杂种"的面貌出现。任何"单数"的或"纯种"的色情读物，都不可能在后谎言时代的词物分离的文化语境中合法出版。但鉴于这一时代已经明了全面禁欲之不可行，而且它不愿意放弃巨大的市场与利润，这种很有地域特色的色情读物将与文化检查官和道德警察进行一场旷日持久的阵地战。

色情表达充斥于一切可能渗透的领域：商业广告图片；服装表演；美容与整形业；娱乐记者快照；自传体小说；私人博客；艺术人体；性学报告；成人电话节目；玩具；电子游戏；古籍遗产；粗制滥造的性交读物；删节本；盗版或原创的非法出版物以及迅速增长越来越难以控制的网络照片。色情表达在空间上的无孔不入以及在形态上的丰富多样，暗示了后谎言时代的性生活状况已经发生重大变化。私生活领域的局部解放所带来的混乱不堪，不仅对公共生活领域的呆板乏味是一种尖锐讽刺，也是对它的必要补偿与瓦解性回击。让权力一起受色情力量的腐蚀，让权力卸下假面，让权力和卑贱的欲望群体共同参加狂欢节和性派对，让所有的人从谎言最后把持的意识形态牢笼中解放出来！

变化来得太快，人们对肆无忌惮的裸裎和放荡已经不再闪避。展示身体不再惊世骇俗而不过是一种时尚。把长期以来一向会引起色情联想的身体裸裎读解为时尚，这是多么巨大的符号学转变！民众生活中的道德阐释惯习被搁置一旁，国情、传统和风俗根本不堪一击！千百年来的习惯势力是最不顽固最不可靠的势力。假正经的面具拉下之后，一种粗鄙的、草率的、充满活力和想象力的新色情文化诞生了。印刷色情图像和电子色情图像，那些十足廉价、无限复制、推陈出新的色情产品，以光速永不停顿地进行输送与传播。它们朝一切方向流动、漂移、扩散、渗透，停留在一切未知空间，被一切人收藏、截获、保存或抛弃。重要的不是色情图像本身的遭遇和命运，重要的是色情图像对一切人的生活范式与性想象力所带去的革命性影响。

图像（包括色情图像）绝不只是虚拟现实，它早就深入人们的现实、反作用于现实进而构成现实的庞大力量，很快它就要变为现实的主导，只有公共谎言还在原地踏步不思改变。公共谎言缺乏说服力的原因之一，是它找不到自己的新形象。色情读物和色情表达在后谎言时代的奇特处境，那种既被查禁又无所不在的双重命运，为这一文化的将来可能会带来什么还未可乐观，因为色情的合法存在必须基于边界、专业、限制和一套自己的符号体系。色情的魅力只有在有限的开放和适度的压抑机制之下才能保存必要的骚动不宁，现在人们发现色情文化没有边界，缺乏专业知识和经验。没有对色情进行定义，色情符号就混杂在其它行业和表达词语中。由于对色情的态度一直讳莫如深，人们的自作聪明、愚蠢鬼祟和业余妄想就大行其道。他们的新发明弄乱了甚至破坏了色情语系和其它行业语系的固有差异、不同氛围和相应的感受力，当然也破坏了人们对色情表达的感受力。长期这样做的结果，人们的色情妄想将稀释在毫不相关的时空之中，最终毒化由多样性组成的日常生活并使性生活状况再一次发生畸变与退化。

由于色情图像的廉价和易得，性的神秘感和惊奇在一夜之间迅速消失。一种关于"性的波普文化"正在崛起。通俗与恶趣、性别反串与易装癖、搞笑与戏仿、陈腐与新奇，组成了它的大杂烩风格。性的"神魔两重性"被一起解构（神圣感和神秘感没有了，罪感和耻感也没有了），人们在充满快感和游戏感的新色情文化包围中，肆无忌惮地把自己和他的同类统统照亮。色情在今天不再是让人站在局外沉思的"概念"，而是把人卷入其中使之沉浸的"表象"。身体率先自由化了，在它的另一半，是饕餮民众的盛宴，它们共同构成了后谎言时代的景象奇观。

如果说色情读物是在一个特殊压抑制度下的群体社会中，控驭并释放人们危险之性能力的虚拟产品，那么色情读物的"查禁、泛化"现象又与何种特殊的压抑制度相连？从字面上看，查禁完成的是控驭功能，泛化的用途则在于释放。色情表达的寄生状态是后谎言时代在文化上的一次巨大让步，不过由于对言论与名词的特殊敏感，后谎言时代不可能对色情读物实行解禁。名正必然言顺，而不让名正言顺之物岂止一个色情表达？务必使色情表达处在暧昧状态，务必使色情读物不敢公开亮相。让它们以别的名义出现，只有这样色情表达在权力话语面前才会自惭形秽，指鹿为马。可是，色情文化及其表达的暧昧状态早就被打破，并且因为技术普及和成本低廉而越来越公开化大众化。性解放会是其它领域解放的开路先锋吗？或者正好相反：人们纵情于食色，以躯体享乐为惟一生活理想，如果这就是近期目标，那么这一歌舞升平的壮丽景象好像已经降临了。

【导读】

作家作品简介

吴亮（1955— ），生于上海，广东潮阳人。著名文学批评家。上海作家协会驻会专业作家。1985 年加入中国作家协会。曾任工人，中国作家协会上海分会理论研究室工作人员，《上海文论》副主编。在 20 世纪 80 年代中国文坛上风头甚健，以犀利而敏感的批评著称，在对马原、孙甘露这两位先锋作家的评定上起到了不容忽视的作用。1990 年后，吴亮的兴趣从文学转移到了艺术，开始关注起中国画家及他们的作品。2000 年，吴亮又恢复到他的评论者状态，重出江湖，对文学、文化现象发表了一系列言论。著有评论集《文学的选择》《批评的发现》，随笔集《往事与梦想》《城市笔记》等。

1981 年开始发表作品。著有专著《城市笔记》《一个艺术家与友人的谈话》，评论集《文学的选择》《批评的发现》，随笔集《秋天的独白》《往事与梦想》《画室中》等。

鉴赏解读参考

作者用"后谎言时代"来分析现实中的色情现象，所谓"后谎言时代"指的是社会从上到下人们彼此说谎并对说谎心知肚明的生活方式。在这样的时代，由于维护权力及其意识形态所需要的禁忌，色情被迫改头换面，但因为利益驱使而无所不在。作者在充满洞察力的分析中表达出对压抑性检查制度的反感，并对受法律保护的分级制给予肯定。在此前提下反观现实，泛化的色情表达也许是其他领域解放的开路先锋，但这种变形的、隐匿的、彻底谎言化的解放，带来的则可能是"人们纵情于食色，以躯体享受为唯一生活理想"的结果。问题在于：这样的结果是人的真正解放吗？

问题与思考

1. 你认为史铁生从地坛获得了哪些启示。
2. 《一只特立独行的猪》一文中，寄寓了不少作者的理想，谈谈你对此的发现。
3. 请就《论色情读物》一文中所述"后谎言时代"现象作相应的历史文化分析。

延伸阅读

1. 陈福民，《超越生死大限之无上欢悦——重读史铁生的〈我与地坛〉》（《当代文坛》 2009 年 6 期）。
2. 杨勇，《以猪喻人——奥威尔〈动物庄园〉与王小波〈一只特立独行的猪〉》（《青年文学家》2013 年 21 期）。

四、20 世纪八九十年代摇滚歌词

一无所有

崔 健

我曾经问个不休，你何时跟我走
可你却总是笑我，一无所有
我要给你我的追求，还有我的自由
可你却总是笑我，一无所有
噢……你何时跟我走
噢……你何时跟我走

《一无所有》专辑封面

脚下的地在走，身边的水在流
可你却总是笑我，一无所有
为何你总笑个没够，为何我总要追求
难道在你面前，我永远是一无所有
噢……你何时跟我走
噢……你何时跟我走

告诉你我等了很久，告诉你我最后的要求
我要抓起你的双手，你这就跟我走
这时你的手在颤抖，这时你的泪在流
莫非你是正在告诉我，你爱我一无所有
噢……你这就跟我走
噢……你这就跟我走

（曲、演唱：崔健）

无地自容

黄　唯

人潮人海中，有你有我
相遇相识相互琢磨
人潮人海中，是你是我
装作正派面带笑容
不必过分多说，你自己清楚
你我到底想要做些什么
不必在乎许多，更不必难过
终究有一天你会明白我
人潮人海中，又看到你
一样迷人一样美丽
慢慢地放松，慢慢地抛弃
同样仍是并不在意
不必过分多说，你自己清楚
你我到底想要做些什么
不必在乎许多，更不必难过
终究有一天你会离开我

人潮人海中，又看到你
一样迷人一样美丽
慢慢地放松，慢慢地抛弃
同样仍是并不在意
不必过分多说，自己清楚
你我到底想要做些什么
不必在乎许多，更不必难过
终究有一天你会明白我
不再相信，相信什么道理
人们已是如此冷漠
不再回忆，回忆什么过去
现在不是从前的我
曾感到过寂寞，也曾被别人冷落
却从未有感觉
我无地自容

人潮人海中，又看到你
一样迷人一样美丽
慢慢地放松，慢慢地抛弃

同样仍是并不在意

不必过分多说，你自己清楚

你我到底想要做些什么

不必在乎许多，更不必难过

总究有一天你会明白我

不再相信，相信什么道理

人们已是如此冷漠

不再回忆，回忆什么过去

现在不是从前的我

曾感到过寂寞，也曾被别人冷落

却从未有感觉

我无地自容

不再相信，相信什么道理

我不再相信

人们已是如此冷漠

不再回忆，回忆什么过去

现在不是从前的我

不再相信，相信什么道理

我不再相信

不再回忆，回忆什么过去

现在不是从前的我

HI YE HI YE

（曲：李彤 演唱：黑豹）

梦回唐朝

唐朝乐队

菊花古剑和酒

被咖啡泡入喧嚣的亭院

异族人在日坛膜拜古人月亮

开元盛世令人神往

风　吹不散长恨

花　染不透乡愁

雪　映不出山河

月　圆不了古梦

沿着掌纹烙着宿命

今宵酒醒无梦

沿着宿命走入迷思

梦里回到唐朝

今宵杯中映着明月

男耕女织丝路繁忙

今宵杯中映着明月

物华天宝人杰地灵

今宵杯中映着明月

纸香墨飞辞赋满江

今宵杯中映着明月

豪杰英气大千锦亮

今宵杯中映不出明月

霓虹闪烁歌舞升平

只因那五音不全的故事

木然唱和没人失落什么

沿着掌纹烙着宿命

今宵梦醒无酒

沿着宿命走入迷思

梦里回到唐朝

忆昔开元喧盛日

天下朋友结交情

眼界无穷世界宽

安得广厦千万间

沿着掌纹烙着宿命

今宵梦醒无酒

沿着宿命走入迷思

梦里回到唐朝

今宵杯中映着明月

纸香墨飞辞赋满江

今宵杯中映着明月

豪杰英气大千锦亮

沿着掌纹烙着宿命

今宵酒醒无梦

沿着宿命走入迷思
仿佛梦里回到唐朝

（曲、演唱：唐朝乐队）

孤独的人是可耻的

张　楚

这是一个恋爱的季节，
空气里都是情侣的味道，
孤独的人是可耻的。

这是一个恋爱的季节，
大家应该互相微笑，
搂搂抱抱，
这样就好。

我喜欢鲜花，
城市里应该有鲜花，
即使被人摘掉，
鲜花也应该长出来。

这是一个恋爱的季节，
大家应该相互交好，
孤独的人是可耻的。

生命像鲜花一样绽开，
我们不能让自己枯萎，
没有选择，
我们必须恋爱。

鲜花的爱情是随风飘散，
随风飘散随风飘散，
他们并不寻找并不依靠，
非常地骄傲。

孤独的人，
他们想像鲜花一样美丽，

一朵骄傲的心风中飞舞跌落人们脚下。

可耻的人，
他们反对生命反对无聊，
为了美丽在风中在人们眼中变得枯萎。

（曲、演唱：张楚）

黑色梦中

窦　唯

我的寂寞和我的泪，
我的表现是无所谓；
若要坚强需要受罪，
若要后悔需要忏悔。
最好闭上你的嘴。

喔，对，这样才算可爱。
尽管别人会感到奇怪，
这不公道，我不能接受。

到处寻找，寻找安慰，
对我来说那太珍贵，
人海茫茫不会后退，
黑色梦中我去安睡。

梦中没有错与对，
梦中有安也有危；
梦的时代我在胡说，
梦醒时刻才会解脱。
我不知道，我不能去说，
我不能，不能，不能……

（曲、演唱：窦唯）

现代化

蔚 华

不管世界怎么样地变化，
我们都得种田。
因为无论你们多有钱，
也得吃我的面。
城里的文明人让我轻轻地问你一句，
整天挤在公共汽车上，
就为那三十平米。

男女相爱不相忘，
因为导演没有让，
我们长得都一样，
因为我们的脸都黄。
打开电视都是欢声笑语，
今天无战事，
我该起床，做文章，
因为身体放光芒。

嘲笑我的无知吧，
我的真实；
嘲笑我的无知吧，
我改不掉的固执。

专家们编着电脑程序，
一切都那么有逻辑。
我们大步迈向现代化，
一切都那么如意。

（演唱：蔚华）

回到拉萨

郑 钧

回到拉萨 回到了布达拉，
回到拉萨 回到了布达拉宫。

在雅鲁藏布江把我的心洗清，
在雪山之巅把我的魂唤醒。
爬过了唐古拉山遇见了雪莲花，
牵着我的手儿我们回到了她的家。
你根本不用担心太多的问题，
她会教你如何找到你自己。

雪山青草，
美丽的喇嘛庙，
没完没了的姑娘她没完没了的笑。
那雪山那尽头，
美丽的喇嘛庙，
没完没了的唱我们没完没了的跳。
拉呀咿呀咿呀咿呀咿呀咿萨，
感觉是我的家，
拉呀咿呀咿呀咿呀咿呀咿萨，
我美丽的雪莲花，
纯净的天空中有着一颗纯净的心，
不必为明天愁也不必为今天忧。
来吧来吧我们一起回拉萨，
回到我们阔别已经很久的家；
来吧来吧我们一起回拉萨，
回到我们阔别已经很久的家；
来吧来吧来吧来吧来吧来吧，
呀咿呀咿呀咿呀咿呀……

（曲、演唱：郑钧）

我的秋天

许 巍

没有人会留意，
这个城市的秋天。
窗外阳光灿烂，
我却没有温暖。
伴着我的歌声，
是你心碎的幻想。

你用你的眼泪，
抚摸我的寂寞。
那些无助的夜，
我漫无目的地走；
那些无助的夜，
你牵着我的手。

幸福如此遥远，
我无法看见。
这秋天的夜晚，
让我感到茫然。

总在每个深夜，
听到你在哭泣。
你幻想的美丽，
我从没能给你。
伴着我的歌声，
是你心碎的幻想。
你用你的眼泪，
抚摸我的寂寞。
那些无助的夜，
我漫无目的地走；
那些无助的夜，
你牵着我的手。

幸福如此遥远，
我无法看见。
这秋天的夜晚，
让我感到茫然。

那些无助的夜，
我漫无目的地走；
那些无助的夜，
你牵着我的手。

幸福如此遥远，
我无法看见。
这秋天的夜晚，
让我感到茫然。

那些无助的夜，

我漫无目的地走；

那些无助的夜，

你牵着我的手。

（曲、演唱：许巍）

晚安，北京

汪　峰

我将在今夜的雨中睡去，

伴着国产压路机的声音，

伴着伤口迸裂的巨响，

在今夜的雨中睡去，

晚安，北京！

晚安，所有未眠的人们！

风会随子夜的钟声北去，

带着街上乞讨的男孩，

带着路旁破碎的轮胎，

随子夜的钟声北去。

晚安，北京！

晚安，所有未眠的人们！

晚安，北京！

晚安，所有孤独的人们！

我曾在许多的夜晚失眠，

倒在城市梦幻的空间，

倒在自我虚设的洞里，

在疯狂的边缘失眠，

晚安，北京！

晚安，所有未眠的人们！

我觉得越来越有些疲倦，

听着隔壁提琴的抽泣，

喝着世事煮沸的肉汤，

越来越有些疲倦。

晚安，北京！

晚安，所有未眠的人们！

晚安，北京！

晚安，所有孤独的人们！

（曲、演唱：汪峰）

【导读】

作家作品简介

崔健（中国摇滚之父）

崔健（1961—），朝鲜族，中国摇滚乐开山之人，中国摇滚教父。

生于中国北京，父亲和母亲都是文艺工作者。从 14 岁起，崔健跟随父亲学习小号演奏。1981 年，他被北京歌舞团招收为小号演奏员，开始了他的音乐生涯。1978 年在北京交响乐团担任小号演员，直至 1987 年离开。成名曲为 1986 年的《一无所有》。首张个人专辑《新长征路上的摇滚》是中国有史以来的第一张原创摇滚乐专辑。奠定了其在中国摇滚乐历史上的开山鼻祖之地位。之后陆续推出了《解决》（1991）、《红旗下的蛋》（1994）、《无能的力量》（1998）、《给你一点颜色》（2005）等专辑，作品的强烈批判性和启蒙精神。成为一个时代的象征。是 80 年代中国年轻人的最佳代言人。崔健的许多歌词创作集思想性与艺术性于一身，具有很高的文学价值。正因为如此，崔健也被许多评论家冠以"摇滚诗人"的称号，并被一些文学史家写入当代文学史进行专门讨论。谢冕教授把崔健的歌词《一无所有》编选进《中国百年诗歌经典》。

在 2005 年一张向崔健致敬的专辑《谁是崔健》，再次证明他在中国摇滚界举足轻重的地位。2009 年，崔健的《一无所有》入选《台湾流行音乐 200 最佳专辑》排名第八。同年崔健在中国网"新中国 60 年最有影响力文化人物网络评选"音乐排行榜中名列第六。

（其他作者略）

鉴赏解读参考

摇滚最早起源于欧美，流传到中国，则更多地继承了外国摇滚的那种追求自由和解放的精神，又加上了对社会和生活的思考。

早期最有影响力的是崔健，摇滚歌曲第一次正式在中国作为有声出版物出版，是 1986 年"世界和平年百名歌星演唱会"的纪念专辑中收录了崔健的《一无所有》《不是我不明白》，这也标志着中国摇滚乐的正式诞生。

1989 年，崔健推出第一张个人专辑《新长征路上的摇滚》，这也是中国第一张真正意义上的摇滚乐专辑，其后黑豹乐队的《黑豹》，唐朝乐队的《唐朝》，合辑《中国火 I 》陆续发表，成为永留中国摇滚史册的经典唱片。其他出名的摇滚乐队有眼镜蛇、七合板、1989 乐队、唐朝乐队、黑豹乐队、面孔乐队、高旗和超载乐队、汪峰和鲍家街 43 号、指南针乐队、轮回乐队、长镜头乐队、扭曲的机器、零点乐队、瘦人、二手玫瑰、阴影乐队、子曰乐队、红色摇滚、BEYOND（中国香港）、太极乐队（中国香港）等。个人有郑钧、陈劲、许巍、臧天朔、王勇等。

20 世纪 90 年代初，摇滚乐在中国大陆达到流行高潮，1994 年是中国摇滚史上最不能被忘记的年份。这一年被称为"魔岩三杰"的窦唯、张楚、何勇同时推出了《黑梦》《孤独的人是可耻的》《垃圾场》三张专辑，同年 12 月，窦唯、张楚、何勇、"唐朝"参加了在香港红勘体育场举行的演唱会。这是一场中国摇滚乐历史上极其重要的演唱会，现场坐满了来自世界各地的媒体和近万名香港观众，香港地区民众被中国内地摇滚乐队带来的音乐所震撼。再加上同年崔健的《红旗下的蛋》，郑钧的《赤裸裸》，中国摇滚音乐市场盛况空前。

由于种种客观原因，中国摇滚乐在 20 世纪 90 年代中期以后就一直处于地下发展的状态，但依然顽强地生长着。一年一度的迷笛音乐节，迄今为止已经连续办了十届，几十支摇滚乐队参加，每年都有成千上万的摇滚青年从祖国各地奔赴迷笛现场。2002 年丽江雪山音乐节，是第一个按照国际惯例及操作方式举行的音乐节。两天长达二十多个小时的连续演出及雪山万人狂欢活动，让人们感受到了一种音乐本色的回归。2004 年，主题为"谁在春天里歌唱"的大型摇滚音乐节在北京各大演出场地同时循环上演，从而缔造了中国摇滚乐历史上乐队数量最多的一次集结演出，乐队数量超过一百支。这也是唯一一次北京所有摇滚演出场地的集体行动。同年，名为"中国摇滚的光辉道路"的摇滚音乐节在贺兰山下举行。一万多名 15 岁到 40 岁的中国青年背着帐篷、大号军用水壶、啤酒、草绿色军挎包、望远镜，乘坐火车、飞机、大巴奔向贺兰山。三天的演出以至少 100 万元人民币的盈利额度成为中国摇滚历史上规模最大、商业操作最成功的大型音乐节。

强烈的现实批判精神及与主导价值观的偏离或冲突是摇滚乐最根本的精神特征，也是在价值层面辨别摇滚乐与商业化流行音乐的依据。摇滚乐对抗的主导文化，在大多数时候就是现代资本主义工业文化。摇滚乐反映了社会现代化——现代性进程中出现的诸多问题，甚至可以说，对现代工业文明、城市文化和市场文化的抗拒，对异化、麻木的人性的批判是摇滚乐最原初的精神内核。

在当下的西方摇滚乐中，反现代工业文化的意味已经逐渐淡远了，可能由于中国的现代性体验相对于西方国家来说有一个延时，所以在中国摇滚乐的表述中，反现代工业文化的主题还十分常见。这个主题常常由歌词信息直接传递给听众，如郑钧在《商品社会》中唱的"为了我的虚荣心／我把自己出卖／用自由换回来沉甸甸的钱／以便能够跻身在商品社会欲望的社会／商品社会／令人疯狂的社会"，就是对物欲横流的现代社会作出的反思。又如何勇在《钟鼓楼》里唱的"钟鼓楼吸着那尘烟／任你们画着它的脸／你的声音我听不见／现在太吵太乱"则生动地刻画了现代化进程中混浊的都市形象，质疑了所谓的文明。

这样看来，反现代性或对前现代的回溯，都能在摇滚乐中找到各自的根源。著名乐评人金兆钧说："在我的感受中，摇滚的历史化倾向和农民感觉，是一种对现代工业生活和细腻入微的文明的反叛。陈胜与吴广的'揭竿而起'，大唐帝国的'开元盛世日'，辛弃疾的'想当年金戈铁马气吞万里如虎'，统统体现着一种已经衰退的但曾经有过辉煌的阳刚之气。大唐的开放，五族杂处的文化活力，'苟富贵，勿相忘'式的勇气，正因为文化血缘的亲近而使中国摇滚们感受到一种可以连接过去、现在和未来的纽带。更何况，农民意识问题在中国远远不是理论上的'小生产者'的解释可以囊括的。于是，古老的历史中的瞬间辉煌，在千百年后居然成为了中国摇滚们的精神源泉。中国情绪最终在某个特殊的角度上，给了以反叛而闻名的摇滚乐以潜意识中的沟通。这种执着无疑地带有极强的理想主义色彩，也正因此而使摇滚乐获得了一种远比现实的愤怒更为深厚的基础。正像古希腊永远为西方人所向往一样，人或者沦落了自己，或者在理想中重建精神家园。"

> **问题与思考**

当代摇滚乐对中国社会产生了哪些影响。

> **延伸阅读**

1. 崔健，《不是我不明白》《从头再来》《新长征路上的摇滚》。
2. 张楚，《姐姐》。
3. 郑钧，《赤裸裸》。
4. 何勇，《垃圾场》《钟鼓楼》。
5. 周小鸥，《爱不爱我》。
6. 轮回（Again）乐队，《烽火扬州路》。
7. 蔚华，《酸雨》。

五、影视、戏剧

霸王别姬（节选）

芦 苇　李碧华

1 剧院 日 内 （字幕 一九七七年 中国北京）

大花脸与刀马旦缓缓步入剧院，剧院闲置，没有一个观众。

画 外 音　干什么的。

大 花 脸　噢，京剧院来走台的。

画 外 音　哎哟，是您二位啊？我是您二位的戏迷。

大 花 脸　是啊？哎哟。

画 外 音　您二位有二十多年，没有在一块唱了吧。

大 花 脸　二十一年。

刀 马 旦　二十二年。

大 花 脸　（反应过来）对，二十二年了。我们哥俩都有十年没见面了。

刀 马 旦　（有些迟疑）十二年，十一

大 花 脸　是，十一年了，是……

画 外 音　都是"四人帮"闹的，明白。

刀 马 旦　可不，都是"四人帮"闹的。

画 外 音　现在好了。

刀 马 旦　可不，现在好了。

大 花 脸　是，是。

画 外 音　您二位等一会儿，我去给您开灯去啊。

大 花 脸　噢，唉！您受累了（鞠躬）

大门关闭打灯光，灯光聚焦舞台，强光打在两人身上，音乐起。

字　　幕　霸王别姬

28 大院 日 外

戏班的人都围着一位戴着眼镜、穿着黑马甲的那坤。

班　　主　（在侧旁陪着）张宅上把订戏的差委了您……那您就是我
们喜福成的衣食父母。您抬举抬举呢，孩子们年下就穿上新衣裳了。

那　　坤　　（捋捋头发）衣裳好穿，戏活难做！张公公那是当年陪太
后老佛爷听过戏的主儿……糊弄得了吗？敢吗？玩意儿要
是不灵，衣裳……砸了我的脸面没什么，像您这样的，能
给您囚起来。

班　　主　　（在一旁陪着小心）喳，喳。

那　　坤　　（看着站在花台上的小豆子）这孩子有点意思。嗯，学几年
戏啦？

班　　主　　小豆子，快，快过来，给那坤请安。

小豆子绕了点路，来到那坤面前，行了个万福礼。

那　　坤　　（上下打量了下）身段还不错，有点昆腔儿的底儿没有啊？

班　　主　　学了两出。

那　　坤　　（在廊子上坐了下）男怕《夜奔》，女怕《思凡》，那就来
段《思凡》吧！

小　豆　子　　小尼姑年方二八，正青春被师父削去了头发……我本是男
儿郎，又不是女娇娥，为何……

那坤站起身，错过小豆子的身子就走。

班　　主　　（在后面追）那爷，那爷，实在对不住您了！这孩子不太
平常！

那　　坤　　关爷，改日再见。

小　石　头　　（在路边走了出来，一手抄住小豆子衣襟）谁叫你回来啦？
我叫你错，我叫你错！
（小石头揪住小豆子，把他往一椅子上一推，手里拿着一挺烟
杆对着小豆子）张嘴，张嘴，张嘴！
（小豆子张嘴，小石头把烟杆插进小豆子嘴里，搅）错！错呀
你！我叫你错，我叫你错，错……
（小石头把烟杆从小豆子嘴里抽出，然后往边上一扔）来！
边上人扔过一把大刀。

众人上演武行套路。
那坤就站在边上，愣愣地看着。班主，在边上笑。
小豆子也愣愣地看着，嘴角有血流下。

小　豆　子　　我本是……我本是女娇娥，又不是……
（小豆子从椅子上站起，向前走）小尼姑年方二八，正青春
被师父削去了头发……我本是女娇娥，又不是男儿郎……
为何腰系黄带，身穿直裰……见人家夫妻们洒落……一对
对着锦穿罗，不由人心急似火……奴把袈裟扯破！

《霸王别姬》宣传画

47 影楼 日 内

段小楼（小石头）与程蝶衣（小豆子）穿着西装摆好姿势合影。

摄 影 师　　二位老板少年裘马……甭管穿什么衣裳，什么款式……只
　　　　　　要一上身，管保都体面，都标致。

段小楼与程蝶衣换了身长袍马褂，坐在椅子上合影。

摄 影 师　　好。
外 边 传 来　　反对日本增兵华北！
摄 影 师　　（跑道阳台往下看。回来。）糟了糟了，又是那些学生们！

摄影师下楼。

72 后台 夜 内

段小楼跟着菊仙从门里出来。

段 小 楼　　（看着菊仙的脚）嘿，怎么光着脚呀？这么凉的天，出了
　　　　　　什么事啦？
菊　　仙　　（捂着嘴抽泣）赶出来了。花满楼不留许过婚的人。

程蝶衣以及一帮人从侧边走过，看见这一幕，站住。

段 小 楼　　（看见程蝶衣，走向程蝶衣，拉过程蝶衣走到菊仙面前）来，来，
　　　　　　过来见见。这是菊仙小姐。这就是我的亲师弟，你瞧见了，
　　　　　　演虞姬的。（对着菊仙）
菊　　仙　　（笑着）哟，常听小楼念叨您，听都听成熟人了。
程 蝶 衣　　噢，菊仙小姐，失陪了。

程蝶衣走向门，进门，用力关上。
段小楼看了看门。

菊　　仙　　小楼，那天在花满楼……要不是你在楼底下接着，我早就
　　　　　　入土了……那杯定亲酒可是你先喝了一半，菊仙命苦，你
　　　　　　要收留她，有人当牛做马侍候你，你要是嫌弃她，大不了，
　　　　　　她再跳回楼。

菊仙看着段小楼。
段小楼脱下外套，披在菊仙的身上。
周围人叫好。

画　　外　　这妞可够厉害的。
那　　坤　　服，我服！这他妈就是一本大戏呀！什么时候"洞房花烛
　　　　　　夜"呀！
段 小 楼　　今儿晚上。

| 菊　　仙 | 还有哪，你呀，得当着戏班儿上下，老少爷们的面儿……先给我办定亲礼。我得堂堂正正地进你段家的门。 |
| 段 小 楼 | 嫌我偷工减料啊？那成，今儿晚上就是定亲礼，请各位赏光。 |

门重重打开，脱了行头的程蝶衣从门里走了出来。

程 蝶 衣	（扔了双绣花鞋到菊仙脚下）菊仙小姐……您在哪儿学的戏呀？
菊　　仙	哟，我哪儿学过戏呀？
程 蝶 衣	（走到对面椅子上坐下）没学过？那就别洒狗血了。
段 小 楼	蝶衣，叫声嫂子吧！不叫不成了，还有今儿晚上证婚人这活儿……你得给我接下来。
程 蝶 衣	（目中含泪）黄天霸和妓女的戏，不会演……师父没教过。
那　　坤	（上前）这是哪儿跟哪儿呀？
菊　　仙	师弟，小楼在人前人后提起您来……说的可都是厚道话呀！

菊仙跟段小楼往侧边走。

| 程 蝶 衣 | （站起身）别走！你上哪儿去？ |
| 段 小 楼 | 我上哪儿，你管得着吗？ |

段小楼要走。

| 程 蝶 衣 | 师哥！师哥，你别走！袁世卿今儿晚上请咱们过去，要栽培咱们。 |
| 段 小 楼 | 姓袁的他管得了姓段的吗？我是假霸王，你是真虞姬，让他栽培你一个人去吧。 |

段小楼领着菊仙走了。

| 程 蝶 衣 | 师哥！师哥！ |

152 会场 日 内

一群红卫兵抓着段小楼还有戏班的一些戏子，拖进会场。他们胸口都挂着批斗的牌子。

| 红 卫 兵 | 敌人不投降，就叫他灭亡！ |

段小楼等人被拖进会场，一个个跪在地上，面前有个镜子，每个人都在给自己脸上画上歪曲了的脸谱。

| 红 卫 兵 | 揪出黑帮，斩断黑手！揪出伸进文艺界的黑手！革命无罪，造反有理！横扫一切牛鬼蛇神！ |

程蝶衣全副虞姬打扮，冲到段小楼身前，接过段小楼手上的笔，给他勾脸。

段小楼颤抖。

153 大街 日 外

红卫兵拉着段小楼等人游街，街上到处都是举着红旗，举着毛主席照片的人。

路上的人对段小楼程蝶衣推推打打。

菊　　仙　　（冲出，护住段小楼）小楼！

菊仙被人冲开。

段小楼程蝶衣等人被按着跪倒在人群中，面前是一堆燃烧的火。

戏班的其他人　　段小楼是反动霸王！段小楼不老实！段小楼，程蝶衣是黑线人物。

人　　群　　打倒程蝶衣，打倒段小楼！

逼　问　者　　（揪住段小楼的衣襟）说！说！

人　　群　　横扫一切牛鬼蛇神！

段小楼看着人群中的小四。

小四用手抓了抓脸。

逼　问　者　　说！

段　小　楼　　我说！他是个戏痴，戏迷，戏疯子！

逼　问　者　　谁？说清楚！

人　　群　　说，说！

段　小　楼　　程蝶衣！他是只管唱戏，他不管台下坐的是什么人，什么阶级，他都卖力的唱，玩命的唱！

逼　问　者　　你避重就轻，不老实！

段　小　楼　　没有没有。

逼问者给了段小楼一嘴巴。

人　　群　　段小楼不投降就叫他灭亡！

段　小　楼　　抗日，抗日战争刚开始，就就给日本侵略者唱堂会，他，他就，当了，汉奸！

人　　群　　打倒程蝶衣！

段　小　楼　　（也跟着喊）打倒程蝶衣。

菊仙惊愕地看着。

段　小　楼　　他给国民党伤兵唱戏，给北平行辕的反动头子唱戏，给资本家唱，给地主老财唱，给太太小姐唱，给地痞流氓唱，给宪兵警察唱，他，给大戏霸袁世卿唱！

人　　群　　打倒程蝶衣！

逼问者　　再说！还有呢？说！

段　小　楼　　他抽大烟，他抽起大烟来没命，不知道抽光了多少劳动人民的血和汗。

逼问者　　揭！揭实际问题！

人　　群　　打倒程蝶衣！

　　　逼问者拿武装带抽段小楼。
　　　段小楼头上流血。

菊　　仙　　（要去救段小楼）小楼！

　　　周围的人拉住菊仙。

段　小　楼　　他为了讨好大戏霸袁世卿……

　　　戏子们低着的头都抬起，看着段小楼。

段　小　楼　　他……你有没有？（看着程蝶衣）他给袁世卿他当……当……

菊　　仙　　（高喊）小楼！

段　小　楼　　他当，当了，你有没有？你当了？你当？你当，当了。（看着程蝶衣）

　　　程蝶衣看着段小楼。
　　　小四闭上眼睛，深吸一口气。

人　　群　　横扫一切牛鬼蛇神！

段　小　楼　　（拿起身边的行头就往火堆里扔）才子佳人，帝王将相！牛鬼蛇神，牛鬼蛇神！

　　　段小楼拿起宝剑，看了一眼，扔进火堆。
　　　菊仙跑过，捡起宝剑。
　　　红卫兵把菊仙拉开。

程　蝶　衣　　（看着）你们都骗我！都骗我！

程　蝶　衣　　（挣扎起身）我也揭发！揭发姹紫嫣红！揭发断壁颓垣！

程　蝶　衣　　（指着段小楼）段，段小楼！你，你天良丧尽，狼心狗肺！空剩一张人皮了！

程　蝶　衣　　（走到菊仙身边，指着菊仙）自打你贴上这个女人，我就知道完了，什么都完了！

程　蝶　衣　　（晃悠）你当今儿个是小人作乱，祸从天降，不是，不对！是咱们自个儿一步步，一步步走到这步田地来的。报应！我早就不是东西了！可你楚霸王也跪下来求饶了！那京戏它能不亡吗，能不亡吗！

程蝶衣大笑。

程　蝶　衣　　（指着段小楼）报应！

红卫兵把程蝶衣按倒。

程　蝶　衣　　（挣扎起身）我还要揭发！

红卫兵拉住程蝶衣的双手。

程　蝶　衣　　（脸冲着菊仙）就是她！

程　蝶　衣　　（脸冲着周边的红卫兵，笑）她是什么人啊？我来告诉你们
　　　　　　　她是什么人！

程　蝶　衣　　（冲着菊仙）臭婊子，淫妇！她是花满楼的头牌妓女潘金
　　　　　　　莲！斗她，斗她，去斗她啊！斗死她啊！

逼　问　者　　（在段小楼耳边）段小楼，她是不是妓女？是不是？

段　小　楼　　是，是！

逼　问　者　　你爱她吗？嗯？爱不爱？

段　小　楼　　不，不，不爱！不爱她……

逼　问　者　　真的不爱？

段　小　楼　　真的不爱，真的，我真的不爱她！我跟她划清界限。我从
　　　　　　　此跟她划清界限！

菊仙愣愣地看着段小楼。

段　小　楼　　我跟她划清界限了。（回响）

一团高挂的红布被点燃，烧光。

157 舞蹈房 日 内

　　大镜子前，小四画好虞姬的妆，口里唱着词，摆弄着一盒饰物，我
们可以看出，那是袁世卿送给程蝶衣的。
　　门被打开，一群红卫兵走了进来。
　　小四愣住，站起转身面对红名卫兵。
　　之前的逼问者，走向小四。

158 剧院 日

　　这里回到第一场的地方，段小楼和程蝶衣两人在练习。

字　　幕　　十一年后。

程　蝶　衣　　大王，快将宝剑赐予妾身。

段　小　楼　　妃子，不，不，不可寻此短见呐！

程　蝶　衣　　大王，快将宝剑赐予妾身。

段　小　楼　　千万不可！

段　小　楼　　（摆手）不灵了，不灵了！不跟趟了，老了！

段　小　楼　　（摘下假须）小尼姑年方二八。

程　蝶　衣　　（愣了愣）正青春被师父削去了头发。

段　小　楼　　我本身男儿郎。

程　蝶　衣　　又不是女娇娥。

段　小　楼　　（指着程蝶衣）错了，又错了！

程　蝶　衣　　我本是男儿郎，又不是女娇娥！好，我们再来！

程　蝶　衣　　大王，快将宝剑赐予妾身。

段　小　楼　　妃子，不，不，不可寻此短见呐！

程　蝶　衣　　大王，快将宝剑赐予妾身。

段　小　楼　　千万不可！

程　蝶　衣　　大王，汉兵他，他，他杀进来了！

段　小　楼　　（踏上前一步，背对程蝶衣）在哪里？

　　　　程蝶衣抽出宝剑。

　　　　倒地声。

段　小　楼　　（转头）蝶衣！小豆子！

黑场　字幕　　一九九零年，在北京举行了"纪念京剧徽班进京二百周年"
　　　　　　　的庆祝演出活动……

【导读】

作家作品简介

　　芦苇（1950—　），生于北京，在西安长大。1968年到农村下乡，种过地，当过民工。1971年进工厂当工人。一年后来离开工厂在家待业，开始学习画画。1976年入西安电影制片厂先当了两年炊事员，后改做绘景、美工。1987年改编《最后的疯狂》，此后陆续创作了《星塘阿芝——齐白石的故事》、《疯狂的代价》、《灯影春秋》、《九夏》、《黄河谣》、《黑风景》、《血筑》（即《秦颂》）、《桃花满天红》、《红樱桃》、《西夏路迢迢》等电影剧本，此外，还编导了电视专题片《无笔画家吴金狮》和《关中皮影》，将《永失我爱》《一地鸡毛》《霸王别姬》及《活着》改编成电影剧本。1995年，他执导了影片《西夏路迢迢》。

　　李碧华（1959—　），祖籍中国广东台山，出生、成长于香港，毕业于香港著名女子学校香港真光中学。曾任小学教师，同时也担任人物专访记者、电视编剧、电影编剧及舞剧策划，先后在刊物撰写专栏及小说。代表作品有《霸王别姬》《青蛇》《秦俑》《胭脂扣》《生死桥》《饺子》《诱僧》等。专栏及小说在中国港台，以及新马等报刊登载，结集出版逾百本并有多国译本。

鉴赏解读参考

《霸王别姬》感情强烈，情节曲折，充满生生死死的戏剧冲突，邀请几位大明星主演，具备充分的商业元素。但同时蕴涵深刻的文化内涵，被认为"通俗中见斑斓，曲高而和者众"。国际影评联盟评委认为："《霸王别姬》一片深刻挖掘中国文化历史及人性、影像华丽、剧情细腻。"影片用中国文化积淀最深厚的京剧艺术及其艺人的生活，有着人性的思考和人生存状态的表述，更通过几十年的时事风云，透射出一股中国传统文化的哲学思考。片中人物的人生经历犹如"戏梦人生"，影片通过三位主人公的同性恋和异性恋的矛盾，把他们的命运和历史背景融合到一起，展现出他们情感上的纠缠和交葛。蝶衣从小依赖师兄小楼，这种依赖演变为一种爱情，但是小楼对他的感情却显得暧昧和模糊。而小楼和菊仙的异性恋，也是菊仙更为明显。小楼始终是一个模糊的状态。也许是因为害怕，这种害怕在"文化大革命"期间表现得更为明显。种种矛盾到最后还是以生命的终结画上了悲剧性的色彩。

恋爱的犀牛（节选）

廖一梅

第二十场

马　路	我对自己说，如果我不能强迫自己以一张平静、温和的脸面对你，我就不来见你。现在，我能做到了。以前，我也不相信一个人的愿望可以大到改变天空的颜色、物体的形状，使梦想具有如此真实可触的外壳，但是现在我知道那是因为愿望还不够强大。明明，你不再生我的气了吧，可能我天生就是个疯子。
明　明	外面下雨了吗？
马　路	好像还没有。

明	明	还没有？
马	路	不过街上的人都带着雨伞。
明	明	他们并不看天，他们只听降水概率。好闷啊，雷打了这么久还不下雨！在这种天气我总是欲念丛生，无法安宁。生活又回去了，当我每天的体力消耗，仅仅是从屋子的这头走到那头，我开始睡不好觉，从头到脚充满了欲望，我开始不是因感情去渴望男人，而是因为欲望，让人坐立不安、无法安眠的情欲，这真是可怕，我已经不能忍受独自度过一个又一个平静的夜晚，我的身体骚动着，那块草地湿漉漉的，从 31 号到今天，只有 7 天，这太可怕了。
马	路	你病了？你有几天没去上班了？
明	明	没关系，我看得出，我的主管对我有某种偏爱。跟我说点什么，你的图拉怎么样？
马	路	不太好，不爱动，吃得也比以前少，有生人走近很容易受惊。可能是它老了，不过它只有二十岁，也就是只中年的犀牛。
明	明	也许是得了相思病。
马	路	也许是我传染的。

明明笑。

明	明	这个，还是给你吧。（把那天夜里送给马路的皮夹交到他手里，马路不可置信地看着，放在鼻子前闻着）那天是陈飞的生日，我等他到深夜他都没有来，于是我把蛋糕、礼物和我的热情都给了你。
马	路	你是说那天夜里我不是做梦？
明	明	陈飞在他生日的第二天就走了，一个遥远的国家。我已经在床上想了一个星期，决定忘掉他。
马	路	你是说那天夜里我不是做梦？
明	明	就当你是做梦好了，那本来也不是属于你的。
马	路	那么昨天呢？昨天晚上呢？
明	明	昨天晚上怎么了？
马	路	你来了，还是没来？
明	明	你在说什么？
马	路	天啊，我简直让你搞糊涂了！你怎么能这么干？！
明	明	你是指夜里的事？
马	路	对。
明	明	你不喜欢？
马	路	不！我真不知道是你疯了，还是我疯了。
明	明	不重要了，都结束了。
马	路	结束的是那个人，我们才刚开始。
明	明	没有什么"我们"，以后只有"我"。

马　　路　我不会离开你，也不会让你离开我。

明　　明　别跟我比着说甜言蜜语。

马　　路　等着瞧吧，等着瞧吧。

第二十四场

舞台上，女孩明明被蒙着眼睛绑在椅子上。马路坐在她旁边。

马　　路　黄昏是我一天中视力最差的时候，一眼望去满街都是美女，高楼和街道也变幻了通常的形状，像在电影里……你就站在楼梯的拐角，带着某种清香的味道，有点湿乎乎的，奇怪的气息，擦身而过的时候，才知道你在哭。事情就在那时候发生了。我怎样才能让你明白我如何爱你？我默默忍受，饮泣而眠？我高声喊叫，声嘶力竭？我对着镜子痛骂自己？我冲进你的办公室把你推倒在地？我上大学，我读博士，当一个作家？我为你自暴自弃，从此被人怜悯？我走入精神病院，我爱你爱崩溃了？爱疯了？还是我在你窗下自杀？明明，告诉我该怎么办？你是聪明的，灵巧的，伶牙俐齿的，愚不可及的，我心爱的，我的明明……

马路摘下明明眼睛上的布。犀牛图拉发出叫声，它已经近在眼前。

明　　明　你要干什么？走开！把这犀牛带走！

马　　路　这就是图拉，我最好的，也是最后的伙伴。明明，我想给你一切，可我一无所有。我想为你放弃一切，可我又没有什么可以放弃。钱、地位、荣耀，我仅有的那一点点自尊没有这些东西装点也就不值一提。如果是中世纪，我可以去做一个骑士，把你的名字写上每一座被征服的城池。如果在沙漠中，我会流尽最后一滴鲜血去滋润你干裂的嘴唇。如果我是天文学家，有一颗星星会叫做明明；如果我是诗人，所有的声音都只为你歌唱；如果我是法官，你的好恶就是我最高的法则；如果我是神父，再没有比你更好的天堂；如果我是个哨兵，你的每一个字都是我的口令；如果我是西楚霸王，我会带着你临阵脱逃任由人们耻笑；如果我是杀人如麻的强盗，他们会祈求你来让我俯首帖耳。可我什么也不是。一个普通人，一个像我这样普通的人，我能为你做什么呢？

马路突然掏出一把剪刀向犀牛刺去！鲜血喷涌，图拉发出恐怖的噪叫！暴怒地向马路冲去。明明尖声大叫着。

《恋爱的犀牛》封面

马　　路　别怕，图拉，我要带你走。在池沼上面，在幽谷上面，越

过山和森林，越过云和大海，越过太阳那边，越过轻云之外，越过星空世界的无涯的极限，凌驾于生活之上。前面就是一望无际的非洲草原，夕阳挂在长颈鹿绵长的脖子上，万物都在雨季来临时焕发生机。

马路举枪杀了图拉。图拉巨大的身体慢慢倒下。

明明惊恐得发不出声音。

马路持刀走向图拉，挥刀砍下，掏出图拉血淋淋的心脏。

马　　路　　这是我能给你的最后的东西，图拉的心，和我自己，你收留他们吗？明明，我亲爱的，温柔的，甜蜜的……

明明满脸泪水，说不出话来。

马　　路　　一切白的东西和你相比都成了黑墨水而自惭形秽，
　　　　　　一切无知的鸟兽因为不能说出你的名字而绝望万分，
　　　　　　一切路口的警察亮起绿灯让你顺利通过，
　　　　　　一切正确的指南针向我标示你存在的方位。
　　　　　　你是不留痕迹的风，
　　　　　　你是掠过我身体的风，
　　　　　　你是不露行踪的风，
　　　　　　你是无处不在的风……
　　　　　　我是多么爱你啊，明明。

马路抱住绑在椅子上的明明。

明　　明　　你把诗写完了，多美啊，真遗憾。

探照灯突然亮了，警报声大作，所有人冲进犀牛馆，呆望着这一切却不敢靠近。

警　　察　　马路，马上释放人质，举手投降，你已经被包围了！

黑子等人　　马路！

马路对周围的一切无动于衷，只是紧紧地抱着明明。明明不动，眼睛望着远处，突然唱起了歌。

明明的歌《只有我》：

对我笑吧，像你我初次见面，
对我说吧，即使誓言明天就变，
抱紧我吧，在天气这么冷的夜晚，
想起我吧，在你感到变老的那一年。

过去的岁月都会过去，
最后只有我还在你身边。

过去的岁月总会过去，
最后只有我还在你身边。
对我笑吧，像你我初次见面，
对我说吧，即使誓言明天就变，
享用我吧，人生如此飘忽无定，
想起我吧，在你感到变老的那一年。

合唱起《玻璃女人》：
你是不同的，唯一的，柔软的，干净的，天空一样的，
你是我温暖的手套，冰冷的啤酒，
带着阳光味道的衬衫，日复一日的梦想。
你是纯洁的，天真的，玻璃一样的，
你是纯洁的，天真的，什么也污染不了，
你是纯洁的，天真的，什么也改变不了，
阳光穿过你，却改变了自己的方向，

我的爱人，我的爱人，我的爱人，我的爱人……

剧终

【导读】

作家作品简介

廖一梅是中国近年来备受瞩目的编剧、作家。毕业于中央戏剧学院，现为中国国家话剧院编剧。她 1999 年创作的话剧《恋爱的犀牛》于当年由中央实验话剧院首演，2003、2004 年由中国国家话剧院复排演出，是中国小剧场戏剧史上最受欢迎的作品之一。由她编剧的戏剧《魔山》2005 年由北京儿艺股份有限公司首演，《艳遇》2007 年中国国家话剧院首演，都是广受欢迎的作品。2005 年 3 月，由她编剧的多媒体音乐话剧《琥珀》在中国香港艺术节首演，此后在新加坡和中国的北京、上海、深圳等地巡演，成为亚洲剧坛的旗帜性作品。由她编剧的电影《生死劫》获美国纽约崔贝卡电影节最佳影片金奖，电影《像鸡毛一样飞》获中国香港国际电影节费比西影评人大奖，洛迦诺国际电影节青年评委会特别奖，电影《一曲柔情》获美国妇女电影节金奖。著有小说《悲观主义的花朵》《魔山》，剧本集《琥珀＋恋爱的犀牛》。

　　廖一梅自己说：《恋爱的犀牛》是一个关于爱情的故事。讲一个男人爱上一个女人，为她做了一个人能做的一切。剧中的主角马路是别人眼中的偏执狂，如他朋友所说——过分夸大了一个女人和另一个女人之间的差别，在人人都懂得明智选择的今天，算是人群中的犀牛——实属异类。所谓"明智"，便是不去作不可能、不合逻辑和吃力不讨好的事，在有着无数可能、无数途径、无数选择的现代社会，人人都能找到自己的最佳位置，都能在情感和实利之间找到一个明智的平衡支点，避免落到一个自己痛苦、别人耻笑的境地。这是马路所不会的，也是我所不喜欢的。不单感情，所有的事都是如此——没有偏执就没有新的创举，就没有新的境界，就没有你想也想不到的新的开始。

　　爱是自己的东西，没有什么人真正值得倾其所有去爱。但有了爱，可以帮助你战胜生命中的种种虚妄，以最长的触角伸向世界，伸向你自己不曾发现的内部，开启所有平时麻木的感官，超越积年累月的倦怠，剥掉一层层世俗的老茧，把自己最柔软的部分暴露在外。因为太柔软了，痛触必然会随之而来，但没有了与世界，与人最直接的感受，我们活着是为了什么呢？

问题与思考

1. 浅析电影《霸王别姬》中程蝶衣、菊仙两个人物。
2. 对《恋爱的犀牛》中主人公马路的精神状态作出分析。

延伸阅读

1. 李冰，《论〈霸王别姬〉的多重悲剧主题内涵》（《青年文学家》2010 年 2 期）。
2. 廖一梅，《琥珀》（2005 年）、《艳遇》（2007）、《柔软》（2010年）。

第五章

台、港、澳地区当代文学作品精选

概述

本章主要讲 1949 年以来的台湾文学和香港、澳门地区文学，因台湾地区社会、文化状况不同，须单独叙述，香港、澳门地区则共成一节分开叙述。

一、台湾文学

台湾光复后的文学，具有阶段性的特色：20 世纪 50 年代，是"战斗文学"的提倡时期；20 世纪六七十年代，现代主义和乡土文学的先后崛起；进入 20 世纪 80 年代以后，台湾文学更加自由、宽容和多元化。

1945 年 8 月抗战胜利，台湾光复。1949 年国民党政权败走台湾，积极扶植、提倡"战斗文学"。因此 20 世纪 50 年代的台湾小说界，以《荻村传》（陈纪滢，1951）、《旋风》（姜贵，1957）、《莲漪表妹》（潘人木，1951）为代表。同时也出现了一批军中诗人。

但这样极具政治性的文学并未完全淹没其他的声音。首先，那些 1949 年前后离开故土家园、离别亲人挚友流寓台湾的大陆人，随着岁月的流逝而乡愁日重。这种情怀形之于笔墨，便是怀乡小说、散文。小说的代表作家有林海音、司马中原等。散文创作领域，则以梁实秋的《雅舍小品》（1949）为代表。

其次，现代主义文学初试啼声。自 20 世纪 50 年代中期开始，现代主义文学思潮在台湾诗界涌动。20 世纪 30 年代曾经和戴望舒等一道从事现代派诗歌运动的纪弦等，在台湾掀起现代派诗歌运动。纪弦创办"现代派"诗刊（1953），洛夫、痖弦、张默等成立"创世纪诗社"（1954），覃子豪、余光中等建立"蓝星诗社"（1954）。形成现代主义诗歌中坚力量的是来自大陆的诗人，他们延续了大陆 20 世纪 30—40 年代的现代主义诗歌运动传统，并从西方现代主义诗歌中汲取营养，使台湾诗坛的 20 世纪 50—60 年代成为现代主义诗歌运动的黄金时代。代表性的诗作有叶珊《水之泥》（1960）、洛夫《石室之死亡》（1959）、痖弦《深渊》（1968）、周梦蝶《还魂草》（1965）、罗门《第九日的底流》（1963）、复虹《金蛹》（1968）、蓉子《七月的南方》（1961）、白荻《天空象征》（1960）、余光中《敲打乐》（1969）等。

20 世纪 50 年代后期，小说领域也出现了现代派的作品。和现代主义诗歌的参与者大都是从大陆来台、有一定创作实践的诗人相异，现代派小说的作者大都是在校的大学生。20 世纪 50 年代后期台湾大学外文系教授夏济安创办的《文学杂志》介绍了大量的西方现代派作品，1960年，白先勇、欧阳子、陈若曦、王文兴、叶维廉、刘绍铭、李欧梵等台大外文系学生创办《现代文学》杂志。至1973年暂时停刊，十多年间，发行51期，刊载了台湾70位作者的206篇小说，成为现代派小说发展壮大的坚实阵地。

20世纪六七十年代乡土文学走向繁荣，"现实主义—乡土文学"作家一直在努力耕耘。在诗歌领域，"笠"诗社（1964）强调乡土精神，批判现实，代表性诗人有林亨泰、黄荷生、陈千武、吴浪涛、李魁贤、非马、杜国清等。台湾光复后的第一代乡土作家钟肇政创作了大河小说《浊流三部曲》：《浊流》、《江山万里》、《流云》（1961—1963）与史诗性巨著《台湾人三部曲》：《沉沦》、《沧溟行》、《插天山之歌》（1968—1976）。1964年吴浊流创办《台湾文艺》，1966年尉天骢主编《文学季刊》。这两个刊物都具有回归现实、回归乡土的特征，成为培养本土作家、发表乡土作品的园地。1971年日本侵占钓鱼岛事件发生，台湾人民深受刺激，激发起强烈的民族意识，社会上出现了反对西化、回归乡土的潮流。知识分子尤其是青年学生，提出了"关怀社会"和"服务社会"的口号。在此情况下，反对西化、回归乡土的热潮与关怀社会、服务社会的行动，促成了反映现实、关心社会的台湾乡土诗歌和小说的复兴与发展，进而取代了现代派文学的主流地位，呈现出繁荣兴盛的局面。辛牧、萧萧、苏绍连、吴晟、林焕彰、蒋勋、向阳等诗人，陈映真、黄春明、杨青矗、王祯和、洪醒夫等小说家，成为此时期的代表性作家。

除主潮高涨之外，也还有其他流派的作品在竞相发展。20世纪60年代伊始，言情小说家琼瑶开始出版长篇小说，征服了一批又一批的读者。20世纪70年代以来，高阳独自在历史小说的园地里辛勤耕耘，出版了《慈禧全传》（1984）与《胡雪岩》（1973）系列。古龙则在众多的武侠小说家中脱颖而出，成为继梁羽生、金庸之后华文世界中又一位新派武侠小说的代表作家。此外，现代派的一些作家提出并实践"将传统融于现代，借西洋揉入中国"的主张，从而出现了回归民族传统的转变。

这一时期的散文变得开阔多样。老一辈的作家如梁实秋、陈火泉仍然保持了创作活力，一批年轻的女作家如张晓风、胡品清、张菱船、林文月等逐渐变得成熟。一群诗人将现代主义诗歌的创作经验带入散文，追求知性和感性的调谐，如余光中、杨牧、洛夫、夏菁、管管、叶维廉等。台湾本土的老一代作家和"战后第一代"作家叶荣钟、许达然、陈火泉、李乔等也在用散文表达他们的乡土之情和社会之思。三毛的海外题材散文，以其新颖明快之风，引起了读者的喜爱。

20世纪80年代以来台湾经济开始起飞，实行多年的戒严状态得以解除，社会生活的格局发生重大变化。与之相应，取消报禁，网络兴起，都成为本时期台湾文学发展的重要背景。女性主义、环保主义、后现代主义、族群意识等都作用于文学，多元与驳杂是20世纪八九十年代台湾文学界的总体特征。其中，女性文学、政治化文学与都市文学较为突出。

女性小说有朱秀娟的《女强人》（1984），萧飒、廖辉英与孟瑶也分别创作了《如梦令》（1987）、《盲点》（1986）与《一心大厦》（1989）。此时期的李昂，则从政治与女性的关系入手，探讨女性的历史命运。同样致力于两性议题的散文家则有廖咸浩、蔡诗萍、平路等。政治化文学中，施明正的《渴死者》（1980）和《喝尿者》（1982），陈映真的《铃铃花》（1983），《山路》（1984）和《赵南栋》（1987）等，都以各自的斗争经历为背景，壮大了政治小说的声势。李敖的政治批判性杂文于嬉笑怒骂中尽展锋芒，龙应台的社会批判杂文则在宝岛掀起了"龙卷风"。都市文学也分为都市小说和都市散文两大类，它们是台湾社会都市化的产物。既然城市人口已占总人口的大多数（1985年已达78.3%），各种滋生于工商社会的问题与矛盾日趋激化，那么，在此情况下生长的文学当然会作出反应。无论是成名已久的陈映真、黄春明，还是崛起于20世纪80年代的新生代作家宋泽莱、萧飒、吴锦发、王定国、王幼华、张大春、王文华等人，都在此时推出了不少取材于都市生活的力作。在这些作品中，光怪陆离的都市景观与形形色色的都市人物都得到了充分的展示。

至于20世纪80年代以来台湾文学创作的艺术追求和总体特征，可以说是空前的纷繁和驳杂。形式上，无论是现代主义还是后现代主义，象征、隐喻、魔幻、寓言、断裂、拼接、迷宫、戏拟、荒诞，都多有表现。内容上，各种感官的刺激、自我的冲突、政治的对立、城乡的矛盾，都无所避讳。

比较而言，台湾的戏剧尤其是话剧，在20世纪数十年间并没有建立起自己的强大传统，又一直处于缺少足够经济支持的状态，李曼瑰、姚一苇、赖声川等，在非常艰难的条件下，为台湾现代戏剧的薪火相传作出积极的贡献。台湾的电影也是直到20世纪80年代侯孝贤、杨德昌等新电影的代表人物的出现，才得到长足的发展。20世纪90年代的李安，更是以《饮食男女》）（1993）、《卧虎藏龙》（1999）、《色·戒》（2007）等电影蜚声海内外，创造了电影的高峰。

二、香港文学和澳门文学

1841年1月26日英军以武力强占香港岛，此后两次通过与清政府签订不平等条约，将其控制的土地从九龙延伸到新界。长达一个半世纪的英国殖民统治，使得1997年回归祖国之前的香港社会充满着殖民主义色彩。这些都不可能不给20世纪香港文学发展打上深深的印痕。

1949年中华人民共和国成立，社会主义的内地与资本主义的香港在政治、经济、文化等各个方面都开始出现巨大的差异。美国从战略需要出发，特意通过驻港新闻处，设立"亚洲基金会"（初名"救济总会"）以资助出版社，推动"绿背文学"（指美元背面图案呈绿色）。左翼文化机构和作家，则形成了香港的左派文学。20世纪50年代后期至20世纪70年代中期，随着工商业的高速发展与西方现代主义思潮的大量引进，内地南来的作家由短暂客居变为长久居留，本土作家日渐成熟，作家们关注的焦点愈来愈多地转到香港本土。现实主义作家舒巷城推出力作《太阳下山了》，刘以则高举现代主义旗帜创作了一批运用现代小说技巧的"实验小说"，继之而起的还有也斯、西西等人。通俗类作品也迅速发展：其一是新派武侠小说，崛起于20世纪50年代，以金庸、梁羽生为代表，享誉海内外。其二是言情小说，依达、亦舒、严沁、岑凯伦、李碧华等人作品各具风采。另外唐人、高旅、金东方、南宫博、董千里等人的历史小说，倪匡等人的科幻小说，也都拥有广泛的读者。同时，舒巷城、西西、也斯等都是亦诗亦文，和他们的小说一样，分别有现实主义和现代派的差异。

20世纪70年代末以来，香港回归提上议事日程，内地和香港的文化交流日渐活跃，文学创作也有了新的变化。来自内地的陶然、杨明显、颜纯钩、温绍贤、陈娟等和来自台湾地区及海外的施叔青、梁锡华、钟玲、余光中等作家、诗人在这里定居或讲学，为香港文坛增添了新鲜血液。刘以、夏易、西西、也斯、海辛、金依等本土作家也在此时期拿出了自己的力作，而这一时期的香港电影，则在武侠电影和光影怀旧中兴盛一时。

与香港相类似，澳门曾经长期被葡萄牙殖民者所占据，但中国的本土文化仍一直是澳门文学的命脉所系，成为澳门与中国大陆切不断的精神联系。澳门由于历史原因，是一个中西合璧、华洋杂处的社会，形成其混血、杂糅和包容的文化性格。澳门文坛以华文文学和土生文学共存，形成独特的文学景观。其一，是澳门文学中的传统文学因素成为坚守中国文化的一种方式，旧体诗词有一定成就，其二，是"土生文学"，即外来殖民者葡萄牙人的后裔，在民族融合中，对澳门及其浓郁的中国风情产生认同，并且在澳门回归中国之后仍然选择留在澳门，他们所创作的土生文学，因此也纳入了中国文学的版图之中。

台湾地区文学部分

一、小说

游园惊梦

白先勇

钱夫人到达台北近郊天母窦公馆的时候，窦公馆门前两旁的汽车已经排满了，大多是官家的黑色小轿车，钱夫人坐的计程车开到门口她便命令司机停了下来，窦公馆的两扇铁门大敞，门灯高烧，大门两侧一边站了一个卫士，门口有个随从打扮的人正在那儿忙着招呼宾客的司机，钱夫人一下车，那个随从便赶紧迎了上来，他穿了一身藏青哔叽的中山装，两鬓花白。钱夫人从皮包里掏出了一张名片递给他，那个随从接过名片，即忙向钱夫人深深的行了一个礼，操了苏北口音，满面堆着笑容说道：

"钱夫人，我是刘副官，夫人大概不记得了？"

"是刘副官吗？"钱夫人打量了他一下，微带惊愕的说道，"对了，那时在南京到你们大悲巷公馆见过你的。你好，刘副官。"

"托夫人的福。"刘副官又深深的行了一礼，赶忙把钱夫人让了进去，然后抢在前面用手电筒照路，引着钱夫人走上一条水泥砌的汽车过道，绕着花园直往正屋里行去。

"夫人这向好？"刘副官一行引着路，回头笑着向钱夫人说道。

"还好，谢谢你，"钱夫人答道，"你们长官夫人都好呀？我有好些年没见着他们了。"

"我们夫人好，长官最近为了公事忙一些。"刘副官应道。

窦公馆的花园十分深阔，钱夫人打量了一下，满园子里影影绰绰，都是些树木花，围墙周遭，却密密的栽了一圈椰子树，一片秋后的清月，已经升过高大的椰子树干子来了。钱夫人跟着刘副官绕过了几丛棕榈树，窦公馆那座两层楼的房子便赫然出现在眼前，整座大楼，上上下下灯光通明，亮得好像烧着了一般；一条宽敞的石级引上了楼前一个弧形的大露台，露台的石栏边沿上却整整齐齐的置了十来盆一排齐胸的桂花，钱夫人一踏上露台，一阵桂花的浓香便侵袭过来了。楼前正门大开，里面有几个仆人穿梭一般来往着，刘副官停在门口，哈着身子，做了个手势，毕恭毕敬的说了声：

"夫人请。"

钱夫人一走入门内前厅，刘副官便对一个女仆说道："快去报告夫前厅只摆了一堂精巧的红木几椅，几案上搁着一套景泰蓝的瓶樽，一只观音樽里斜插了几枝万年青；右侧壁上，嵌了一面鹅卵形的大穿衣镜。钱夫人走到镜前，把身上那件玄色秋大衣卸下，一个女仆赶忙上前把大衣接了过去。钱夫人往镜里瞟了一眼，很快的用手把右鬓一绺松弛的头发捋了一下，下午六点钟才去西门町红玫瑰做的头发，刚才穿过花园，吃风一撩，就乱了。钱夫人往镜子又凑近了一步，身上那件墨绿杭绸的旗袍，她也觉得颜色有点不对劲儿，她记得这种丝绸，在灯光底下照起来，绿汪汪翡翠似的，大概这间前厅不够亮，镜子里看起来，竟有点发乌。难道真的是料子旧了？这份杭绸还是从南京带出来的呢，这些年都没舍得穿，为了赴这场宴才从箱子底拿出来裁的。早知如此，还不如到鸿翔绸缎庄买份新的。可是她总觉得台湾的衣料粗糙，光泽扎眼，尤其丝绸，哪里及得上大陆货那么细致，那么柔熟？

"五妹妹到底来了。"一阵脚步声，窦夫人走了出来，一把便搀住了钱夫人的双手笑道。

"三阿姐，"钱夫人也笑着叫道，"来晚了，累你们好等。"

"哪里的话，恰是时候，我们正要入席呢。"

窦夫人说着便挽着钱夫人往正厅走去。在走廊上，钱夫人用眼角扫了窦夫人两下，她心中不禁舰敲起来：桂枝香果然还没有老。临离开南京那年，自己明明还在梅园新村的公馆替桂枝香请过三十岁的生日酒，得月台的几个姐妹淘都差不多到齐了——桂枝香的妹子后来嫁给任主席任子久做小的十三天辣椒，还有她自己的亲妹妹十七月月红——几个人还学洋派凑份子替桂枝香定制了一个三十寸双层的大寿糕，上面足足插了三十根红蜡烛，现在她总该有四十大几了吧？钱夫人又朝窦夫人瞄了一下。窦夫人穿了一身银灰洒朱砂的薄纱旗袍，足上也配了一双银灰闪光的高跟鞋，右手的无名指上戴了一只莲子大的钻戒，左腕也笼了一副白金镶碎钻的手串，发上却插了一把珊瑚缺月钗，一对寸把长的紫瑛坠子直吊下发脚外来，衬得她丰白的面庞愈加雍容矜贵起来。在南京那时，桂枝香可没有这般风光，她记得她那时还做小，窦瑞生也不过是个次长，现在窦瑞生的官大了，桂枝香也扶了正，难为她熬了这些年，到底给她熬出了头了。

"瑞生到南部开会去了，他听说五妹妹今晚要来，还特地让我向你问好呢。"窦夫人笑着侧过头来向钱夫人说道。

"哦，难为窦大哥还那么有心。"钱夫人笑道。一走近正厅，里面一阵人语喧笑便传了出来。窦夫人在正厅门口停了下来，又握住钱夫人的双手笑道：

"五妹妹，你早就该搬来台北了，我一直都挂着，现在你一个人住在南部那种地方有多冷清呢？今夜你是无论如何缺不得席的——十三也来了。"

"她也在这儿吗？"钱夫人问道。

"你知道呀，任子久一死，她便搬出了任家，"窦夫人说着又凑到钱夫人耳边笑道，"任子久是有几份家当的，十三一个人也算过得舒服了，今晚就是她起的哄，来到台湾还是头一遭呢。她把'赏心乐事'票房里的几位朋友搬了来，锣鼓笙箫都是全的，他们还巴望着你上去显两手呢。"

"罢了，罢了，哪里还能来这个玩意儿！"钱夫人急忙挣脱了窦夫人，摆着手笑道。

"客气话不必说了，五妹妹，连你蓝田玉都说不能，别人还敢开腔吗？"窦夫人笑道，也不等钱夫人分辩便挽了她往正厅里走去。

正厅里东一堆西一堆，锦簇绣丛一般，早坐满了衣裙明艳的客人。厅堂异常宽大，呈凸字形，是个中西合璧的款式。左半边置着一堂软垫沙发，右半边置着一堂紫檀硬木桌椅，中间地板上却隔着一张两寸厚刷着二龙抢珠的大地毯。沙发两长四短，对开围着，黑绒底子洒满了醉红的海棠叶儿，中间一张长方矮几上摆了一只两尺高青天细瓷胆瓶，瓶里冒着一大蓬金骨红肉的龙须菊。右半边八张紫檀椅子团团围着一张嵌纹石桌面的八仙桌，桌上早布满了各式的糖盒茶具。厅堂凸字尖端，也摆着六张一式的红木靠椅，椅子三三分开，圈了个半圆，中间缺口处却高高竖了一档乌木架流云蝙蝠镶云母片的屏风。钱夫人看见那些椅子上搁满了铙钹琴弦，椅子前端有两个木架，一个架着一只小鼓，另一个却齐齐的插了一排笙箫管笛。厅堂里灯光辉煌，两旁的座灯从地面斜射上来，照得一面大铜锣金光闪烁。

窦夫人把钱夫人先引到厅堂左半边，然后走到一张沙发跟前对一位五十多岁穿了珠灰旗袍，带了一身玉器的女客说道：

"赖夫人，这是钱夫人，你们大概见过面的吧？"

钱夫人认得那位女客是赖样云的太太，以前在南京时，社交场合里见过几面。那时赖祥云大概是个司令官，来到台湾，报纸上倒常见到他的名字。

"这位大概就是钱鹏公的夫人了？"赖夫人本来正和身旁一位男客在说话，这下才转过身来，打量了钱夫人半晌，款款的立了起来笑着说道。一面和钱夫人握手，一面又扶了头，说道：

"我是说面熟得很！"

然后转向身边一位黑红脸身材硕肥头顶光秃穿了宝蓝丝葛长袍的男客说：

"刚才我还和余参军长聊天，梅兰芳第三次南下到上海在丹桂第一台唱的是什么戏，再也想不起来了。你们瞧，我的记性！"

余参军长老早立了起来，朝着钱夫人笑嘻嘻的行了一个礼说道：

"夫人久违了。那年在南京励志社大会串瞻仰过夫人的风采的。我还记得夫人票的是《游园惊梦》呢！"

"是呀，"赖夫人接嘴道，"我一直听说钱夫人的盛名，今天晚上总算有耳福要领教了。"

钱夫人赶忙向余参军长谦谢了一番，她记得余参军长在南京时来过她公馆一次，可是她又仿佛记得他后来好像犯了什么大案子被革了职退休了，接着窦夫人又引着她过去，把在座的几位客人都一一介绍一轮。几位夫人太太她一个也不认识，她们的年纪都相当轻，大概来到台湾才兴起来的。

"我们到那边去吧，十三和几位票友都在那儿。"

窦夫人说着又把钱夫人领到厅堂的右手边去。她们两人一过去，一位穿红旗袍的女客便踏着碎步迎了上来，一把便将钱夫人的手臂勾了过去，笑得全身乱颤说道：

"五阿姐，刚才三阿姐告诉我你也要来，我就喜得叫道：'好哇，今晚可真把名角儿给抬了出来了！'"

钱夫人方才听窦夫人说天辣椒蒋碧月也在这里，她心中就踌躇了一番，不知天辣椒嫁了人这些年，可收敛了一些没有。那时大伙儿在南京夫子庙得月台清唱的时候，有风头总是她占先，拗着她们师傅专拣讨好的戏唱。一出台，也不管清唱的规矩，就脸朝了那些捧角的，一双眼睛钩子一般，直伸到台下去。同是一个娘生的，性格儿却差得那么远。论到懂世故，有担待，除了她姐姐桂枝香再也找不出第二个人来。桂枝香那儿的便宜，天辣椒也算捡尽了。任子久连她姐姐的聘礼都下定了，天辣椒却有本事拦腰一把给夺了过来。也亏桂枝香有涵养，等了多少年才委委屈屈做了窦瑞生的偏房。难怪桂枝香老叹息说：是亲妹子才专拣自己的姐姐往脚下踹呢！钱夫人又打量了一下天辣椒蒋碧月，蒋碧月穿了一身火红的缎子旗袍，两只手腕上，铮铮锵锵，直戴了八只扭花金丝镯，脸上勾得十分入时，眼皮上抹了眼圈膏，眼角儿也着了墨，一头蓬得像鸟窝似的头发，两鬓上却刷出几只俏皮的月牙钩来。任子久一死，这个天辣椒比从前反而愈更标劲，愈更佻挞了，这些年的动乱，在这个女人身上，竟找不出半丝痕迹来。

"哪，你们见识见识吧，这位钱夫人才是真正的女梅兰芳呢！"

蒋碧月挽了钱夫人向座上的几位男女票友客人介绍道。几位男客都慌忙不迭站了起来朝了钱夫人含笑施礼。

"碧月，不要胡说，给这几位内行听了笑话。"

钱夫人一行还礼，一行轻轻责怪蒋碧月道。

"碧月的话倒没有说差，"窦夫人也插嘴笑道，"你的昆曲也算得了梅派的真传了。"

"三阿姐——"

钱夫人含糊叫了一声，想分辩几句。可是若论到昆曲，连钱鹏志也对她说过：

"老五，南北名角我都听过，你的'昆腔'也算是个好的了。"钱鹏志说，就是为着在南京得月台听了她的《游园惊梦》，回到上海去，日思夜想，心里怎么也丢不下，才又转了回来娶她的。钱鹏志一径对她讲，能得她在身边，唱几句"昆腔"作娱，他的下半辈子也就无所求了。那时她刚在得月台冒红，一句"昆腔"，台下一声满堂彩，得月台的师傅说：一个夫子庙算起来，就数蓝田玉唱得最正派。

"就是说呀，五阿姐。你来见见，这位徐经理太太也是个昆曲大王呢。"蒋碧月把钱夫人引到一位着黑旗袍，十分净扮的年轻女客跟前说道，然后又笑着向窦夫人说，"三阿姐，回头我们让徐太太唱'游园'，五阿姐唱'惊梦'，把这出昆腔的戏祖宗搬出来，让两位名角上去较量较量，也好给我们饱饱耳福。"那位徐太太连忙立了起来，道了不敢。钱夫人也赶忙谦让了几句，心中却着实嗔怪天辣椒太过冒失，今天晚上这些人，大概没有一个不懂戏的，恐怕这位徐经理太太就现放着是个好角色，回头要真给抬了上去，倒不可以大意呢，运腔转调，这些人都不足畏，倒是在南部这么久，嗓子一直没有认真吊过，却不知如何了。而且裁缝师傅的话果然说中：台北不兴长旗袍喽。在座的——连那个老得脸上起了鸡皮皱的赖夫人在内，个个的旗袍下摆都缩得差不多到膝盖上去了，露出大半截腿子来。在南京那时，哪个夫人的旗袍不是长得快拖到脚面上来了？后悔没有听从裁缝师傅，回头穿了这身长旗袍站出去，不晓得还登不登样，一上台，一亮相，最要紧，那时在南京梅园新村请客唱戏，每次一站上去，还没有开腔就先把那台下压住了。

"程参谋，我把钱夫人交给你了。你不替我好好伺候着，明天罚你作东。"

窦夫人把钱夫人引到一位卅多岁的军官面前笑着说道，然后转身悄声对钱夫人说："五妹妹，你在这里聊聊，程参谋最懂戏的，我得进去招呼着上席了。""钱夫人久仰了。"程参谋朝着钱夫人，立了正，利落的一鞠躬，行了一个军礼。他穿了一身浅泥色凡立丁的军礼服，外套的翻领上别了一副金亮的两朵梅花中校领章，一双短筒皮靴靠在一起，乌光水滑的。钱夫人看见他笑起来时，咧着一口齐垛垛净白的牙齿，容长的面孔，下巴剃得青光，眼睛细长上挑，随一双飞扬的眉毛，往两鬓插去，一杆葱的鼻梁，鼻尖却微微下佝，一头墨浓的头发，处处都抿得妥妥帖帖的。他的身段颀长，着了军服分外英发，可是钱夫人觉得他这一声招呼里却又透着几分温柔，半点也没带武人的粗糙。

"夫人请坐。"程参谋把自己的椅子让了出来，将椅子上那张海绵椅垫挪挪正，请钱夫人就了座，然后立即走到那张八仙桌端了一盅茉莉香片及一个四色糖盒来，钱夫人正要伸出手去接过那盅石榴红的瓷杯，程参谋却低声笑道：

"小心烫了手，夫人。"

然后打开了那个描金乌漆糖盒，佝下身去，双手捧到钱夫人面前，笑吟吟的望着钱夫人，等她挑选。钱夫人随手抓了一把松瓢，程参谋忙劝止道：

"夫人，这个东西顶伤嗓子。我看夫人还是尝颗蜜枣，润润喉吧。"

说着便拈起一根牙签挑了一枚蜜枣，递给钱夫人，钱夫人道了谢，将那枚蜜枣接了过来，塞到嘴里，一阵沁甜的蜜味，果然十分甘芳。程参谋另外多搬了一张椅子，在钱夫人右侧坐了下来。

"夫人最近看戏没有？"程参谋坐定后笑着问道，他说话时，身子总是微微倾斜过来，十分专注似的，钱夫人看见他又露了一口白净的牙齿来，灯光下，照得莹亮。"好久没看了，"钱夫人答道，她低下头去，细细的啜了一口手里那盅香片，"住在南部，难得有好戏。"

"张爱云这几天正在国光戏院演《洛神》呢，夫人。"

"是吗？"钱夫人应道，一直俯着首在饮茶，沉吟了半晌才说道，"我还是在上海天赡舞台看她演过这出戏——那是好久以前了。""她的做工还是在的，到底不愧是'青衣祭酒'，把个宓妃和曹子建两个人那段情意，演得细腻到了十分。"

钱夫人抬起头来，触到了程参谋的目光，她即刻侧过了头去，程参谋那双细长的眼睛，好像把人都罩住了似的。

"谁演得这般细腻呀？"天辣椒蒋碧月插了进来笑道，程参谋赶忙立起来，让了坐。蒋碧月抓了一把朝阳瓜子，跷起腿嗑着瓜子笑道："程参谋，人人说你懂戏，钱夫人可是戏里的'通天教主'，我看你趁早别在这儿班门弄斧了。"

"我正在和钱夫人讲究张爱云的《洛神》，向钱夫人讨教呢。"程参谋对蒋碧月说着，眼睛却瞟向了钱夫人。

"哦，原来是说张爱云吗？"蒋碧月噗哧笑了一下，"她在台湾教教戏也就罢了，偏偏又要去唱《洛神》，扮起宓妃来也不像呀！上礼拜六我才去国光看来，买到了后排，只见她嘴巴动，声音也听不到，半出戏还没唱完，她嗓子先就哑掉了——嗳唷，三阿姐来请上席了。"

一个仆人拉开了客厅通到饭厅的一扇镂空"十"字的桃花心木推门。窦夫人已经从饭厅里走了出来。整座饭厅银素装饰，明亮得像雪洞一般，两桌席上，却是猩红的细布桌面，盆碗羹箸一律都是银的。客人们进去后都你推我让，不肯上坐。

"还是我占先吧，这般让法，这餐饭也吃不成了，倒是辜负了主人这番心意！"

赖夫人走到第一桌的主位坐了下来，然后又招呼着余参军长说道：

"参军长，你也来我旁边坐下吧。刚才梅兰芳的戏，我们还没有论出头绪来呢。"余参军长把手一拱，笑嘻嘻的道了一声："遵命。"客人们哄然一笑便都相随入了席。到了第二桌，大家又推让起来了，赖夫人隔着桌子向钱夫人笑着叫道：

"钱夫人，我看你也学学我吧。"窦夫人便过来拥着钱夫人走到第二桌主位上，低声在她耳边说道：

"五妹妹，你就坐下吧。你不占先，别人不好入座的。"

"哪天要能借到府上的大师傅去烧个翅，请起客来就风光了。"赖夫人说道。"那还不容易？我也乐得去白吃一餐呢！"窦夫人说，客人们都笑了起来。"钱夫人，请用碗翅吧。"程参谋盛了一碗红烧鱼翅，加了一羹匙镇江醋，搁在钱夫人面前，然后又低声笑道：

"这道菜，是我们公馆里出了名的。"钱夫人还没来得及尝鱼翅，窦夫人却从隔壁桌子走了过来，敬了一轮酒，特别又叫程参谋替她斟满了，走到钱夫人身边，按着她的肩膀笑道：

"五妹妹，我们俩儿好久没对过杯了。"

说完便和钱夫人碰了一下杯，一口喝尽，钱夫人也细细的干掉了。窦夫人离开时又对程参谋说道：

"程参谋，好好替我劝酒啊。你长官不在，你就在那一桌替他做主人吧。"程参谋立起来，执了一把银酒壶，弯了身，笑吟吟便往钱夫人杯里筛酒，钱夫人忙阻止道："程参谋，你替别人斟吧，我的酒量有限得很。"

程参谋却站着不动，望着钱夫人笑道："夫人，花雕不比别的酒，最易发散。我知道夫人回头还要用嗓子，这个酒暖得正好，少喝点儿，不会伤喉咙的。"

"钱夫人是海量，不要饶过她！"坐在钱夫人对面的蒋碧月却走了过来，也不用人让，自己先斟满了一杯，举到钱夫人面前笑道：

"五阿姐，我也好久没有和你喝过双盅儿了。"

钱夫人推开了蒋碧月的手，轻轻咳了一下说道：

"碧月，这样喝法要醉了。"

"到底是不赏妹子的脸，我喝双份儿好了，回头醉了，最多让他们抬回去就是啦。"

蒋碧月一仰头便干了一杯，程参谋连忙捧上另一杯，她也接过去一气干了，然后把个银酒杯倒过来，在钱夫人脸上一晃。客人们都鼓起掌来喝道：

"到底是蒋小姐豪兴！"

钱夫人只得举起了杯子，缓缓的将一杯花雕饮尽。酒倒是烫得暖暖的，一下喉，就像一股热流般，周身游荡起来了。可是台湾的花雕到底不及大陆的那么醇厚，饮下去终究有点割喉。虽说花雕容易发散，饮急了，后劲才凶呢。没想到真正从绍兴办来的那些陈年花雕也那么伤人。那晚到底中了她们的道儿！她们大伙儿都说，几杯花雕哪里就能把嗓子喝哑了？难得是桂枝香的好日子，姐妹们不知何日才能聚得齐，主人尚且不开怀，客人哪能尽兴呢？连月月红十七也夹在里面起哄：姐姐，我们姐妹俩儿也来干一杯，亲热亲热一下。月月红穿了一身大金大红的缎子旗袍，艳得像只鹦哥儿，一双眼睛，鹘伶伶地尽是水光。姐姐不赏脸，她说，姐姐到底不赏妹子的脸，她说道。逞够了强，捡够了便宜，还要赶着说风凉话。难怪桂枝香叹息：是亲妹子才专拣自己的姐姐往脚下踹呢。月月红——就算她年轻不懂事，可是他郑彦青就不该也跟了来胡闹了。他也捧了满满的一杯酒，咧着一口雪白的牙齿说道：夫人，我也来敬夫人一杯。他喝得两颧鲜红，眼睛烧得像两团黑火，一双带刺的马靴啪哒一声并在一起，弯着身腰柔柔的叫道："夫人——"

"这下该轮到我了，夫人。"程参谋立起身，双手举起了酒杯，笑吟吟的说道。

"真的不行了，程参谋。"钱夫人微俯着首，喃喃说道。

"我先干三杯，表示敬意，夫人请随意好了。"程参谋一连便喝了三杯，一片酒晕把他整张脸都盖了过去了。他的额头发出了亮光，鼻尖上也冒出几颗汗珠子来。钱夫人端起了酒杯，在唇边略略沾了一下。程参谋替钱夫人拈了一只贵妃鸡的肉翅，自己也夹了一个鸡头来过酒。

"嗳唷，你敬的是什么酒呀？"

对面蒋碧月站起来，伸头前去嗅了一下余参军长手里那杯酒，尖着嗓门叫了起来，余参军长正捧着一只与众不同的金色鸡缸杯在敬蒋碧月的酒。

"蒋小姐，这杯是'通宵酒'哪。"余参军长笑嘻嘻的说道，他那张黑红脸早已喝得像猪肝似的了。"呀呀啐，何人与你们通宵哪！"蒋碧月把手一挥，操起戏白说道。

"我们进去吧，五妹妹，"窦夫人伸出手来，搂着钱夫人的肩膀往屋内走去，"我去叫人沏壶茶来，我们俩儿正好谈谈心——你这么久没来，可发觉台北变了些没有？"

钱夫人沉吟了半晌，侧过头来答道：

"变多喽。"

走到房子门口的时候，她又轻轻的加了一句：

"变得我都快不认识了——起了好多新的高楼大厦。"

【导读】

作家作品简介

白先勇（1937—　　），回族，台湾当代著名作家，生于广西桂林。中国国民党高级将领白崇禧之子。白先勇 7 岁时，经医诊断患有肺结核，不能就学。1956 年在建国中学毕业，1965 年，取得爱荷华大学硕士学位后，白先勇到加州大学圣塔芭芭拉分校教授中国语文及文学，并从此在那里定居。1994 年退休。出版有短篇小说集《寂寞的十七岁》《台北人》《纽约客》，散文集《蓦然回首》，长篇小说《孽子》等。

鉴赏解读参考

白先勇在小说《游园惊梦》中有意识地采用了叙事学方法及互文性思路。小说在外视角叙述中加入局部人物的内视角，并把两种叙述视角相互结合、穿插，进而通过内视角的回顾性叙事，自然转入意识流中的诗意表达。与此同时，中国文学的丰厚传统给予作品互文性以极大便利，并营造了"人在戏中，戏在戏中"等多方面的艺术效果，由此又构成了梦醒时分的宽阔阐释空间。

二、诗歌

春天，遂想起

余光中

春天，遂想起
江南，唐诗里的江南，九岁时
采桑叶于其中，捉蜻蜓于其中
（可以从基隆港回去的）
江南
小杜的江南
苏小小的江南
遂想起多莲的湖，多菱的湖
多螃蟹的湖，多湖的江南
吴王和越王的小战场
（那场战争是够美的）
逃了西施
失踪了范蠡
失踪在酒旗招展的
（从松山飞三个小时就到的）
乾隆皇帝的江南

春天，遂想起遍地垂柳
的江南，想起
太湖滨一渔港，想起
那么多的表妹，走在柳堤
（我只能娶其中的一朵！）
走过柳堤，那许多的表妹
就那么任伊老了
任伊老了，在江南
（喷射云三小时的江南）
即使见面，她们也不会陪我
陪我去采莲，陪我去采菱

即使见面，见面在江南

在杏花春雨的江南

在江南的杏花村

（借问酒家何处）

何处有我的母亲

复活节，不复活的是我的母亲

一个江南小女孩变成的母亲

清明节，母亲在喊我，在圆通寺

喊我，在海峡这边

喊我，在海峡那边

喊，在江南，在江南

多寺的江南

多亭的江南

多风筝的江南啊

钟声里的江南

（站在基隆港，想

想回也回不去的）

多燕子的江南。

【导读】

作家作品简介

余光中（1928—　），台湾著名诗人、评论家。 1953年与覃子豪、钟鼎文等共创"蓝星"诗社，后赴美进修，获爱荷华大学艺术硕士学位。返台后任师大、政大、台大及香港中文大学教授，曾任《解放日报》总编辑，现任台湾中山大学文学院院长。

鉴赏解读参考

此诗写的是作者在春天的时候想起了故乡江南，从自己最真切却有模糊的记忆中想起了的江南。写到江南多事，从唐诗中多有写江南的佳作，写到江南的历史宏阔，吴越之战，却又表现出它的秀气浪漫，西施、范蠡消失于爱情和酒旗招展之中。写到江南多湖，湖中多莲，多菱，记起了表妹们陪着作者在多柳的堤边，在多莲多菱的湖中漂游，却隐隐显出作者淡淡的遗憾和忧伤：只能娶一朵，只能任由她们老去，就是现在再见，也不会像从前那样了。最后一部分写到的是作者的母亲，在记忆的江南里喊着作者，这个母亲就又成了祖国的含义，任由她如何的喊作者，作者也不得回到家乡了。最后这段升华主题，流露作者淡淡的哀愁，却又在这淡淡之中隐含了强烈的思乡之情。诗作清静交融，在景色和历史中作者巧妙而自然地给诗句染上自己的思想忧愁。

你的名字

纪　弦

用了世界上最轻最轻的声音，
轻轻地唤你的名字，每夜每夜。
写你的名字，
画你的名字，
而梦见的是你的发光的名字：
如日，如星，你的名字。
如灯，如钻石，你的名字。
如缤纷的火花，如闪电，你的名字。
如原始森林的燃烧，你的名字。
刻你的名字！
刻你的名字在树上。
刻你的名字在不凋的生命树上。
当这植物长成了参天的古木时，
啊啊，多好，多好，
你的名字也大起来。
大起来了，你的名字。
亮起来了，你的名字。
于是，轻轻轻轻轻轻轻地唤你的名字。

【导读】

作家作品简介

　　纪弦（1913—　　），当代诗人。是台湾诗坛的三位元老之一（另两位为覃子豪与钟鼎文），在台湾诗坛享有极高的声誉。纪弦不仅创作极丰，而且在理论上亦极有建树。他是现代派诗歌的倡导者，主张写"主知"的诗，强调"横的移植"。诗风明快，善嘲讽，乐戏谑。他的诗极有韵味，且注重创新，令后学者竞相仿效，成为台湾诗坛的一面旗帜。

鉴赏解读参考

　　这是一首别开生面的爱情诗。诗中没有出现一个爱字，而是鬼使神差地选取了人所忽视的对方名字为吟咏对象，文字浅显易懂，主旨是朦胧的，内涵却很丰富。全诗的喃喃自语滔滔不绝，轻轻而充满深情地呼唤"你的名字"，赞美你的名字。可你是谁？是爱人，是情人，是朋友还是一个抽象的悬念？是家乡，还是祖国？作者虽然没有明确的交代，我们却可以想象到许多。谈情者认为情人，说爱者认为爱人，乐山水者认为山水，思念祖国者目为祖国，正是在这样的不确定之中，诗美得到了无限扩展，在平凡中酿出了不平凡的艺术美酒。

无悔的青春

席慕蓉

　　在年轻的时候，如果你爱上了一个人，请你……请你一定要温柔地对待她。

　　不管你们相爱的时间有多长或多短，若你们能始终温柔地相待，那么，所有的时刻都将是一种无瑕的美丽。

　　若不得不分离，也要好好地说声再见，也要在心里存着感谢，感谢她给了你一份记忆。

　　长大了以后，你才会知道，在蓦然回首的刹那，没有怨恨的青春才会了无遗憾，如山冈上那轮静静的满月。

作家作品简介

席慕蓉（1943— ），著名诗人、散文家、画家。祖籍内蒙古察哈尔盟明安旗，是蒙古族王族之后，外婆是王族公主，后随家定居台湾。她于 1981 年出版第一本新诗集《七里香》，在台湾刮起一阵旋风，其销售成绩也十分惊人。1982 年，她出版了第一本散文集《成长的痕迹》，以另一种创作的形式，延续新诗温柔淡泊的风格。

鉴赏解读参考

席慕蓉多写爱情、人生、乡愁，写得极美，淡雅剔透，抒情灵动，饱含着对生命的挚爱真情，影响了整整一代人的成长历程。其实人的感情世界就像那首诗所说，"你爱，或者不爱我，爱就在那里，不增不减"。席慕蓉对那段青春时光情感的表述，没有跌宕激烈，基于走过之后的渗透，不是世故而是温馨的提示。青春虽激荡，但也要细细地品味，悉心地呵护，对别人，也是为自己。

问题与思考

请就台湾诗歌中的思乡情感进行理解赏析。

延伸阅读

1. 余光中，《余光中至情至爱散文集——天涯情旅》。
2. 《纪弦精品》。
3. 席慕容，《七里香》《有一首歌》《戏子》《一棵开花的树》《时光九篇》《心灵的探索》。

三、散文

沙漠观浴记

三　毛

有一天黄昏，荷西突然心血来潮，要将一头乱发剪成平头，我听了连忙去厨房拿了剪鱼的大剪刀出来，同时想用抹布将他的颈子围起来。

"请你坐好，"我说。

"你做什么？"他吓了一跳。

"剪你的头发。"我将他的头发拉了一大把起来。

"剪你自己的难道还不够？"他又跳开了一步。"镇上那个理发师不会比我高明，你还是省省吧，来！来！"我又去捉他。

荷西一把抓了钥匙就逃出门去，我丢下剪刀也追出去。

五分钟之后，我们都坐在肮脏闷热的理发店里，为了怎么剪荷西的头发，理发师、荷西和我三个人争论起来，各不相让，理发师很不乐，狠狠的瞪着我。

"三毛，你到外面去好不好？"荷西不耐烦的对我说。"给我钱，我就走。"我去荷西口袋里翻了一张蓝票子，大步走出理发店。

沿着理发店后面的一条小路往镇外走，肮脏的街道上堆满了垃圾，苍蝇成群的飞来飞去，一大批瘦山羊在找东西吃。这一带我从来没有来过。

经过一间没有窗户的破房子，门口堆了一大堆枯干的荆棘植物。我好奇的站住脚再仔细看看，这个房子的门边居然挂了一块牌子，上面写着"泉"。

我心里很纳闷，这个垃圾堆上的屋子怎么会有泉水呢？于是我走到虚掩着的木门边，将头伸进去看看。

大太阳下往屋里暗处看去，根本没有看见什么，就听到有人吃惊的怪叫起来——"啊……啊……"又同时彼此嚷着阿拉伯话。

我转身跑了几步，真是满头雾水，里面的人到底在做什么？为什么那么怕我呢？

这时里面一个中年男人披了撒哈拉式的长袍追出来，看见我还没有跑，便冲上来想抓住我的样子。

"你做什么，为什么偷看人洗澡？"他气冲冲的用西班牙文责问我。

"洗澡？"我被弄得莫名其妙。

"不知羞耻的女人，快走，嘘——嘘——"那个人打着手势好似赶鸡一样赶我走。

"嘘什么嘛，等一下。"我也大声回嚷他。

"喂，里面的人到底在做什么？"我问他，同时又往屋内走去。

"洗澡，洗——澡，不要再去看了。"他口中又发出嘘声。"这里可以洗澡？"我好奇心大发。

"是啦！"那个人不耐烦起来。

"怎么洗？你们怎么洗？"我大为兴奋，头一次听说沙哈拉威人也洗澡，岂不要打破沙锅问到底。

"你来洗就知道了。"他说。"我可以洗啊？"我受宠若惊的问。

"女人早晨八点到中午十二点，四十块钱。"

"多谢，多谢，我明天来。"

我连忙跑去理发店告诉荷西这个新的好去处。

第二天早晨，我抱着大毛巾，踏在厚厚的羊粪上，往"泉"走去，一路上气味很不好，实在有点倒胃口。

推门进去，屋内坐着一个沙哈拉威中年女子，看上去精明而又凶悍，大概是老板娘了。

"要洗澡吗？先付钱。"

我将四十块钱给了她，然后四处张望。这个房间除了乱七八糟丢着的锈铁皮水桶外没有东西，光线很不好，一个裸体女人出来拿了一个水桶又进去了。

"怎么洗？"我像个乡巴佬一样东张西望。

"来，跟我来。"

老板娘拉了我的手进了里面一个房间，那个小房间大约只有三四个榻榻米大，有几条铁丝横拉着，铁丝上挂满了沙哈拉威女人的内衣、还有裙子和包身体的布等等，一股很浓的怪味冲进鼻子里，我闭住呼吸。

"这里，脱衣服。"老板娘命令似的说。

我一声不响，将衣服脱掉，只剩里面事先在家中穿好的比基尼游泳衣。同时也将脱下的衣服挂在铁丝上。"脱啊！"那个老板娘又催了。

"脱好了。"我白了她一眼。

"穿这个怪东西怎么洗？"她问我，又很粗暴的用手拉我的小花布胸罩，又去拉拉我的裤子。

"怎么洗是我的事。"我推开了她的手，又白了她一眼。"好，现在到外面去拿水桶。"

我乖乖的出去拿了两个空水桶进来。

"这边，开始洗。"她又推开一个门，这幢房子一节一节的走进去，好似枕头面包一样。

泉，终于出现了，沙漠里第一次看见地上冒出的水来，真是感动极了。它居然在一个房间里。

那是一口深井，许多女人在井旁打水，嘻嘻哈哈，情景十分活泼动人。我提着两只空水桶，像呆子一样望着她们。这批女人看见我这个穿衣服的人进去，大家都停住了，我们彼此望来望去，面露微笑，这些女人不太会讲西班牙话。

一个女人走上来，替我打了一桶水，很善意的对我说："这样，这样。"

然后她将一大桶水从我头上倒下来，我赶紧用手擦了一下脸，另一桶水又淋下来，我连忙跑到墙角，口中说着："谢谢！谢谢！"再也不敢领教了。

"冷吗？"一个女人问我。

我点点头，狼狈极了。

"冷到里面去。"她们又将下一扇门拉开，这个面包房子不知一共有几节。

我被送到再里面一间去。一阵热浪迎面扑上来，四周雾气茫茫，看不见任何东西，等了几秒钟，勉强看见四周的墙，我伸直手臂摸索着，走了两步，好似踏着人的腿，我弯下身子去看，才发觉这极小的房间里的地上都坐了成排的女人，在对面墙的那边，一个大水槽内正滚着冒泡泡的热水，雾气也是那里来的，很像土耳其浴的模样。

这时房间的门被人拉开了几分钟，空气凉下来，我也可以看清楚些。

这批女人身旁都放了一两个水桶，里面有冷的井水。房间内温度那样高，地被蒸得发烫，我的脚被烫得不停地动来动去，不知那些坐在地上的女人怎么受得了。

"这边来坐，"一个墙角旁的裸女挪出了地方给我。"我站着好了，谢谢！"看看那一片如泥浆似的湿地，不是怕烫也实在坐不下去。

我看见每一个女人都用一片小石头沾着水，在刮自己身体，每刮一下，身上就出现一条黑黑的浆汁似的污垢，她们不用肥皂，也不太用水，要刮得全身的脏都松了，才用水冲。"四年了，我四年没有洗澡，住夏依麻，很远，很远的沙漠——。"一个女人笑嘻嘻地对我说，"夏依麻"意思是帐篷。她对我说话时我就不吸气。

她将水桶举到头上冲下去，隔着雾气，我看见她冲下来的黑浆水慢慢淹过我清洁的光脚，我胃里一阵翻腾，咬住下唇站着不动。

"你怎么不洗，石头借给你刮。"她好心的将石头给我。"我不脏，我在家里洗过了。"

"不脏何必来呢！像我，三四年才来一次。"她洗过了还是看上去很脏。

这个房间很小，没有窗，加上那一大水槽的水不停的冒热气，我觉得心跳加快，汗出如雨，加上屋内人多，混合着人的体臭，我好似要呕吐了似的。挪到湿湿的墙边去靠一下，才发觉这个墙上积了一层厚厚如鼻涕一样的滑滑的东西，我的背上被粘了一大片，我咬住牙，连忙用毛巾没命地擦背。

在沙漠里的审美观念，胖的女人才是美，所以一般女人想尽方法给自己发胖。平日女人出门，除了长裙之外，还用大块的布将自己的身体、头脸缠得个密不透风。有时髦些的，再给自己加上一付太阳眼镜，那就完全看不清她们的真面目了。

我习惯了看木乃伊似包裹着的女人，现在突然看见她们全裸的身体是那么胖大，实在令人触目心惊，真是浴场现形，比较之下，我好似一根长在大胖乳牛身边的细狗尾巴草，黯然失色。

一个女人已经刮得全身的黑浆都起来了，还没有冲掉，外面一间她的孩子哭了，她光身子跑出去，将那个几个月大的婴儿抱进来，就坐在地上喂起奶来。她下巴、颈子、脸上、头发上流下来的污水流到胸部，孩子就混着这个污水吸着乳汁。我呆看着这可怖肮脏透顶的景象，胃里又是一阵翻腾，没法子再忍下去，转身跑出这个房间。

一直奔到最外面一间，用力吸了几口新鲜空气，才走回到铁丝上去拿衣服来穿。

"她们说你不洗澡，只是站着看，有什么好看？"老板娘很有兴趣的问我。

"看你们怎么洗澡。"我笑着回答她。

"你花了四十块钱就是来看看？"她张大了眼睛。"不贵，很值得来。"

"这儿是洗身体外面，里面也要洗。"她又说。"洗里面？"我不懂她说什么。

她做了一个掏肠子的手势，我大吃一惊。

"哪里洗，请告诉我。"既吓又兴奋，衣服扣子也扣错了。"在海边，你去看，在勃哈多海湾，搭了很多夏依麻，春天都要去那边住，洗七天。"

当天晚上我一面做饭一面对荷西说："她说里面也要洗洗，在勃哈多海边。"

"不要是你听错了？"荷西也吓了一跳。

"没有错，她还做了手势，我想去看看。"我央求荷西。

从小镇阿雍到大西洋海岸并不是太远，来回只有不到四百里路，一日可以来回了。勃哈多有个海湾我们是听说，其他近乎一千里的西属撒哈拉海岸几乎全是岩岸没有沙滩。车子沿着沙地上前人的车印开，一直到海都没有迷路，在岩岸上慢慢找勃哈多海湾又费了一小时。

"看，那边下面。"荷西说。

我们的车停在一个断岩边，几十公尺的下面，蓝色的海水平静的流进一个半圆的海湾里，湾内沙滩上搭了无数白色的帐篷，有男人、女人、小孩在走来走去，看上去十分自在安详。

"这个乱世居然还有这种生活。"我羡慕地叹息着，这简直是桃花源的境界。

"不能下去，找遍了没有落脚的地方，下面的人一定有他们秘密的路径。"荷西在悬崖上走了一段回来说。荷西把车内新的大麻绳拉出来，绑在车子的保险杠上，再将一块大石头堆在车轮边卡住，等绑牢了，就将绳子丢到崖下去。

"我来教你，你全身重量不要挂在绳子上，你要踏稳脚下的石头，绳子只是稳住你的东西，怕不怕？”

我站在崖边听他解释，风吹得人发抖。

“怕吗？”又问我。

“很怕，相当怕。”我老实说。

“好，怕就我先下去，你接着来。”

荷西背着照相器材下去了。我脱掉了鞋子，也光脚吊下崖去，半途有双怪鸟绕着我打转，我怕它啄我眼睛，只好快快下地去，结果注意力一分散，倒也不怎么怕就落到地面了。“嘘！这边。”荷西在一块大石头后面。

落了地，荷西叫我不要出声，一看原来有三五个全裸的沙哈拉威女人在提海水。

这些女人将水桶内的海水提到沙滩上，倒入一个很大的罐子内，这个罐子的下面有一条皮带管可以通水。一个女人半躺在沙滩上，另外一个将皮带管塞进她体内，如同灌肠一样，同时将罐子提在手里，水经过管子流到她肠子里去。

我推了一下荷西，指指远距离镜头，叫他装上去，他忘了拍照，看呆了。

水流光了一个大罐子，旁边的女人又倒了一罐海水，继续去灌躺着的女人，三次灌下去，那个女人忍不住呻吟起来，接着又再灌一大桶水，她开始尖叫起来，好似在忍受着极大的痛苦。我们在石块后面看得心惊胆裂。

这条皮带管终于拉出来了，又插进另外一个女人的肚内清洗，而这边这个已经被灌足了水的女人，又在被口内灌水。

据“泉”那个老板娘说，这样一天要洗内部三次，一共洗七天才完毕，真是名副其实的春季大扫除，一个人的体内居然容得下那么多的水，也真是不可思议。

过了不久，这个灌足水的女人蹒跚爬起来，慢慢往我们的方向走来。

她蹲在沙地上开始排泄，肚内泻出了无数的脏东西，泻了一堆，她马上退后几步，再泻，同时用手抓着沙子将她面前泻的粪便盖起来，这样一面泻，一面埋，泻了十几堆还没有停。

等这个女人蹲在那里突然唱起歌时，我忍不住哈哈大笑特笑起来，她当时的情景非常滑稽，令人忍不住要笑。荷西跳上来捂我的嘴，可是已经太迟了。

那个光身子女人一回头，看见石块后的我们，吓得脸都扭曲了，张着嘴，先逃了好几十步，才狂叫出来。

我们被她一叫，只有站直了，再一看，那边帐篷里跑出许多人来，那个女人向我们一指，他们气势汹汹的往我们奔杀而来。

“快跑，荷西。”我又想笑又紧张，大叫一声拔腿就跑，跑了一下回头叫：“拿好照相机要紧啊！”

我们逃到吊下来的绳子边，荷西用力推我，我不知道哪里来的本事，一会儿就上悬崖了，荷西也很快爬上来。可怖的是，明明没有路的断崖，那些追的人没有用绳子，不知从哪条神秘的路上也冒出来了。

我们推开卡住车轮的石块，绳子都来不及解，我才将自己丢进车内，车子就如炮弹似的弹了出去。

过了一星期多，我仍然在痛悼我留在崖边的美丽凉鞋，又不敢再开车回去捡。突然听见荷西下班回来了，正在窗外跟一个沙哈拉威朋友说话。

"听说最近有个东方女人，到处看人洗澡，人家说你——"那个沙哈拉威人试探的问荷西。

"我从来没听说过，我太太也从来没有去过勃哈多海湾。"荷西正在回答他。

我一听，天啊！这个呆子正在此地无银三百两了，连忙跑出去。

"有啦！我知道有东方女人看人洗澡。"我笑容可掬的说。荷西一脸惊愕的表情。

"上星期飞机不是送来一大批日本游客，日本人喜欢研究别人怎么洗澡，尤其是日本女人，到处乱问人洗澡的地方——"

荷西用手指着我，张大了口，我将他手一把打下去。那个沙哈拉威朋友听我这么一说，恍然大悟，说："原来是日本人，我以为，我以为……"他往我一望，脸上出现一抹红了。

"你以为是我，对不对？我其实除了煮饭洗衣服之外，什么都不感兴趣，你弄错了。"

"对不起，我想错了，对不起。"他又一次着红了脸。等那个沙哈拉威人走远了，我还靠在门边，闭目微笑，不防头上中了荷西一拍。

"不要发呆了，蝴蝶夫人，进去煮饭吧！"

【导读】

作家作品简介

三毛（1943—1991），原名陈懋平，后改名为陈平。1943年出生于重庆，1948年随父母迁居台湾，中国当代著名作家。1967年赴西班牙留学，后去德国、美国等。1973年定居西属撒哈拉沙漠和荷西结婚，并以当地的生活为背景，写出一连串脍炙人口的作品。1981年回台后曾在文化大学任教，1984年辞去教职而以写作、演讲为重心。1991年1月4日三毛在医院去世，年仅48岁。其足迹遍及世界各地，作品也在全球的华人社会广为流传，在大陆亦有广大的读者。生平著作和译作十分丰富，共有24种出版物。

鉴赏解读参考

"沙漠观浴记"是《撒哈拉的故事》中的精彩篇章，主要写三毛在好奇心的驱使下跑去看沙漠中的那些妇女是如何洗澡的。全篇讲述的都是生活琐事，但作者却能把琐事写得细腻、柔美、风趣、惟妙惟肖。作者以其别具一格的清灵脱俗的笔致，描绘出了撒哈拉沙漠跌宕多姿的风土人情和其细腻风致的异国生活体验；以其女性特有的敏感柔媚和桀骜不驯的鲜明个性，别树一帜地张扬起个体生命与灵性自由的大旗。全文没有华丽辞藻的堆砌，也没有虚构想象的辉煌，有的只是作者真实生活中的点点滴滴。在浓郁的异国情调和清新质朴的文风的氛围中，一个乐观、宽容、开朗、热情的三毛凸显在我们面前，还有她在面对原始粗陋生活时的态度和境界自在展现。

问题与思考

阅读三毛作品能带给我们哪些关于生活的启发？

延伸阅读

1. 龙应台，《百年思索》。
2. 三毛，《撒哈拉沙漠》《万水千山走遍》。
3. 林清玄，《温一壶月光下的酒》。

四、一组台湾校园歌曲

龙的传人

侯德健

遥远的东方有一条江，

它的名字就叫长江。

遥远的东方有一条河，

它的名字就叫黄河。

虽不曾看见长江美，

梦里常神游长江水。

虽不曾听见黄河壮，

澎湃汹涌在梦里。

古老的东方有一条龙，

它的名字就叫中国。

古老的东方有一群人，

他们全都是龙的传人。

巨龙脚底下我成长，

长成以后是龙的传人。

黑眼睛黑头发黄皮肤，

永永远远是龙的传人。

百年前宁静的一个夜，

巨变前夕的深夜里，

枪炮声敲碎了宁静夜。

四面楚歌是姑息的剑。

多少年炮声仍隆隆，

多少年又是多少年，

巨龙巨龙你擦亮眼，

永永远远地擦亮眼，

巨龙巨龙你擦亮眼，

永永远远地擦亮眼。

巨龙巨龙你擦亮眼，

永永远远地擦亮眼。

巨龙巨龙你擦亮眼，

永永远远地擦亮眼。

巨龙巨龙你擦亮眼，

永永远远地擦亮眼。

（曲、演唱：侯德健）

橄榄树

三　毛

不要问我从哪里来，

我的故乡在远方。

为什么流浪，流浪远方，流浪。

为了天空飞翔的小鸟，

为了山间轻流的小溪，

为了宽阔的草原，

流浪远方，流浪。

还有还有，为了梦中的橄榄树橄榄树，

不要问我从哪里来，我的故乡在远方，

为什么流浪，为什么流浪远方，

为了我梦中的橄榄树。

（曲：李泰祥　演唱：齐豫）

雨中即景

王梦麟

哗啦啦啦啦

下雨了，

看到大家都在跑，

叭叭叭叭叭

出租车，

他们的生意是特别好，

你有钱坐不到，

淋湿了

好多人，

脸上嘛失去了笑，

无奈何望着天，

叹叹气把头摇。

感觉天色不对，

最好把雨伞带好，

不要雨来了，

见你又躲又跑。

轰隆隆隆

打雷了胆小的人都不敢跑。

（曲：王梦麟　演唱：李翊君 刘文正）

童 年

罗大佑

池塘边的榕树上，知了在声声叫着夏天，

草丛边的秋千上，只有蝴蝶停在上面，

黑板上老师的粉笔还在拼命叽叽喳喳写个不停，

等待着下课等待着放学等待游戏的童年。

福利社里面什么都有就是口袋里没有半毛钱，

诸葛四郎和魔鬼党到底谁抢到那支宝剑，

隔壁班的那个女孩怎么还没经过我的窗前，

嘴里的零食手里的漫画心里初恋的童年。

总是要等到睡觉前才知道功课只做了一点点，

总是要等到考试后才知道该念的书都没有念，

一寸光阴一寸金老师说过寸金难买寸光阴，

一天又一天一年又一年迷迷糊糊的童年。

没有人知道为什么太阳总下到山的那一边，

没有人能够告诉我山里面有没有住着神仙，

多少平日记忆总是一个人面对着天空发呆，

就这么好奇就这么幻想这么孤单的童年。

阳光下蜻蜓飞过来一片片绿油油的稻田，

水彩蜡笔和万花筒画不出天边那一条彩虹，

什么时候才能像高年级的同学有张成熟与长大的脸，

盼望着假期盼望着明天盼望长大的童年，

一天又一天一年又一年盼望长大的童年。

（曲、演唱：罗大佑）

外婆的澎湖湾

叶佳修

晚风轻拂澎湖湾，

白浪逐沙滩，

没有椰林缀斜阳，

只是一片海蓝蓝，

坐在门前矮墙上，

一遍遍怀想，

也是黄昏的沙滩上，

有着脚印两对半，

那是外婆拄着杖，

将我手轻轻挽，

踩着薄暮走向余晖

暖暖的澎湖湾，

一个脚印是笑语一串，

消磨许多时光，

直到夜色吞没我俩，

在回家的路上。

澎湖湾澎湖湾，

外婆的澎湖湾，

有我许多的童年幻想，

阳光 沙滩 海浪 仙人掌，

还有一位老船长。

晚风轻拂澎湖湾，

白浪逐沙滩，

没有椰林缀斜阳，

只是一片海蓝蓝，

坐在门前的矮墙上，

一遍遍怀想，

也是黄昏的沙滩上，

有着脚印两对半，

那是外婆拄着杖，

将我手轻轻挽，

踩着薄暮走向余晖，

暖暖的澎湖湾，

一个脚印是笑音一串，

消磨许多时光，

直到夜色吞没我俩，

在回家的路上。

澎湖湾 澎湖湾，

外婆的澎湖湾，

有我许多的童年幻想，

阳光 沙滩 海浪 仙人掌，

还有一位老船长。

（曲：叶佳修 演唱：潘安邦）

兰花草

胡 适

我从山中来带着兰花草，

种在小园中希望花开早，

一日看三回看得花时过，

兰花却依然苞也无一个。

转眼秋天到移兰入暖房，

朝朝频顾惜夜夜不相忘，

期待春花开能将夙愿偿，

满庭花簇簇添得许多香。

转眼秋天到移兰入暖房，

朝朝频顾惜夜夜不相忘，

期待春花开能将夙愿偿，

满庭花簇簇添得许多香。

我从山中来带着兰花草，

种在小园中希望花开早，

一日看三回看得花时过，

兰花却依然苞也无一个，

兰花却依然苞也无一个。

（曲：陈贤德 张弼 演唱：叶倩文 小蓓蕾组合）

【导读】

鉴赏解读参考

校园歌曲诞生于20世纪70年代中期的台湾各大学校园，也被称为"校园民歌""现代民歌""乐府民风"。

李双泽被称为校园歌曲的开拓者。他在一次西方歌曲演唱会上，摔碎美国的"可口可乐"瓶子，高呼："唱我们自己的歌！"，引发了台湾学子创作歌曲的热情，掀起了"校园歌曲运动"的序幕。

他为台湾女诗人陈秀喜的《美丽岛》等歌曲作曲，以完全不同于流行歌曲的面貌出现，很快在校园中流行开来，与此同时，侯德健创作了歌曲《龙的传人》《捉泥鳅》等，轰动了各大专院校，被看作是校园歌曲的代表作。接着，叶佳修（为救一个小孩而英年早逝）创作了《流浪汉的独白》《乡间的小路》《小村的故事》等，也在校园中广泛传唱。除此，吴楚楚、邱晨等，也是校园歌曲创作的代表。较有名的校园歌曲还有《好了歌》《风，告诉我》《外婆的澎湖湾》等。

校园歌曲以"技巧趋于现代，精神走向中国"为创作原则，因而也被称为"现代的民歌"。它从我国的民间歌曲中汲取了丰富的营养，并将西方乡村歌曲的音乐元素融会其中，形成了一种独特的"通俗歌谣体"体裁。音乐结构短小精悍，旋律简洁朴实、清新爽朗，具有浓郁的乡土气息和时代感。它不论写景物、写风月还是写爱情，在文字意境方面都给人以美感，散发出淳朴的乡土气息，是台湾青年学生求新、求变和热爱祖国传统文化艺术的生动表现。

校园歌曲表现出年轻人的蓬勃朝气、青春活力以及他们那富有诗意的浪漫气息。侯德健、罗大佑、叶佳修等人是台湾校园歌曲的代表性人物。

问题与思考

1. 台湾校园歌曲现象反映了东西方文化交汇后台湾怎样的社会取向？
2. 面对多种文化，年轻人应该作怎样的判断和选择？

延伸阅读

《乡间小路》《故乡的风》《赤足走在田埂上》《踏浪》《蜗牛与黄鹂鸟》《三月里的小雨》《踏着夕阳归去》《梅兰梅兰我爱你》

香港地区文学部分

笑傲江湖（节选）

金　庸

令狐冲请方证、冲虚二人回入无色庵，在观音堂中休息。方证翻阅梵文"金刚经"。冲虚抚弄一会"真武剑"读几行"太极拳经"，喜不自胜，心下的疑窦也渐渐忘了。突然之间，供桌下有人说道："啊，盈盈，是你！"另一人道："冲哥，你……你……你……"正是桃谷六仙的声音。

令狐冲"啊"的一声惊叫，从椅中跳了起来。

只听得供桌下不断发出声音："冲哥，我爹爹，他……他老人家已过世了。""怎么会过世的？""那日在华山朝阳峰上，你下峰不久，我爹爹忽然从仙人掌上摔了下来。向大哥和我接住了他身子，只过得片刻，便即断了气。""那……那……有人暗算他老人家么！"

"不是的。向大哥说，他老人家年纪大了，在西湖底下又受了这十几年苦，近年来以十分霸道的内功，强行化除体内的异种真气，实在是大耗真元。这一次为了布置诛灭五岳剑派，又耗了不少心血。他老人家是天年已尽。""当真想不到。""当日在朝阳峰上，向大哥与十长老会商，一致举我接任日月神教教主。""原来任教主是任大小姐，不是任老先生。"

适才桃谷六仙争坐九龙椅，方证以"狮子吼"佛门无上内功将之震倒。冲虚生怕泄漏机密，将六人点了空道，塞入供桌之下。不料六人内功也颇深厚，不多时便即醒转，将令狐冲和"任教主"的对话都听在耳里，这时便一字不漏的照说出来。方证和冲虚听到任我行已死，盈盈接了教主之位，其余种种，无不恍然，心下又惊又喜。盈盈赠送二人重礼，送给令狐冲的却是衣履用品，那自是二人交换文定的礼物了。

只听得桃谷六仙还在你一句、我一句的说个不休："冲哥，今日我上恒山来看你，倘若让正教中人知道了，不免惹人笑话。""那又有什么要紧？你就是会怕羞。""不，我不要人家知道。""好罢，我答应你不说便是。""我吩咐他们仍是在叫什么文成武德，泽被苍生圣教主，什么千秋万载，一统江湖，是要使旁人不瞧出破绽。可不是对你恒山派与方证方丈、冲虚道长无礼狂妄。""那不用担心，大师和道长不会知道的。""再说，日月教和恒山派、少林派、武当派化敌为友，我也不要让人家说是我的主意。江湖上好汉一定会说，因为我……跟你……跟你的缘故，连一场大架也不打了，说来可多难为情。""嘻嘻，我倒不怕。""你脸皮厚，自然不怕。爹爹去世的信息，日月教瞒得很紧，外间只道是我爹爹来到恒山之后，跟你谈了一会，就此和好。这于我爹爹的声名也有好处。待我回到黑木崖后，再行发丧。""是，我这女婿可得来磕头吊孝了。"

"你能够来，当然最好。那日华山朝阳峰上，我爹爹本来已亲口许了我们的婚事，不过……不过那得我服满之后……"

令狐冲听他六人渐渐说到他和盈盈安排成亲之事，当即大喝："桃谷六仙，你们再不出来，在桌底下胡说八道，我剥了你们的皮，抽你们的筋。"

却听得桃干仙幽幽叹了口气，学着盈盈的语气说道："我却担心你的身子。爹爹没传你化解异种真气的法门，其实就是传了，也不管用。爹爹他自己，唉！"桃干仙逼紧着嗓子，说得极尽哀伤。

方证、冲虚、令狐冲三人听着，亦不禁都有凄恻之意。任我行一代怪杰，虽然生平恶行不少，但如此下场，亦令人为之叹息。令狐冲对任我行的心情更是奇特，虽憎他作威作福，横行霸道，却也不禁佩服他的文武才略，尤其他肆无忌惮、独行其是的性格，倒和自己颇为相投，只不过自己绝无"一统江湖"的野心而已。

一时三人心中，同时涌起了一个念头："自古帝王将相，圣贤豪杰，奸雄大盗，元凶巨恶，莫不有死！"

桃实仙逼紧了嗓子道："冲哥，我……"冲虚心想再说下去，于令狐冲面上须不好看，笑道："六位桃兄，适才多有得罪。不过你们的话也说得够了，倘若惹得令狐掌门恼了，点了你们的'终身哑穴'，只怕犯不着。"桃谷六仙大惊，齐问："什么'终身哑穴'？"冲虚道："那'终身哑穴'一点，一辈子就成了哑巴，再也不会说话。至于吃饭喝酒，倒还可以。"桃谷六仙齐嚷："说话第一，吃饭喝酒尚在其次。"冲虚道："你们刚才的话，一句也说不得的。令狐掌门，你就瞧在方丈大师和老道面上，别点他们的'终身哑穴'。方丈大师和老道负责担保，他六位在供桌底下偷听到你和任大小姐的说话，决不泄漏片言只字。"

桃花仙道："冤枉，冤枉！我们又不是自己要偷听，声音钻进耳朵来，又有什么法子？"

冲虚道："你们听便听了，谁也不来多管，听了之后乱说，那可不成。"桃谷六仙齐道："好，好！我们不说，我们不说。"桃根仙道："不过日月教圣教主那两句八字经改了，说不说得？"令狐冲大喝："说不得，更加说不得！"桃枝仙叽里咕噜："不说就不说。偏你和任大小姐说得，我们就说不得。"

冲虚心下纳闷："日月教的那句八字经改了？八字经自然是'千秋万载，一统江湖'那八个字。任大小姐当了教主，不想一统江湖了，却不知改了什么？"

三年后某日，杭州西湖孤山梅庄挂灯结彩，陈设得花团锦簇，这天正是令狐冲和盈盈成亲的好日子。

这时令狐冲已将恒山派掌门之位交给了仪清接掌。仪清极力想让给仪琳，说道：仪琳手刃恒山大仇，为师尊雪恨，该当接任掌门之位。但仪琳说什么也不肯，急得当众大哭。毕竟还是依着令狐冲之议，由仪清掌管恒山门户。盈盈也辞去日月教教主之位，交由向问天接任。向问天虽是个桀骜不驯的人物，却无吞并正教诸派的野心，数年来江湖上倒也太平无事。

这日前来贺喜的江湖豪士挤满了梅庄。行罢大礼，酒宴过后闹新房时，群豪要新郎、新娘演一演剑法。当世皆知令狐冲剑法精绝，贺客中却有许多人未曾见过。令狐冲笑道："今日动刀使剑，未免太煞风景，在下和新娘合奏一曲如何？"群豪齐声喝彩。

当下令狐冲取出瑶琴、玉箫，将玉箫递给盈盈。盈盈不揭霞帔，伸出纤纤素手，接过箫管，引宫按商，和令狐冲合奏起来。

两人所奏的正是那"笑傲江湖"之曲。这三年中，令狐冲得盈盈指点，精研琴理，已将这首曲子奏得颇具神韵，令狐冲想起当日在衡山城外荒山之中，初聆衡山派刘正风和日月教长老曲洋合奏此曲。二人相交莫逆，只因教派不同，难以为友，终于双双毙命。今日自己得与盈盈成亲，教派之异不复得能阻挡，比之撰曲之人，自是幸运得多了。又想刘曲二人合撰此曲，原有弥教派之别、消积年之仇的深意，此刻夫妇合奏，终于完尝了刘曲两位前辈的心愿。想到此处，琴箫奏得更是和谐。群豪大都不懂音韵，却无不听得心旷神怡。

一曲既毕，群豪纷纷喝彩，道喜声中退出亲房。喜娘请了安，反手掩上房门。

突然之间，墙外响起了悠悠的几下胡琴之声。令狐冲喜道："莫大师伯……"盈盈低声道："别作声。"

只听胡琴声缠绵宛转，却是一曲"凤求凰"，但凄清苍凉之意终究不改。令狐冲心下喜悦无限："莫大师伯果然没死，他今日来奏此曲，是贺我和盈盈的新婚。"琴声渐渐远去，到后来曲未终而琴声已不可闻。

令狐冲转过身来，轻轻揭开罩在盈盈脸上的霞帔。盈盈嫣然一笑红烛照映之下，当真是人美如玉，突然间喝道："出来！"令狐冲一怔，心想："什么出来？"盈盈笑喝："再不出来，我用水淋了！"

床底下钻出六个人来，正是桃谷六仙。六人躲在床底，只盼听到新郎、新娘的说话，好到大厅上去向群豪杰夸口。令狐冲心神俱醉之际，没再留神。盈盈心细，却听到了他六人压得极细的呼吸之声。令狐冲哈哈大笑，说道："六位桃兄，险些儿又上了你们的当！"

桃谷六仙走出新房，张开喉咙大叫："千秋万载，永为夫妇！"

冲虚正在花厅上和方证谈心，听和桃谷六仙的叫声，不禁莞尔一笑，三年来压在心中的哑谜，此时方始揭开：原来那日令狐冲和盈盈在观音堂中山盟海誓，桃谷六仙却道是改了日月教的八字经。

四个月后，正是草长花浓的暮春季节。令狐冲和盈盈新婚燕尔，携手共赴华山。令狐冲要带同妻子去拜见太师叔风清扬，叩谢他传剑授功之德。可是两人踏遍了华山五峰三岭，各处幽谷，始终没发现风清杨的踪迹。

令狐冲怏怏不乐。盈盈道："太师叔是世外高人，当真是神龙见首不见尾，不知到那里云游去了。"令狐冲叹道："太师叔固然剑术通神，他老人家的内功修为也算得当世无双。

这三年半来，我修习他老人家所传的内功，几乎已将体内的异种真气化除净尽。"盈盈道："那可得多谢少林寺的方证大师了。咱们既见不到风太师叔，明日就动身去少林寺，向方证大师叩头道谢。"令狐冲道："方证大师代传神功，多所解说引导，便好比是半个师父，原该去谢的。"盈盈抿嘴笑道："冲哥，你到今日还是不明白，你所学的，便是少林派的'易筋经'内功。"

令狐冲'啊'的一声，跳起身来，说道："这……这便是'易筋经'？你怎知道？"盈盈笑道："当日听你说，这内功是风太师叔叫桃谷六仙带口讯，告知方证大师的。我心下生疑，寻思这内功精微奥妙，修习时若有厘毫之差，轻则走火入魔，重则送了性命，如何能叫桃谷六仙带口讯？桃谷六仙缠夹不清，又怎说得明白？方证大师虽说，多半是风太师叔逼他们背熟了，但终究太过凶险。后来我去问这六位仁兄，他们一口咬定确有其事。但要他们背诵几句，一个说早已忘得干干净净，一个说只能告知方证老和尚，不能说给别人听。六个人再说得几句，更是前言不对后语，破绽百出。后来露出口风，抵赖不得，才说是方证大师为了救你性命，却不愿让你得知，才假托风太师叔传功，你若问起，叫他们代为隐瞒。"令狐冲张大了口，半晌作声不得。盈盈又道："但风太师叔叫他们传讯，却是有的，只是叫他们告知方证大师，说日月教要攻打恒山，请少林、武当两派援手。"

令狐冲道："你也坏得够了，早知此事，却直到今日才说出来。"盈盈笑道："那日在少林寺中，你脾气倔强得很。方证大师要你拜师，改投少林，便传你'易筋经'神功，但你说什么也不肯，一拂袖子便出了山门。方证大师倘若再提传授'易筋经'之事，生怕你老脾气发作，宁可性命不要，也不肯学，那岂不糟了？因此他只好假托风太师叔之名，让你以为这是华山派本派内功，自是学之无碍。"

令狐冲道："啊，是了，你一直不跟我说，也怕我牛脾气发作，突然不练了？现下得知我异种真气化解殆尽，这才吐露真相。"

盈盈又抿嘴笑了笑，道："你这硬脾气，大家知道是惹不得的。"

令狐冲叹了口气，拉住她手，说道："盈盈，当年你将性命舍在少林寺，为的是要方证大师传我'易筋经'，虽然你并没死，方证大师却认定是答应了你的事没有办到。他是武林前辈，最重然诺，终于还是将这门神功传了给我。这是你用性命换来的功夫，就算我不顾死活，难道……难道一点也不顾到你，竟会恃强不练吗？"

盈盈低声道："我原也想到的，只是心中害怕。"

令狐冲道："咱们明天便下山去少林寺，既然学了'易筋经'，只好到少林寺出家做和尚去了。"盈盈知他说笑，说道："你这野和尚大庙不收，小庙不要，少林寺的清规戒律严谨得很，没半天便将你这酒肉和尚乱棒打将出来。"

两人携手而行，一路闲谈。令狐冲见盈盈不住东张西望，似乎在找寻什么，问道："你在寻什么？"盈盈道："且不跟你说，等找到了你自然知道。这次来到华山，没能拜见风太师叔，固是遗憾之极，但若见不到那人，却也可惜。"令狐冲奇道："咱们还要见一个人，那是谁？"盈盈微笑不答，说道："你将林平之关在梅庄地底的黑牢之中，有饭吃，有衣穿，谁也不会去害他，确实是照顾了他一生。我对你另一位朋友，却也想出了一种特别的照顾法子。"

令狐冲更是奇怪了，心想："我另一位朋友？却又是谁？"知道妻子行事往往出人意表，他即不肯说，多问也是无用。

当晚二人在令狐冲的旧居之中，对月小酌。令狐冲虽面对娇妻，但想起种种往事，仍不禁颇为伤感，饮了十几杯酒，已微有酒意。盈盈突然面露喜色，放下酒杯，低声道："多半是他来了，咱们去瞧瞧。"令狐冲听得对面山上有几声猴啼，不知盈盈说的是谁来了，跟着她走出屋去。

盈盈循着猴啼之声，快步奔到对面山坡上。令狐冲随在她身后，月光下只见七八只猴子聚在一起。华山猴子甚多，令狐冲也不以为意，却见群猴之中赫然有一个人，凝目看去，竟是劳德诺。他喜怒交集，转身便欲往屋中取剑。盈盈拉住他手臂，低声道："咱们走近些，再看看清楚。"二人再奔近十余丈，只见劳德诺夹在两支极大的马猴之间，给两支马猴拖来拖去，竟似身不由主。他一身武功，但对两支马猴，却是全无反抗之力。

令狐冲骇然问道："那是什么缘故？"盈盈笑道："你只管瞧，慢慢再跟你说。"

猴子性躁，跳上纵下，没半刻安宁。劳德诺给左右两支马猴东拉西扯，偶然发出几声吼叫，两支马猴便伸爪往他脸上抓去。令狐冲这时已看得明白，原来劳德诺的右手和右边马猴的左腕相连，左手和左边的马猴的右腕相连，显然是以铁铐之类扣住了的。他明白了大半，问道："这是你的杰作了？"盈盈道："怎么样？"令狐冲道："你废了劳德诺的武功？"

盈盈道："那倒不是，是他自己作孽。"群猴听得人声，吱吱连声，带着劳德诺翻过山岭而去。

令狐冲本欲杀了劳德诺为陆大有报仇，但见他身受之苦，远过于一剑加颈，也就任其自然，心下颇感复仇之快意，心想："这人老奸巨猾，为恶远在林师弟之上，原该让他多吃些苦头。"说道："原来这几日来，你一直要找他来给我瞧瞧。"

盈盈道："那日我爹爹来到朝阳峰上，这厮便来奉承献媚，说道得了'辟邪剑法'的剑谱，前来献给爹爹。爹爹问他有何用意，他说想当日月教的一名长老。爹爹没空跟他多说，叫人将他看管起来。后来爹爹逝世，大伙儿忙成一团，谁也没去理他，将他带到了黑木崖。

过了十几天，我才想起这件事来，叫他来一加盘问，却原来他自练'辟邪剑法'不得其法，竟自己将一身武功尽数废了。这人是害你六师弟的凶手，而你六师弟生平爱猴，因此我叫人觅得两支大马猴来，跟他锁在一起，放在华山之上。"说着伸手过去，扣住令狐冲的手腕，叹道："想不到我任盈盈，竟也终身和一支大马猴锁在一起，再也不分开了。"说着嫣然一笑，娇柔无限。

【导读】

作家作品简介

金庸（1924—　），香港"大紫荆勋贤"。原名查良镛，当代著名作家、新闻学家、企业家、社会活动家，《香港基本法》主要起草人之一。金庸是新派武侠小说最杰出的代表作家，被普遍誉为武侠小说作家的"泰山北斗"，更有金迷们尊称其为"金大侠"或"查大侠"。1994 年 10 月 25 日，金庸受聘北大名誉教授。2009 年 6 月 25 日加入中国作家协会，2009 年 9 月 8 日，中国作协七届八次主席团会议上，通过了金庸当选中国作协名誉副主席的决议。

金庸共创作 15 部武侠小说，分别为《书剑恩仇录》《飞狐外传》《雪山飞狐》《白马啸西风》《鸳鸯刀》《碧血剑》《越女剑》《射雕英雄传》《神雕侠侣》《倚天屠龙记》《笑傲江湖》《侠客行》《鹿鼎记》《天龙八部》《连城诀》。

鉴赏解读参考

《笑傲江湖》是金庸 1967 年写的一部武侠小说。《笑傲江湖》属于金庸的后期作品，其叙事状物，已到炉火纯青、出神入化的境界。《笑傲江湖》所涉及的场景、人物以及各类武林人物交手搏斗的场面不可胜数，但历历写来，景随情转，变化无穷而皆能贴合生活。《笑傲江湖》的中心是武林争霸夺权，为了达到目的，夺取《辟邪剑谱》和《葵花宝典》，最后两派都败在《辟邪剑谱》和《葵花宝典》上。《笑傲江湖》系海外新派武侠小说代表作之一，其不仅靠跌宕起伏、波谲云诡的情节引人入胜，更能于错综复杂的矛盾冲突中刻画人物性格，塑造出数十个个性鲜明、生动可感的文学形象。若豁达不羁、舍生取义的令狐冲；娇美慧黠、挚情任性的任盈盈；阴鸷狡诈、表里不一的岳不群；桀骜不驯、老谋深算的任我行；冰清玉洁、相思痴恋的仪琳；虚怀若谷、萧条离寄的冲虚以及逃避纷争寄情于各自喜好的"江南四友"，打诨插科的"桃谷六仙"，皆可为武侠小说的人物画廊增添异彩。作品所高扬侠义、仁爱、富贵不淫、威武不屈的高尚精神对今人仍有强烈的感召力。

澳门地区文学部分

大辫子的诱惑（节选）

（小说中关于长发的精彩描写）

飞历奇

——担水女们年龄各异。不过在我这个小伙子眼中，更加注意的是穿着"短衫裤"，即短上衣、长裤子的年轻姑娘们。尽管这种衣服紧巴巴地贴在身上，却不妨碍她们的任何动作。不管是在炎热的夏天还是寒冷的冬天，她们总是光着脚在街上行走。被太阳光晒得黑黝黝的脸上从不施脂粉——这是她们从未想过的事情。她们的胸脯平平的。为了贞洁，也因为害羞，她们总是把胸脯裹得很紧，以免现出那里弯曲的线条。唯一体现她们奢侈或高雅的东西便是那条垂挂在后背上的长长的黑辫子。这是中国下层人家的姑娘们的统一发束。这些长辫子是由几股又黑发亮的头发编成的，辫梢上总是扎着一根红线绳。这种发束表面上看来很简单，但梳理起来却非常考究，也很受罪。然而姑娘们苦中求乐，都心甘情愿的受这份罪。一根根头发被拽到后面，甚至头皮都被拽疼。梳理时硬木梳子要一次又一次地沾上木花油，编辫子时两只手也要沾上木花油，为的是让头发增加光泽和必要的柔韧度。额头上一些细发，像杂乱无章的野草无法梳理，则须作必要的清除。这虽然是痛苦的砍伐，却不会引起姑娘们的一声呻吟或抗议。她们总是服服帖帖顺从这种虐待。

——阿玲也有自己值得炫耀的东西，那就是她那条又粗又黑的长辫子。一旦把辫子解开，长长的秀发便可垂挂到腰间。她对辫子的梳理极其认真。每当他最喜欢的梳头婆耐心地为她梳头时，她都想最听话的小女孩一样默默地顺从者。但她的要求也很苛刻。只要抹上木花油后头发的黑亮程度不像她期望的那样，只要还有一根乱发，只要辫节的粗细不理想，她都不会罢休。

她会为梳理自己的辫子花去任何所需的时间。在离井台不远的梳头婆的破屋前，常常见她端端正正坐在她那张凳子上，双手放在并拢的膝盖上。梳头婆在所有请她梳头的姑娘中，最喜欢的也是阿玲。她喜欢阿玲那一头黑亮、浓密、健康和柔软的头发，甚至在梳理时双手都能感到无比的惬意。每当给阿玲梳头时，她总是乐呵呵地讲着趣事，引来一群听众蹲在周围，仿佛是公主身旁的侍从。

——他已经走到水井台附近，什么事也没有发生。那正是热闹的时辰。担水妹和洗衣女们有一些正在打水，其他的人挨着挤着等在那里，一边叽叽喳喳说笑着。如果不是突然从他身旁传来一声年轻姑娘的爽朗笑声，一切都会平静过去，成为一幅永不会被人提起的画面。他好奇地停住了脚步，立刻被发出笑声的年轻姑娘那纯朴的美所吸引。他还从来没有碰到过这么迷人的姑娘，更难以想象在这种恶棍窝里还有这样的美女。他从来没有见过这么漂亮的辫子，那乌黑的辫子在阳光照耀下发着光亮。那就是阿玲。她感觉到了有人在注意自己，在从头到脚地打量自己。

——他发现不远处一位梳头婆正在给那个担水姑娘梳理着头发。那浓黑的头发每往脑后梳一次，姑娘都会随着抬起下巴，露出秀美的脖子，挺起丰满的胸脯。这位担水妹竟如此相貌出众。阿多森杜不由得停下脚步，想看个真切……"你看什么？从来没有见过女人吗？""我在欣赏你的头发。"阿多森杜用带着浓重外国腔但完全能让人听懂的中国话回答。居然能说中国话！姑娘甚感惊诧。但她马上镇静下来，厉声说道："你已经看够了，走你的路吧……"

——他忘不掉担水妹……每当他看到某个挑着水桶或篮子的姑娘，他的心就跳个不停，他的眼前马上就会出现那位姑娘的身影，那条黑油油的辫子在她身后来回摆动。他喜欢那条辫子。每当想象着自己在抚摸它时，就会觉得浑身的血液在沸腾。他从来也没有对任何一个女人的头发产生过这样的感觉……一天夜里，他睡觉时把手压在胸口，梦见自己正满心欢喜地解开那条辫子……那条辫子使他为之心醉。

——尽管两鬓的几丝白发给他增添了几分威严，可还在很大程度上保持着那个阿多森杜靓仔的影子。

突然，我的伙伴默不作声，眼睛死死盯着前方。顺着他的目光望去，我看见了一位穿着拖鞋、20岁左右的中国姑娘正快步走着。姑娘发觉我们在注视着她，挺了挺身子继续赶路，没有理睬我们。

可以说，姑娘没有任何特殊的引人之处，只是梳着一条长长的乌黑的中国式的辫子，那一个个粗大的辫节艺术般地交错在一起。这种发型已经随着战争和现代派的风潮变的越来越少见了。可是这位姑娘还自豪地展示着它，坚信这种发型作为以前的一种时髦，现在仍能产生的美的效果。

"多么漂亮的辫子！"我脱口而出。阿多森杜大笑了一声，又叹了口气。

"小心点，小伙子！这不是一般的辫子，它是一条诱惑人的辫子。它会引诱你上钩，让你情不自禁地去抚摸它、用双手捧起它。它能把你迷惑住，让你无法逃脱。我可知道。"

他用陶醉的目光目送着那条渐渐远去的随着臀部的扭动而来回摆动着的辫子。天色不早了，我站起身，和阿多森杜拥抱告别。从此后，我开始了自己的新生活。

八年后我又回到了澳门。这座以上帝的名字命名的城市基本上还是保持着原来的模样，没有摩天大楼，也没有今天这么多的车辆。只有一

《大辫子的诱惑》剧照

件事令我失望，让我忧伤。

不管个人的头发如何，中国女人的头发全部按西方发式变成了短发或烫发。我再也没有在任何地方看到那些有节奏地摆动的、犹如蛇一样的诱惑人的大辫子。

【导读】

作家作品简介

澳门地区邮票上的飞历奇

飞历奇（葡萄牙语：Henrique de Senna Fernandes，1923—2010），澳门土生葡人，是一名律师和作家。

1952 年于他开始写作生涯的葡萄牙科英布拉大学毕业，长年担任学校教师和校长。2001 年获澳门特区政府颁发文化功绩勋章。他也是澳门大学、澳门高等校际学院荣誉博士。

著有小说《大辫子的诱惑》等，部分更被改编成电影。

鉴赏解读参考

小说讲述的是 20 世纪 30 年代初发生在澳门的一个曲折动人的爱情故事，通过一个葡萄牙贵族青年与中国担水姑娘之间的感情纠葛和悲欢离合，展示了不同种族、不同文化背景和不同观念所造成的矛盾、渗透、碰撞与融合，是一部独具澳门历史文化特色的作品。

问题与思考

1. 阐述白先勇笔下的各类女性形象。
2. 谈谈金庸武侠小说的艺术特征，以及与现实人生之间的联系。
3. 从《大辫子的诱惑》中发现澳门风情及地域文化特征。

延伸阅读

1. 白先勇，《玉卿嫂》《金大班的最后一夜》。
2. 刘俊，《白先勇传》。
3. 袁良骏，《白先勇论》。
4. 《金庸散文集》。

5. 三毛、董千里、罗龙治、林燕妮、翁灵文、杜南发等，《诸子百家看金庸》。

6. 温瑞安，《谈笑傲江湖》。

7. 飞历奇，《爱情与小脚趾》。

8. 林海音，《城南旧事》。

9. 也斯（梁秉钧），《布拉格的明信片》。

参考文献

[1] 洪子诚. 中国当代文学史 [M]. 北京：北京大学出版社，2010.

[2] 陈晓明. 中国当代文学主潮 [M]. 北京：北京大学出版社，2009.

[3] 陈思和. 中国当代文学史教程 [M]. 上海：复旦大学出版社，2008.

[4] 张志忠. 中国当代文学 60 年 [M]. 北京：高等教育出版社，2009.

[5] 张志忠. 中国当代文学作品导读 [M]. 北京：北京大学出版社，2005.

[6] 马云. 中国现当代作家作品导读 [M]. 北京：人民文学出版社，2007.

[7] 龙泉明，赵小琪. 中国新诗名作导读 [M]. 武汉：长江文艺出版社，
2003.

[8] 吴秀明，朱栋霖. 中国现代文学作品导引：第三卷 [M]. 北京：高等
教育出版社，2010.

[9] 汪文顶，朱栋霖. 中国现代文学作品导引：第四卷 [M]. 北京：高等
教育出版社，2004.

　　本书作为教材，是在许多人研究成果的基础上编著而成的，首先要感谢那些在书中和网络中慷慨奉献研究成果和相关资讯的人们，在所有这些阅读中，我都深受启发和教益。

　　在编写过程中，得到北京师范大学谭五昌老师的大力帮助，也得到本教材所涉及的作家于坚、吴亮、翟永明、唐亚平等人的热情支持，在此表示由衷的感谢。最后还要感谢我的学生祝一力，为我查阅了许多文本资料。

朱慰琳

2014 年 5 月 10 日